Repenser la pauvreté

Abhijit V. Banerjee
Esther Duflo

Repenser
la pauvreté

TRADUIT DE L'ANGLAIS (ÉTATS-UNIS)
PAR JULIE MAISTRE

OUVRAGE TRADUIT AVEC LE CONCOURS
DU CENTRE NATIONAL DU LIVRE

Éditions du Seuil

Titre original : *Poor Economics.*
A Radical Rethinking of the Way to Fight Global Poverty
Éditeur original : PublicAffairs
© original : Abhijit V. Banerjee et Esther Duflo, 2011
ISBN original : 978-1586487980

ISBN : 978–2-7578-4184-6
(ISBN 978-2-02-100554-7, 1re publication en langue française)

© Éditions du Seuil, 2012, pour la traduction française

Pour nos mères,
Nirmala Banerjee et Violaine Duflo

Avant-propos

Esther avait six ans lorsqu'elle lut dans une bande dessinée sur Mère Teresa que la ville alors appelée Calcutta était si densément peuplée que chacun de ses habitants ne disposait que d'un mètre carré pour vivre. Elle se représentait cette ville quadrillée comme un gigantesque échiquier, en carrés d'un mètre de côté, avec, recroquevillé sur chacun, un pion humain. Elle aurait bien aimé pouvoir faire quelque chose – mais quoi ?

Quand elle se rendit enfin à Calcutta, elle avait vingt-quatre ans et elle préparait son doctorat au MIT. Regardant par la fenêtre du taxi qui l'amenait en ville, elle ressentit une vague déception : partout où son regard se posait, il y avait des espaces vides, des arbres, de l'herbe, des trottoirs déserts… Où était donc la misère décrite de manière si saisissante dans la bande dessinée de son enfance ? Où étaient donc passés tous ces gens ?

À six ans, Abhijit savait où vivaient les pauvres. Ils habitaient de petites maisons délabrées, juste derrière chez lui, à Calcutta. Leurs enfants paraissaient avoir tout le temps de s'amuser et ils le battaient à n'importe quel jeu. Lorsqu'il faisait une partie de billes avec eux, les siennes finissaient toujours dans les poches de leurs shorts élimés. Il en était jaloux.

Le besoin de réduire les pauvres à une série de clichés existe depuis aussi longtemps que la pauvreté elle-même :

en sciences sociales comme dans la littérature, les pauvres sont dépeints tantôt paresseux, tantôt entreprenants, tour à tour dignes ou voyous, virulents ou apathiques, impuissants ou ne comptant que sur eux-mêmes. Rien d'étonnant à ce que les positions politiques qui découlent de ces façons de les considérer aient elles aussi tendance à se réduire à des slogans : « Étendre l'économie de marché », « Rendre les droits de l'homme effectifs », « Régler d'abord les conflits », « Donner davantage aux plus démunis », « L'aide étrangère tue le développement », etc. Toutes ces idées renferment une part de vérité, mais elles accordent peu de place à ces hommes et femmes ordinaires, à leurs espoirs et à leurs doutes, à leurs possibilités et à leurs aspirations, à leurs croyances et à leurs incertitudes. Lorsqu'on leur accorde une place, les pauvres figurent généralement comme les acteurs d'anecdotes tragiques ou édifiantes, des êtres dignes d'admiration ou de pitié, mais jamais comme une source de connaissance, ni comme des personnes qu'il importerait de consulter pour savoir ce qu'ils pensent, ce qu'ils veulent ou ce qu'ils font.

Trop souvent, on confond économie de la pauvreté et pauvre économie : parce que les pauvres possèdent si peu de choses, on en déduit que leur existence économique ne présente aucun intérêt. Malheureusement, ce malentendu fragilise profondément le combat contre la pauvreté à l'échelle mondiale. Considérer ces problèmes de façon simpliste conduit à proposer des solutions simplistes. Le champ des politiques contre la pauvreté est jonché des débris de solutions miracle qui se sont révélées moins miraculeuses qu'on ne l'espérait. Si nous voulons avancer, il faut cesser de réduire les pauvres à des caricatures et prendre le temps de comprendre réellement leur vie, dans toute sa richesse et sa complexité. C'est ce que nous avons cherché à faire au cours de ces quinze dernières années.

Nous sommes des universitaires et, comme la plupart des universitaires, nous élaborons des théories et nous étudions des données. Mais la nature de notre travail fait que nous avons passé de nombreux mois, répartis sur plusieurs années, sur le terrain, avec des volontaires d'organisations non gouvernementales (ONG) et des fonctionnaires, des auxiliaires de santé et des agents de microcrédit. Nous avons ainsi parcouru les villages et les ruelles où vivent les pauvres, pour leur poser des questions et collecter des données. Ce livre n'aurait pas pu être écrit sans la bonté des gens que nous avons rencontrés. Nous avons toujours été traités comme des invités, même quand – et c'était souvent le cas – nous arrivions à l'improviste. Nos questions étaient reçues avec patience, même lorsqu'elles n'étaient pas entièrement compréhensibles. Beaucoup d'histoires nous ont été confiées [1].

De retour dans nos bureaux, alors que nous nous rappelions ces récits et que nous analysions les données recueillies, nous étions partagés entre la fascination et l'étonnement : il paraissait impossible de faire entrer ce que nous avions vu et entendu dans les modèles simples que les économistes du développement et les concepteurs de politiques publiques (souvent occidentaux ou formés dans un cadre occidental) utilisent traditionnellement pour penser la vie des pauvres. Bien souvent, les faits nous contraignaient à amender voire à abandonner purement et simplement les théories avec lesquelles nous étions partis. Mais nous nous efforcions de ne pas le faire avant d'avoir compris exactement pourquoi elles ne fonctionnaient pas et comment il fallait les modifier pour mieux décrire le monde. Ce livre est issu de cet aller-retour : il est le fruit

1. Tout au long du livre, nous utilisons le « nous » collectif chaque fois que l'un de nous deux au moins était présent lors d'un entretien.

de cet effort pour élaborer une vision cohérente de la façon dont les pauvres vivent leur vie.

Nous nous sommes attachés à étudier les plus pauvres à l'échelle mondiale. Le seuil de pauvreté dans les cinquante pays où vivent la plupart des pauvres est de 16 roupies indiennes par personne et par jour[1]. Les gens qui vivent avec moins que cette somme sont considérés comme pauvres par le gouvernement de leur pays. Au taux de change actuel, 16 roupies correspondent à 36 cents américains. Mais comme les prix sont plus bas dans la plupart des pays en développement, si les pauvres devaient payer ce qu'ils achètent aux prix pratiqués aux États-Unis, ils auraient besoin non pas de 36 mais de 99 cents. Par conséquent, pour imaginer la vie des

---

1. Pour définir la pauvreté, notre référence majeure est l'article d'Angus DEATON et Olivier DUPRIEZ, « Purchasing power parity for the global poor », *American Economic Journal : Applied Economics*, à paraître. Comment avons-nous fait pour déterminer les prix afin qu'ils reflètent le coût de la vie ? En 2005, le projet ICP (*International Comparison Program*), dirigé par la Banque mondiale, a rassemblé une base de données complète sur les prix. Deaton et Dupriez s'en sont servis pour calculer le coût d'un panier de biens typiquement consommés par les pauvres dans tous les pays pauvres pour lesquels ils disposaient de données. Ils ont réalisé cet exercice en prenant pour référence la roupie indienne et en s'appuyant sur un indice des prix en Inde comparés à ceux pratiqués aux États-Unis, ce qui leur a permis de convertir ce seuil de pauvreté en dollars, de façon à établir la parité de pouvoir d'achat. Ils proposent de fixer le seuil de pauvreté à 16 roupies, la moyenne du seuil de pauvreté des cinquante pays où vivent la grande majorité des pauvres, pondérée par le nombre de pauvres de ces pays. Ils utilisent ensuite le taux de change, ajusté à partir de l'indice des prix en Inde et aux États-Unis, pour convertir ces 16 roupies en dollars, ce qui donne 99 cents. Tout au long de ce livre, nous présentons les prix dans la monnaie locale et en dollars ajustés en fonction de la parité de pouvoir d'achat de 2005 (ce que nous notons « USD PPA »), en reprenant les chiffres de Deaton et Dupriez. De cette façon, tous les prix mentionnés peuvent être rapportés au niveau de vie des pauvres (ainsi, quelque chose qui coûte 3 USD PPA représente environ trois fois le seuil de pauvreté).

pauvres, il faut s'imaginer vivre à Miami ou à Modesto avec 99 cents par jour pour presque tous ses besoins quotidiens (à l'exclusion du logement). Ce n'est pas chose facile. En Inde, par exemple, l'équivalent de cette somme vous permettrait de vous procurer quinze petites bananes ou environ 1,5 kilo de riz de mauvaise qualité. Comment vivre juste avec cela ? C'est pourtant ce que faisaient, en 2005, 865 millions de personnes, soit 13 % de la population mondiale.

Ces personnes qui vivent avec si peu sont par ailleurs exactement comme le reste d'entre nous. Ils éprouvent les mêmes désirs, ils ont les mêmes faiblesses ; les pauvres ne sont pas moins rationnels que les autres, au contraire. Précisément parce qu'ils possèdent si peu de choses, ils se montrent souvent extrêmement prudents dans leurs choix : ce n'est qu'en développant une économie complexe qu'ils peuvent survivre. Pourtant, malgré cette proximité, nos vies sont radicalement différentes. Et cette différence a beaucoup à voir avec des aspects de nos vies que nous considérons comme allant de soi et auxquels nous ne prêtons pour ainsi dire jamais attention.

Vivre avec 99 cents par jour implique un accès limité à l'information – les journaux, la télévision et les livres coûtent de l'argent – et, par conséquent, l'ignorance de certains faits que le reste du monde tient pour évidents, comme par exemple qu'on peut protéger ses enfants de la rougeole en les vaccinant. Cela signifie vivre dans un monde dont les institutions ne sont pas faites pour vous : la plupart des pauvres n'ont pas de salaire et encore moins d'épargne-retraite prélevée automatiquement. Cela signifie prendre des décisions à propos de choses écrites en petits caractères, alors qu'on a déjà du mal à lire ce qui est écrit en gros. Que peut bien faire celui qui ne sait pas lire d'un contrat d'assurance santé qui ne couvre pas toute une série de maladies imprononçables ? Cela signifie aller voter alors que votre expérience du système politique se résume à « beaucoup de promesses et rien derrière ». Cela signifie aussi n'avoir aucun endroit sûr où mettre son argent, parce que le banquier ne gagnerait pas assez sur vos petites économies pour couvrir ce que ça lui coûterait de les gérer. On pourrait allonger cette liste à l'envi.

Tout ceci implique que, pour tirer profit de leurs talents et garantir l'avenir de leurs familles, les pauvres ont besoin d'infiniment plus d'adresse, de volonté et d'implication que les autres. Inversement, tous les petits coûts, toutes les petites barrières et les petites erreurs qui pour nous n'ont à peu près aucune importance peuvent avoir pour eux des conséquences dramatiques.

Il n'est pas facile d'échapper à la pauvreté, mais le sentiment que c'est possible accompagné d'un peu d'aide correctement ciblée (une information, un petit coup de pouce) peuvent avoir des effets surprenants. À l'inverse, des attentes infondées, l'absence de confiance lorsqu'on en aurait besoin et des obstacles apparemment mineurs peuvent être dévastateurs. Il suffit parfois d'actionner le bon levier pour changer radicalement les choses, mais il est souvent difficile de déterminer quel est le bon. Plus important encore, il est clair qu'on ne résoudra pas tous les problèmes avec un seul levier.

Dans *Repenser la pauvreté*, nous nous efforçons de mettre en lumière la richesse du savoir économique que l'on peut tirer de la compréhension de la vie des pauvres. On y trouvera le type de théories qui nous permettent à la fois de comprendre ce que les pauvres sont capables d'accomplir et de savoir à quels moments et pour quelles raisons ils ont besoin d'un coup de pouce. Chaque chapitre retrace nos efforts pour découvrir quels sont ces points d'achoppement et comment ils peuvent être dépassés.

Nous commençons par les aspects essentiels de la vie de famille : ce que les gens achètent, ce qu'ils font concernant la scolarisation de leurs enfants, leur propre santé, celle de leurs enfants ou de leurs parents, combien d'enfants ils choisissent d'avoir, etc. Nous examinons ensuite comment les marchés et les institutions fonctionnent pour les pauvres : peuvent-ils emprunter, épargner, se garantir contre les risques qui les menacent ? Que font les gouvernements pour eux et quand sont-ils défaillants ? Du début à la fin, nous revenons aux mêmes questions fondamentales. Y a-t-il des moyens pour les pauvres d'améliorer leur vie et qu'est-ce qui les empêche de les mettre en œuvre ? Est-ce le premier pas qui coûte, ou au contraire est-il facile de commencer, mais plus difficile de persévérer ? Qu'est-ce qui rend ces options coûteuses ? Les gens ont-ils conscience de la nature des bénéfices qu'ils pourraient en tirer ? Et si ce n'est pas le cas, qu'est-ce qui s'oppose à ce qu'ils en prennent conscience ?

L'objet de *Repenser la pauvreté* est finalement d'explorer ce que la vie et les choix des pauvres nous apprennent quant à la façon dont il faut mener la lutte contre la pauvreté à l'échelle mondiale. Ainsi comprendra-t-on mieux pourquoi, par exemple, la microfinance a son utilité sans pour autant être le miracle espéré par certains ; pourquoi les soins médicaux dispensés aux pauvres leur font souvent plus de mal que de bien ; pourquoi les enfants des pauvres peuvent aller à l'école pendant des années sans jamais rien apprendre ; ou pourquoi les pauvres ne veulent pas des assurances santé qui leur sont proposées. Ce livre explique pourquoi tant de solutions miracle d'hier se sont révélées être de mauvaises idées. Il nous parle aussi de ce qui peut nourrir l'espoir : pourquoi des aides symboliques peuvent avoir des effets qui n'ont rien de symbolique ; comment améliorer les assurances privées ; pourquoi le mieux est parfois l'ennemi du bien en matière d'éducation ; pourquoi de bons emplois sont importants pour la croissance. Mais, surtout, ce livre montre à quel point l'espoir est vital et combien la connaissance est essentielle, il nous dit pourquoi nous devons persévérer, même lorsque les défis paraissent insurmontables. La réussite n'est pas toujours aussi loin qu'on le croit.

1.

Y réfléchir à trois fois...

Chaque année, neuf millions d'enfants meurent avant leur cinquième anniversaire[1]. En Afrique subsaharienne, une femme a un risque sur trente de mourir en couches – alors que, dans les pays développés, cette probabilité est réduite à un sur 5 600. Il y a au moins vingt-cinq pays, situés pour la plupart en Afrique subsaharienne, où l'espérance de vie moyenne n'est que de cinquante-cinq ans. En Inde, plus de cinquante millions d'enfants scolarisés sont incapables de lire un texte très simple[2].

Un tel paragraphe pourrait vous donner envie de refermer ce livre immédiatement et d'oublier, si possible, toutes ces histoires de pauvreté dans le monde : le problème paraît trop vaste, trop insoluble. Avec ce livre, nous voudrions justement vous convaincre du contraire.

Une expérience récemment menée à l'Université de Pennsylvanie illustre combien il est facile de se sentir submergé par l'ampleur du problème[3]. Des chercheurs ont donné 5 dollars à des étudiants en échange de leurs

---

1. Nations unies, Département des affaires économiques et sociales, *Objectifs du Millénaire pour le développement*, rapport 2010 (disponible sur <www.un.org/fr/millenniumgoals/pdf/report2010.pdf>).

2. Pratham Annual Status of Education Report, 2005, disponible sur <http://scripts.mit.edu/~varun_ag/readinggroup/images/1/14/ASER.pdf>.

3. Deborah SMALL, George LOEWENSTEIN et Paul SLOVIC, « Sympathy and callousness : the impact of deliberative thought on donations to

réponses à un bref questionnaire. Ils leur ont ensuite montré un prospectus, puis leur ont demandé de faire un don à Save the Children, l'une des plus importantes associations caritatives du monde. Il y avait deux prospectus différents. Certains des étudiants (choisis au hasard) ont reçu celui-ci :

Au Malawi, plus de trois millions d'enfants sont sous-alimentés. En Zambie, le faible niveau des pluies a entraîné une baisse de 42 % de la production de maïs depuis 2000. En conséquence, environ trois millions de Zambiens ont souffert de la famine. Quatre millions d'Angolais – soit un tiers de la population – ont été contraints de fuir leur foyer. En Éthiopie, plus de onze millions de personnes ont besoin d'une assistance alimentaire immédiate.

Les autres étudiants ont reçu un prospectus où figurait la photo d'une petite fille, et où l'on pouvait lire :

Rokia, petite fille malienne de sept ans, vit dans une pauvreté extrême et risque de souffrir de la faim, et peut-être même de la famine. Par votre don, vous pouvez améliorer sa vie. Grâce à votre générosité et à celle d'autres donateurs, Save the Children collaborera avec la famille de Rokia et les autres membres de sa communauté pour qu'elle reçoive suffisamment à manger, qu'elle puisse aller à l'école, bénéficier des soins médicaux de base et d'une éducation à l'hygiène.

Le premier prospectus a permis aux chercheurs de recueillir une moyenne de 1,16 dollar par étudiant. Le second, dans lequel la tragédie de millions de gens devenait celle d'une seule fillette, leur rapporta 2,83 dollars.

identifiable and statistical victims », *Organizational Behavior and Human Decision Processes*, n° 102, 2007, p. 143-153.

Alors que, devant le sort de Rokia, les étudiants se sont sentis responsables et prêts à apporter leur aide, ils semblent s'être découragés lorsqu'on les a mis devant l'ampleur du problème pris globalement.

Les chercheurs ont ensuite montré les deux mêmes prospectus à d'autres étudiants, toujours choisis au hasard, après les avoir avertis que l'on était plus porté à donner pour aider une victime individuelle qu'à la lecture d'informations générales. Ceux qui reçurent le premier prospectus, pour la Zambie, l'Angola et le Mali, donnèrent à peu près la même chose que ce qu'avaient donné les étudiants qui n'avaient pas été avertis au préalable, soit 1,26 dollar. Mais ceux ayant reçu le second modèle donnèrent seulement 1,36 dollar pour Rokia, soit moins de la moitié de ce que leurs collègues, non avertis, avaient donné. En encourageant les étudiants à y réfléchir à deux fois, on les a rendus moins généreux pour Rokia, mais pas plus pour le reste des habitants du Mali.

La réaction de ces étudiants est typique de ce que ressent la majorité d'entre nous face à des problèmes comme celui de la pauvreté. Notre première réaction est d'être généreux, surtout lorsque nous sommes face à une petite fille de sept ans en détresse. Mais, comme les étudiants de Pennsylvanie, lorsque nous y réfléchissons, nous nous disons souvent qu'en fait ce n'est pas la peine : notre contribution ne sera qu'une goutte d'eau dans la mer. Ce livre est une invitation à réfléchir non pas à deux, mais à trois fois : à nous détourner du sentiment que lutter contre la pauvreté est une tâche trop écrasante et à penser ce défi comme une série de problèmes concrets qui, une fois correctement identifiés et compris, peuvent être résolus un à un.

Malheureusement, ce n'est pas dans ces termes que sont généralement formulés les débats sur la pauvreté. Au lieu de discuter des meilleurs moyens de lutter contre la dysenterie ou la dengue, les experts les plus écoutés tendent à se focaliser sur de « grandes questions » comme : Quelle est la cause ultime de la pauvreté ? Quelle confiance peut-on accorder au marché ? La démocratie est-elle une bonne chose pour les pauvres ? L'aide internationale a-t-elle un rôle à jouer ? Et ainsi de suite.

Parmi ces experts, on compte Jeffrey Sachs, qui est conseiller aux Nations unies et qui dirige l'Earth Institute de l'Université de Columbia à New York. À toutes ces questions, il a une réponse : les pays pauvres sont pauvres parce qu'il y fait chaud, que la terre y est infertile, qu'ils sont infestés par le paludisme et n'ont souvent pas d'accès direct à la mer. À moins de résoudre ces problèmes endémiques, ils sont condamnés à rester improductifs. Mais, précisément parce qu'ils sont pauvres, ils sont incapables de financer les investissements importants qui seraient nécessaires pour y parvenir : ils sont donc pris dans ce que les économistes appellent le « piège de la pauvreté ». Tant que rien ne sera fait pour y remédier, ni le marché ni la démocratie ne pourront grand-chose pour eux. C'est la raison pour laquelle, selon Jeffrey Sachs, l'aide internationale est la clé : elle peut enclencher un cercle vertueux en aidant les pays pauvres à investir dans ces domaines essentiels et à les rendre ainsi plus productifs. La hausse des revenus qui s'ensuivra engendrera des investissements plus importants et cette spirale bénéfique se poursuivra. Dans *The End of Poverty*[1], publié en 2005 et devenu depuis un best-seller, Sachs affirme que si les pays riches augmentaient le montant de leur aide annuelle pour la porter à 195 milliards de dollars d'ici 2015, la pauvreté pourrait être entièrement éradiquée à l'horizon 2025.

1. Jeffrey Sachs, *The End of Poverty : Economic Possibilities for Our Time*, New York, Penguin Press, 2005.

Mais d'autres, tout aussi écoutés, pensent que toutes les réponses apportées par Sachs sont erronées. William Easterly, qui affronte Sachs depuis l'Université de New York, à l'autre extrémité de Manhattan, est devenu l'une des figures les plus en vue de l'offensive contre l'aide au développement, à la suite de la publication de deux ouvrages : *Les pays pauvres sont-ils condamnés à le rester ?* et *Le Fardeau de l'homme blanc*[1]. Dambisa Moyo, une économiste qui a travaillé pour [la banque d'affaires] Goldman Sachs et la Banque mondiale, a récemment joint sa voix à celle d'Easterly avec son livre : *L'Aide fatale*[2]. Tous deux défendent l'idée que l'aide internationale est plus néfaste qu'autre chose : elle empêche les gens de chercher leurs propres solutions, elle corrompt et sape les institutions locales et crée un lobby auto-entretenu d'organisations d'aide au développement. Le mieux à faire pour les pays pauvres est de s'en remettre à une seule idée simple : lorsque le marché est libre et qu'il existe des incitations adaptées, les gens parviennent à trouver des solutions pour résoudre leurs problèmes. En ce sens, s'ils sont pessimistes quant aux effets de l'aide internationale, ces auteurs sont en fait assez optimistes quant à la marche du monde. À en croire Easterly, il n'existe pas de piège de la pauvreté.

À qui devons-nous faire confiance ? À ceux qui nous disent que l'aide internationale peut résoudre le problème ou à ceux qui nous disent qu'elle aggrave les choses ? Ce débat ne peut pas être tranché dans l'abstrait : il faut

---

1. William Easterly, *Les pays pauvres sont-ils condamnés à le rester ?*, trad. de A. Piquet-Gauthier, Paris, Éditions d'organisation, 2006 [2001] ; et *Le Fardeau de l'homme blanc : l'échec des politiques occidentales d'aide aux pays pauvres*, trad. de P. Hersant et S. Kleimann-Lafon, Genève, Éditions M. Haller, 2009 [2006].
2. Dambisa Moyo, *L'Aide fatale : les ravages d'une aide inutile et de nouvelles solutions pour l'Afrique*, trad. de A. Zavriew, Paris, JC Lattès, 2009.

des faits précis. Malheureusement, le type de données généralement produites à l'appui des réponses à ces grandes questions n'inspire pas vraiment confiance. Il y a toujours une anecdote saisissante à invoquer pour appuyer n'importe quelle position. Ainsi, quelles leçons tirer d'un exemple comme celui du Rwanda ? Après avoir reçu des sommes considérables dans les années qui suivirent le génocide, le pays a prospéré. Maintenant que l'économie est en bonne santé, le président Paul Kagame a entamé un processus de sevrage vis-à-vis de l'aide étrangère. Doit-on y voir (comme Sachs) l'illustration des bienfaits de l'aide internationale ou (comme Moyo) un modèle de conquête d'indépendance, ou encore un mélange des deux ?

Parce qu'il n'est pas possible de parvenir à des conclusions catégoriques à partir d'un exemple unique, comme on le voit avec le Rwanda, la plupart des chercheurs qui tentent de répondre à ces grandes questions préfèrent comparer les expériences de nombreux pays. Ainsi, les données sur quelque deux cents pays montrent que ceux qui ont reçu plus d'aide extérieure n'ont pas connu de croissance supérieure aux autres. Cela est souvent interprété comme la preuve que l'aide ne fonctionne pas, mais, en réalité, cela pourrait signifier exactement le contraire. L'aide leur a peut-être permis d'éviter un désastre majeur, et peut-être les choses auraient-elles été bien pires sans elle. Au vu de ces seules données, il est impossible de le savoir ; nous devons ici nous contenter de spéculations à grande échelle.

S'il n'est pas possible de savoir avec certitude si l'aide internationale est utile ou nuisible, que devons-nous donc faire : abandonner les pauvres ? Heureusement, il n'est pas nécessaire d'être aussi défaitiste. En réalité, il y a des réponses – et ce livre tout entier est lui-même une longue réponse –, mais elles ne sont pas monolithiques comme celles de Sachs et d'Easterly. Ce livre ne vous dira pas si l'aide internationale est bonne ou mauvaise, mais il vous révélera si, dans tel ou tel cas, cette aide a été utile ou non. Nous ne pouvons pas nous prononcer sur l'efficacité de la démocratie, mais nous avons en revanche quelque chose à dire quant à la façon dont la démocratie pourrait être rendue plus effective dans l'Indonésie rurale, en modifiant la façon dont elle est organisée sur le terrain.

Quoi qu'il en soit, il n'est pas certain qu'apporter une réponse à certaines de ces grandes questions, comme celle de savoir si l'aide internationale fonctionne ou non, soit aussi important que nous sommes parfois amenés à le croire. La question de l'aide paraît cruciale pour ceux qui, à Londres, à Paris ou à Washington, désirent passionné- ment secourir les plus démunis (et pour ceux, moins enflammés, qui rechignent à la financer). Mais, en réalité, ces subsides ne représentent qu'une très petite partie de l'argent dépensé chaque année pour les pauvres. La plu- part des programmes de redistribution dans le monde sont financés par les ressources propres des pays concernés. L'Inde ne reçoit par exemple pour ainsi dire pas d'aide. Au cours des années 2004-2005, elle a dépensé 500 mil- liards de roupies (soit 31 milliards USD PPA[1]) pour les seuls programmes d'éducation primaire destinés aux pauvres. Même en Afrique, où l'aide étrangère joue un rôle bien plus important, elle ne représente que 5,6 % de l'ensemble du budget des États en 2003 (ou 12 %, si l'on

1. Chaque fois que nous mentionnons un montant dans la monnaie locale d'un pays, nous donnons le montant équivalent en dollars, ajusté en fonction du coût de la vie (voir la note 1 de l'avant-propos, p. 12). Nous le notons USD PPA (US dollars en parité de pouvoir d'achat).

exclut le Nigeria et l'Afrique du Sud, deux grands pays qui ne reçoivent que très peu d'aide)[1].

Mais, surtout, les débats infinis pour ou contre l'aide internationale cachent souvent le véritable enjeu, qui n'est pas tant de savoir d'où vient l'argent, mais où il va. La question importante est de déterminer quel projet il vaut mieux financer – vaut-il mieux fournir de la nourriture aux pauvres, des retraites aux personnes âgées ou des centres médicaux pour les malades ? – et ensuite d'établir comment gérer au mieux tel ou tel programme : comment, par exemple, gérer une clinique et recruter du personnel ? En d'autres termes, la question clé est *comment* dépenser l'argent, et non *combien* il faut en dépenser.

Aucun des participants du débat sur l'aide internationale ne conteste réellement le principe fondamental selon lequel nous devons aider les pauvres lorsque nous le pouvons. Il n'y a là rien de surprenant. Le philosophe Peter Singer parle de l'impératif moral de sauver la vie de gens que nous ne connaissons pas. Il part de l'observation que la plupart des gens sacrifieraient volontiers un costume à 1 000 dollars pour sauver un enfant en train de se noyer sous leurs yeux[2], et poursuit avec l'idée qu'il n'y a aucune raison de faire de différence entre cet enfant et les neuf millions d'autres qui meurent chaque année avant d'avoir atteint leur cinquième anniversaire. Nombreux sont ceux qui seraient également

1. Todd Moss, Gunilla Pettersson et Nicolas Van de Walle, « An aid-institutions paradox ? A review essay on aid dependency and State building in Sub-Saharan African », Center for Global Development, document de travail n° 74, janvier 2006. Néanmoins, onze pays sur quarante-six avaient reçu plus de 10 % de leur budget en aides internationales, et onze en avaient reçu plus de 20 %.

2. Peter Singer, « Famine, affluence, and morality », *Philosophy and Public Affairs*, 1 (3), 1972, p. 229-243.

d'accord avec Amartya Sen, philosophe et économiste lauréat du prix Nobel, pour dire que la pauvreté conduit à un intolérable gâchis de talents. Pour reprendre ses termes, la pauvreté ne correspond pas simplement à un manque d'argent, elle signifie aussi ne pas avoir la « capabilité » de réaliser entièrement son potentiel d'être humain[1]. Une fillette née dans une famille pauvre en Afrique n'ira probablement à l'école que quelques années, même si c'est une élève brillante ; elle n'aura sans doute pas l'alimentation adéquate pour devenir l'athlète de haut niveau qu'elle aurait pu être, ni les fonds suffisants pour monter une entreprise, quels que soient son ingéniosité et son talent.

Il est vrai que cette vie gâchée n'affecte peut-être pas directement les habitants des pays développés – mais il se pourrait tout de même que ce soit le cas : elle deviendra peut-être une prostituée séropositive et contaminera peut-être un Américain de passage, qui transmettra ensuite la maladie chez lui ; ou bien elle développera peut-être une souche de tuberculose résistante aux antibiotiques, qui finira par arriver en Europe. Si elle avait été à l'école, elle aurait peut-être été celle qui aurait trouvé un traitement pour la maladie d'Alzheimer. Ou, comme Dai Manju, une adolescente chinoise qui n'a pu poursuivre sa scolarité qu'en raison d'une erreur commise par un employé de banque, elle aurait pu devenir un magnat des affaires, employant des milliers de personnes. (Cette histoire est évoquée par Nicholas Kristof et Sheryl WuDunn dans leur livre *La Moitié du ciel*[2]). Et, même sans cela,

---

1. Amartya SEN, *Un nouveau modèle économique : développement, justice, liberté*, trad. de M. Bessières, Paris, Odile Jacob, 2000 [1999].
2. Nicholas D. KRISTOF et Sheryl WUDUNN, *La Moitié du ciel. Les femmes vont changer le monde*, trad. d'Olivier Colette, Paris, Les Arènes, 2010 [2009].

comment peut-on justifier de ne pas lui donner sa chance ?

Le consensus s'effrite dès que se pose la question suivante : « Connaissons-nous des moyens efficaces d'aider les pauvres ? » Lorsque Singer nous exhorte à aider les autres, il présuppose implicitement que nous savons comment le faire : l'impératif moral qui vous dicte de sacrifier votre costume s'impose avec infiniment moins de force lorsque vous ne savez pas nager. C'est la raison pour laquelle, dans *Sauver une vie*, Singer prend la peine de proposer à ses lecteurs une liste d'exemples concrets de causes dignes d'être soutenues, liste régulièrement mise à jour sur son site[1]. Kristof et WuDunn font de même. L'idée est simple : parler des problèmes du monde sans évoquer quelques solutions accessibles est la meilleure manière de produire de la paralysie.

C'est pourquoi il importe de réfléchir à des problèmes concrets auxquels on peut apporter des réponses précises, plutôt qu'à l'aide internationale en général : il vaut mieux penser à l'« aide » plutôt qu'à l'« Aide ». Pour prendre un exemple, selon l'Organisation mondiale de la santé (OMS), le paludisme a causé près d'un million de morts en 2008, pour la plupart parmi les enfants africains[2]. Or nous savons que le fait de dormir sous une moustiquaire imprégnée d'insecticide contribue à sauver nombre de ces vies. Des études ont montré que, dans les zones où le paludisme est très répandu, dormir sous une

---

1. Peter SINGER, *Sauver une vie. Agir maintenant pour éradiquer la pauvreté*, trad. de P. Loubet, Paris, Michel Lafon, 2009.
2. Voir la fiche d'information de l'OMS sur le paludisme, disponible en ligne sur <www.who.int/mediacentre/factsheets/fs094/en/index.html>. On notera qu'ici, comme à beaucoup d'autres moments, nous citons les statistiques internationales officielles. Il est bon d'avoir à l'esprit que ces chiffres ne sont pas toujours précis : souvent, les données sur lesquelles ils sont fondés sont incomplètes ou douteuses.

moustiquaire imprégnée réduit de moitié l'incidence de la maladie[1]. Quelle est donc la meilleure manière de faire en sorte que le plus d'enfants possible dorment sous des moustiquaires ?

Pour 10 dollars environ, on peut fournir une moustiquaire à une famille et lui apprendre à s'en servir. Mais quelle est la meilleure démarche à adopter ? Le gouvernement ou une organisation non gouvernementale doivent-ils fournir gratuitement des moustiquaires aux parents, ou leur demander d'en acheter, peut-être en les subventionnant ? Ou faut-il les laisser en acheter au prix du marché ? Il est tout à fait possible de répondre à ces questions, mais les réponses n'ont rien d'évident. Pourtant, nombre d'« experts » adoptent à ce sujet des positions tranchées, rarement étayées par des preuves rigoureuses.

Étant donné que le paludisme est une maladie contagieuse, si Mary dort sous une moustiquaire, John a moins de chance de l'attraper ; si au moins la moitié de la population dort sous une moustiquaire, alors même ceux qui ne le font pas sont bien moins exposés au risque de contamination[2]. Le problème est que moins d'un quart des enfants susceptibles d'être contaminés dorment sous une moustiquaire[3] : il semble que le coût de 10 dollars soit trop élevé pour nombre de familles au Mali ou au Kenya. Au regard

1. Christian LENGELER, « Insecticide-treated bed nets and curtains for preventing malaria », *Cochrane Database of Systematic Reviews*, n° 2, 2004, art. n° CD000363.

2. William A. HAWLEY, Penelope A. PHILLIPS-HOWARD, Feiko O. TER KUILE, Dianne J. TERLOUW, John M. VULULE, Maurice OMBOK, Bernard L. NAHLEN, John E. GIMNIG, Simon K. KARIUKI, Margarette S. KOLCZAK et Allen W. HIGHTOWER, « Community-wide effects of permethrin-treated bed nets on child mortality and malaria morbidity in western Kenya », *American Journal of Tropical Medicine and Hygiene*, n° 68, 2003, p. 121-127.

3. Rapport mondial sur le paludisme, disponible en ligne sur <www.who.int/malaria/world_malaria_report_2009/factsheet/en/index.html>.

des bénéfices pour l'usager et pour les autres personnes du voisinage, vendre les moustiquaires très bon marché, ou les donner gratuitement, paraît une bonne idée. Et, effectivement, la distribution gratuite de moustiquaires est l'une des idées défendues par Sachs. Easterly et Moyo estiment quant à eux au contraire que les gens n'apprécieront pas à leur juste valeur (et par conséquent n'utiliseront pas) les moustiquaires s'ils les reçoivent gratuitement. Et quand bien même ils le feraient, ils pourraient alors s'habituer aux distributions gratuites et refuser ensuite d'en acheter, quand elles ne seraient plus gratuites, ou encore refuser d'acheter d'autres choses dont ils ont pourtant besoin, à moins qu'elles ne soient elles aussi subventionnées. Une telle initiative aurait donc pour effet de détruire des marchés qui fonctionneraient sans cela de façon satisfaisante. Moyo raconte ainsi comment un fournisseur de moustiquaires se retrouva ruiné par un programme de distribution gratuite. Lorsque la distribution cessa, il n'y avait plus personne pour fournir des moustiquaires, à quelque prix que ce soit.

Pour éclairer ce débat, il faut répondre à trois questions. Tout d'abord, si les gens doivent payer le prix du marché (ou presque) pour acheter une moustiquaire, ne préféreront-ils pas s'en passer ? Deuxièmement, si les moustiquaires leur sont distribuées gratuitement, ou à un prix réduit, les gens les utiliseront-ils, ou seront-elles gâchées ? Troisièmement, après avoir obtenu des moustiquaires à prix réduit, seront-ils plus ou moins prêts à en acheter une autre si les subventions à l'achat sont ensuite réduites ?

Pour répondre à ces questions, il faudrait observer le comportement de groupes de personnes comparables bénéficiant de différents niveaux de subvention. Le mot essentiel ici est « comparable ». En règle générale, les personnes qui achètent des moustiquaires et celles qui les reçoivent gratuitement ne sont pas les mêmes : il est possible que ceux qui les achètent soient plus riches et soient allés à l'école plus longtemps, et qu'ils soient plus au fait de l'utilité d'une moustiquaire ; quant à ceux qui les ont reçues gratuitement, ils peuvent avoir été choisis par une ONG précisément en raison de leur pauvreté. Mais l'inverse peut également arriver : ceux qui les ont eues gratuitement sont des gens qui ont des relations, tandis que les plus pauvres et les plus isolés sont obligés de payer le prix fort. Nous ne pouvons par conséquent tirer aucune conclusion des différences dans la façon dont ils utilisent leur moustiquaire.

Pour cette raison, la façon la plus appropriée de répondre à de telles questions est de suivre le modèle des essais aléatoires utilisés en médecine pour évaluer l'efficacité de nouveaux médicaments. Pascaline Dupas, de l'Université de Californie à Los Angeles, a conduit une expérimentation de ce type au Kenya, et d'autres personnes ont suivi son exemple en Ouganda et à Madagascar[1]. Dans l'expérimentation de Dupas, des individus choisis de façon aléatoire recevaient une aide financière plus ou moins importante pour acheter des moustiquaires. En comparant le comportement de groupes semblables sélectionnés de façon aléatoire, elle a pu

1. Pascaline DUPAS, « Short-run subsidies and long-run adoption of new health products : evidence from a field experiment », version de travail, 2010 ; Jessica COHEN et Pascaline DUPAS, « Free distribution or cost-sharing ? evidence from a randomized malaria prevention experiment », *Quarterly Journal of Economics*, 125 (1), février 2010, p. 1-45 ; Vivian HOFFMANN, « Demand, retention, and intra-household allocation of free and purchased mosquito nets », *American Economic Review : Papers and Proceedings*, mai 2009 ; Paul KREZANOSKI, Alison COMFORT et Davidson HAMER, « Effect of incentives on insecticide-treated bed net use in Sub-Saharan Africa : a cluster randomized trial in Madagascar », *Malaria Journal*, 9 (186), 27 juin 2010.

répondre à ces trois questions, du moins dans le contexte où l'expérimentation a été menée.

Dans le troisième chapitre de ce livre, nous commenterons abondamment ses conclusions. Bien que certaines questions subsistent (ces expérimentations ne nous disent pas encore, par exemple, si la distribution de moustiquaires importées bénéficiant de subventions a fait du tort aux producteurs locaux), ces résultats ont beaucoup contribué à faire évoluer le débat et ont influencé tant les discours que l'orientation des programmes.

Passer des grandes questions générales à des questions plus précises a un autre avantage. Lorsque nous apprenons si les pauvres sont prêts à payer pour des moustiquaires, et s'ils les utilisent quand ils les reçoivent gratuitement, nous apprenons bien plus que la meilleure façon de distribuer des moustiquaires : nous commençons à comprendre comment les pauvres prennent des décisions. Une première question est ainsi de savoir ce qui fait obstacle à l'adoption plus générale des moustiquaires. Cela peut s'expliquer par un défaut d'information quant à leur utilité ou par le fait qu'elles sont trop chères pour les pauvres. Peut-être les pauvres sont-ils si préoccupés par des problèmes immédiats qu'ils n'ont pas l'espace mental nécessaire pour s'intéresser au futur, ou peut-être est-ce tout à fait autre chose qui est en jeu. Répondre à ces questions nous permet de comprendre ce que les pauvres ont de spécifique – si tel est effectivement le cas. Vivent-ils comme n'importe qui d'autre, à ceci près qu'ils ont moins d'argent, ou y a-t-il quelque chose de fondamentalement différent dans le fait de vivre dans l'extrême pauvreté ? Et si cette situation a effectivement quelque chose de spécifique, est-ce susceptible d'empêcher les pauvres de sortir de la pauvreté ?

Pris dans le piège de la pauvreté ?

Il n'est pas étonnant que Sachs et Easterly aient des vues radicalement opposées concernant le prix idéal des moustiquaires. Les positions que prennent la plupart des experts des pays riches concernant l'aide au développement et la pauvreté sont généralement influencées par leur vision générale du monde, même lorsqu'on pourrait penser – comme dans le cas des moustiquaires – qu'il y a là des questions concrètes à même de recevoir des réponses précises. De façon à peine caricaturale, on pourrait dire que, sur la gauche du spectre politique, Jeffrey Sachs (et avec lui les Nations unies, l'OMS et une bonne partie de l'administration de l'aide internationale) souhaite qu'on consacre plus d'argent à l'aide internationale et estime de façon générale que les choses (qu'il s'agisse d'engrais, de moustiquaires ou encore d'ordinateurs à l'école) doivent être distribuées gratuitement et que les pauvres doivent être incités à faire ce que nous (Sachs ou les Nations unies) pensons qui est bon pour eux. Ainsi, ce serait une bonne chose d'offrir des repas à l'école pour encourager les parents à y envoyer régulièrement leurs enfants. Sur la droite du spectre politique, William Easterly, ainsi que Dambisa Moyo, l'American Enterprise Institute [1] et bien d'autres, sont opposés à l'aide internationale, non seulement parce qu'elle corrompt les gouvernements mais aussi parce que, à un niveau plus fondamental, ils pensent qu'il faut respecter la liberté des gens : s'ils ne veulent pas de quelque chose, il ne faut pas les y forcer ; si les enfants ne veulent pas aller à l'école, ce doit être parce qu'il est inutile d'être éduqué.

1. L'American Enterprise Institute for Public Policy Research (AEI) est un *think-tank* proche des néoconservateurs américains. (*NdÉ.*)

Ces positions ne peuvent être réduites à de simples réflexes idéologiques. Sachs et Easterly sont tous deux économistes et leurs différences viennent pour une large part de ce qu'ils apportent chacun une réponse différente à une question économique, à savoir : est-il possible d'être piégé dans la pauvreté ? Comme nous l'avons vu, Sachs estime que certains pays sont enfermés dans la pauvreté, par leur situation géographique ou par malchance : ils sont pauvres parce qu'ils sont pauvres. Ils ont le potentiel nécessaire pour devenir riches, mais ils ont besoin d'être sortis de l'ornière où ils sont tombés et d'être remis sur le chemin de la prospérité – d'où l'insistance de Sachs sur l'importance d'un puissant coup de main. À l'inverse, Easterly constate que beaucoup de pays auparavant pauvres sont aujourd'hui riches, et inversement. Selon lui, si la pauvreté n'est pas une condition permanente, c'est une imposture que de parler d'un « piège de la pauvreté » qui enfermerait inexorablement les pays pauvres.

On peut poser la même question à propos des individus. Les gens peuvent-ils être pris dans un piège de pauvreté ? Si tel était le cas, une injection unique d'aide pourrait faire une énorme différence dans la vie de quelqu'un, en le mettant sur une nouvelle trajectoire. C'est là la philosophie qui sous-tend le projet des « Villages du Millénaire » de Jeffrey Sachs. Les habitants de ces heureux villages reçoivent gratuitement des engrais, des repas scolaires, des centres médicaux, des ordinateurs pour les écoles et bien d'autres choses encore. Le coût total de l'opération s'élève à un demi-million de dollars par an et par village. L'objectif espéré, selon le site internet du projet, est que « les économies des Villages du Millénaire puissent à terme opérer une transition de l'agriculture de subsistance à une activité commerciale indépendante [1] ».

---

1. Disponible en ligne sur <www.millenniumvillages.org/>.

Dans une vidéo produite pour la chaîne MTV, Jeffrey Sachs et l'actrice Angelina Jolie vont à Sauri, au Kenya, l'un des plus anciens Villages du Millénaire. Ils y rencontrent Kennedy, un jeune agriculteur qui a reçu gratuitement de l'engrais et dont la récolte, grâce à cela, a été vingt fois supérieure à celle des années précédentes. Les économies faites sur cette récolte lui permettront de ne plus jamais manquer d'argent, conclut la vidéo. L'argumentation implicite est que Kennedy, piégé dans la pauvreté, n'avait pas les moyens d'acheter de l'engrais : en recevoir gratuitement l'a libéré de ce piège. C'était là le seul moyen pour lui d'y échapper.

Mais les esprits sceptiques pourraient rétorquer que, si l'engrais est si rentable, on ne comprend pas pourquoi Kennedy n'en a pas acheté juste un peu pour le répandre sur la partie la plus adaptée de son champ. De cette manière, il aurait augmenté sa récolte et, grâce à l'argent supplémentaire, il aurait pu acheter plus d'engrais l'année suivante, et ainsi de suite. Petit à petit, il aurait eu assez d'argent pour fertiliser l'ensemble de son champ.

La question est donc : Kennedy était-il, oui ou non, piégé dans la pauvreté ?

La réponse dépend de la faisabilité de cette stratégie : est-il possible d'acheter un peu pour commencer, de gagner un peu plus d'argent, puis de réinvestir les bénéfices pour en tirer encore un peu plus d'argent, et de répéter l'opération ? Peut-être n'est-il pas facile d'acheter de l'engrais en petites quantités ? Ou peut-être faut-il s'y reprendre à plusieurs fois avant qu'il soit efficace ? Le réinvestissement des profits pose peut-être problème. On peut imaginer nombre de raisons pour lesquelles il peut être difficile à un agriculteur de se propulser tout seul sur une trajectoire qui le sortira de la pauvreté.

Au chapitre 8, nous reviendrons plus en détail sur l'histoire de Kennedy. Mais cette première approche éclaire un principe général : on pourra parler de piège de la pauvreté chaque fois que la possibilité de *faire croître ses revenus ou sa richesse à un rythme très élevé* est limitée pour ceux qui ont trop peu à investir, mais augmente de façon considérable pour ceux qui peuvent investir un peu plus. À l'inverse, si le potentiel de croissance rapide est élevé chez les pauvres, et se réduit à mesure que l'on s'enrichit, alors il n'y a pas de piège.

Les économistes adorent les théories simples (certains diraient même simplistes), et ils aiment à les représenter sous la forme de diagrammes. Nous ne faisons pas exception : ci-dessous, nous proposons deux diagrammes qui nous paraissent utiles pour illustrer le débat sur la nature de la pauvreté. Le plus important à retenir est la forme de leur courbe – nous y reviendrons à plusieurs reprises au cours de ce livre.

Pour ceux qui croient à l'existence d'un piège de la pauvreté, le monde ressemble à la figure 1. Votre revenu actuel influe sur ce que sera votre revenu dans le futur (ce futur pouvant être demain, le mois prochain ou la génération suivante) : ce que vous avez aujourd'hui détermine combien vous mangez, combien vous pouvez dépenser pour votre santé ou pour l'éducation de vos enfants, si vous pouvez acheter des engrais ou des semences améliorées pour votre exploitation, tout cela déterminant ce dont vous disposerez demain.

La forme de la courbe est essentielle : très plate au départ, elle s'élève rapidement, puis s'aplatit à nouveau. Nous l'appellerons la courbe en S.

C'est cette forme en S de la courbe qui est la source du piège de la pauvreté. Sur la ligne diagonale, le revenu actuel est égal au revenu futur. Pour les très pauvres qui sont dans la *zone du piège de la pauvreté*, le revenu futur est inférieur au revenu actuel – la courbe est en dessous de la ligne diagonale. Cela signifie que, au fil du temps, ceux qui sont dans cette zone deviennent de plus en plus pauvres, jusqu'à finalement terminer, au point N, dans le piège de pauvreté. La flèche qui part du point A1 représente une trajectoire possible : depuis A1, on passe en A2, puis en A3, et ainsi de suite. Pour ceux qui commencent en dehors de la zone du piège de la pauvreté, le revenu de demain est supérieur au revenu d'aujourd'hui – au fil du temps, ils deviennent de plus en plus riches, du moins jusqu'à un certain point. Ce destin plus enviable est représenté par la flèche commençant au point B1, puis passant par les points B2 et B3, et ainsi de suite.

Cependant, beaucoup d'économistes (peut-être même la majorité) estiment que le monde ressemble plus à la figure 2.

La figure 2 ressemble un peu au côté droit de la figure 1, mais sans le côté plat à gauche. C'est au début que la courbe s'élève le plus vite, puis elle ralentit de plus en plus. Dans ce monde, il n'y a pas de piège de la pauvreté : les plus pauvres gagnent plus que leur revenu de départ et deviennent donc plus riches au fil du temps, jusqu'à ce que, pour finir, leur revenu cesse d'augmenter (les flèches allant des points A1 aux points A2 et A3 décrivent une trajectoire possible). Ce revenu peut ne pas être très élevé, mais l'important est que, dans ce cas, il y a relativement peu de choses que nous puissions faire pour aider les pauvres. Dans ce monde, faire une fois un don à quelqu'un (de façon à lui permettre, par exemple, de partir du point A2 au lieu du point A1) n'aura aucun effet permanent d'élévation de son revenu. Au mieux, cela peut l'aider à s'élever un peu plus vite, mais son point d'arrivée sera le même.

Figure 1. La courbe en S et le piège de la pauvreté

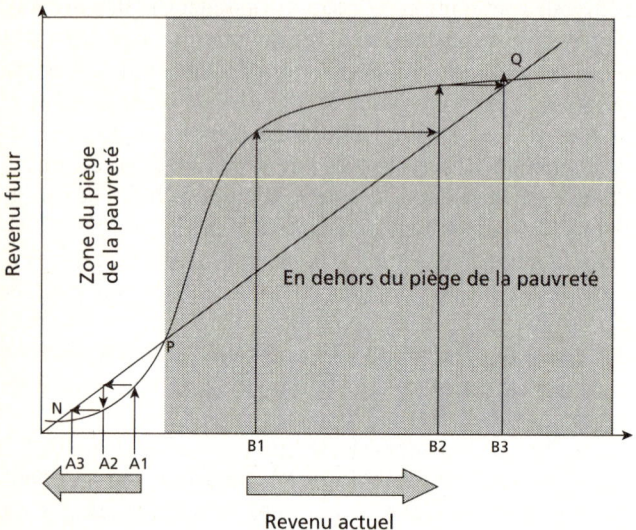

Alors, lequel de ces deux diagrammes représente le mieux le monde de Kennedy, ce jeune agriculteur kényan ? Pour connaître la réponse à cette question, nous devons établir un certain nombre de faits simples, comme : Peut-on acheter de l'engrais en petites quantités ? Est-il difficile d'épargner de l'argent entre deux saisons agricoles, de sorte que, même si Kennedy parvenait à gagner de l'argent au cours d'une saison, il ne pourrait s'en servir pour investir ensuite ? L'idée la plus importante à retirer de la théorie qui sous-tend ces diagrammes est donc que *la théorie ne suffit pas* : pour répondre vraiment à la question de savoir s'il y a ou non des pièges de la pauvreté, nous devons savoir si le monde réel est mieux représenté par l'un de ces graphiques ou par l'autre. Et cette évaluation doit être faite au cas par cas : si notre histoire traite de l'engrais, nous devons savoir certaines choses à propos du marché des engrais. Si elle concerne l'épargne, nous devons savoir comment les pauvres économisent. S'il est question de nutrition ou de santé, alors ce sont ces domaines qu'il faudra étudier. Il est sans doute frustrant de ne pas avoir de grande réponse universelle, mais pourtant c'est exactement ce que ceux qui élaborent les politiques doivent précisément savoir : quels sont les facteurs essentiels qui

**Figure 2. La courbe en L inversé :
il n'y a pas de piège de la pauvreté**

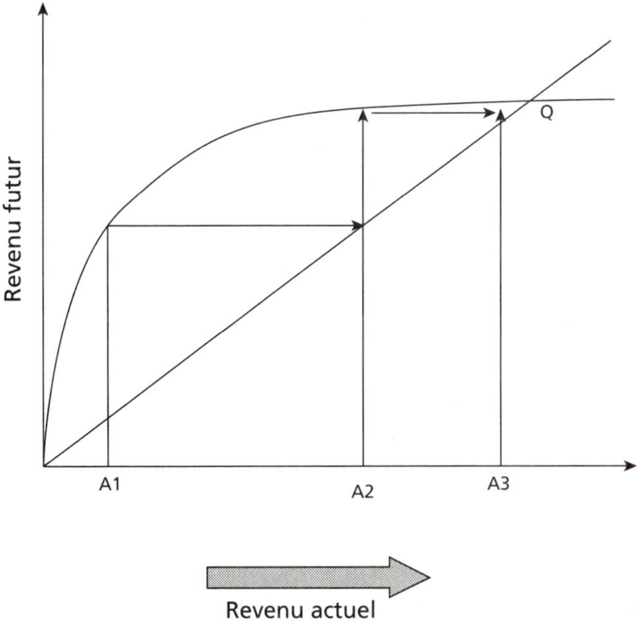

contribuent à créer un piège ? Ils pourront ainsi agir sur ces problèmes particuliers pour libérer les pauvres et enclencher un cercle vertueux d'accroissement de la richesse et de l'investissement.

Ce changement radical de perspective, à l'opposé des réponses universelles, nous a forcés à quitter nos bureaux pour aller examiner plus attentivement le monde. Ce faisant, nous nous inscrivions dans une longue tradition : de nombreux économistes du développement ont souligné l'importance de recueillir les données adéquates pour dire quelque chose d'utile. Cependant, nous avions deux avantages sur les générations précédentes : tout d'abord, il y a aujourd'hui des données d'excellente qualité sur de nombreux pays pauvres qui n'étaient auparavant pas accessibles. Par ailleurs, nous disposons aujourd'hui d'un nouvel outil puissant : la méthode de l'évaluation aléatoire qui permet aux chercheurs, en collaboration avec un partenaire local, d'organiser des expérimentations à grande échelle afin de mettre à l'épreuve leurs théories. Dans le cadre d'une évaluation aléatoire (ou randomisée), comme dans l'étude sur les moustiquaires, des individus ou des communautés reçoivent de façon aléatoire différents « traitements », c'est-à-dire bénéficient de différents programmes ou de différentes versions d'un même programme. Les individus (ou groupes) bénéficiaires étant strictement comparables (puisqu'ils ont été choisis aléatoirement), toute différence constatée entre eux peut être attribuée au programme.

Une seule étude n'apporte pas de réponse définitive quant à savoir si un programme « fonctionne » de façon universelle. Mais il est possible de mener une série d'expérimentations différant soit par le lieu où elles sont conduites, soit quant à l'intervention exacte sur laquelle porte l'évaluation (ou les deux). Combiner les expérimentations nous permet à la fois de vérifier la solidité de nos conclusions (ce qui fonctionne au Kenya fonctionne-t-il aussi à Madagascar ?) et de mieux comprendre quelles théories sont susceptibles d'expliquer ces données (qu'est-ce qui arrête Kennedy ? Est-ce le prix de l'engrais ou la difficulté à épargner ?). La nouvelle théorie élaborée à partir de là permet de concevoir des interventions et de nouvelles expérimentations et nous aide également à comprendre des résultats antérieurs que nous ne parvenions pas à expliquer. Peu à peu, nous obtenons un tableau plus complet de la façon dont les pauvres vivent réellement leur vie, des aspects pour lesquels il est nécessaire de les aider et de ceux où ils peuvent s'en sortir seuls.

En 2003, nous avons fondé le laboratoire d'action contre la pauvreté (le Poverty Action Lab devenu ensuite le Abdul Latif Jameel Poverty Action Lab, ou J-PAL) pour encourager et soutenir d'autres chercheurs, les gouvernements et les organisations non gouvernementales à travailler ensemble à cette nouvelle façon de faire de l'économie, et pour contribuer à diffuser auprès des responsables de politiques publiques ce que nous avions appris. Cette initiative a eu un écho important. En 2010, les chercheurs de J-PAL avaient réalisé ou étaient en train de réaliser 240 expérimentations dans quarante pays du monde, et nombre d'organisations, de chercheurs et de responsables de politiques publiques avaient adopté le principe de l'évaluation aléatoire.

L'enthousiasme suscité par le travail mené au sein de J-PAL suggère que nombre de gens partagent notre point de départ fondamental, à savoir qu'il est possible de réaliser des avancées très significatives pour résoudre les problèmes les plus graves en accumulant des mesures modestes, chacune méticuleusement calibrée, testée et mise en œuvre de façon appropriée. Cela peut sembler évident, mais, comme nous le montrerons tout au long de ce livre, ce n'est pas de cette façon que les programmes d'aide sont généralement élaborés. La pratique des programmes de développement, ainsi que les débats qui l'accompagnent, semblent reposer sur l'idée qu'il est impossible de s'appuyer sur des preuves rigoureuses : la recherche de preuves vérifiables ne serait qu'une chimère, un vain rêve – et par conséquent une perte de temps. « Pendant que vous vous amusez à chercher à établir des preuves, il faut bien que quelqu'un fasse le travail », avons-nous souvent entendu de la part de responsables de politiques publiques et de leurs conseillers, hommes d'action peu soucieux de faire dans le détail, depuis que nous nous sommes lancés dans cette entreprise. Encore aujourd'hui, cette opinion est partagée par beaucoup de gens. Mais il y en a beaucoup d'autres qui ont toujours éprouvé le sentiment d'être réduits à l'impuissance par cette urgence irraisonnée. Comme nous, ils estiment que la meilleure chose à faire est de comprendre en profondeur les problèmes spécifiques qui affectent les pauvres et de déterminer les moyens les plus efficaces d'intervenir. Dans certains cas, sans doute, le mieux sera de ne rien faire, mais il n'y a pas ici de règle absolue, comme il n'y a pas non plus de principe impératif selon lequel dépenser de l'argent serait toujours efficace. C'est le corpus de connaissances nées de chaque réponse particulière et la compréhension qu'apportent ces réponses qui nous donnent le plus de chance d'en finir un jour avec la pauvreté.

Ce livre est fondé sur ce corpus de connaissances. Beaucoup des matériaux dont nous parlerons proviennent d'évaluations randomisées que nous avons menées nous-mêmes ou qui l'ont été par d'autres, mais nous nous servons également d'autres types de résultats : des descriptions qualitatives ou quantitatives de la façon dont vivent les pauvres, des recherches concernant la façon dont fonctionne telle ou telle institution et tout un ensemble de données concernant les politiques qui ont ou n'ont pas fonctionné. Sur le site internet qui accompagne ce livre, <www.pooreconomics.com>, nous donnons des liens vers toutes les études que nous citons, des photographies illustrant chaque chapitre ainsi que des extraits et des graphiques tirés d'un ensemble de données sur les aspects principaux de la vie des personnes qui vivent avec moins de 99 cents par jour dans dix-huit pays différents. Nous nous y référerons à maintes reprises tout au long de cet ouvrage.

Les études dont nous nous sommes servis ont en commun un haut degré de rigueur scientifique, une capacité à accepter le verdict des faits et l'attachement à des questions concrètes particulières qui intéressent la vie des pauvres. Ces données nous serviront notamment à répondre à la question de savoir où et quand nous devons nous préoccuper de l'existence de pièges de pauvreté : dans certains domaines, nous constaterons qu'ils existent, mais pas dans d'autres. Pour concevoir des politiques efficaces, il est crucial d'apporter une réponse adéquate à ces questions. Dans les chapitres qui suivent, nous aurons à maintes reprises l'occasion d'examiner des cas où de mauvaises politiques ont été adoptées non pas parce que leurs promoteurs étaient animés de mauvaises intentions ou parce qu'ils étaient corrompus, mais tout simplement parce qu'ils se conformaient à un modèle inadapté : ils pensaient qu'il existait à tel endroit un piège de pauvreté, alors que ce n'était pas le cas, ou ils négligeaient de prendre en compte un autre piège, pourtant devant leurs yeux.

Le message de ce livre va cependant bien au-delà de cette seule question des pièges de pauvreté. Comme nous le verrons, l'idéologie, l'ignorance et l'inertie – les trois « i » –, qu'ils soient le fait des experts, des fonctionnaires de l'aide internationale ou des responsables locaux des politiques publiques, expliquent bien souvent pourquoi les politiques échouent ou pourquoi l'aide apportée n'a pas l'effet qu'elle devrait avoir. Il est possible de rendre le monde meilleur, mais il faut pour cela un peu d'énergie intellectuelle. Nous espérons vous convaincre que notre démarche patiente et progressive est non seulement plus efficace pour lutter contre la pauvreté, mais qu'elle fait également du monde un endroit plus intéressant.

I

VIES PRIVÉES

2

Un milliard d'affamés ?

En Occident, pour la plupart d'entre nous, pauvreté et faim sont presque synonymes. Mis à part le tsunami de 2004 ou le tremblement de terre en Haïti en 2010, deux catastrophes naturelles majeures, aucun événement n'a davantage frappé l'imagination ni suscité un plus grand élan de générosité collective que la famine en Éthiopie au début des années 1980 suivie en 1985 par le concert « We Are the World ». Plus récemment, en juin 2009, l'annonce par l'Organisation des Nations unies pour l'alimentation et l'agriculture (FAO) que plus d'un milliard de personnes souffraient de la faim [1] a fait les gros titres des journaux et bénéficia d'un écho médiatique bien plus important que les estimations de la Banque mondiale du nombre de personnes vivant avec moins de un dollar par jour.

Ce lien entre faim et pauvreté a été officialisé par le premier Objectif du Millénaire pour le développement (OMD) des Nations unies, « réduire la pauvreté et la faim ». Dans de nombreux pays, le seuil de pauvreté est défini à partir de l'idée selon laquelle être pauvre, c'est avoir faim : il représente le budget nécessaire pour acheter

1. Organisation des Nations unies pour l'alimentation et l'agriculture, « The state of food insecurity in the world, 2009 : economic crises, impact and lessons learned », disponible en ligne sur <www.fao.org/docrep/012/i0876e00.htm>.

un certain nombre de calories, ainsi que quelques autres biens indispensables (comme le logement). Une personne « pauvre » est fondamentalement définie comme une personne qui n'a pas assez à manger.

Il n'y a donc rien de surprenant à ce qu'une grande partie de l'effort des États pour aider les pauvres repose sur l'idée que ceux-ci ont désespérément besoin de nourriture, et que, dans ce domaine, c'est la quantité qui compte. Les aides alimentaires sont omniprésentes au Moyen-Orient : l'Égypte a dépensé 3,8 milliards de dollars en aide alimentaire en 2008-2009 (soit 2 % de son PIB)[1]. L'Indonésie a un programme de distribution de riz subventionné, le Rakshin Program. Plusieurs États indiens ont des programmes similaires : en Orissa, par exemple, les pauvres ont droit à environ 25 kilos de riz par mois à environ 8 roupies le kilo, soit moins de 20 % du prix du marché. Le Parlement indien est actuellement en train de discuter de l'adoption d'une loi instituant un « droit à l'alimentation », qui permettrait aux gens souffrant de la faim d'attaquer l'État en justice.

La distribution de l'aide alimentaire à grande échelle est un cauchemar logistique. En Inde, on estime que plus de la moitié du blé et plus du tiers du riz distribués au titre de l'aide sont « perdus », une bonne partie étant notamment mangée par les rats[2]. Si les gouvernements tiennent tant à ces politiques en dépit de ce gâchis, ce n'est pas seulement parce que faim et pauvreté sont supposées aller de pair, c'est aussi parce que l'incapacité des pauvres de

1. Banque mondiale, « Egypt's food subsidies : benefit incidence and leakages », rapport 57446, septembre 2010.
2. A. Ganesh-Kumar, Ashok Gulati et Ralph Cummings Jr., « Foodgrains policy and management in India : responding to today's challenges and opportunities », Institut de recherche sur le développement, Bombay, et Institut international de recherche sur les politiques alimentaires, Washington, DC, PP-056, 2007.

se nourrir correctement est l'une des causes les plus fréquemment invoquées du piège de la pauvreté. Cette idée repose sur une intuition forte : comme les pauvres n'ont pas les moyens de manger suffisamment, ils sont moins productifs, ce qui les maintient dans la pauvreté.

Pak Solhin, habitant d'un petit village de la province de Bandung, en Indonésie, nous a un jour expliqué le fonctionnement exact de ce piège.

Ses parents possédaient une parcelle de terre, mais ils avaient également treize enfants et ils avaient dû construire tant de maisons pour loger chacun d'entre eux et sa famille qu'il ne leur était plus resté de terres disponibles pour la culture. Pak Solhin avait alors trouvé un travail comme ouvrier agricole occasionnel qui lui rapportait jusqu'à 10 000 roupies par jour (soit 2 USD PPA). Cependant, à la suite d'une récente augmentation des prix de l'engrais et de l'essence, les agriculteurs avaient été contraints de faire des économies. Selon Pak Solhin, ils avaient décidé, plutôt que de baisser les salaires, de cesser purement et simplement d'employer des travailleurs agricoles. Depuis lors, Pak Solhin était sans emploi : au cours des deux mois précédant notre rencontre, en 2008, il n'avait pas trouvé à travailler un seul jour dans les champs. Les personnes plus jeunes que lui se trouvant dans la même situation parvenaient généralement à décrocher du travail dans le bâtiment. Mais, comme il nous l'expliqua, il était trop faible pour les travaux les plus physiques, trop inexpérimenté pour les travaux plus qualifiés et, à quarante ans, trop vieux pour être pris comme apprenti. Personne ne voulait de lui.

Par conséquent, la famille de Pak Solhin – lui, sa femme et leurs trois enfants – avait été contrainte de prendre des mesures radicales pour survivre. Sa femme était partie pour Jakarta, à environ 130 kilomètres de là, où, par l'intermédiaire d'un ami, elle avait pu trouver du travail comme domestique. Mais elle ne gagnait pas assez pour nourrir les enfants. Le plus âgé, qui était bon élève, avait arrêté l'école à douze ans pour devenir apprenti sur un chantier. Les deux plus jeunes avaient été envoyés vivre chez leurs grands-parents. Quant à Pak Solhin, il survivait grâce aux quelque 5 kilos de riz subventionné qu'il recevait chaque semaine de l'État et au poisson qu'il pêchait depuis le bord du lac (il ne savait pas nager). Son frère lui donnait à manger de temps à autre. La semaine précédant notre rencontre, il n'avait fait qu'un ou deux repas par jour.

La situation de Pak Solhin paraissait sans issue et, à ses yeux, elle découlait clairement du fait qu'il ne mangeait pas assez. Selon lui, si les paysans propriétaires de terres avaient décidé de licencier leurs ouvriers plutôt que de baisser les salaires, c'était parce qu'ils pensaient que, étant donné la récente augmentation des prix alimentaires, une baisse des salaires n'aurait pas laissé assez aux employés pour se nourrir, ce qui les aurait rendus inaptes à tout travail agricole. C'est ainsi que Pak Solhin s'expliquait le fait qu'il était au chômage. Malgré son désir évident de travailler, le manque de nourriture le rendait faible et apathique, tandis que la dépression minait sa volonté de faire quelque chose pour résoudre son problème.

L'idée qu'il existe un piège de pauvreté lié à la sous-alimentation – ainsi que Pak Solhin nous l'a expliqué – est très ancienne : sa première formulation officielle en économie remonte à 1958[1].

---

1. Elle a été développée par Dipak Mazumdar dans le cadre d'une thèse soutenue à la London School of Economics. En 1986, Partha Dasgupta et Debraj Ray, alors tous deux professeurs à Stanford, l'ont exposée de façon élégante. Voir Partha DASGUPTA et Debraj RAY, « Inequality as a determinant of malnutrition and unemployment : theory », *Economic Journal*, 96 (384), 1986, p. 1011-1034.

Le raisonnement est simple. Pour survivre, le corps humain a besoin d'une certaine quantité de calories. Ainsi, lorsque quelqu'un est très pauvre, la nourriture qu'il peut acheter suffit à peine à sa survie et éventuellement à gagner le faible revenu dont il a besoin pour acheter cette nourriture. C'est ainsi que Pak Solhin interprétait sa propre situation lorsque nous l'avons rencontré : sa nourriture lui procurait à peine la force d'attraper un peu de poisson depuis la rive.

À mesure que les gens s'enrichissent, ils peuvent acheter plus de nourriture. Une fois que les besoins du métabolisme de base sont assurés, toute nourriture supplémentaire accroît les forces de l'individu, lui permettant de produire bien plus que ce dont il a besoin pour simplement rester en vie.

Ce mécanisme biologique simple crée une relation en S entre revenu actuel et revenu futur qui évoque fortement la figure 1 du chapitre précédent : les très pauvres gagnent moins que ce dont ils auraient besoin pour travailler dans les champs, tandis que ceux qui ont assez à manger sont à même d'accomplir des travaux plus importants. Ainsi se referme le piège de pauvreté : les pauvres s'appauvrissent, tandis que les riches s'enrichissent, ce qui leur permet de manger mieux encore, et par conséquent de devenir plus forts et plus riches, l'écart entre les deux n'en finissant pas de s'agrandir.

Toutefois, en dépit de la logique impeccable de l'explication de Pak Solhin sur la façon dont on peut se retrouver piégé par la faim, il y avait quelque chose de troublant dans son récit. Nous n'étions pas dans un pays ravagé par la guerre, comme le Soudan, ni dans une zone inondée du Bangladesh, mais dans un village de l'île prospère de Java où, même après l'augmentation des prix de l'alimentation en 2007-2008, il y avait manifestement quantité de nourriture disponible et où un repas de base ne coûtait pas très cher. Lorsque nous l'avons rencontré, il était clair qu'il ne mangeait pas assez, mais il mangeait suffisamment pour survivre. Comment comprendre que personne n'ait intérêt à lui offrir le complément de nourriture qui le rendrait productif en échange d'une journée de travail ? Plus généralement, bien que l'existence d'un piège de pauvreté dû à la faim soit une possibilité logique, est-elle en pratique une réalité pour les pauvres aujourd'hui ?

Y a-t-il vraiment un milliard d'affamés ?

L'un des présupposés tacites de notre description de ce piège est que les pauvres mangent autant qu'ils le peuvent. Et, en effet, cela serait la conséquence naturelle de la présence d'une courbe en S due à un mécanisme physiologique de base : s'il y avait la moindre chance qu'en mangeant un peu plus les pauvres deviennent plus productifs et puissent ainsi s'extirper de la zone où ils sont piégés dans la pauvreté, leur meilleure stratégie serait de manger le plus possible.

Pourtant, ce n'est pas ce que l'on constate. La plupart des personnes qui vivent avec moins de 99 cents par jour ne paraissent pas se comporter comme si elles étaient affamées. Si c'était le cas, elles utiliseraient le moindre centime disponible pour se procurer davantage de calories. Mais ce n'est pas ce qu'elles font. Les données dont nous disposons concernant la vie des pauvres dans dix-huit pays nous montrent que la nourriture représente 45 % à 77 % du budget d'une famille pauvre dans les campagnes, et 52 % à 74 % dans les villes[1].

---

1. Ces statistiques et d'autres établies à partir de notre base de données portant sur dix-huit pays différents (ainsi que plus de préci-

Ce n'est pas parce que tout le reste sert à acheter des produits de première nécessité : à Udaipur, par exemple, le foyer pauvre moyen pourrait dépenser jusqu'à 30 % de plus pour l'alimentation s'il supprimait les dépenses liées à l'alcool, au tabac et aux fêtes. Il semble donc que les pauvres aient le choix et décident de ne pas dépenser autant que possible pour manger.

C'est ce qui ressort clairement lorsqu'on examine la façon dont les pauvres dépensent toute rentrée d'argent supplémentaire. Bien qu'ils aient évidemment divers frais incompressibles (ils ont besoin de vêtements, de médicaments, etc.) à prendre en compte, on imagine que, si leurs moyens d'existence dépendaient de l'obtention de plus de calories, ils dépenseraient pour l'alimentation tout l'argent supplémentaire dont ils disposeraient. Le budget consacré à la nourriture devrait proportionnellement augmenter plus rapidement que le budget total (les deux augmenteraient du même montant, mais comme la nourriture ne représente qu'une partie du budget total, sa part dans le budget augmenterait plus rapidement). Cependant, il ne semble pas que ce soit le cas. Dans l'État indien du Maharashtra, en 1983 (c'est-à-dire bien avant les récents succès de l'Inde, alors qu'une majorité de foyers vivaient avec 99 cents par personne, voire moins), même pour la partie la plus pauvre de la population, une hausse de 1 % des dépenses totales se traduisait par une hausse d'environ 0,67 % du budget total consacré à l'alimentation[1]. Chose remarquable, cette relation n'était pas très différente pour les plus pauvres de l'échantillon (qui gagnaient environ 50 cents par personne et par jour) et pour les plus

sions sur ces données) sont disponibles en anglais sur le site internet du livre <www.pooreconomics.com>.

1. Shankar SUBRAMANIAN et Angus DEATON, « The demand for food and calories », *Journal of Political Economy*, 104 (1), 1996, p. 133-162.

riches (qui gagnaient environ 3 dollars par personne et par jour). Le cas du Maharashtra est assez typique de la relation entre le revenu et les dépenses consacrées à l'alimentation : même chez les plus pauvres, les dépenses consacrées à l'alimentation augmentent bien moins vite que le budget total.

De façon tout aussi remarquable, même l'argent que les gens dépensent pour l'alimentation ne sert pas à maximiser l'apport calorique ou les micronutriments. Lorsque les plus pauvres ont la possibilité de dépenser un peu plus pour leur alimentation, ils ne s'en servent pas seulement pour augmenter leur apport en calories. Au lieu de cela, ils achètent des calories qui ont meilleur goût, mais coûtent plus cher. Si l'on considère le groupe le plus pauvre au Maharashtra en 1983, pour chaque roupie supplémentaire consacrée à la nourriture lorsque leurs revenus augmentaient, une moitié servait à acheter plus de calories, mais le reste servait à acheter des calories plus chères. En termes d'apport calorique par roupie, deux espèces de millet traditionnel (le *jowar* [sorgho] et le *bajra* [mil]) sont clairement les plus avantageuses des céréales. Pourtant, seuls les deux tiers environ du total des dépenses en céréales leur étaient consacrés, les 30 % restants servant à acheter du riz et du blé, lesquels coûtent en moyenne deux fois plus par calorie. En outre, les pauvres dépensaient près de 5 % de leur budget total pour acheter du sucre, une denrée qui est à la fois plus coûteuse que les céréales en termes d'apport calorique et dénuée de toute autre valeur nutritionnelle.

Dans une étude récente, Robert Jensen et Nolan Miller mettent au jour un exemple frappant de « fuite vers la qualité » dans la consommation alimentaire[1]. Dans deux

---

1. Robert JENSEN et Nolan MILLER, « Giffen behavior and subsistence consumption », *American Economic Review*, 44 (7), 2009, p. 42-65.

régions de Chine, ils ont offert à des foyers pauvres choisis de façon aléatoire d'importantes subventions pour la denrée alimentaire de base (dans une région, il s'agissait des nouilles de blé, dans l'autre, du riz). Généralement, lorsque le prix d'un bien baisse, on s'attend à ce que les gens en achètent plus. C'est pourtant l'inverse qui s'est produit dans ce cas : les foyers qui avaient reçu des aides pour l'achat de riz ou de blé se sont mis à en consommer *moins* et à manger en revanche plus de crevettes et de viande. Étonnamment, malgré la hausse de leur pouvoir d'achat, l'apport calorique global des personnes qui avaient bénéficié de subventions n'augmenta pas (il aurait même diminué). La composition nutritionnelle de leur alimentation ne s'en trouva pas non plus améliorée. L'explication la plus vraisemblable de ce phénomène est que le fait de subventionner ces denrées de base avait enrichi les ménages ; or consommer de grandes quantités de blé ou de riz était sans doute associé au fait d'être pauvre, de sorte que, se sentant plus riches, ils pouvaient se permettre d'en consommer *moins*. Une fois encore, cela suggère que, du moins dans ces foyers urbains très pauvres, la priorité n'est pas de se procurer plus de calories, mais d'en obtenir de plus savoureuses [1].

1. Alfred Marshall, l'un des fondateurs de l'économie moderne, évoque cette idée dans ses *Principes d'économie politique* (dont la première édition remonte à 1890, chez Macmillan). Lorsque le prix du pain augmente, explique-t-il, « [les familles ouvrières pauvres] sont obligées de réduire leur consommation en viande et en farineux les plus coûteux : et, le pain étant encore la nourriture la moins chère qu'elles puissent consommer, bien loin d'en consommer moins, elles en consomment davantage » (trad. de François Sauvaire-Jourdan et Savinien Bouyssy, Paris, Giard & Brière, 1906 [rééd. Gordon & Breach, 1971], t. I, livre III, chap. 6, § 4). Marshall attribuait cette observation à un certain Robert Giffen, et les biens dont la consommation diminue lorsque leur prix baisse sont appelés les « biens Giffen ». Cependant, avant l'expérimentation menée par Jensen et

L'évolution récente de la nutrition en Inde constitue une autre énigme. Les médias évoquent fréquemment l'augmentation rapide de l'obésité et du diabète, qui découlerait de l'enrichissement des classes moyennes supérieures urbaines. Mais Angus Deaton et Jean Drèze ont montré que, en réalité, le processus important au cours de ces vingt-cinq dernières années n'est pas que les Indiens soient devenus de plus en plus gros, mais que la plupart d'entre eux *mangent de moins en moins*[1]. Malgré une croissance économique rapide, la consommation de calories par personne ne cesse de diminuer ; qui plus est, la consommation de tous les nutriments excepté celle des lipides semble également avoir décru, et ce dans tous les groupes, même parmi les plus pauvres. Aujourd'hui, plus des trois quarts de la population vivent dans des foyers dont la consommation quotidienne par tête est inférieure à 2 100 calories dans les zones urbaines et à 2 400 dans les zones rurales – des chiffres souvent évoqués comme représentant le minimum nécessaire en Inde pour des individus accomplissant des travaux manuels.

Il reste vrai que les riches mangent plus que les pauvres. Mais pour tous les niveaux de revenus, la part du budget consacrée à l'alimentation a décru. Et bien que les Indiens soient plus riches aujourd'hui, la baisse de leur consommation alimentaire à chaque niveau de revenu est telle qu'ils mangent globalement moins qu'auparavant. De plus, la composition du panier alimentaire a changé, de sorte qu'un même montant sert aujourd'hui à acheter non pas plus d'aliments, mais des aliments plus chers. Cette

Miller, la plupart des économistes doutaient fortement de la réalité de biens Giffen.

1. Angus DEATON et Jean DRÈZE, « Food and nutrition in India : facts and interpretations », *Economics and Political Weekly*, 44 (7), 2009, p. 42-65.

situation n'est pas due à l'enchérissement des denrées : entre le début des années 1980 et 2005, les prix alimentaires ont baissé par rapport à celui des autres biens, aussi bien dans les villes que dans les campagnes indiennes. Ils ont à nouveau augmenté depuis 2005, mais la chute de la consommation calorique est intervenue précisément au moment où les prix des aliments chutaient.

Il semble donc que les pauvres – même ceux que la FAO considère comme affamés – ne désirent pas manger plus, même quand ils en ont la possibilité. En fait, ils semblent manger moins. Comment le comprendre ?

Pour tirer au clair ce mystère, il faut sans doute partir de l'idée que les pauvres doivent savoir ce qu'ils font. Après tout, ce sont eux qui mangent et qui travaillent. S'ils pouvaient effectivement devenir nettement plus productifs et gagner plus d'argent en mangeant plus, il est probable qu'ils saisiraient toute opportunité de le faire. Doit-on en conclure qu'en fait manger davantage ne nous rend pas spécialement plus productifs et qu'en conséquence la faim n'est pas à l'origine d'un piège de pauvreté ? L'une des raisons pour lesquelles on peut douter de l'existence d'un tel piège est qu'il se pourrait que la plupart des gens aient en fait assez à manger.

En termes de nourriture disponible, nous vivons aujourd'hui dans un monde capable de nourrir toutes les personnes qui y vivent. À l'occasion du Sommet mondial de l'alimentation de 1996, la FAO a estimé que la production alimentaire mondiale était en principe suffisante pour fournir au moins 2 700 calories par jour à tous les habitants de la planète[1]. C'est là le résultat de siècles d'innovation dans le domaine de la production alimentaire et sans aucun doute des fantastiques progrès de la science

1. « Food for all », Sommet mondial de l'alimentation, novembre 1996, FAO.

agricole, mais cela découle également de facteurs plus fortuits, comme l'adoption générale de la pomme de terre après que les Espagnols l'ont découverte au Pérou au XVIe siècle et l'ont importée en Europe. Selon une étude, les pommes de terre pourraient être à l'origine de 12 % de l'accroissement total de la population mondiale entre 1700 et 1900[1].

La faim existe certes aujourd'hui dans le monde, mais elle résulte uniquement de la façon dont la nourriture est partagée entre nous. Le monde, pris dans son ensemble, peut nourrir tous ses habitants. Il est vrai que, si je mange beaucoup plus que ce dont j'ai besoin – ou, de façon plus vraisemblable, si je transforme du maïs en agrocarburant pour chauffer ma piscine –, alors il y aura moins à manger pour tout le monde[2]. Mais, malgré cela, il semble que la plupart des gens, même parmi les très pauvres, gagnent assez pour se procurer une alimentation correcte, simplement parce que les calories sont en général peu coûteuses, sauf en période de crise (sécheresse, guerre, etc.). En utilisant des données de la FAO sur les prix des produits alimentaires aux Philippines, nous avons calculé le coût d'un panier alimentaire le moins cher possible assurant un apport de 2 400 calories et comprenant 10 % de protéines et 15 % de lipides. Selon nos calculs, ce panier ne coûterait que 21 cents PPA, un coût très abordable même pour des gens vivant avec 99 cents par jour. Le problème

1. Nathan NUNN et Nancy QIAN, « The potato's contribution to population and urbanization : evidence from an historical experiment », document de travail du National Bureau of Economic Research (NBER) W15157, 2009.
2. C'est l'argumentation développée par Roger Thurow et Scott Kilman, deux journalistes du *Wall Street Journal*, dans leur livre au titre éloquent : *Enough : Why the World's Poorest Starve in an Age of Plenty* (« Assez : Pourquoi les plus pauvres meurent de faim à une époque d'abondance »), New York, Public Affairs, 2009.

est que cela supposerait de ne manger que des bananes et des œufs… Mais pour peu que les gens soient prêts à se nourrir de bananes et d'œufs en cas de nécessité, alors très peu d'entre eux resteraient coincés dans la partie gauche de la courbe en S, là où ils ne gagnent pas assez pour que les choses fonctionnent normalement.

Cela vient corroborer les enquêtes statistiques menées par l'État indien, qui demande régulièrement aux ménages s'ils ont assez à manger (c'est-à-dire si «toutes les personnes du foyer font deux repas par jour» et si tout le monde «mange assez chaque jour»). Au fil du temps, le pourcentage de gens qui considèrent ne pas avoir assez à manger a considérablement baissé : de 17 % en 1983, il est tombé à 2 % en 2004. Si les gens mangent moins, c'est donc peut-être qu'ils ont moins faim.

Et peut-être qu'ils ont moins faim alors même qu'ils absorbent moins de calories. Peut-être que, du fait de l'amélioration de l'eau et des installations sanitaires, ils perdent moins de calories à cause de diarrhées ou d'autres maladies. Ou peut-être ont-ils moins faim parce qu'ils effectuent moins de travaux physiques pénibles : lorsque l'eau potable est disponible dans le village, les femmes n'ont plus besoin de porter de lourdes charges sur de longues distances ; même dans les villages les plus pauvres, la farine est désormais moulue au sein du village au moyen d'une meule électrique, alors que les femmes le faisaient auparavant à la main. En s'appuyant sur les besoins moyens en calories calculés par l'Indian Council of Medical Research pour les personnes se livrant à des activités physiques légères, modérées ou intenses, Deaton et Drèze notent que la baisse de l'apport calorique de ces vingt-cinq dernières années pourrait s'expliquer entièrement par une baisse modérée du nombre de personnes effectuant des travaux physiques pénibles pendant une grande partie de la journée.

Si la plupart des gens ne sont en fait pas au bord de la famine, il est possible que les gains de productivité qu'ils réaliseraient en mangeant plus soient relativement modestes. Il serait donc compréhensible que les gens choisissent de faire autre chose de leur argent que de se procurer davantage de calories et qu'ils préfèrent un régime alimentaire plus séduisant que celui des œufs et des bananes. Il y a bien des années de cela, John Strauss recherchait un exemple démontrant clairement l'effet de l'apport calorique sur la productivité. Il choisit le cas des fermiers de la Sierra Leone parce qu'ils doivent accomplir des travaux particulièrement durs[1]. Il découvrit que la productivité d'un travailleur agricole augmentait au plus de 4 % lorsque son apport calorique augmentait de 10 %. Par conséquent, même si les gens doublaient leur consommation de nourriture, leur revenu n'augmenterait que de 40 %. Qui plus est, la courbe de la relation entre calories et productivité ne dessine pas un S, mais un L inversé, comme dans la figure 2 du chapitre précédent : les gains les plus importants sont obtenus aux plus bas niveaux de consommation de nourriture. Une fois que les gens se mettent à manger assez, il n'y a pas de hausse brutale de leurs revenus. Ceci implique que les très pauvres bénéficient davantage d'un apport calorique supplémentaire que les moins pauvres. C'est là précisément le type de situation dans laquelle on ne peut pas parler de piège de pauvreté. Ce n'est donc pas parce qu'ils ne mangent pas assez que la plupart des gens restent pauvres.

Nous ne voulons pas dire par là que l'idée d'un piège de pauvreté fondé sur la faim est une impossibilité logique. L'idée qu'une meilleure alimentation puisse propulser quelqu'un sur le chemin de la prospérité a sans doute été

---

1. John STRAUSS, « Does better nutrition raise farm productivity ? », *Journal of Political Economy*, 94, 1986, p. 297-320.

très importante à un certain moment de l'histoire et, encore aujourd'hui, elle peut avoir son importance dans certaines circonstances. Robert Fogel, historien de l'économie lauréat du prix Nobel, a calculé qu'en Europe, pendant le Moyen Âge et la Renaissance, la production alimentaire n'était pas suffisante pour nourrir l'ensemble de la population active. Ainsi pourrait s'expliquer le nombre élevé de mendiants : certaines personnes étaient tellement sous-alimentées qu'elles étaient littéralement inaptes à tout travail[1]. Le manque chronique de nourriture semble également avoir conduit certains à des mesures extrêmes : au cours du « petit âge de glace » (du milieu du XVIe siècle à 1800), pendant lequel les mauvaises récoltes étaient fréquentes et le poisson moins abondant, on a assisté à une épidémie d'exécutions de « sorcières ». Le plus souvent, les « sorcières » étaient des femmes seules, en particulier des veuves. La logique de la courbe en S suggère que, lorsque les ressources sont limitées, il est sensé économiquement de sacrifier certains, pour que les autres aient suffisamment à manger pour travailler et gagner assez pour survivre[2].

Même dans des périodes plus récentes, on trouve sans mal des preuves du fait que les familles pauvres sont parfois acculées à des décisions très pénibles. Dans les années 1960, pendant les sécheresses en Inde, les petites filles des foyers qui ne possédaient pas de terres avaient un taux de mortalité bien supérieur à celui des petits garçons, alors que le taux de mortalité des garçons et celui

1. Robert FOGEL, *The Escape from Hunger and Premature Death, 1700-2100 : Europe, America and the Third World*, Cambridge, Cambridge University Press, 2004.
2. Emily OSTER, « Witchcraft, weather and economic growth in Renaissance Europe », *Journal of Economic Perspectives*, 18 (1), hiver 2004, p. 215-228.

des filles étaient très proches lorsque la pluviosité était normale[1]. Comme en écho aux chasses aux sorcières du petit âge glaciaire, en Tanzanie, à chaque sécheresse, on observe une recrudescence des meurtres de « sorcières » – un moyen pratique de se débarrasser d'une bouche improductive lorsque les ressources sont très limitées[2]. Les familles découvrent apparemment tout à coup que telle femme âgée vivant avec elles (généralement une grand-mère) est une sorcière ; elle est alors chassée ou tuée par d'autres personnes du village.

Ce n'est donc pas que le manque de nourriture ne puisse pas, en théorie, être un problème ou n'en soit pas effectivement un dans certaines circonstances, mais le monde dans lequel nous vivons aujourd'hui est trop riche pour que cela joue un rôle majeur dans la persistance générale de la pauvreté. Les choses sont bien sûr différentes lors des catastrophes, qu'elles soient naturelles ou d'origine humaine, ou pendant les famines qui tuent et fragilisent des millions de personnes. Mais, comme l'a montré Amartya Sen, la plupart des famines qui ont eu lieu récemment étaient dues non pas à un manque de nourriture disponible, mais à des défaillances institutionnelles qui ont conduit à ce que cette nourriture soit mal distribuée, voire à ce qu'elle soit accaparée ou stockée, alors même qu'ailleurs sévissait la famine[3].

---

1. Elaina ROSE, « Consumption smoothing and excess female mortality in rural India », *Review of Economics and Statistics*, 81 (1), 1999, p. 41-49.

2. Edward MIGUEL, « Poverty and witch killing », *Review of Economic Studies*, 72 (4), 2005, p. 1153-1172.

3. Amartya Sen, « The ingredients of famine analysis : availability and entitlements », *Quarterly Journal of Economics*, 96 (3), 1981, p. 433-464.

Faut-il donc nous en tenir là ? Devons-nous en conclure que les pauvres, bien qu'ils mangent effectivement peu, mangent néanmoins autant qu'ils en ont besoin ?

Les pauvres mangent-ils bien et suffisamment ?

Il est difficile d'écarter le sentiment que tout cela ne tient pas entièrement debout. Peut-on vraiment croire que les individus les plus pauvres en Inde réduisent leur consommation alimentaire parce qu'ils n'auraient pas besoin d'autant de calories, quand on sait qu'ils vivent dans des familles dont la consommation est de 1 400 calories par personne et par jour ? Le régime draconien recommandé à ceux qui veulent perdre rapidement du poids n'est-il pas de 1 200 calories ? Avec 1 400 calories, on n'en est pas loin. Selon le Center for Disease Control and Prevention (la principale agence de santé publique américaine), en 2000, un Américain consommait en moyenne 2 475 calories par jour[1].

Il est vrai qu'en Inde les personnes les plus pauvres sont également de plus petite taille et, lorsqu'on est vraiment petit, on n'a pas besoin d'autant de calories. Mais lorsqu'on a dit cela, est-ce qu'on n'a pas simplement fait reculer la question d'un niveau ? Pourquoi les Indiens les plus pauvres sont-ils si petits ? Plus généralement, pourquoi tous les habitants du sous-continent indien sont-ils si maigres ? Le critère le plus souvent utilisé pour évaluer si une personne est plus ou moins bien nourrie est l'indice de masse corporelle (IMC), qui repose pour l'essentiel sur un rapport entre le poids et la taille (et prend donc en

1. « Intake of calories and selected nutrients for the United States population, 1999-2000 », Centers for Disease Control and Prevention, résultats de l'enquête NHANES.

compte le fait que les personnes plus grandes sont également plus lourdes). La limite reconnue internationalement pour la malnutrition est un IMC de 18,5. Un IMC compris entre 18,5 et 25 est considéré comme normal, tandis que les personnes ayant un IMC supérieur à 25 sont considérées comme obèses. Selon cette norme, 33 % des hommes et 36 % des femmes en Inde étaient malnutris en 2004-2005, contre 49 % des hommes et des femmes confondus en 1989. Parmi les quatre-vingt-trois pays pour lesquels nous disposons de données démographiques et de santé publique, seule l'Érythrée compte plus de femmes adultes sous-alimentées [1]. Les femmes indiennes sont par ailleurs, avec les femmes du Népal et du Bangladesh, les plus petites au monde [2].

Y a-t-il là matière à préoccupation ? Ou bien n'est-ce qu'une question génétique, la taille des habitants du sous-continent indien faisant partie de leurs caractéristiques, au même titre que les yeux marron ou les cheveux noirs, et donc sans aucune pertinence quant à leur réussite dans le monde ? Après tout, même les enfants des immigrés de cette région installés au Royaume-Uni ou aux États-Unis sont plus petits que les enfants blancs ou noirs. Mais il s'avère que leurs petits-enfants sont plus ou moins de la même taille que ceux des autres groupes ethniques, même sans aucun mariage mixte. Bien que la constitution génétique soit sans aucun doute importante au niveau individuel, les différences génétiques entre populations quant à la taille sont considérées comme minimes. Si les enfants des femmes de la première génération sont petits eux aussi,

1. Évaluations tirées de la base de données Demographic & Health Survey Statcompiler, disponibles sur <http://statcompiler.com>, également cité dans A. DEATON et J. DRÈZE, « Food and nutrition in India », art. cité.

2. *Ibid.*

c'est en partie parce que des femmes qui ont été malnutries dans leur enfance ont généralement des enfants plus petits.

Par conséquent, si les habitants du sous-continent indien sont petits, c'est probablement parce que ni eux ni leurs parents n'ont été aussi bien nourris que les habitants des autres pays. Et, en effet, tout porte à penser qu'en Inde les enfants souffrent de malnutrition. On évalue généralement la qualité de l'alimentation reçue par un enfant en comparant sa taille à la taille moyenne pour cet âge à l'échelle internationale. À cette aune, les chiffres fournis pour l'Inde par la *National Family Health Survey* (NFHS 3 – Enquête nationale sur la santé des familles) sont accablants. Environ la moitié des enfants de moins de cinq ans souffrent d'un retard de croissance, ce qui signifie qu'ils sont bien en dessous de la norme de leur âge. Pour un quart d'entre eux, ce retard est grave et traduit des carences alimentaires extrêmes. Les enfants ont également un poids extraordinairement faible *même au regard de leur taille* : environ un enfant de moins de trois ans sur cinq souffre de malnutrition aiguë. Ces données sont d'autant plus frappantes que les taux d'enfants souffrant de retards de croissance ou de malnutrition aiguë en Afrique subsaharienne – incontestablement la région la plus pauvre du monde – sont inférieurs de moitié à ceux de l'Inde.

Mais, de nouveau, posons-nous la question : est-ce vraiment là quelque chose dont il faille s'inquiéter ? Être petit est-il un problème en soi ? Eh bien, qu'en est-il lors des Jeux olympiques, par exemple ? L'Inde, qui compte un milliard d'habitants, a gagné en moyenne 0,92 médaille par Jeux olympiques sur vingt-deux éditions, ce qui la place juste derrière Trinité-et-Tobago, qui détient une moyenne de 0,93 médaille. Pour mettre ces chiffres en perspective, la Chine a pour sa part gagné 386 médailles sur huit éditions des Jeux, soit une moyenne de 48,3 médailles par Olympiade. On peut encore ajouter que soixante-dix-neuf pays ont une moyenne supérieure à celle de l'Inde. Pourtant l'Inde compte dix fois plus d'habitants que tous ces pays, à l'exception de six d'entre eux.

Certes, l'Inde est un pays pauvre mais moins qu'avant et certainement pas aussi pauvre que le Cameroun, l'Éthiopie, le Ghana, Haïti, le Kenya, le Mozambique, le Nigéria, la Tanzanie et l'Ouganda, qui ont tous gagné en moyenne dix fois plus de médailles que l'Inde. En fait, parmi les pays qui ont gagné moins de médailles que l'Inde aux Jeux olympiques, il n'y en a pas un qui fasse ne serait-ce qu'un dixième de sa taille – à deux exceptions notables près : le Pakistan et le Bangladesh. Le Bangladesh est ainsi le seul pays de plus de 100 millions d'habitants qui n'ait jamais gagné de médaille olympique. On trouve ensuite le Népal.

Il semble que se dégage ici une règle générale… On pourrait peut-être en attribuer la responsabilité à l'obsession du sous-continent indien pour le cricket (qui n'est pas un sport olympique, après une apparition unique aux Jeux de 1900). Mais si le cricket absorbe effectivement tous les talents sportifs d'un quart de la population mondiale, alors les résultats ne sont pas très impressionnants. Jamais le sous-continent indien n'a dominé le cricket comme l'Australie, l'Angleterre ou même les minuscules Antilles ont pu le faire au sommet de leur gloire, et ce en dépit de sa dévotion absolue pour ce sport et de son avantage massif en termes de taille – le Bangladesh, par exemple, est plus grand que l'Angleterre, l'Afrique du Sud, l'Australie, la Nouvelle-Zélande et les Antilles réunies. Étant donné que la malnutrition infantile est un autre des domaines dans lesquels le sous-continent indien se distingue, il paraît légitime de supposer qu'il y a un lien entre ces deux faits.

Les Jeux olympiques ne sont pas le seul domaine où la taille joue un rôle. Dans les pays pauvres comme dans les pays riches, les personnes qui ont une taille plus élevée gagnent plus d'argent. On débat depuis longtemps pour savoir si c'est parce que la taille détermine réellement la productivité – cela pourrait également s'expliquer, par exemple, par l'existence de discriminations à l'encontre des personnes plus petites. Mais, récemment, un article d'Anne Case et Christina Paxson a contribué à faire avancer l'explication de cette corrélation. Dans une étude portant sur le Royaume-Uni et les États-Unis, elles montrent que l'effet de la taille sur les salaires s'explique en fait entièrement par des différences de QI : lorsqu'on compare des personnes ayant le même QI, on ne constate aucun lien entre la taille et les revenus [1]. Elles en concluent que l'important est la qualité de l'alimentation pendant la petite enfance : en moyenne, les adultes qui ont été bien nourris enfants sont à la fois plus grands et plus intelligents. Et c'est parce qu'ils sont plus intelligents qu'ils gagnent plus. Bien sûr, il y a beaucoup de gens qui ne sont pas grands et qui sont pourtant brillants (parce qu'ils ont atteint leur potentiel génétique), mais, d'une façon générale, les personnes grandes réussissent mieux dans la vie parce qu'elles ont eu toutes les chances de réaliser leur potentiel génétique (tant pour ce qui est de la taille que de l'intelligence).

Lorsque l'agence Reuters s'est fait l'écho de cette étude, sous le titre assez peu subtil de « Pourquoi ceux qui sont plus grands sont aussi plus intelligents », Anne Case et Christina Paxson furent inondées de courriels agressifs : « Honte à vous ! », se scandalisait un lecteur (de 1,52 mètre). « Je trouve votre hypothèse insultante, nuisible, incendiaire et sectaire », déclarait un autre (de

---

1. Anne CASE et Christina PAXSON, « Stature and status : height, ability and labor market outcomes », *Journal of Political Economy*, 166 (3), 2008, p. 499-532.

1,70 mètre). « Vous mettez un fusil sur la tempe des personnes qui ont des difficultés avec la verticalité » (pas de taille indiquée)[1].

Pourtant, plusieurs études indiquent que la sous-alimentation pendant l'enfance affecte de façon directe le bien-être à l'âge adulte. Au Kenya, des élèves ayant reçu un traitement vermifuge pendant deux ans restent plus longtemps à l'école et gagnent, en tant que jeunes adultes, 20 % de plus que les enfants scolarisés dans des écoles comparables mais qui n'avaient été traités que pendant un an. Les vers intestinaux contribuent à l'anémie et, d'une façon générale, aux carences alimentaires, parce qu'ils prennent à l'enfant les nutriments dont il a besoin[2]. Selon les meilleurs experts en nutrition, il ne fait aucun doute qu'une bonne alimentation dans l'enfance a des conséquences importantes. Leur conclusion, dans un article collectif publié par le journal médical le *Lancet* est la suivante : « Les enfants sous-alimentés ont plus de risques de devenir des adultes petits, de réussir moins bien scolairement et de donner naissance à de plus petits enfants. La sous-alimentation est également associée à un statut économique inférieur à l'âge adulte[3]. »

Les effets de la sous-alimentation sur la suite de la vie commencent avant même la naissance. En 1995, le

1. Voir le récit par Mark Borden des réactions à l'article de A. Case et C. Paxson, sur <www.newyorker.com/archive/2006/10/02/061002ta_talk_borden>.
2. Sarah BAIRD, Joan Hamory HICKS, Michael KREMER et Edward MIGUEL, « Worm at work : long-run impacts of child health gains », Université de Californie, Berkeley, 2010, manuscrit non publié.
3. Cesar G. VICTORA, Linda ADAIR, Caroline FALL, Pedro C. HALLAL, Reynaldo MARTORELL, Linda RICHTER et Harshpal Singh SACHDEV, « Maternal and child undernutrition : consequences for adult health and human capital », *The Lancet*, 371 (9609), 2008, p. 340-357.

British Medical Journal créa l'expression « hypothèse de Barker » pour désigner la théorie du docteur David Barker selon laquelle les conditions de développement dans l'utérus avaient des conséquences à long terme sur la vie de l'enfant à naître[1]. L'hypothèse de Barker a été largement corroborée. Pour n'évoquer qu'un exemple, en Tanzanie, les enfants nés de mères ayant reçu suffisamment d'iode pendant leur grossesse (grâce à un programme gouvernemental temporaire de distribution de capsules d'iode aux femmes enceintes) furent scolarisés entre un tiers et une demi-année de plus que leurs frères et sœurs aînés ou cadets qui avaient été portés par leur mère à une période où elle ne recevait pas de capsules d'iode[2]. Une demi-année de plus à l'école représente une différence substantielle, puisque la plupart de ces enfants ne vont à l'école que quatre ou cinq ans au total. Sur la base de ces estimations, l'étude conclut que, si toutes les mères prenaient de l'iode, il s'ensuivrait une élévation de 7,5 % du niveau scolaire atteint globalement par les enfants en Afrique subsaharienne. Ceci pourrait ensuite affecter la productivité des enfants tout au long de leur vie.

Bien que, comme nous l'avons vu, se contenter d'augmenter l'apport calorique n'ait pas en soi un impact très fort sur la productivité, d'autres améliorations de l'alimentation ont des bénéfices bien supérieurs à leur coût. C'est le cas de l'apport en fer pour lutter contre l'anémie, un problème de santé majeur dans beaucoup de pays d'Asie : en Indonésie, 6 % des hommes et 38 % des femmes sont anémiés ; en Inde, ce sont 24 %

1. David BARKER, « Maternal nutrition, female nutrition, and disease in later life », *Nutrition*, 13, 1997, p. 807.
2. Erica FIELD, Omar ROBLES et Maximo TORERO, « Iodine deficiency and schooling attainment in Tanzania », *American Economic Journal : Applied Economics*, 1 (4), 2009, p. 140-169.

des hommes et 56 % des femmes. L'anémie diminue la capacité respiratoire et provoque une grande faiblesse et de l'apathie. Dans certains cas, notamment celui des femmes enceintes, elle peut même engager le pronostic vital.

Le projet Work and Iron Status Evaluation (WISE) mené dans des régions rurales d'Indonésie consistait à fournir à des hommes et des femmes choisis aléatoirement des compléments en fer sur une période de plusieurs mois, tandis qu'un autre groupe recevait des placebos[1]. Les hommes qui bénéficièrent de ces compléments purent travailler davantage. L'augmentation subséquente de leurs revenus aurait été largement suffisante pour leur permettre de s'acheter de la sauce de poisson enrichie en fer pendant un an. Alors qu'un an d'approvisionnement en sauce de poisson coûtait 7 USD PPA, le gain annuel pour un travailleur indépendant était de 46 USD PPA – cela fait de la sauce de poisson enrichie un investissement plus que rentable.

Comment comprendre alors que les gens ne semblent pas vouloir manger mieux, alors même que, ainsi, et surtout en sélectionnant mieux leur nourriture, ils amélioreraient leur vie et celle de leurs enfants ? Les investissements nécessaires seraient relativement limités. La plupart des mères auraient sûrement les moyens de se procurer du sel iodé, qui est aujourd'hui courant dans de nombreux pays du monde, ou une dose d'iode tous les deux ans (au prix de 51 cents la dose). Au Kenya, lorsque International Child Support, l'ONG qui avait organisé le programme d'administration de vermifuges

---

1. Duncan THOMAS, Elizabeth FRANKENBERG, Jed FRIEDMAN *et al.*, « Causal effect of health on labor market outcomes : evidence from a random assignment iron supplementation intervention », 2004, polycopié.

que nous avons évoqué, demanda aux parents de certaines écoles de payer quelques cents pour traiter leurs enfants, presque tous refusèrent, privant ainsi leurs enfants de centaines de dollars de revenus supplémentaires sur l'ensemble de leur vie[1]. Quant à l'alimentation, les foyers pourraient facilement avoir un apport supérieur en calories et en nutriments s'ils dépensaient moins pour des céréales chères (comme le riz et le blé), le sucre et des aliments industriels et plus pour des légumes verts et des céréales non raffinées.

Pourquoi les pauvres mangent-ils si peu ?

Qui l'eût cru ?

Pourquoi les travailleurs indonésiens n'achètent-ils pas eux-mêmes de sauce de poisson enrichie en fer ? L'une des réponses est qu'il n'est pas évident qu'une productivité accrue se traduise par des revenus supérieurs si les employeurs ignorent qu'un travailleur bien nourri est plus productif. Les employeurs ne se rendent pas forcément compte que leurs employés sont plus productifs lorsqu'ils ont une alimentation plus riche ou plus saine. Dans l'étude menée en Indonésie, la hausse significative des revenus ne s'est produite que chez les travailleurs indépendants, pas pour les employés. Si les employeurs paient à leurs employés le même salaire, il n'y a aucune raison de manger mieux pour être plus fort. Une étude menée aux Philippines sur des ouvriers qui travaillaient tantôt à la pièce, tantôt pour un salaire fixe, a montré qu'ils mangeaient 25 % de plus les jours où ils travaillaient à la

---

1. Michael KREMER et Edward MIGUEL, « The illusion of sustainability », *Quarterly Journal of Economics*, 122 (3), 2007, p. 1007-1065.

pièce (c'est-à-dire lorsque leurs efforts étaient pris en compte, puisque plus ils travaillaient, mieux ils étaient payés).

Ceci n'explique pas pourquoi, en Inde, toutes les femmes enceintes n'utilisent pas du sel iodé, que l'on peut aujourd'hui se procurer dans n'importe quel village. L'une des interprétations possibles est que les gens n'ont pas conscience de l'intérêt d'une meilleure alimentation pour eux et leurs enfants. Ce n'est qu'assez récemment que les scientifiques eux-mêmes ont compris l'importance des micronutriments. Bien que ceux-ci soient bon marché et puissent dans certains cas induire une augmentation importante des revenus tout au long de la vie, il est nécessaire pour en user de savoir exactement quoi manger (ou quelles pilules prendre). Tout le monde n'a pas ces informations, même dans les pays développés.

Qui plus est, les gens se méfient généralement des personnes extérieures qui viennent leur conseiller de changer d'alimentation, sans doute parce qu'ils apprécient ce qu'ils ont l'habitude de manger. Lorsque le prix du riz connut une forte hausse en 1966-1967, le Premier ministre du Bengale occidental suggéra qu'il pourrait être souhaitable – tant pour leur porte-monnaie que pour leur santé – que les gens se mettent à manger plus de légumes et moins de riz. Ces déclarations provoquèrent un tollé et, partout où il allait, le Premier ministre était désormais accueilli par des manifestants portant des guirlandes de légumes. Pourtant, il avait probablement raison. Antoine Parmentier, qui avait quant à lui une conscience aiguë de l'importance du soutien populaire et qui anticipait les résistances qu'il aurait à affronter, avait bien pris soin, lorsqu'il a introduit la pomme de terre en France au XVIIIe siècle, d'offrir au public une série de recettes de son invention, et notamment celle, aujourd'hui célèbre, du « hachis Parmentier ».

Par ailleurs, il n'est pas aisé d'apprendre par soi-même la valeur de ces nutriments. Si l'iode peut rendre les enfants plus intelligents, ses effets ne sont cependant pas spectaculaires (bien que l'accumulation de petites différences puisse finalement créer un changement considérable) et, dans la plupart des cas, ils n'apparaissent que bien des années plus tard. De même le fer, s'il donne de la force, ne transforme pas non plus les gens en super-héros. Même les 40 dollars supplémentaires gagnés chaque année par les travailleurs indépendants peuvent passer inaperçus, en raison des variations fréquentes de leurs revenus hebdomadaires.

Par conséquent, il n'y a rien d'étonnant à ce que les pauvres choisissent leurs aliments non pas principalement en fonction de leur prix et de leur valeur nutritionnelle, mais pour leur goût. Dans son livre *Le Quai de Wigan*, George Orwell décrit magistralement la vie des travailleurs anglais pauvres. Il note :

> La base de cette alimentation était donc le pain blanc et la margarine, le *corned-beef*, le thé sucré et les pommes de terre – un désastre diététique. Ce couple n'aurait-il pas été mieux inspiré de consacrer davantage d'argent à l'achat d'aliments de santé comme les oranges ou le pain complet, ou même, comme l'auteur de la lettre au *New Statesman*, d'économiser sur le combustible et de manger les carottes crues ? Oui, sans doute, mais la question est qu'aucun être humain ordinaire ne fera jamais une chose pareille. L'être humain ordinaire se laisserait mourir de faim plutôt que de vivre de pain bis et de carottes crues. [...] Un millionnaire peut se payer le luxe d'absorber uniquement du jus d'orange et des biscuits Ryvita à son petit déjeuner, un chômeur, non. [...] Quand vous êtes chômeur, c'est-à-dire mal nourri, assailli de tracas et de misères de toute sorte, vous n'avez aucune envie de manger

sainement. Ce qu'il vous faut, c'est quelque chose qui ait un peu de goût. Et à cet égard, les tentations ne manquent pas[1].

Manger n'est pas le plus important

Les pauvres résistent donc souvent aux projets merveilleux que nous concevons à leur intention parce qu'ils ne croient pas que leurs promesses se réaliseront, ou en tout cas pas aussi bien que nous le prétendons. C'est là l'un des thèmes récurrents de ce livre. Mais une autre explication des habitudes alimentaires des pauvres est qu'il y a des choses plus importantes dans leur vie que la nourriture.

De nombreuses études montrent les sommes considérables consacrées par les pauvres des pays en développement aux mariages, aux dots et aux baptêmes, qui s'expliquent probablement en partie par la crainte de perdre la face. On connaît bien le coût des mariages en Inde, mais il y a également des occasions moins joyeuses où la famille est obligée d'organiser des fêtes fastueuses. En Afrique du Sud, les normes sociales concernant les dépenses à engager pour des obsèques ont été établies à une époque où la plupart des décès avaient lieu à un âge avancé ou au contraire dans la petite enfance[2]. Selon cette tradition, les enfants étaient enterrés très simplement, tandis que les plus âgés avaient des funérailles élaborées, financées par l'argent qu'ils avaient accumulé tout au long de leur vie. Du fait de l'épidémie de sida, de nom-

1. George ORWELL, *Le Quai de Wigan*, trad. de Michel Pétris, Paris, Ivrea, 1995 [1982 (1937)], p. 107-108.
2. Anne CASE et Alicia MENENDEZ, « *Requiescat in pace* ? The Consequences of high priced funerals in South Africa », document de travail du NBER W14998, 2009.

breux adultes meurent désormais dans la force de l'âge. Alors qu'ils n'ont pas accumulé les économies destinées à financer leurs funérailles, leurs familles se sentent néanmoins obligées de respecter la norme prévue pour les adultes. Une famille qui vient juste de perdre celui de ses membres qui était le plus susceptible de rapporter un salaire peut ainsi avoir à payer quelque chose comme 3 400 rands (soit environ 825 USD PPA), ou 40 % du revenu annuel du foyer par tête, pour payer les obsèques. Après la cérémonie, le budget de la famille est nettement réduit et ses membres se plaignent plus souvent de « manquer de nourriture », même lorsque le défunt ne gagnait pas d'argent au moment de sa mort, ce qui laisse penser que c'est bien le coût des funérailles qui est responsable de cette situation. Plus celles-ci ont été coûteuses, plus les adultes souffrent de dépression un an après le décès, et plus il est probable que les enfants aient arrêté l'école.

Dès lors, il n'est pas surprenant que le roi du Swaziland et le South African Council of Churches (SACC) aient tenté de réguler les dépenses faites à cette occasion. En 2002, le roi a interdit purement et simplement les funérailles fastueuses [1] et annonça que, si l'on découvrait qu'une famille avait sacrifié une vache lors d'un enterrement, elle devrait en donner une autre pour le troupeau du chef. Quant au SACC, il en appela plus sobrement à une réglementation de l'industrie des pompes funèbres dont il estimait qu'elle faisait pression sur les familles pour dépenser plus qu'elles ne pouvaient se le permettre.

Mais la décision de dépenser de l'argent pour d'autres choses que la nourriture pourrait ne pas être due uniquement à des pressions sociales. Lorsque nous avons demandé à Oucha Mbarbk, un habitant d'un village

---

1. « Funeral feasts of the Swasi menu », *BBC News*, 2002, disponible sur <http://news.bbc.co.uk/2/hi/africa/2082281.stm>.

reculé du Maroc, ce qu'il ferait s'il avait plus d'argent, il nous a répondu qu'il achèterait plus à manger. Quand nous avons souhaité savoir ce qu'il ferait s'il avait encore plus d'argent, il déclara qu'il achèterait une nourriture plus savoureuse. Nous commencions à nous sentir vraiment mal, mais nous avons soudain remarqué, dans la pièce où nous nous tenions, une télévision, une antenne parabolique et un lecteur de DVD. Nous lui avons alors demandé pourquoi il avait choisi d'acheter tous ces objets alors qu'il pensait que sa famille n'avait pas assez à manger. Il nous répondit en riant : « Oh, mais la télévision, c'est plus important que la nourriture ! »

Après avoir passé quelque temps dans ce village marocain, nous n'avions plus aucun mal à comprendre son raisonnement. La vie peut être vraiment monotone dans un village. Il n'y a pas de cinéma, pas de salle de concert, nulle part où s'asseoir pour regarder les gens passer. Et il n'y a pas non plus beaucoup de travail. Ainsi Oucha et deux de ses voisins, qui étaient présents pendant l'entretien, avaient travaillé cette année-là environ soixante-dix jours à des travaux agricoles et à peu près trente jours sur des chantiers. Le restant de l'année, ils s'occupaient de leurs bêtes et attendaient un hypothétique emploi. Cela leur laissait beaucoup de temps pour regarder la télévision. Ces trois hommes vivaient tous dans de petites maisons sans eau ni sanitaires. Ils avaient du mal à trouver du travail et à envoyer leurs enfants à l'école au-delà du primaire. Mais ils avaient tous une télévision, une antenne parabolique, un lecteur de DVD et un téléphone portable.

Plus généralement, nous constatons souvent que, pour les pauvres, les choses qui rendent la vie moins ennuyeuse sont une priorité. Ce peut être la télévision ou quelque chose de bon à manger – ou juste une tasse de thé sucré. Pak Solhin lui-même avait une télévision, bien qu'elle ne fût pas en état de marche lorsque nous lui avons rendu visite. Les fêtes jouent le même rôle. Lorsqu'il n'y a ni télévision ni radio, on comprend que les pauvres cherchent souvent à se distraire, par des réjouissances familiales, des cérémonies religieuses ou le mariage d'une fille. Les données dont nous disposons concernant dix-huit pays différents montrent nettement que moins les plus pauvres ont de chances d'avoir une télévision ou une radio, plus ils dépensent pour les fêtes. Par exemple, dans le district d'Udaipur, en Inde, où presque personne n'a de télévision, 14 % du budget des plus pauvres est consacré aux fêtes, tant laïques que religieuses. En comparaison, au Nicaragua, où 58 % des foyers ruraux pauvres ont une radio et 11 % une télévision, très peu de foyers dépensent quoi que ce soit pour des fêtes[1].

Ce besoin humain fondamental d'avoir une vie plaisante pourrait expliquer la baisse des dépenses liées à la nourriture en Inde. Aujourd'hui, on capte la télévision jusque dans les endroits les plus reculés et il y a davantage de choses à acheter, même dans les villages isolés. Les téléphones portables fonctionnent presque partout et le coût des communications est relativement faible. Ceci expliquerait également pourquoi les pays qui ont un marché intérieur important et où de nombreux biens de consommation sont accessibles à bas prix, comme en Inde ou au Mexique, sont aussi ceux où les dépenses liées à l'alimentation sont les plus faibles. Il n'y a pas un village en Inde où l'on ne trouve au moins un petit magasin (et le plus souvent plus d'un) où l'on peut se procurer du shampoing en sachets individuels, des cigarettes à l'unité, des peignes, des stylos, des jouets et des bonbons très bon marché. À l'inverse, dans un pays comme la Papouasie-

---

1. Ces statistiques sont extraites de notre base de données concernant dix-huit pays et sont disponibles sur <www.pooreconomics.com>.

Nouvelle-Guinée, où la part du budget dédiée à l'alimentation excède 70 % (alors qu'elle est de 50 % en Inde), il y a sans doute moins de choses accessibles aux pauvres. Orwell a également cerné ce phénomène dans *Le Quai de Wigan*, lorsqu'il décrit la façon dont les familles pauvres sont parvenues à survivre à la Grande Dépression.

> Au lieu de s'insurger contre le destin, ils ont rendu la situation tolérable en réduisant le niveau de leurs exigences matérielles.
> Mais ceci ne signifie pas nécessairement qu'ils aient sacrifié le superflu pour concentrer leurs efforts sur l'indispensable. C'est en général le contraire qui s'est produit – réaction somme toute très naturelle, si l'on y réfléchit. C'est ce qui explique qu'en une décennie de crise sans précédent la consommation des denrées de petit luxe ait augmenté[1].

Ces petits plaisirs ne sont pas des achats impulsifs, ils ne sont pas le fait de gens qui ne réfléchissent pas assez à ce qu'ils font. Ils sont soigneusement pesés et manifestent des désirs profonds, que ceux-ci viennent des individus eux-mêmes ou de pressions extérieures. Oucha Mbarbk n'avait pas acheté sa télévision à crédit, il avait économisé pendant de longs mois pour accumuler assez d'argent, exactement comme les mères en Inde commencent à mettre un trousseau de côté pour le mariage de leur fille lorsque celle-ci a huit ans, soit près de dix ans à l'avance, achetant tantôt un petit bijou, tantôt un plat en étain.

Le monde des pauvres nous apparaît souvent comme une série d'occasions manquées : nous nous demandons pourquoi ils ne renoncent pas temporairement à des dépenses comme celles-ci au profit d'investissements qui

---

1. G. ORWELL, *Le Quai de Wigan*, *op. cit.*, p. 100.

amélioreraient vraiment leur vie. Les pauvres, eux, pourraient bien être plus sceptiques que nous quant à ces prétendues occasions et quant à la possibilité de changer radicalement leur vie. Souvent, ils agissent comme s'ils pensaient que tout changement assez significatif pour justifier des sacrifices prendrait simplement trop de temps. Cela pourrait expliquer pourquoi ils se focalisent sur l'ici et maintenant et semblent d'abord préoccupés de vivre leur vie de façon aussi agréable que possible et de faire la fête quand l'occasion se présente.

Le problème de l'alimentation est-il donc, oui ou non, à l'origine d'un piège de pauvreté ?

Nous avons ouvert ce chapitre avec Pak Solhin, persuadé d'être piégé dans la pauvreté du fait d'un problème d'alimentation. En l'occurrence, pour être exact, son problème principal n'était sans doute pas qu'il manquait de calories. Grâce au Rakshin Program, il recevait gratuitement du riz et, en ajoutant à cela l'aide que lui apportait son frère, il aurait probablement été physiquement capable de travailler dans les champs ou sur un chantier. Telles que nous les interprétons, les données factuelles dont nous disposons semblent montrer que la plupart des adultes, y compris les plus pauvres, ne sont pas enfermés dans la pauvreté du fait d'un problème d'alimentation : presque tous peuvent aisément manger autant qu'ils en ont besoin pour être productifs.

Tel était probablement le cas de Pak Solhin. Nous ne voulons pas dire par là qu'il n'était pas pris dans un piège, mais ses difficultés venaient peut-être plutôt du fait qu'il avait perdu son travail et qu'il était trop vieux pour être pris comme apprenti sur un chantier. Sa situation était également presque à coup sûr aggravée par sa dépression, qui lui rendait toute activité presque insupportable.

Si les mécanismes fondamentaux qui pourraient induire l'existence d'un piège de pauvreté lié à une mauvaise alimentation ne semblent pas à l'œuvre pour les adultes, cela ne signifie pas que se nourrir ne soit pas un problème pour les pauvres. Mais, moins que de quantité d'aliments, le problème est sans doute plus une question de qualité, et plus précisément de carences en micronutriments. Les bénéfices d'une alimentation adéquate pourraient ainsi être particulièrement importants pour deux catégories de personnes qui ne décident pas de ce qu'elles mangent : les fœtus et les jeunes enfants. Il se pourrait même que l'alimentation dans l'enfance soit à l'origine d'une relation en S entre les revenus des parents et les revenus futurs de leurs enfants. En effet, un enfant qui a reçu les nutriments adéquats dans l'utérus ou au cours de sa petite enfance gagnera plus d'argent *chaque année de sa vie* – ce qui constitue au bout du compte des sommes considérables. Ainsi, par exemple, l'étude des effets à long terme de la distribution de vermifuges aux enfants kényans dont nous avons parlé ci-dessus concluait qu'être traité pendant deux ans au lieu d'un (et par conséquent être mieux nourri pendant deux ans au lieu d'un) aboutissait à un gain de revenus de 3 269 USD PPA sur la totalité de la vie. De petites différences d'investissement dans l'alimentation infantile (au Kenya, l'administration de vermifuges coûte 1,36 USD PPA par an ; en Inde, le paquet de sel iodé est vendu à 0,62 USD PPA ; en Indonésie, la sauce de poisson enrichie coûte 7 USD PPA par an) font, à terme, une différence réelle. Cela signifie que les gouvernements et les institutions internationales doivent complètement repenser leurs politiques alimentaires. C'est peut-être une mauvaise nouvelle pour les agriculteurs américains, mais la solution n'est pas simplement de fournir plus de céréales – l'objet de la plupart des programmes de sécurité alimentaire. Les pauvres apprécient les subventions sur les céréales qui améliorent leur budget, mais, comme nous l'avons vu plus haut, celles-ci ne les persuadent pas de manger mieux, d'autant plus que le principal problème n'est pas le nombre de calories mais les autres nutriments. Il ne suffit probablement pas non plus de donner plus d'argent aux pauvres, et même une hausse des revenus a peu de chances d'induire une meilleure alimentation à court terme. Comme nous l'avons vu à propos de l'Inde, les pauvres ne mangent pas plus ni mieux lorsque leurs revenus augmentent – trop de désirs et de pressions différentes entrent en concurrence avec l'alimentation.

En revanche, les bénéfices pour la société de l'investissement direct dans l'alimentation des enfants et des femmes enceintes sont potentiellement considérables. Cela peut passer par la distribution d'aliments enrichis aux futures mères et aux parents d'enfants en bas âge, de vermifuges aux enfants d'âge scolaire et préscolaire, de repas riches en micronutriments, ou même par des incitations faites aux parents de consommer des compléments nutritionnels. Toutes ces mesures sont déjà mises en œuvre dans certains pays. Le gouvernement kényan administre aujourd'hui systématiquement des vermifuges aux enfants scolarisés. En Colombie, des sachets de micronutriments sont saupoudrés sur les repas des enfants des crèches. Au Mexique, les allocations sociales sont accompagnées de compléments nutritionnels gratuits pour la famille. Développer des façons d'incorporer des nutriments supplémentaires *aux aliments que les gens apprécient* et inventer de nouvelles variétés de plantes à la fois savoureuses et nutritives, qui puissent être cultivées sous différents climats : ces objectifs doivent devenir des priorités pour la technologie alimentaire, à égalité avec l'augmentation de la productivité. Il existe quelques exemples d'effort de ce genre dans le monde, sous l'influence d'associations comme Micronutrient Initiative et Harvest-Plus : ainsi, une variété de patate douce orange (plus riche en bêtacarotène que la variété indigène) qu'il est possible de cultiver en Afrique a récemment été introduite en Ouganda et au Mozambique[1]. On a récemment autorisé dans plusieurs pays, et notamment en Inde, la diffusion d'une nouvelle variété de sel, enrichi en fer et en iode. Mais, trop souvent encore, les politiques alimentaires restent accrochées à l'idée que les pauvres ont avant tout besoin de céréales à bas prix.

1. Voir <www.harvestplus.org/>.

3.

L'amélioration de la santé publique mondiale est-elle à portée de main ?

La santé est un domaine qui suscite énormément d'espoir, mais aussi beaucoup de frustrations. On a le sentiment qu'il y a « à portée de main » de nombreux outils – des vaccins aux moustiquaires – qui pourraient sauver des vies pour un coût minime, mais que ceux-ci sont sous-utilisés. Les personnels de santé publique, qui sont chargés d'assurer les soins de base dans la plupart des pays, sont souvent tenus pour responsables de cet échec, ce qui n'est pas tout à fait sans fondement comme nous le verrons plus loin. De leur côté, ils soulignent que ces solutions qui paraissent faciles d'accès sont souvent bien plus difficiles à mettre en œuvre qu'il n'y paraît.

Pendant l'hiver 2005, dans la magnifique région d'Udaipur, en Inde occidentale, nous avons eu une discussion animée avec un groupe d'infirmières d'État. Elles étaient très en colère contre nous parce que nous participions à un projet dont le but était de les faire venir travailler plus souvent. À un moment, l'une d'entre elles s'énerva tellement qu'elle formula les choses abruptement : « De toute façon, ce travail n'a aucun sens », nous déclara-t-elle. Et, en effet, lorsqu'une mère leur amenait son enfant pour une diarrhée, tout ce qu'elles pouvaient faire était de lui donner un sachet de sels de réhydratation orale (ou SRO, c'est-à-dire un mélange de sel, de sucre, de chlorure de potassium et d'un antiacide à diluer dans de l'eau). Mais la plupart des mères pensaient que cette mixture n'avait pas la moindre utilité. Ce qu'elles voulaient, c'était ce qu'elles pensaient être le bon traitement : un antibiotique ou une perfusion. Renvoyer chez elle une mère avec juste un sachet de SRO, c'était s'assurer qu'elle ne reviendrait plus jamais. Chaque année, elles voyaient donc des dizaines d'enfants mourir à la suite d'une diarrhée et elles éprouvaient un sentiment d'impuissance totale.

Sur les neuf millions d'enfants qui meurent chaque année avant leur cinquième anniversaire, la grande majorité sont des enfants pauvres du sous-continent indien et d'Afrique subsaharienne, et environ un sur cinq meurt de diarrhée. Des efforts sont faits actuellement pour développer et distribuer un vaccin contre les rotavirus, responsables de beaucoup de cas de diarrhée (mais pas de tous). Mais trois médicaments « miracle » pourraient déjà sauver la plupart de ces enfants : le chlore – qui permet de purifier l'eau –, le sel et le sucre, ingrédients essentiels de la solution de réhydratation. Cent dollars de chlore conditionné pour un usage domestique suffisent à prévenir trente-deux cas de diarrhée[1]. Par ailleurs, la diarrhée tue le plus souvent par la déshydratation qu'elle induit, et les sachets de SRO, qui sont quasiment gratuits, constituent un moyen remarquablement efficace de la prévenir.

Pourtant, ni le chlore ni les sels de réhydratation ne sont beaucoup utilisés. En Zambie, grâce aux efforts de Population Services International (PSI), une grande ONG qui la commercialise à prix subventionné au niveau mondial, le chlore est très bon marché et aisément accessible.

1. Voir <www.povertyactionlab.org/policy-lessons/health/child-diar rhea>.

Pour 800 kwachas (soit 0,18 USD PPA), une famille de six personnes peut acheter assez de chlore pour purifier son eau et éviter ainsi la transmission de la diarrhée. Pourtant, seuls 10 % des familles en utilisent[1]. En Inde, selon l'Unicef, un tiers seulement des enfants de moins de cinq ans souffrant de diarrhée avaient reçu des SRO[2]. Comment comprendre que 1,5 million d'enfants meurent chaque année de diarrhée, alors que cette maladie pourrait le plus souvent être évitée, ou bien traitée avec de l'eau bouillie, du sucre et du sel ?

Le chlore et les SRO ne sont pas des exemples exceptionnels. Il y a d'autres moyens tout aussi faciles d'accès d'améliorer la santé publique et de sauver de nombreuses vies. Il existe des techniques simples et peu coûteuses qui, mises en œuvre à bon escient, permettraient d'épargner des ressources considérables (en termes de journées de travail, d'usage des antibiotiques, de dépense physique, etc.) et dont les bénéfices seraient bien supérieurs à leur coût, sans même parler des vies qu'elles permettraient de sauver. Pourtant, la plupart de ces techniques ne sont pas utilisées régulièrement. Non que les gens ne se soucient pas de leur santé : ils s'en soucient au contraire beaucoup et y consacrent des ressources considérables. Mais ils semblent dépenser leur argent autrement : en antibiotiques qui ne sont pas toujours nécessaires, en opérations chirurgicales qui interviennent trop tard pour être utiles. Pourquoi faut-il qu'il en soit ainsi ?

---

1. Nava ASHRAF, James BERRY et Jesse SHAPIRO, « Can higher prices stimulate product use ? Evidence from a field experiment in Zambia », document de travail du NBER W13247, 2007.
2. Voir <www.unicef.org/infobycountry/india_statistics.html>.

Le piège de la santé

Dans un village d'Indonésie, nous avons rencontré Ibu Emptat, la femme d'un vannier. Quelques années avant notre rencontre (pendant l'été 2008), son mari avait eu des problèmes de vue et s'était retrouvé dans l'incapacité de travailler. Elle avait donc été contrainte d'emprunter de l'argent au prêteur local : 100 000 roupies (soit 18,75 USD PPA) pour acheter les médicaments destinés à permettre à son mari de recommencer à travailler, et 300 000 roupies (56 USD PPA) pour la nourriture pendant la période où son mari était convalescent et ne pouvait pas travailler (trois de leurs sept enfants vivaient alors encore avec eux). Sur ce prêt, ils avaient à payer 10 % d'intérêts par mois, ce qu'ils n'avaient pas réussi à faire. Lorsque nous les avons rencontrés, leur dette avait enflé jusqu'à atteindre la somme de 1 million de roupies (187 USD PPA) et le prêteur les menaçait de saisir tous leurs biens. Pour aggraver encore les choses, on venait de leur annoncer que l'un de leurs plus jeunes fils souffrait d'asthme sévère. Déjà accablés de dettes, ils n'avaient pas les moyens de payer le traitement dont l'enfant avait besoin. Lors de notre visite, celui-ci est venu s'asseoir avec nous : toussant continuellement, il n'était plus capable d'aller à l'école de façon régulière. Cette famille constitue un exemple typique de piège de pauvreté : à cause de la maladie du père et de ses conséquences économiques, l'enfant ne pouvait être soigné, et parce qu'il était trop malade pour aller à l'école, la pauvreté assombrissait déjà son avenir.

Il ne fait pas de doute que la santé est susceptible d'être la source de nombreux pièges de pauvreté. Ainsi, les travailleurs qui vivent dans un environnement insalubre ont plus de risques de perdre des journées de travail ; les femmes qui accouchent dans un tel environnement ont plus souvent des enfants fragiles ; et les maladies fréquentes peuvent nuire à la scolarité des enfants. C'est ainsi que les malheurs d'aujourd'hui peuvent faire la pauvreté de demain.

Si ces processus sont effectivement à l'œuvre, il est heureusement possible qu'il suffise d'un bon coup de pouce, qui permette à une génération de s'extraire de cette situation et de grandir dans un environnement sain, pour sortir du piège. C'est ce que pense par exemple Jeffrey Sachs. Selon lui, une grande partie des populations les plus pauvres du monde, et même des pays entiers, sont piégés dans la pauvreté du fait de problèmes de santé. Son exemple préféré est celui du paludisme : les pays dans lesquels une partie importante de la population est exposée au paludisme ont des revenus par habitant de deux tiers moins élevés que ceux où il a disparu[1]. Or cette pauvreté rend d'autant plus difficile l'adoption de mesures de prévention, ce qui en retour entretient la pauvreté. Mais cela signifie aussi, selon Sachs, que les investissements de santé publique destinés à contrôler le paludisme dans ces pays (comme la distribution de moustiquaires) pourraient s'avérer extrêmement rentables : les gens seraient moins souvent malades et seraient capables de travailler plus, de sorte que les gains en revenus qui s'ensuivraient seraient bien supérieurs au coût de ces interventions. Pour reprendre le modèle de la courbe en S du chapitre 1, les pays africains où le paludisme est endémique sont coincés dans la partie gauche de la courbe : leur force de travail affaiblie par le

1. John GALLUP et Jeffrey SACHS, « The economic burden of malaria », *American Journal of Tropical Medicine and Hygiene*, 64, 2001, p. 1 et 85-96.

paludisme est trop peu productive, et par conséquent trop pauvre pour financer son éradication. Mais si quelqu'un leur rendait le service de financer l'éradication du paludisme chez eux, ils pourraient alors basculer dans la partie droite de la courbe et seraient lancés sur la route de la prospérité. Le même raisonnement vaut pour les autres maladies répandues dans les pays pauvres. C'est là le cœur du message optimiste du livre de Sachs, *The End of Poverty*.

Les sceptiques se sont empressés de faire remarquer que rien ne prouve que les pays infestés par le paludisme soient pauvres *à cause de* cette maladie, comme le suppose Sachs. Au contraire, peut-être que leur incapacité à l'éradiquer signifie qu'ils sont mal gouvernés. Si tel était le cas, alors l'éradication du paludisme n'aurait à elle seule à peu près aucune utilité, tant que la gouvernance de ces pays resterait défaillante.

Mais que disent les faits ? Confortent-ils l'interprétation des sceptiques ou des interventionnistes ? Les conséquences de campagnes d'éradication ont été étudiées dans différents pays. Dans chacune de ces études, les chercheurs comparent les régions du pays où la prévalence de la maladie était élevée avant une campagne réussie à celles où elle était basse et examinent les revenus ou le niveau d'éducation atteints par les enfants nés dans ces différentes régions avant et après la campagne. Toutes concluent que les personnes nées dans les régions endémiques avant l'éradication ont en général des niveaux d'éducation et de salaires plus faibles que ceux des autres régions, mais que les différences s'estompent chez ceux qui sont nés après. Cela donne à penser que l'éradication du paludisme conduit effectivement à une réduction de la pauvreté à long terme, bien que ses effets soient bien moins importants que ne le suggère Jeffrey Sachs. L'une des études menées sur l'éradication du paludisme dans le

Sud des États-Unis (où il sévissait encore en 1951[1]) et dans plusieurs pays d'Amérique latine[2] montre qu'*un enfant n'ayant pas souffert du paludisme gagne 50 % de plus par an pendant toute la durée de sa vie adulte* qu'un enfant qui l'a attrapé. Des résultats qualitativement similaires ont été observés en Inde[3], au Paraguay et au Sri Lanka, bien que l'ampleur du gain varie selon les pays[4].

Ces données suggèrent que les bénéfices économiques d'un investissement dans la prévention du paludisme peuvent être très élevés. Une moustiquaire traitée à l'insecticide coûte au plus 14 USD PPA au Kenya et a une durée d'utilisation d'environ cinq ans. Selon une estimation prudente, un enfant kényan dormant sous une moustiquaire traitée a 30 % moins de risques d'attraper le paludisme avant l'âge de deux ans qu'un enfant qui ne bénéfice pas d'une telle protection. Au Kenya, un adulte gagne en moyenne 590 USD PPA par an. Par conséquent, si le paludisme est à l'origine d'une réduction de 50 % des revenus, un investissement de 14 dollars entraînera une augmentation de revenus de 295 dollars pour les 30 % de la population qui auraient attrapé le paludisme s'ils n'avaient pas été protégés par une moustiquaire. Les bénéfices moyens s'élèvent donc à 88 dollars par an

1. Voir <www.cdc.gov/malaria/history/index.htm#eradicationus>.

2. Hoyt BLEAKLEY, « Malaria eradication in the Americas : a retrospective analysis of childhood exposure », *American Economic Journal : Applied Economics*, 2 (2), avril 2010, p. 1-45.

3. David CUTLER, Winnie FUNG, Michael KREMER, Monica SINGHAL et Tom VOGL, « Early-life malaria exposure and adult outcomes : evidence from malaria eradication in India », *American Economic Journal : Applied Economics*, 2 (2), avril 2010, p. 72-94.

4. Adrienne LUCAS, « Malaria eradication and educational attainment : evidence from Paraguay and Sri Lanka », *American Economic Journal : Applied Economics*, 2 (2), avril 2010, p. 46-71.

pendant la durée entière de la vie adulte de l'enfant, c'est-à-dire assez pour permettre à un parent de se procurer autant de moustiquaires que nécessaire pour protéger tous ses enfants, et bien plus.

Il existe d'autres exemples d'investissements sanitaires extrêmement efficaces. L'accès à une eau propre et à des installations sanitaires en fait partie. En 2008, selon les estimations de l'OMS et de l'Unicef, environ 13 % de la population mondiale n'avaient pas accès à une source d'eau améliorée (par exemple à un robinet ou à un puits) et environ un quart n'avait pas accès à une source d'eau potable propre[1]. Parmi ces gens, la plupart sont très pauvres. Dans notre base de données portant sur dix-huit pays, le pourcentage de gens ayant accès à l'eau courante à la maison parmi les populations rurales les plus pauvres varie de moins de 1 % (dans les campagnes du Rajasthan et de l'Uttar Pradesh, en Inde) à 36,4 % (au Guatemala). Ces chiffres sont généralement bien meilleurs lorsqu'on considère des foyers plus riches, bien qu'ils varient beaucoup d'un pays à l'autre (de moins de 7 % en Tanzanie à 80 % au Brésil, pour la classe moyenne rurale). Ces chiffres sont plus élevés dans les zones urbaines, aussi bien pour les pauvres que pour la classe moyenne. L'accès à des installations sanitaires correctes est encore plus rare parmi les pauvres : 42 % de la population mondiale ne dispose pas de toilettes à domicile.

La plupart des experts s'accordent pour dire que l'accès à l'eau courante et aux sanitaires peut avoir des effets considérables sur la santé. David Cutler et Grant Miller ont ainsi montré que l'introduction de l'eau courante, de

1. OMS et Unicef, *Progress on Sanitation and Drinking Water*, 2010, disponible sur <http://whqlibdoc.who.int/publications/2010/978924156 3956_eng_full_text.pdf>.

meilleures installations sanitaires et le traitement au chlore des sources d'eau sont responsables des trois quarts environ de la baisse de la mortalité infantile entre 1900 et 1946, et de près de la moitié de la baisse générale de la mortalité pour cette même période[1]. À cela, il faut ajouter que souffrir régulièrement de diarrhée dans l'enfance compromet de façon permanente le développement tant physique que cognitif. On estime généralement qu'en fournissant les foyers en eau courante non contaminée et chlorée, il est possible de réduire l'incidence de la diarrhée de près de 95 %[2]. Une eau de mauvaise qualité et les mares d'eau stagnante sont également à l'origine d'autres maladies importantes, comme le paludisme, la bilharziose et le trachome[3], qui chacune tuent des enfants ou en font des adultes moins productifs.

Pourtant, la plupart des gens acceptent comme une évidence qu'aujourd'hui, à 20 dollars par foyer et par mois, assurer l'accès à l'eau courante et à des équipements sanitaires représente un coût trop important pour le budget de la plupart des pays en développement[4]. L'expérience de

1. David CUTLER et Grant MILLER, « The role of public health improvements in health advances : The twentieth-century United States », *Demography*, 42 (1), 2005, p. 1-22 ; et Jennifer BRYCE, Cynthia BOSCHI-PINTO, Kenji SHIBUYA, Robert E. BLACK et le groupe de référence en épidémiologie de la santé infantile de l'OMS, « WHO estimates of the causes of death in children », *The Lancet*, n° 365, 2005, p. 1147-1152.

2. Lorna FEWTRELL et John M. COLFORD Jr., « Water, sanitation and hygiene : interventions and diarrhoea », document de travail produit pour la section Health, Nutrition and Population de la Banque mondiale, 2004.

3. Organisation mondiale de la santé, « Water, sanitation and hygiene links to health : facts and figures », 2004.

4. Dale WHITTINGTON, W. Michael HANEMANN, Claudia SADOFF et Marc JEULAND, « Sanitation and water », Copenhagen Consensus 2008 Challenge Paper, p. 21.

Gram Vikas, une ONG qui travaille dans l'Orissa, en Inde, montre cependant qu'il est possible de le faire à un coût bien moindre. Il est vrai que son directeur général, Joe Madiath, un homme dont le sens de l'autodérision le conduit à participer au Forum économique mondial de Davos, rendez-vous annuel des riches et des puissants de ce monde, vêtu de costumes de coton filé à la main, n'a pas l'habitude de faire les choses comme tout le monde. Joe Madiath n'était pas bien vieux quand il a commencé sa carrière de militant : il avait douze ans lorsqu'il s'attira ses premiers ennuis pour avoir créé un syndicat sur la plantation dont son père était propriétaire. Il était arrivé dans l'Orissa au début des années 1970 avec un groupe d'étudiants de gauche désireux d'apporter leur aide après un cyclone dévastateur. Une fois achevées les actions humanitaires immédiates, il décida de rester pour voir s'il pouvait aider de façon plus pérenne les villageois pauvres de l'Orissa. Il choisit finalement de s'occuper de l'eau et des équipements sanitaires. La question l'intéressait parce qu'elle constituait à la fois un défi au quotidien et l'occasion d'initier un changement social à long terme. Comme il nous l'expliqua, dans l'Orissa, l'eau et les équipements sanitaires sont des questions sociales. Pour lui, il est essentiel que tous les foyers des villages où travaille Gram Vikas soient connectés au même réseau : l'eau arrive dans chaque maison, où sont installés des toilettes, un robinet et une salle d'eau, tous raccordés au même système. Pour les foyers des castes supérieures, cela signifie partager l'eau avec des foyers de basse caste, ce qui leur paraissait au départ souvent inacceptable. Même aujourd'hui, l'ONG consacre toujours beaucoup de temps à obtenir l'accord de l'ensemble du village – et quelques villages finissent par refuser –, mais elle n'a jamais dérogé au principe selon lequel elle ne commencerait à travailler dans un village que si tout le monde avait donné son accord pour participer. Lorsqu'elle parvient finalement à un accord, c'est souvent la première fois que certains des foyers des castes supérieures participent à un projet impliquant le reste de la communauté.

Une fois qu'un village a accepté de travailler avec Gram Vikas, le travail de construction dure de un à deux ans. Ce n'est que lorsque chaque maison a été équipée en eau courante et de toilettes que le système est mis en marche. Au cours de cette période, Gram Vikas recueille chaque mois des données concernant les personnes qui se sont rendues au centre médical pour être traitées contre le paludisme ou la diarrhée. Ainsi peut-on observer directement les effets de l'arrivée de l'eau courante dans un village. Ils sont remarquables : presque du jour au lendemain, et ensuite pendant des années, le nombre de cas de diarrhée sévère chute de moitié et le nombre de cas de paludisme d'un tiers. Le coût mensuel du système pour chaque foyer, y compris pour la maintenance, est de 190 roupies, ou 4 dollars par foyer, soit 20 % seulement du coût auquel on estime généralement un tel système.

Il y a des moyens encore moins coûteux de prévenir la diarrhée, comme l'adjonction de chlore dans l'eau. D'autres techniques médicales ou de santé publique ont également fait la preuve de leur efficacité, comme les SRO, la vaccination des enfants, les vermifuges, l'allaitement au sein exclusif jusqu'à six mois ou certaines procédures prénatales de routine comme le fait de vacciner les femmes enceintes contre le tétanos. La vitamine B pour traiter la cécité nocturne, les pilules de fer et la farine enrichie en fer contre l'anémie font partie de ces divers moyens d'action facilement accessibles.

L'existence de ces techniques explique l'optimisme de Jeffrey Sachs, mais également son impatience. Selon lui, les problèmes de santé peuvent être à l'origine de pièges de pauvreté, mais il existe en même temps des moyens concrets de briser ces pièges. Si les pauvres ne peuvent pas se les procurer eux-mêmes, alors le reste du monde se doit de les aider. C'est ce que fait Gram Vikas dans l'Orissa, en aidant les villages à s'organiser et en assumant une partie des coûts du réseau de distribution. Joe Madiath nous a rapporté qu'il y a quelques années il s'était senti obligé de refuser des fonds de la Fondation Bill et Melinda Gates lorsque la personne chargée d'affecter les subventions avait posé comme condition que les villageois paient au prix du marché les services qui leur étaient assurés (par la suite, la fondation a heureusement changé de position sur cette question). Sa réponse avait été que les villageois ne pouvaient tout simplement pas se permettre de débourser 190 roupies par mois, même si les bénéfices sanitaires étaient potentiellement bien plus importants. Ainsi, Gram Vikas ne demande aux villageois de payer que ce qui est nécessaire pour assurer la maintenance du système et pour y intégrer de nouveaux foyers à mesure que le village s'agrandit. Pour le reste, l'ONG récolte des fonds de donneurs dans le monde entier. Selon Sachs, c'est de cette façon qu'il faut procéder.

Pourquoi ces techniques ne sont-elles pas plus utilisées ?

Des miracles sous-utilisés

Il y a quelque chose qui coince dans la théorie de Jeffrey Sachs : les pauvres sont-ils vraiment pris dans un piège de pauvreté à cause de problèmes de santé, et le seul moyen de les en sortir réside-t-il réellement dans une intervention financière extérieure ? On peut en douter : certaines de ces techniques sont si peu chères que tout le monde, même les plus pauvres, devrait pouvoir les utiliser. Allaiter un enfant au sein, par exemple, ne coûte absolument rien. Et pourtant, moins de 40 % des enfants dans le monde sont nourris exclusivement au sein pendant six mois, ainsi que le recommande l'OMS[1]. Un autre bon exemple est celui de l'eau : comme nous l'avons vu, amener l'eau courante dans des foyers (et mettre en place un système d'égouts) coûte 190 roupies par mois, soit 2 280 roupies par an, ce qui, en termes de pouvoir d'achat, est équivalent à environ 300 000 kwachas zambiens. Il est assez probable que les villageois pauvres de Zambie ne disposent pas de telles sommes. Mais pour moins de 2 % de ce montant, une famille zambienne de six personnes peut acheter suffisamment de chlore pour purifier toute l'eau potable dont elle a besoin pendant un an : une bouteille de Chlorin (une marque de chlore distribuée par Population Services International) coûte 800 kwachas (0,18 USD PPA) et dure un mois. Pour les jeunes enfants, l'usage de chlore peut réduire la diarrhée de près de 48 %[2]. En Zambie, les gens connaissent bien l'intérêt du chlore. Quand on leur demande de donner le nom d'un produit qui purifie l'eau potable, 98 % mentionnent Chlorin. Bien que la Zambie soit un pays pauvre, 800 kwachas pour une bouteille qui dure un mois n'est vraiment pas une somme considérable, sachant qu'une famille dépense en moyenne 4 800 kwachas (soit 1,10 USD PPA) par semaine simplement pour l'huile de friture. Pourtant, seuls 10 % de la population traitent leur eau au chlore.

1. Voir <www.who.int/features/factfiles/breastfeeding/en/index.html>.
2. Robert E. QUICK, Akiko KIMURA, Angelica THEVOS, Mathias TEMBO, Isidore SHAMPUTA, Lori HUTWAGNER et Eric MINTZ, « Diarrhea prevention through household-level water disinfection and safe storage in Zambia », *American Journal of Tropical Medicine and Hygiene*, 66 (5), 2002, p. 584-589.

Lorsque, dans le cadre d'une expérimentation, des chercheurs ont offert à certains foyers des bons de réduction leur permettant d'acquérir une bouteille de Chlorin à 700 kwachas (0,16 USD PPA), seuls 50 % environ décidèrent d'en acheter[1]. Cette proportion augmenta fortement lorsque le prix fut ramené à 300 kwachas (0,07 USD PPA), mais – chose remarquable – même à ce prix-là, un quart des gens n'en ont pas acheté.

La demande est tout aussi faible pour les moustiquaires. Au Kenya, Jessica Cohen et Pascaline Dupas ont créé une ONG appelée TamTam (Together Against Malaria – Ensemble contre le paludisme) pour distribuer des moustiquaires gratuites dans les centres de prévention prénatale du Kenya[2]. À un certain moment, PSI s'est mis à distribuer, dans ces mêmes centres, des moustiquaires à un prix subventionné (mais pas gratuitement). Jessica Cohen et Pascaline Dupas ont alors voulu savoir si leur organisation avait encore une utilité. Elles mirent en place un test simple : elles distribuèrent des moustiquaires à des prix différents, choisis aléatoirement, d'un centre à l'autre. Dans certains endroits, elles étaient délivrées gratuitement, dans d'autres, elles étaient vendues au prix demandé par PSI, dans d'autres encore à des prix intermédiaires. Comme dans le cas de la Chlorin, elles constatèrent que l'achat d'une moustiquaire dépendait très fortement du prix. Presque toutes les personnes à qui l'on proposait des moustiquaires gratuites en rapportaient chez elles. Mais au prix demandé par PSI (environ 0,75 USD PPA), la demande tombait presque à zéro.

---

1. N. Ashraf, J. Berry et J. Shapiro, « Can higher prices stimulate product use ? », art. cité.
2. Jessica Cohen et Pascaline Dupas, « Free distribution or cost-sharing ? Evidence from a randomized malaria prevention experiment », *Quarterly Journal of Economics*, 125 (1), 2010, p. 1-45.

Lorsque Pascaline Dupas reproduisit l'expérimentation dans différents villages, en laissant cette fois aux gens le temps de rentrer chez eux chercher de l'argent (plutôt que d'avoir à payer sur-le-champ), plus de gens l'achetèrent au prix demandé par PSI, mais la demande était toujours bien plus élevée lorsque le prix était plus faible[1].

Plus troublant encore, on observe que la demande de moustiquaires, bien qu'elle soit très dépendante du prix, ne l'est pas beaucoup des revenus. Pour basculer dans la partie droite de la courbe en S et enclencher un cercle vertueux dans lequel élévation du niveau de santé et augmentation des revenus se renforcent mutuellement, l'augmentation des revenus d'une personne ayant évité le paludisme doit être suffisante pour qu'il soit très probable que ses enfants achètent eux-mêmes une moustiquaire et échappent également au paludisme. Comme nous l'avons montré ci-dessus, acheter des moustiquaires pour réduire le risque d'attraper le paludisme peut conduire à un accroissement des revenus annuels de 15 % en moyenne. Pourtant, bien qu'une augmentation de 15 % des revenus soit bien supérieure au coût d'une moustiquaire, les gens qui sont 15 % plus riches ne sont que 5 % plus susceptibles que les autres d'acheter une moustiquaire[2]. En d'autres termes, loin d'assurer que la génération suivante dormira sous la protection d'une moustiquaire, la distribution gratuite de moustiquaires à une génération n'aura pour effet que de faire passer la proportion d'enfants

---

1. Pascaline Dupas, « What matters (and what does not) in households' decision to invest in malaria prevention ? », *American Economic Review : Papers and Proceedings*, 99 (2), 2009, p. 224-230.
2. Obinna Onwujekwe, Kara Hanson et Julia Fox-Rushby, « Inequalities in Purchase of Mosquito Nets and Willingness to Pay for Insecticide-Treated Nets in Nigeria : Challenges for Malaria Control Interventions », *Malaria Journal*, 3 (6), 16 mars 2004.

protégés dans la génération suivante de 47 % à 52 % – ce qui est tout à fait insuffisant pour éradiquer le paludisme.

Cette faiblesse de la demande souligne sans doute la principale difficulté liée aux questions de santé : l'échelle pour sortir du piège de pauvreté existe bien, mais elle n'est pas toujours au bon endroit et les gens semblent ne pas toujours savoir l'utiliser, ni même avoir envie d'y monter.

Le désir d'être en meilleure santé

Puisque les pauvres ne paraissent pas décidés à sacrifier beaucoup d'argent ou de temps à se procurer de l'eau propre, des moustiquaires ou bien encore des vermifuges ou de la farine enrichie, et ce en dépit de leurs bénéfices potentiellement élevés pour la santé, doit-on en conclure qu'ils ne se soucient pas de leur santé ? Les données disponibles suggèrent le contraire. Lorsqu'on leur demande si, dans le mois écoulé, ils se sont sentis à un moment ou à un autre « inquiets, tendus ou anxieux », environ un quart des pauvres des campagnes de la région d'Udaipur et des villes d'Afrique du Sud répondent oui[1]. Cette proportion est bien plus élevée que celle qu'on observe aux États-Unis. Or la source la plus fréquente de cette angoisse (dans 44 % des cas dans la région d'Udaipur) est leur propre santé ou celle de leurs proches. Dans la plupart des dix-huit pays pour lesquels nous disposons de données, les pauvres dépensent une part importante de leur argent pour des soins médicaux. En moyenne, les

---

1. Anne CASE et Angus DEATON, « Health and well-being in Udaipur and South Africa », in David WISE (dir.), *Developments in the Economics of Aging*, Chicago, University of Chicago Press, NBER, 2006, chap. 9.

foyers extrêmement pauvres dépensent jusqu'à 6 % de leur budget mensuel pour la santé dans les campagnes indiennes, et de 3 à 5 % au Pakistan, au Panama et au Nicaragua. Dans la plupart des pays, plus d'un quart des foyers avaient consulté un praticien dans le mois écoulé. Les pauvres dépensent également des sommes importantes pour des soins ponctuels : parmi les familles pauvres de la région d'Udaipur, 8 % des foyers avaient dépensé plus de 5 000 roupies (228 USD PPA) au total au cours du mois précédent, soit dix fois le budget mensuel par personne pour une famille moyenne. Certains foyers (le 1 % qui avait dépensé le plus) avaient même dépensé jusqu'à vingt-six fois le budget mensuel moyen par habitant. Lorsqu'ils sont confrontés à de graves problèmes de santé, les foyers pauvres diminuent leurs dépenses, vendent leurs biens ou empruntent, comme Ibu Emptat, souvent à des taux très élevés – à Udaipur, un foyer sur trois parmi ceux que nous avons rencontrés était en train de rembourser un emprunt contracté pour payer des soins médicaux. Une proportion importante de ces prêts sont consentis par des usuriers à des taux très élevés : le taux d'intérêt standard est ainsi de 3 % par mois (soit 42 % par an).

De l'argent jeté par les fenêtres

Ce n'est donc pas le montant que les pauvres dépensent pour leur santé qui pose problème, mais plutôt ce à quoi est consacré cet argent : bien souvent à des traitements coûteux plutôt qu'à une prévention bon marché. Pour diminuer les frais médicaux, beaucoup de pays en développement ont officiellement un système d'orientation qui garantit aux pauvres des soins curatifs de base à un prix abordable (souvent même gratuits) et relativement près de chez eux. La plupart du temps, il n'y a pas de médecin dans le centre le plus proche, mais une infirmière ou une aide-soignante formée pour soigner les maladies les plus simples, reconnaître celles qui sont plus graves et diriger dans ce cas les patients vers une structure de soins plus élaborée. Dans certains pays, ce système souffre de graves dysfonctionnements du fait d'un manque de personnel, mais dans beaucoup d'autres pays, comme l'Inde, ces centres existent et disposent d'un personnel suffisant. Même dans la région d'Udaipur, qui est particulièrement reculée et peu peuplée, aucune famille n'est éloignée de plus de deux kilomètres d'un centre de soins animé par une infirmière diplômée. Pourtant, les études que nous avons menées montrent que ce système ne fonctionne pas. Pour la plupart, les pauvres évitent le système de santé public gratuit. En moyenne, les adultes des foyers pauvres que nous avons rencontrés dans la région d'Udaipur voient un praticien tous les deux mois. Un quart seulement des consultations ont lieu dans un établissement public[1] ; plus de la moitié se déroulent dans des établissements privés ; et le reste consiste en visites à des *bhopas*, c'est-à-dire à des guérisseurs traditionnels qui proposent essentiellement d'exorciser les mauvais esprits.

Les pauvres semblent donc choisir une voie doublement coûteuse : se soigner plutôt que prévenir, et se soigner chez des praticiens privés plutôt qu'auprès d'infirmières diplômées et de médecins que l'État met gratuitement à leur disposition. Cela pourrait se comprendre si les médecins privés étaient plus qualifiés, mais ce n'est pas le cas : à peine plus de la moitié des « médecins » privés ont

---

1. Abhijit BANERJEE, Angus DEATON et Esther DUFLO, « Wealth, health, and health services in rural Rajasthan », *AER Papers and Proceedings*, 94 (2), 2004, p. 326-330.

un diplôme universitaire de médecine (même en incluant les diplômes non conventionnels comme le BAMS (licence de science médicale ayurvédique) et le BUMS (licence de médecine *unani*[1]), tandis qu'un tiers d'entre eux n'a aucun diplôme d'études supérieures. Lorsqu'on considère les « assistants » du médecin, dont la plupart voient aussi des patients, le tableau s'assombrit encore : les deux tiers d'entre eux n'ont absolument aucune formation médicale[2].

Dans le langage local, ce type de médecins non qualifiés est désigné par l'expression de « médecin bengali », parce que l'un des tout premiers instituts de formation médicale en Inde était au Bengale et que les médecins formés se dispersèrent alors partout en Inde à la recherche de lieux où s'établir. Cette tradition s'est poursuivie : des gens continuent à arriver dans un village avec à peine plus qu'un stéthoscope et un sac de médicaments pour s'établir comme « médecins bengalis », qu'ils viennent ou non du Bengale. L'un d'entre eux nous a ainsi expliqué comment il était devenu médecin : « Je suis sorti du lycée avec mon diplôme, mais je ne trouvais pas de travail, alors je me suis installé comme médecin. » Il nous a volontiers montré son diplôme du secondaire, qui indiquait qu'il connaissait la géographie, la psychologie et le sanskrit. Les médecins bengalis ne sont pas un phénomène exclusivement rural. Dans les bidonvilles de Delhi, une étude a montré que seuls 34 % des « médecins » avaient un diplôme de médecine[3].

---

1. Médecine alternative traditionnelle, essentiellement fondée sur le recours aux vertus des plantes.
2. Abhijit BANERJEE et Esther DUFLO, « Improving health care delivery in India », MIT, 2009, polycopié.
3. Jishnu DAS et Jeffrey HAMMER, « Money for nothing : the dire straits of medical practice in Delhi, India », *Journal of Development Economics*, 83 (1), 2007, p. 1-36.

Bien sûr, le seul fait de ne pas avoir de diplôme n'est pas une preuve d'incompétence. Ces médecins pourraient tout à fait avoir appris à traiter les cas les plus simples et à adresser les autres à un véritable hôpital. Un autre des médecins bengalis à qui nous avons parlé (et qui en l'occurrence venait effectivement du Bengale) nous a très clairement dit qu'il connaissait ses limites : il délivrait du paracétamol et des médicaments contre le paludisme, parfois des antibiotiques lorsqu'il avait l'impression que cela pouvait être efficace, mais lorsqu'un cas lui paraissait plus compliqué, il renvoyait les patients vers le centre de santé du secteur ou vers un hôpital privé.

Cependant, tous n'ont malheureusement pas cette capacité de reconnaître leurs limites. Dans la ville de Delhi, Jishnu Das et Jeffrey Hammer, deux économistes de la Banque mondiale, ont décidé de découvrir ce que les médecins savaient réellement[1]. Leur enquête portait sur un échantillon de médecins de toutes sortes (publics et privés, qualifiés ou non), à qui ils ont présenté cinq « scénarios » de patients. Par exemple, un enfant arrive à la consultation avec des symptômes de diarrhée : dans ce cas, la conduite recommandée au médecin est de commencer par poser suffisamment de questions pour déterminer si l'enfant a eu une forte fièvre ou s'il a vomi et, si ce n'est pas le cas, ce qui permet d'écarter l'éventualité d'affections plus graves, de prescrire des SRO. Dans un autre scénario, une femme enceinte arrive avec des symptômes manifestes de pré-éclampsie, une pathologie souvent fatale qui exige un transfert immédiat à l'hôpital. Les réponses des médecins et les questions qu'ils posaient au patient ont ensuite été comparées aux questions et aux

---

1. Jishnu Das et Jeffrey Hammer, « Which doctor ? Combining vignettes and item response to measure clinical competence », *Journal of Development Economics*, 78 (2), 2005, p. 348-383.

réponses « idéales » afin de constituer un indice de la compétence de chaque médecin. La compétence moyenne de l'échantillon se révéla extrêmement faible. Même les meilleurs médecins (les vingt meilleurs sur cent médecins) posaient moins de la moitié des questions qu'ils auraient dû poser, tandis que les pires (les vingt moins bons) n'en posaient qu'un sixième. Qui plus est, les recommandations de la grande majorité d'entre eux auraient été plus nuisibles qu'autre chose, à en croire un comité de médecins experts. Les pires, de loin, étaient les praticiens privés non qualifiés, et particulièrement ceux qui exerçaient dans les quartiers pauvres. Les meilleurs étaient les médecins privés qualifiés. Ceux du service public se situaient quelque part entre ces deux extrêmes.

Les erreurs commises étaient systématiques : trop peu d'efforts dans l'établissement du diagnostic et trop de hâte à prescrire des médicaments. Dans le cadre de notre enquête sur la santé dans la région d'Udaipur, nous avons constaté que, lors des visites à un établissement privé, les patients recevaient une injection dans 66 % des cas et une perfusion dans 12 % des cas. Des analyses n'étaient réalisées que dans 3 % des cas. Le traitement courant de la diarrhée, de la fièvre ou des vomissements était la prescription d'antibiotiques ou de stéroïdes, ou les deux, généralement sous forme injectable[1].

Non seulement, dans la plupart des cas, un tel traitement n'est pas nécessaire, mais il est également potentiellement dangereux. Tout d'abord se pose le problème de la stérilisation des aiguilles : deux de nos amis tiennent une école primaire dans un petit village des environs de Delhi, où exerce un médecin aux qualifications douteuses mais à la clientèle nombreuse. À l'extérieur de son dispensaire, il y

---

1. A. BANERJEE, A. DEATON et E. DUFLO, « Wealth, health, and health services in rural Rajasthan », art. cité.

a un énorme bidon toujours rempli d'eau, avec un petit robinet. Après le départ de chaque patient, le docteur sort et lave avec ostentation son aiguille à l'eau du bidon. C'est sa manière de montrer son souci de l'hygiène. Nous ignorons combien de gens il a pu infecter mais, dans la région d'Udaipur, les médecins parlent d'un docteur qui aurait transmis l'hépatite B à un village entier en réutilisant une seringue non stérilisée.

Quant à l'usage malavisé des antibiotiques, il augmente la probabilité de l'émergence de souches de bactéries résistantes aux traitements[1]. Cela est particulièrement vrai lorsque, comme le font souvent ces médecins pour économiser de l'argent à leurs patients, le traitement recommandé est plus court que le traitement standard. Dans tous les pays en développement, on constate une augmentation de la résistance aux antibiotiques. De la même façon, des dosages incorrects et un faible respect des prescriptions par les patients expliquent l'émergence, dans plusieurs pays africains, de souches de parasites du paludisme résistantes aux traitements courants, ce qui prépare potentiellement une véritable catastrophe de santé publique[2]. Pour ce qui est des stéroïdes, les méfaits de leur usage excessif sont encore plus insidieux. Tout chercheur de plus de quarante ans qui travaille sur les pauvres dans un pays comme l'Inde a fait un jour l'expérience de découvrir avec stupéfaction que quelqu'un dont il pensait qu'il était bien plus âgé que lui était en fait bien plus jeune. Le vieillissement prématuré peut avoir de nombreuses causes, mais

---

1. Organisation mondiale de la santé, *WHO Report on Infectious Diseases 2000 : Overcoming Antimicrobial Resistance*, Genève, OMS/CDS, 2000, p. 2.
2. Ambrose TALISUNA, Peter BLOLAND et Umberto D'ALESSANDRO, « History, dynamics, and malaria parasite resistance », *American Society for Microbiology*, 17 (1), 2004, p. 235-254.

l'usage de stéroïdes en est une avérée – et le problème n'est pas simplement que les individus qui en sont affectés paraissent plus vieux, ils meurent aussi prématurément. Mais comme l'effet immédiat du traitement est que le patient se sent mieux, et comme on se garde bien de lui dire ce qui peut arriver plus tard, il rentre chez lui content.

Que se passe-t-il donc ? Pourquoi les pauvres rejettent-ils parfois des mesures sanitaires peu coûteuses et efficaces – qui sont le moyen le plus simple et le moins cher d'améliorer considérablement la santé de tous – et dépensent-ils à la place des sommes importantes pour des traitements inutiles, voire dangereux ?

Faut-il accuser les pouvoirs publics ?

Une partie de la réponse est que ces mesures efficaces relèvent pour beaucoup de la prévention, domaine où l'État est le principal acteur. Or les États ont parfois tendance à compliquer des choses simples. Le fort taux d'absentéisme et la faible motivation des personnels de santé publique sont certainement deux facteurs expliquant le peu de soins préventifs délivrés.

Il n'est pas rare que les centres publics de santé soient fermés lorsqu'ils sont censés être ouverts. En Inde, les centres locaux sont officiellement ouverts six jours par semaine et six heures par jour. Pour voir ce qu'il en était en réalité, nous avons effectué, dans plus de cent établissements de la région d'Udaipur, des visites-surprises une fois par semaine pendant les heures de travail, sur une période d'un an. Nous les avons trouvés fermés 56 % du temps. Dans 12 % des cas seulement, c'était parce que l'infirmière de service travaillait quelque part à proximité du centre. Le reste du temps, elle était tout simplement absente. Des taux d'absentéisme similaires ont été observés ailleurs. En 2002-2003, la Banque mondiale a mené une enquête sur l'absentéisme au Bangladesh, en Équateur, en Inde, en Indonésie, au Pérou et en Ouganda. Elle a conclu que le taux d'absence des personnels de santé (médecins et infirmières confondus) était de 35 % (en Inde, ce taux montait à 43 %)[1]. De plus, ces absences ne suivent pas un rythme prévisible (l'infirmière ne serait là que le lundi, par exemple), ce qui rend d'autant plus difficile pour les pauvres de compter sur ces établissements. Lorsqu'on se rend dans un établissement privé, on est sûr que le docteur sera présent : s'il ne l'est pas, il n'est pas payé, alors que l'infirmière ou le médecin du service public l'est de toute façon.

Qui plus est, même lorsque les médecins et les infirmières du service public sont présents, ils ne traitent pas leurs patients particulièrement bien. Travaillant avec le même groupe de médecins à qui avaient été présentés différents scénarios, un membre de l'équipe de recherche de Jishnu Das et Jeffrey Hammer observa chaque professionnel de santé pendant une journée entière. Pour chaque patient, le chercheur notait les détails de la visite, et notamment le nombre de questions posées par le médecin concernant l'historique du problème, les examens réalisés, les médicaments prescrits ou délivrés et (pour le secteur privé) les prix pratiqués. Les résultats de leur étude sont proprement effrayants. Jishnu Das et Jeffrey Hammer décrivent la situation en évoquant la loi des 3-3-3 : l'interaction moyenne dure *trois minutes* ; le praticien pose *trois questions* et réalise parfois quelques examens ; le patient reçoit alors *trois médicaments* (généralement délivrés immédiatement plutôt que prescrits). Il est rare que les patients soient

1. Nazmul CHAUDHURY *et al.*, « Missing in action : teacher and health worker absence in developing countries », *Journal of Economic Perspectives*, 20 (1), 2006, p. 91-116.

dirigés vers d'autres personnes (cela arrive dans moins de 7 % des cas) ; les patients ne reçoivent d'explications qu'à peu près la moitié du temps, et seulement un tiers environ des médecins formulent des recommandations concernant les suites du traitement. Comme si cela ne suffisait pas, les choses sont encore pires dans le secteur public que dans le secteur privé. Les praticiens de santé du système public consacrent environ deux minutes en moyenne à chaque patient. Ils leur posent moins de questions et, dans la plupart des cas, ils n'examinent absolument pas le patient. En général, ils se contentent de lui demander de formuler lui-même un diagnostic et lui prescrivent ensuite un traitement conforme à cet autodiagnostic. Des observations similaires ont été faites dans plusieurs pays[1].

La réponse est donc peut-être relativement simple : si les gens évitent le système public, c'est parce qu'il ne fonctionne pas bien. Cela pourrait également expliquer pourquoi d'autres services proposés par le système public, comme la vaccination ou les soins prénataux, sont sous-utilisés.

Mais cela ne suffit pas à tout expliquer. Les moustiquaires ne sont pas exclusivement distribuées par des services publics, pas plus que le chlore pour purifier l'eau. Et même lorsque les infirmières du service public viennent effectivement travailler, le nombre de patients désireux de recourir à leurs services n'augmente pas. Pendant une période d'à peu près six mois, grâce à une collaboration de Seva Mandir, une ONG locale, et des autorités de la

1. Kenneth L. LEONARD et Melkiory C. MASATU, « Variations in the quality of care accessible to rural communities in Tanzania », *Health Affairs*, 26 (3), 2007, p. 380-392 ; et Jishnu DAS, Jeffrey HAMMER et Kenneth L. LEONARD, « The quality of medical advice in low-income countries », *Journal of Economic Perspectives*, 22 (2), 2008, p. 93-114.

région, l'absentéisme des personnels de santé a été considérablement réduit : la probabilité de trouver quelqu'un dans un centre de soins est passée de 40 % à plus de 60 %. Mais cela n'a eu aucun effet sur le nombre de patients de l'établissement[1].

Toujours à l'initiative de Seva Mandir, des campagnes mensuelles de vaccination ont été organisées dans ces mêmes villages, en réponse à un taux de vaccination particulièrement faible constaté dans cette région. Avant l'intervention de l'ONG, moins de 5 % des enfants avaient reçu les quatre vaccins de base (préconisés par l'OMS et l'Unicef). Puisqu'il est largement admis que la vaccination sauve des vies (on estime que deux à trois millions de personnes meurent chaque année de maladies qui auraient pu être évitées grâce à la vaccination) et que son coût est faible (pour les villageois, elle était même ici gratuite), on pourrait imaginer que faire vacciner ses enfants soit une priorité pour tout parent. S'il en est ainsi, le faible taux de vaccination serait principalement dû à l'absence des infirmières : les mères en avaient simplement assez d'avoir à marcher jusqu'au centre de santé avec un petit enfant pour n'y trouver personne.

Afin de résoudre ce problème, Seva Mandir décida, en 2003, d'organiser ses propres campagnes de vaccination. Précédées d'une très large campagne de publicité, elles avaient lieu une fois par mois à date fixe, avec une régularité exemplaire. Cette initiative a eu pour résultat une augmentation du taux de vaccination : dans les villages où les campagnes avaient eu lieu, environ 77 % des enfants avaient reçu au moins une dose de vaccin. Mais

---

1. Abhijit BANERJEE, Esther DUFLO et Rachel GLENNERSTER, « Putting a band-aid on a corpse : incentives for nurses in the Indian public health care system », *Journal of the European Economic Association*, 6 (2-3), 2008, p. 487-500.

la difficulté était d'amener les familles à faire toutes les injections nécessaires. En moyenne, les taux de vaccination complète, qui étaient de 6 % dans les villages de référence, étaient passés à 17 % dans les villages où s'étaient déroulées les campagnes de vaccination. Mais même avec un service de vaccination de haute qualité, assuré gratuitement par une organisation privée, et accessible sur le pas de la porte des gens, huit enfants sur dix n'étaient toujours pas complètement vaccinés.

Nous devons par conséquent admettre la possibilité que, si les gens ne se rendent pas dans les centres de santé publics, c'est en partie parce qu'ils ne désirent pas particulièrement bénéficier des services que ceux-ci assurent, comme par exemple la vaccination. Pourquoi les pauvres sont-ils si demandeurs de (mauvais) soins et montrent-ils en même temps une telle indifférence envers ces services de prévention et, plus généralement, envers tous les bénéfices merveilleux et peu coûteux que la profession médicale a inventés pour eux ?

Comprendre les pratiques de santé

Ce qui est gratuit est-il sans valeur ?

Si les gens ont si peu recours à des méthodes préventives peu coûteuses susceptibles d'améliorer leur santé, se pourrait-il que ce soit précisément en raison de leur faible coût ?

Cela n'est pas aussi improbable qu'il y paraît. Selon la rationalité économique pur jus, le coût, une fois payé et irréversible, ne devrait avoir aucun effet sur l'usage, mais nombreux sont ceux qui pensent au contraire que, bien souvent, la rationalité économique se trompe. En réalité, même s'il est irréversible, le coût a un effet psychologique : ainsi, les gens sont plus portés à utiliser quelque chose qu'ils ont payé cher. De plus, ils jugent parfois de la qualité en fonction du prix et peuvent considérer que certaines choses sont sans valeur précisément parce qu'elles ne sont pas chères.

Ces hypothèses ont leur importance parce que la santé est un domaine où même les économistes qui défendent la liberté du marché sont traditionnellement en faveur des aides publiques pour rendre les soins préventifs accessibles à des prix inférieurs à ceux du marché. La logique qui sous-tend ce raisonnement est simple : une moustiquaire ne protège pas seulement l'enfant qui dort en dessous, mais aussi les autres enfants qui, grâce à cela, ne seront pas contaminés par l'enfant qui a été protégé. Une infirmière qui traite la diarrhée par des SRO plutôt que par des antibiotiques ralentit l'émergence de souches résistantes. L'enfant vacciné qui n'attrape pas les oreillons protège également ses camarades. Si rendre ces soins moins chers permet à plus de gens d'y accéder, tout le monde y gagne.

Mais, d'un autre côté, si le prix auquel un bien a été acquis a un effet, ces aides publiques peuvent être contre-productives : il sera peu utilisé précisément parce que son coût est faible. C'est ce que décrit Easterly dans *Le Fardeau de l'homme blanc* quand il évoque l'exemple de moustiquaires subventionnées servant de voiles de mariée. D'autres parlent de cuvettes de toilettes utilisées comme pots de fleurs ou, de façon plus folklorique, de préservatifs transformés en ballons.

Cependant, plusieurs expérimentations rigoureuses permettent de conclure que ces anecdotes ont été montées en épingle. Ces études cherchent à déterminer si les gens utilisent moins les choses qu'ils ont reçues gratuitement et montrent que ce n'est pas le cas. Nous avons déjà évoqué les travaux de Jessica Cohen et Pascaline

Dupas avec leur organisation TamTam, qui concluent que les gens sont davantage susceptibles d'acquérir des moustiquaires si celles-ci sont très bon marché, voire gratuites. Mais ces moustiquaires subventionnées sont-elles ensuite effectivement utilisées ? Pour le savoir, quelques semaines après la première phase de l'expérimentation, TamTam a envoyé des agents au domicile des personnes qui avaient acheté des moustiquaires à divers prix subventionnés. Ceux-ci ont pu constater que 60 à 70 % des moustiquaires étaient effectivement utilisées. Dans une autre expérimentation, le taux d'usage à long terme des moustiquaires est monté jusqu'à 90 %. Qui plus est, aucune différence de taux d'usage n'a été constatée entre les personnes qui les avaient achetées et celles qui les avaient reçues gratuitement. Des résultats similaires ont été obtenus dans d'autres contextes, ce qui exclut la possibilité que les subventions conduisent à une faible utilisation.

Mais si les aides publiques ne sont pas à l'origine du problème, d'où vient-il donc ?

Une affaire de foi ?

Abhijit a grandi en Inde dans une famille dont les membres étaient issus de deux régions éloignées. Sa mère venait de Bombay et, dans sa famille, un repas n'était pas complet s'il ne comprenait pas les galettes sans levain qu'on appelle *chapatis* et *bhakris*, faites de blé et de millet. Son père, quant à lui, venait du Bengale, où les gens mangent du riz pour ainsi dire à tous les repas. Dans ces deux régions, on a également des idées très différentes sur la façon dont il convient de traiter la fièvre. Toutes les mères du Maharashtra savent que le riz hâte la guérison. À l'inverse, au Bengale, le riz est interdit aux malades :

lorsqu'un Bengali veut dire que quelqu'un s'est remis d'une fièvre, il dira qu'«il a de nouveau droit au riz». Lorsque, à six ans, Abhijit questionna sa tante bengalie sur cette énigme, elle lui répondit que c'était une affaire de foi.

La foi ou son équivalent plus séculier, à savoir une combinaison de croyances et de théories, est clairement un facteur déterminant de la façon dont nous nous orientons tous dans le système de santé. Comment saurions-nous, sans cela, que les médicaments qui nous ont été prescrits soigneront notre urticaire et que nous ne ferions pas mieux d'utiliser plutôt des sangsues ? Selon toute probabilité, nul d'entre nous n'a consulté les résultats d'une évaluation randomisée dans laquelle, par exemple, des gens souffrant d'une pneumonie auraient reçu, les uns, des antibiotiques et les autres des sangsues. Nous n'avons même aucune preuve directe nous permettant de conclure qu'une telle expérimentation ait jamais été menée. Notre confiance dans l'efficacité des médicaments reflète nos croyances concernant la façon dont les médicaments sont homologués par l'Agence française de sécurité sanitaire (AFSS) ou ses équivalents. Nous pensons qu'un antibiotique ne serait pas commercialisé s'il n'avait pas fait l'objet d'une expérimentation et (parfois à tort étant donné les raisons financières qui peuvent motiver la manipulation des essais médicaux) nous faisons confiance aux institutions pour s'assurer que ces études sont sérieuses et que les antibiotiques en question sont sûrs et efficaces.

Nous ne voulons pas suggérer par là que nous avons tort de faire confiance aux recommandations des médecins, mais plutôt souligner que cette confiance est étayée par de nombreuses théories et croyances qui ne reposent sur à peu près aucune preuve sérieuse. Chaque fois que, pour une raison ou une autre, cette confiance s'érode dans les pays riches, cela conduit à des réactions de rejet de pratiques médicales généralement approuvées. Des commissions de médecins de premier plan ont beau nous assurer continuellement que les vaccins sont sûrs, il y a pourtant un certain nombre de personnes aux États-Unis et au Royaume-Uni qui refusent, par exemple, de vacciner leurs enfants contre la rougeole en raison d'un lien supposé avec l'autisme. Le nombre de cas de rougeole est ainsi en augmentation aux États-Unis, alors même qu'il diminue partout ailleurs [1]. Considérons à présent la situation du citoyen moyen d'un pays pauvre : si, en Occident, des gens qui ont à leur disposition les analyses des meilleurs scientifiques du monde ont du mal à fonder leurs choix sur des preuves solides, qu'on imagine à quel point cela doit être difficile pour les pauvres, qui ont bien plus difficilement accès à l'information. Pour faire leurs choix, les gens se fondent sur ce qui fait sens pour eux, mais étant donné que la plupart des pauvres n'ont pas bénéficié de la formation rudimentaire en biologie que nous recevons au lycée et qu'ils n'ont aucune raison, comme nous l'avons vu, de se fier à la compétence et au professionnalisme de leurs médecins, leurs décisions sont forcément assez peu éclairées.

Ainsi, dans beaucoup de pays, les pauvres semblent souvent penser qu'il est important que les médicaments soient administrés directement dans le sang – raison pour laquelle ils veulent des injections. Pour invalider cette théorie (plausible), il faut avoir des notions sur la façon dont le corps absorbe les nutriments à travers le système digestif, et également sur les raisons pour lesquelles une stérilisation correcte exige de très hautes températures. En d'autres termes, il faut avoir des connaissances de base en biologie.

1. Voir l'analyse que fait Michael Specter de ce phénomène et d'autres cas de « pensée irrationnelle » dans son livre *Denialism : How Irrational Thinking Hinders Scientific Progress, Harms the Planet and Threatens Our Lives*, New York, Penguin Press, 2010.

Pour aggraver encore les choses, les soins médicaux sont un domaine où l'acquisition de connaissances est par nature difficile, non seulement pour les pauvres, mais pour tout le monde[1]. Si les patients ont, d'une façon ou d'une autre, acquis la conviction qu'ils avaient besoin d'injections pour aller mieux, il y a peu de chances qu'ils découvrent qu'ils ont tort. Étant donné que la plupart des maladies qui les amènent à consulter un médecin finissent par disparaître d'elles-mêmes, il y a de bonnes chances pour que les patients se sentent mieux après une injection unique d'antibiotiques. Ainsi se forment dans l'esprit des patients des liens de causalité infondés : même si les antibiotiques n'ont en rien contribué à la guérison, il est naturel de leur attribuer toute amélioration. Il est au contraire contre-intuitif d'attribuer à l'inaction une force causale : lorsque quelqu'un a la grippe et va consulter, si le médecin ne fait rien et que le patient se sent ensuite mieux, le patient en déduira que ce n'est pas le médecin qui est responsable de sa guérison. Et plutôt que de remercier le médecin de n'avoir rien fait, le patient sera tenté de penser qu'il a eu de la chance que tout se passe bien cette fois-ci, mais qu'il vaudra mieux à l'avenir consulter quelqu'un d'autre. C'est ce qui explique qu'un marché privé non régulé favorise la sur-médication. Celle-ci est aggravée par le fait que, dans de nombreux cas, c'est une seule et même personne qui prescrit les médicaments et qui les délivre, soit parce que les gens vont voir directement leur pharmacien pour lui demander conseil, soit parce que les médecins ont eux-mêmes un stock de médicaments qu'ils vendent à leurs patients.

Il est sans doute encore plus difficile de comprendre le phénomène de la vaccination à partir de son expérience

1. Jishnu DAS et Saumya DAS, « Trust, learning and vaccination : a case study of a North Indian village », *Social Science and Medicine*, 57 (1), 2003, p. 97-112.

personnelle, parce qu'elle ne résout pas un problème existant, mais protège contre de futurs problèmes éventuels. Lorsqu'un enfant est vacciné contre les oreillons, il n'attrape pas les oreillons. Mais tous les enfants non vaccinés n'attrapent pas pour autant les oreillons (particulièrement si les autres autour d'eux, qui sont la source potentielle de la contamination, sont eux immunisés), de sorte qu'il est très difficile d'établir un lien clair entre vaccination et absence de maladie. De plus, la vaccination ne protège que contre certaines maladies, et des parents peu instruits ne comprennent pas forcément ce contre quoi leur enfant est censé être protégé. Par conséquent, quand leur enfant tombe malade alors même qu'il a été vacciné, les parents se sentent floués et peuvent décider de ne pas renouveler l'opération. Ils ne comprennent pas non plus toujours la nécessité des différentes injections de la vaccination de base – et après une ou deux doses, ils peuvent avoir le sentiment d'avoir fait le nécessaire. Dans le domaine de la santé, il est extrêmement facile d'avoir des croyances erronées sur ce qui est efficace ou non.

Fragilité des croyances et nécessité de l'espoir

Il y a peut-être une autre raison pour laquelle les pauvres s'accrochent à des croyances qui nous paraissent indéfendables : lorsqu'on ne peut pas faire grand-chose d'autre, entretenir l'espoir devient essentiel. L'un des médecins bengalis que nous avons rencontrés nous a ainsi expliqué le rôle qu'il joue dans la vie des pauvres : « Les pauvres n'ont pas vraiment les moyens de se faire soigner pour quoi que ce soit de réellement grave parce que ça entraînerait des dépenses importantes, s'ils devaient subir des examens ou être hospitalisés. C'est pour cela qu'ils viennent me voir avec leurs petits problèmes de santé, et moi je leur donne quelques petits médicaments et ils se sentent mieux. » En d'autres termes, il est important de continuer à faire quelque chose pour sa santé, même si l'on sait qu'on ne s'attaque pas aux vrais problèmes.

Et, en effet, les pauvres vont bien moins souvent voir le médecin pour des symptômes suggérant des maladies potentiellement fatales, comme une douleur dans la poitrine ou du sang dans les urines, que pour des fièvres ou de la diarrhée. À Delhi, les pauvres dépensent autant que les riches pour les maladies de courte durée, mais, pour les maladies chroniques, les riches dépensent beaucoup plus qu'eux[1]. Il se pourrait donc que, si les douleurs de poitrine ou les attaques sont naturellement classées comme des maladies relevant du *bhopa*, ce soit précisément parce que la plupart des gens n'ont pas les moyens de les faire traiter par des médecins (une vieille femme nous a un jour expliqué qu'il y avait deux sortes de maladies : celles qui appelaient l'intervention d'un *bhopa*, et celles qui relevaient de la compétence du médecin, en soulignant que les maladies relevant du *bhopa* étaient provoquées par des esprits et devaient absolument être traitées par des guérisseurs traditionnels).

C'est sans doute pour la même raison qu'au Kenya les guérisseurs traditionnels et les pasteurs sont particulièrement recherchés pour guérir le sida (ils proposent d'ailleurs fièrement leurs services dans ce domaine sur des panneaux peints ornant les murs de la moindre petite ville). Longtemps, du moins avant que les antirétroviraux ne deviennent plus abordables, les médecins allopathiques n'y pouvaient pas grand-chose, alors pourquoi ne pas essayer les décoctions et les sorts du guérisseur

---

1. Jishnu DAS et Carolina SANCHEZ-PARAMO, « Short but not sweet – new evidence on short duration morbidities from India », Policy Research Working Paper Series 2971, Banque mondiale, 2003.

traditionnel ? Peu coûteux, ils donnent au moins au patient le sentiment de faire quelque chose. Et comme les symptômes et les infections opportunistes finissent généralement par passer, il est possible de croire, au moins pendant un certain temps, qu'ils sont efficaces.

Cette façon de s'accrocher au moindre espoir n'est pas spécifique aux pays pauvres. Les quelques privilégiés des pays pauvres aussi bien que les citoyens du monde occidental ne font pas autre chose lorsqu'ils sont confrontés à un mal pour lequel ils ne connaissent aucun remède. Ainsi, aux États-Unis, la dépression et les douleurs de dos sont des troubles à la fois peu compris et très handicapants. On comprend dès lors pourquoi les Américains qui en sont affligés passent leur temps entre psychiatres et guérisseurs spirituels, ou entre cours de yoga et chiropracteurs. Comme, dans les deux cas, les symptômes ont tendance à disparaître un temps avant de revenir, les patients passent successivement de l'espoir à la déception, avec chaque fois le désir de croire, au moins pour quelque temps, que le nouveau traitement est efficace.

Les croyances qu'on entretient parce qu'elles nous rassurent pourraient bien être plus flexibles que les croyances relevant d'une véritable conviction. Nous en avons vu des indices à Udaipur. La plupart des gens qui vont voir le *bhopa* consultent également le médecin bengali et fréquentent l'hôpital public, sans être apparemment troublés par le fait que les uns et les autres incarnent deux systèmes de croyances entièrement différents, voire contradictoires. Ils déclarent que certaines maladies relèvent du *bhopa* et d'autres du médecin, mais si une maladie persiste, ils semblent ne pas tenir à préserver cette distinction et sont prêts à recourir aux deux.

La question du rôle du système de croyances s'est posée avec une urgence tout particulière à Seva Mandir, quand il est apparu qu'en dépit de ses campagnes de vaccination régulières quatre cinquièmes des enfants n'étaient pas vaccinés. Certains experts locaux soutenaient que le problème avait sa source dans le système traditionnel de croyances, où la vaccination n'avait pas sa place. Dans les campagnes de la région d'Udaipur, comme dans d'autres endroits, selon la tradition, si un enfant meurt, c'est parce qu'il a le mauvais œil, et s'il a le mauvais œil, c'est parce qu'il a été exposé aux regards de tous. C'est pour cette raison que les parents ne laissent pas sortir leurs enfants avant qu'ils aient un an révolu. Il serait par conséquent extrêmement difficile – estimaient ces experts sceptiques – de convaincre les villageois de vacciner leurs enfants sans d'abord modifier leurs croyances.

Sans nous laisser arrêter par ces affirmations péremptoires, nous sommes parvenus à convaincre Neelima Khetan, la directrice de Seva Mandir, de tester un programme pilote consistant à offrir un kilo de *dal* (des lentilles sèches, l'une des denrées de base de l'alimentation dans cette région) pour chaque dose, et un ensemble de plats en inox à l'issue de la série d'injections, à l'occasion des campagnes de vaccination organisées par Seva Mandir. Le médecin chargé du programme de santé de Seva Mandir était au départ réticent. D'une part, il lui paraissait problématique de « soudoyer » les gens pour les pousser à faire ce qu'ils devraient faire de toute façon : selon lui, il valait mieux qu'ils apprennent par eux-mêmes ce qui était bon pour leur santé. D'autre part, l'incitation que nous proposions paraissait bien trop faible : si les gens ne vaccinaient pas leurs enfants en dépit des énormes bénéfices de la vaccination, c'est qu'ils devaient avoir des raisons solides. S'ils pensaient qu'amener leurs enfants se faire vacciner leur porterait malheur, ce n'était pas un kilo de *dal* (d'une valeur de

40 roupies, ou 1,83 USD PPA, soit moins de la moitié du salaire quotidien d'un ouvrier sur un chantier public) qui allait les faire changer d'avis. Nous connaissions les gens de Seva Mandir depuis assez longtemps pour les persuader qu'il valait tout de même la peine de tester cette idée à petite échelle. Le test, mis en place dans trente villages (choisis au hasard parmi les soixante où Seva Mandir conduisait des campagnes) fut un succès phénoménal. Le taux de vaccination dans les villages concernés a été multiplié par sept par rapport à des villages comparables où rien n'avait été fait, atteignant 38 %. De plus, dans les villages avoisinants, sur un rayon de 10 kilomètres environ, ce taux avait également fortement augmenté. Seva Mandir s'est en outre aperçu que, paradoxalement, offrir des lentilles diminuait le coût unitaire de la vaccination, en assurant une pleine journée de travail aux infirmières, dont le salaire était fixe[1].

Le programme de vaccination mené par Seva Mandir est l'un des plus impressionnants qu'il nous ait été donné d'évaluer et c'est sans doute celui qui a sauvé le plus de vies. Nous travaillons par conséquent, notamment avec Seva Mandir, à encourager son adoption dans d'autres contextes. Mais, étonnamment, nous rencontrons des résistances importantes. Certains médecins font remarquer qu'avec un taux de vaccination de 38 %, on est loin des 80 ou 90 % requis pour assurer l'immunité de groupe, c'est-à-dire le taux garantissant que l'ensemble de la communauté soit entièrement protégé : pour l'immunisation de base, l'OMS vise une couverture de 90 % au niveau national et de 80 % au niveau de chaque sous-unité. Ces

1. Abhijit BANERJEE, Esther DUFLO, Rachel GLENNERSTER et Dhruva KOTHARI, « Improving immunisation coverage in rural India : clustered randomised controlled immunisation campaigns with and without incentives », *British Medical Journal*, 340, 2010, c2220.

médecins pensent qu'il n'y a aucune raison d'aider financièrement les gens à agir dans leur propre intérêt si l'on ne parvient pas à protéger l'ensemble de la communauté. Il serait certes formidable de parvenir à couvrir la population entière, mais ce raisonnement du « tout ou rien » n'est que superficiellement convaincant : même si, en vaccinant mon enfant, je n'assure pas l'éradication de la maladie, je protège tout de même non seulement mon enfant mais également ceux qui l'entourent[1]. Il y a donc quand même des bénéfices considérables pour la société à faire passer les taux de vaccination complète contre les maladies les plus communes de 6 à 38 %.

En définitive, la défiance envers les incitations à la vaccination s'explique le plus souvent par une profession de foi, qu'on retrouve à droite comme à gauche : on ne doit pas « acheter » les gens pour leur faire faire ce que *nous* estimons être dans leur intérêt. Pour la droite, c'est parce que ces efforts seront vains ; pour la gauche traditionnelle, dont fait partie une large part des personnels de santé publique et notamment le bon docteur de Seva Mandir, c'est parce qu'une telle action dévalue ce qui est donné en même temps qu'elle humilie ceux à qui on le donne. Plutôt que de les soudoyer, nous devrions nous attacher à convaincre les pauvres des bénéfices de la vaccination.

À nos yeux, ces deux positions reposent sur une mauvaise compréhension du problème (et d'autres du même genre), et ce pour deux raisons. Tout d'abord, l'expérimentation du kilo de lentilles prouve que, du moins dans la région d'Udaipur, les pauvres donnent l'impression de

---

1. Mohammad ALI, Michael EMCH, Lorenz VON SEIDLEIN, Muhammad YUNUS, David A. SACK, Malla RAO, Jan HOLMGREN et John D. CLEMENS, « Herd immunity conferred by killed oral cholera vaccines in Bangladesh : A Reanalysis », *The Lancet*, 366, 2005, p. 44-49.

croire en beaucoup de choses dont ils ne sont, en réalité, pas si convaincus que cela. Leur crainte du mauvais œil n'est pas assez forte pour les faire renoncer aux lentilles. Cela montre qu'ils ont conscience de ne pas disposer d'éléments solides pour évaluer le coût et les bénéfices de la vaccination. Lorsqu'ils savent vraiment ce qu'ils veulent – comme par exemple marier leur fille à quelqu'un de la bonne caste ou de la bonne religion, pour prendre un exemple aussi commun que déplorable –, il est extrêmement difficile de les faire changer d'avis par des cadeaux. Par conséquent, si les pauvres sont effectivement très attachés à certaines de leurs croyances, on aurait tort de penser que c'est toujours le cas.

La deuxième raison pour laquelle ce raisonnement est erroné est que la droite aussi bien que la gauche semblent supposer que l'action suit toujours l'intention et que, si les gens étaient convaincus de l'intérêt de la vaccination, ils vaccineraient leurs enfants. Or ce n'est pas toujours vrai, ce qui a des conséquences extrêmement importantes.

Résolutions du nouvel an

L'une des manifestations du fait que la résistance à la vaccination n'est pas aussi profondément ancrée qu'on pourrait le croire est que 77 % des enfants des villages où les mères ne se voyaient pas offrir de lentilles avaient reçu une première injection. Apparemment, les gens semblaient prêts à commencer le cycle de vaccination, même sans incitation particulière. Le problème était plutôt de s'assurer qu'ils ne s'en tiennent pas à une seule injection, mais fassent toute la série. C'est aussi la raison pour laquelle le taux de vaccination complète ne s'élève pas à plus de 38 %, même avec les lentilles : les incitations font que les gens reviennent un peu plus, mais pas pour les cinq injections nécessaires, et ce malgré le service d'assiettes en inox promis (en plus des lentilles) à ceux allant jusqu'au bout du programme de vaccination.

Ce phénomène n'est pas sans évoquer la façon dont, année après année, nous avons du mal à nous tenir à la bonne résolution prise en début d'année d'aller régulièrement faire du sport, bien que nous sachions que cela pourrait, à terme, nous éviter une crise cardiaque. Les recherches en psychologie permettent désormais d'expliquer une série de phénomènes économiques, et notamment ceux où se manifeste le fait que nous n'avons pas du tout la même façon de penser au présent et au futur – ce qu'on appelle l'« incohérence temporelle »[1]. Dans le présent, nous sommes impulsifs, dirigés en grande partie par nos émotions et nos désirs immédiats : de petites pertes de temps (comme faire la queue pour faire vacciner un enfant) ou de petits désagréments subis tout de suite (des muscles endoloris) paraissent bien plus désagréables sur le moment que lorsque nous y pensons sans sentiment d'immédiateté (comme, par exemple, après un repas de Noël assez riche pour exclure toute idée d'exercice immédiat). L'inverse vaut aussi, bien sûr, pour les petits plaisirs (comme une sucrerie ou une cigarette) que nous désirons avec force au présent : lorsque nous faisons des projets pour l'avenir, l'importance de ces récompenses nous paraît moindre.

De ce fait, nous sommes naturellement portés à remettre à plus tard les petits coûts, pour les faire payer par notre moi de demain plutôt que par celui d'aujourd'hui. C'est

1. Les découvertes de la recherche psychologique ont pu être intégrées à l'économie grâce à des chercheurs comme Dick Thaler, de l'Université de Chicago, George Loewenstein, de Carnegie-Mellon, Matthew Rabin, de Berkeley, David Laibson de Harvard, et d'autres encore, dont nous citons ici les travaux.

une idée que nous retrouverons dans les chapitres suivants. Les parents peuvent même être parfaitement convaincus de l'intérêt de la vaccination – mais cet intérêt apparaîtra seulement dans le futur, tandis que les coûts doivent être assumés aujourd'hui. Malheureusement, lorsque demain devient aujourd'hui, la même logique continue à s'appliquer. De la même façon, nous pouvons remettre à plus tard l'achat d'une moustiquaire ou de chlore pour purifier l'eau parce que nous avons mieux à faire, sur l'instant, avec notre argent (comme par exemple aller acheter un de ces beignets qu'un vendeur propose au bas de la rue). On comprend dès lors pourquoi un coût même minime peut décourager le recours à un dispositif susceptible de sauver des vies, et pourquoi au contraire de petites incitations peuvent le favoriser. Si l'offre d'un kilo de lentilles fonctionne, c'est parce que c'est quelque chose que la mère reçoit aujourd'hui et qui compense le coût d'amener son enfant se faire vacciner – les deux heures qu'elle y a consacrées ou la légère fièvre que le vaccin provoque parfois.

Si cette explication est exacte, elle constitue un nouvel argument pour rendre obligatoires certains comportements de prévention, et les encourager par des incitations financières, au-delà de l'argument économique traditionnel – que nous avons déjà évoqué – selon lequel la société a intérêt à subventionner ou à imposer les comportements qui profitent à autrui. Les amendes et les incitations peuvent amener les individus à accomplir des actions qu'ils considèrent eux-mêmes comme désirables, mais qu'ils remettent perpétuellement à plus tard. De façon plus générale, l'incohérence temporelle est une bonne raison pour faciliter le plus possible les « bons » choix, tout en laissant peut-être à chacun la liberté de s'en écarter. Dans leur livre *Nudge : La méthode douce pour inspirer la bonne décision*, l'économiste Richard Thaler et le juriste Cass Sunstein, de l'Université de Chicago, recommandent une série d'interventions qui vont précisément dans ce sens[1]. L'une des idées importantes qu'ils développent est celle de choix par défaut. Pour eux, l'État (ou une ONG bien intentionnée) devrait faire que l'option qu'il estime la meilleure pour la plupart des gens soit le choix par défaut, de façon à ce que les gens qui voudraient la refuser aient à agir pour s'en détourner. Ainsi, les gens ont le droit de choisir ce qu'ils veulent, mais il y a un certain coût à cela, même s'il est limité, de sorte que la plupart des gens optent finalement pour le choix par défaut. De petites incitations, comme le fait d'offrir des lentilles aux gens qui viennent se faire vacciner, sont une autre façon d'agir sur la décision, en donnant une raison d'agir aujourd'hui, limitant ainsi la procrastination.

Le défi essentiel est de concevoir des incitations adaptées à l'environnement des pays en développement. Ainsi, la difficulté principale du traitement de l'eau par le chlore est qu'il faut se souvenir de le faire : il faut acheter du chlore, mettre le bon nombre de gouttes dans l'eau, attendre suffisamment avant de boire, etc. C'est ce qui est formidable avec l'eau courante : elle arrive chez nous déjà traitée et nous n'avons pas besoin d'y penser. Mais, alors, comment inciter les gens à traiter leur eau lorsqu'ils ne disposent pas d'eau courante ? Michael Kremer et ses collègues ont inventé pour cela un dispositif : un distributeur de chlore gratuit appelé « *one turn* », installé à proximité du puits du village, là où tout le monde va chercher de l'eau, et qui délivre la bonne quantité de chlore en un seul tour de manivelle. Le traitement de l'eau est ainsi rendu aussi facile que possible et, parce que cela conduit beaucoup de gens à ajouter du chlore à leur eau chaque fois

1. Richard H. THALER et Cass R. SUNSTEIN, *Nudge : La méthode douce pour inspirer la bonne décision*, trad. de Marie-France Pavillet, Paris, Vuibert, 2010 [2008].

qu'ils viennent en chercher, c'est, de toutes les interventions étudiées dans le cadre d'évaluations randomisées, le moyen de prévention de la diarrhée le moins coûteux[1].

Nous avons eu moins de chance (ou, plus probablement, nous nous sommes montrés moins compétents) lorsque nous avons conçu un programme d'enrichissement en fer de la farine avec Seva Mandir, afin de répondre au problème omniprésent de l'anémie. Ce programme avait été conçu de façon à mettre en place une « option par défaut » : chaque foyer devait décider une fois pour toutes de participer ou non au programme. Une fois la décision prise de faire enrichir sa farine, le minotier devait systématiquement rajouter un complément ferreux après avoir moulu le grain du ménage, sans reposer la question. Mais, malheureusement, les minotiers (qui étaient payés le même prix quelle que soit la quantité de farine qu'ils enrichissaient) étaient par conséquent portés à choisir l'autre option par défaut, c'est-à-dire à ne pas enrichir la farine à moins que le foyer ne l'exige expressément. Comme nous l'avons découvert, le petit coût que représentait le fait d'avoir à insister pour obtenir de la farine enrichie a suffi à décourager la plupart des gens[2].

Inciter ou convaincre ?

Dans de nombreux cas, l'incohérence temporelle est effectivement ce qui nous empêche de passer de

1. On trouvera une analyse comparative de la rentabilité des différentes interventions sur le site internet de J-PAL, sur <www.povertyactionlab.org/policy-lessons/health/child-diarrhea>.
2. Abhijit BANERJEE, Esther DUFLO et Rachel GLENNERSTER, « Is decentralized iron fortification a feasible option to fight anemia among the poorest ? », in D. WISE (dir.), *Explorations in the Economics of Aging*, *op. cit.*, chap. 10.

l'intention à l'action. Dans le cas particulier de la vaccination, cependant, il est difficile de croire que l'incohérence temporelle suffise à pousser les gens à remettre indéfiniment à plus tard la vaccination de leurs enfants s'ils ont une pleine connaissance de ses bénéfices. Il faudrait pour cela qu'ils se racontent perpétuellement des histoires. Non seulement il faudrait qu'ils pensent préférer y aller le mois prochain plutôt que tout de suite, mais il faudrait encore qu'ils croient effectivement qu'ils s'y rendront le mois prochain. Certes, nous avons toujours un peu trop confiance en notre capacité de faire ce que nous devons faire dans le futur, mais il paraît peu probable qu'ils se bercent continuellement d'illusions, se disant mois après mois qu'ils iront le mois prochain, jusqu'à ce que deux ans se soient écoulés et qu'il soit trop tard. Comme nous le verrons dans la suite de ce livre, les pauvres trouvent des moyens de se contraindre à économiser qui exigent un degré élevé de réflexion. S'ils croyaient vraiment que la vaccination est aussi merveilleuse que le pense l'OMS, ils auraient probablement trouvé le moyen de surmonter leur tendance naturelle à la procrastination. L'explication la plus probable fait donc entrer en jeu à la fois la procrastination et la sous-estimation des bénéfices réels.

Les incitations peuvent être notamment utiles lorsque, pour une raison ou pour une autre, les familles ont des doutes sur les bénéfices de ce qu'on leur propose. Les soins préventifs sont donc un domaine où de telles politiques sont particulièrement intéressantes à double titre : les bénéfices des soins préventifs ne sont pas immédiats et il est difficile de comprendre exactement en quoi ils consistent. L'avantage est que les incitations peuvent aussi contribuer à convaincre, ce qui peut enclencher un cercle vertueux. Peut-être le lecteur se souviendra-t-il des moustiquaires offertes aux familles kényanes pauvres : nous avons montré comment, à lui seul, le gain en revenus permis par la première moustiquaire ne suffisait pas à garantir que l'enfant qui en avait bénéficié en achète à son tour pour les siens ; même si l'usage de la moustiquaire conduisait à une augmentation de 15 % de ses revenus, par lui-même, ce gain n'augmenterait que de 5 % la probabilité qu'il achète lui-même une moustiquaire. Cependant, l'histoire ne s'arrête pas avec l'effet sur les revenus : les membres de la famille peuvent aussi observer que, lorsqu'ils utilisent une moustiquaire, les enfants tombent moins souvent malades. Ils se rendent également compte qu'il est plus facile d'utiliser une moustiquaire et moins désagréable de dormir en dessous qu'ils ne l'auraient cru. Dans le cadre d'une expérimentation, Pascaline Dupas a mis cette hypothèse à l'épreuve en essayant une nouvelle fois de vendre des moustiquaires à des familles qui en avaient auparavant reçu à très bon marché ou gratuitement, ainsi qu'à des familles à qui on avait proposé des moustiquaires au prix du marché, et qui pour la plupart n'en avaient pas acheté[1]. Elle a montré que les familles qui avaient reçu une moustiquaire gratuite ou à un prix très bas étaient plus susceptibles d'en acheter une deuxième (alors même qu'elles en avaient déjà une) que les familles à qui on avait proposé d'en acheter une au prix du marché. Elle a également découvert que les connaissances ont tendance à essaimer : les amis et les voisins des gens qui avaient reçu une moustiquaire gratuitement étaient également plus disposés à en acheter eux-mêmes.

1. Pascaline Dupas, « Short-run subsidies and long-run adoption of new health products : evidence from a field experiment », document préparatoire, 2010.

Vu depuis notre canapé…

Les pauvres semblent enfermés dans le même type de problèmes que ceux qui nous affectent tous, notamment le manque d'information, des croyances infondées et la procrastination. Il est vrai que nous, qui ne sommes pas pauvres, sommes relativement plus instruits et mieux informés, mais la différence est faible car, au final, nous en savons en fait très peu, et certainement moins que nous ne l'imaginons.

En réalité, notre avantage vient de tout ce que nous considérons comme évident. Nous vivons dans des maisons où arrive une eau propre et nous n'avons donc pas à nous souvenir chaque matin d'y ajouter du chlore. Nos eaux usées s'en vont d'elles-mêmes, sans que nous sachions exactement comment. Nous pouvons (généralement) faire confiance à nos médecins pour faire de leur mieux et nous pouvons nous en remettre au système de santé public pour déterminer ce que nous devons ou ne devons pas faire. Nous n'avons pas d'autre choix que de faire vacciner nos enfants – sans quoi les écoles publiques ne les acceptent pas – et même si, pour une raison ou pour une autre, nous ne le faisions pas, nos enfants seraient quand même en sécurité parce que tout le monde autour d'eux est vacciné. Nous recevons des bonus de notre assurance santé lorsque nous nous inscrivons à un club de gym, parce que nous ne le ferions peut-être pas sans cela. Et – ce qui est peut-être le plus important – nous n'avons pas, pour la plupart d'entre nous, à nous soucier de savoir comment nous allons nous procurer notre prochain repas. Autrement dit, nous avons rarement besoin de recourir à nos ressources limitées en discipline et en volonté, tandis que les pauvres sont obligés de le faire continuellement.

Il est important de reconnaître que personne n'est assez sage, assez patient ni assez informé pour assumer la pleine responsabilité des décisions concernant sa propre santé. De même que les habitants des pays riches sont sans cesse entourés d'incitations invisibles, le but premier des politiques de santé dans les pays pauvres devrait être de rendre aussi facile que possible aux pauvres de bénéficier de soins préventifs et de réglementer la qualité des soins que les gens reçoivent. Étant donné l'extrême sensibilité des gens au prix, l'une des premières choses à faire est bien sûr d'assurer gratuitement des services de prévention, voire de récompenser les foyers qui y recourent et de faire si possible que cela devienne un choix naturel, une option par défaut. Il faut installer des distributeurs de chlore gratuits à proximité des sources d'eau ; récompenser les parents qui vaccinent leurs enfants ; donner aux enfants scolarisés des vermifuges et des compléments nutritionnels ; enfin, le réseau d'eau et les infrastructures sanitaires doivent faire l'objet d'investissements publics, en tout cas dans les zones densément peuplées.

Il s'agit là d'investissements en santé publique et une bonne partie des sommes ainsi allouées engendreront des bénéfices bien supérieurs à leur coût, en termes de réduction des maladies et de la mortalité, ainsi que d'augmentation des salaires – les enfants qui sont moins souvent malades vont plus régulièrement à l'école et ont des revenus plus élevés à l'âge adulte. Nous ne devons pas supposer, cependant, que ces effets seront automatiques et ne nécessiteront aucune intervention. Le manque d'informations sur les avantages des différentes mesures et l'importance majeure que les gens accordent au présent immédiat limitent les efforts et les sommes que les gens sont prêts à consacrer à des stratégies préventives, même lorsqu'elles sont très peu chères. Et quand ces stratégies sont plus coûteuses, le problème financier se pose également. En ce qui concerne le traitement des maladies, le défi est double : s'assurer que les gens peuvent acheter les médicaments dont ils ont besoin (Ibu Emptat, par exemple, n'avait clairement pas les moyens d'acheter les médicaments nécessaires pour soigner l'asthme de son fils), mais aussi limiter l'accès aux médicaments dont ils n'ont pas besoin afin de prévenir le développement de résistances. Puisqu'il semble qu'il soit trop compliqué pour la plupart des États des pays en développement de contrôler qui s'établit comme médecin, la seule façon d'endiguer le développement de résistances aux antibiotiques est de limiter l'abus de médicaments puissants et sans doute de réglementer strictement leur vente.

Tout ceci peut paraître paternaliste – et, en un sens, ça l'est effectivement. Mais il est facile de discourir sur les dangers du paternalisme et la nécessité d'assumer la responsabilité de sa vie depuis notre canapé, à l'abri de nos confortables maisons. Nous qui vivons dans des pays riches, ne bénéficions-nous pas à chaque instant d'un paternalisme aujourd'hui si ancré dans le système que nous ne le remarquons plus ? Non seulement il garantit que nous prenions soin de nous-mêmes mieux que si nous avions à décider seuls de tout, mais, en nous épargnant d'avoir à réfléchir à ces questions, il nous fournit l'espace mental nécessaire pour nous concentrer sur le reste de notre vie. Cela ne nous rend pas quittes pour autant de la responsabilité d'éduquer les gens à la santé. Nous devons effectivement à tout le monde, y compris aux pauvres, une explication aussi claire que possible de l'importance de la vaccination et des raisons pour lesquelles un traitement antibiotique ne doit pas être interrompu avant la fin. Nous devons cependant reconnaître que l'information à elle seule ne suffira pas et en assumer les conséquences. Cela tient à notre nature humaine, que nous soyons pauvres ou moins pauvres.

4.

Premiers de la classe

Pendant l'été 2009, dans le village de Naganadgi, situé dans l'État du Karnataka, en Inde, nous avons rencontré Shantarama, une veuve de quarante ans, mère de six enfants. Quatre ans auparavant, son mari était mort, de façon inattendue, d'une appendicite. Il n'avait pas d'assurance-vie et la famille n'avait droit à aucune pension. Parmi ses six enfants, les trois aînés étaient allés à l'école au moins jusqu'à la fin du collège et pour certains jusqu'à l'université, mais les deux suivants – un garçon de dix ans et une fille de quatorze ans – n'y allaient plus (le dernier n'en avait quant à lui pas encore l'âge). La jeune fille travaillait dans le champ d'un voisin. À entendre ce récit, nous avons d'abord pensé que c'était la mort du père qui avait contraint la famille à retirer les enfants de l'école et à mettre les plus grands au travail.

Shantarama nous a détrompés : après la mort de son mari, elle avait loué les champs qu'elle possédait et s'était mise à travailler comme journalière. Elle gagnait suffisamment pour assurer leurs besoins fondamentaux. Il est vrai qu'elle avait envoyé sa fille travailler, mais seulement après que celle-ci eut cessé d'aller à l'école, et pour qu'elle ne traîne pas à la maison. Les autres enfants étaient restés à l'école – parmi les trois aînés, deux étaient encore étudiants lorsque nous les avons rencontrés (la plus âgée, qui avait vingt-deux ans, était mariée et attendait son premier enfant). L'aîné des garçons allait à l'université à Yatgir, la ville la plus proche, où il étudiait pour devenir… instituteur. Si les deux enfants du milieu ne fréquentaient plus l'école, c'est uniquement parce qu'ils refusaient catégoriquement d'y aller. Il y avait plusieurs établissements à proximité du village, une école publique et quelques écoles privées. Les deux enfants en question étaient inscrits à l'école publique, mais ils s'en étaient tous les deux enfuis tant de fois que leur mère avait renoncé à les forcer à y aller. Le garçon de dix ans, qui était présent lorsque nous avons parlé avec sa mère, avait marmonné quelque chose d'où il ressortait qu'il s'ennuyait en classe.

Les écoles ne manquent pas. Dans la plupart des pays, elles sont gratuites, au moins en primaire. La plupart des enfants y sont inscrits. Et pourtant, selon les différentes enquêtes que nous avons menées dans le monde entier, les taux d'absentéisme des enfants varient de 14 à 50 %[1]. Souvent, ces absences ne semblent pas justifiées par le fait que les parents aient besoin de l'enfant à la maison. Bien qu'elles puissent être parfois dues à des problèmes de santé – ainsi, au Kenya, les enfants vermifugés manquent moins de jours d'école[2] –, elles révèlent sans doute le plus souvent la réticence des enfants à aller à l'école (une réticence qui pourrait bien être universelle, comme en témoignent les souvenirs d'enfance de la plu-

---

1. Esther DUFLO, *Lutter contre la pauvreté I. Le Développement humain*, Paris, Seuil/La République des idées, 2010. Dans notre dernière enquête au Maroc, nous avons constaté un taux d'absence moins élevé.
2. Edward MIGUEL et Michael KREMER, « Worms : identifying impacts on education and health in the presence of treatment externalities », *Econometrica*, 72 (1), janvier 2004, p. 159-217.

part d'entre nous) et le fait que les parents ne parviennent pas ou ne souhaitent pas contraindre les enfants à y aller.

Certains y voient le signe de l'échec catastrophique des efforts institutionnels pour améliorer l'éducation en réformant le système par le haut : il est inutile de construire des écoles et d'embaucher des professeurs s'il n'y a pas une demande forte d'éducation ; inversement, s'il existe une réelle recherche de compétences, la demande d'éducation émergera naturellement, et l'offre suivra. Mais cette vision optimiste paraît contradictoire avec l'histoire des enfants de Shantarama. On ne peut pas dire que la demande de main-d'œuvre instruite manque dans le Karnataka, dont la capitale est Bangalore, le pôle indien de l'industrie informatique. Et cette famille, qui comptait un futur enseignant, était à la fois consciente de la valeur de l'éducation et désireuse d'y investir.

Mais si l'échec des écoles des pays en développement à attirer les enfants ne s'explique ni par des difficultés d'accès, ni par la faiblesse de la demande de main-d'œuvre qualifiée, ni par la réticence des parents à éduquer leurs enfants, alors où est le problème ?

La guerre de l'offre et de la demande

Comme l'aide internationale, les politiques d'éducation suscitent d'intenses débats. Et, là encore, la question n'est pas de savoir si l'instruction en elle-même est bonne ou mauvaise – tout le monde est d'accord sur le fait qu'il vaut mieux être instruit. Le débat tourne plutôt autour de la question du rôle des États : doivent-ils intervenir et savent-ils comment le faire ? Et bien que les raisons invoquées dans l'un et l'autre cas soient différentes, on retrouve en gros les mêmes divisions : les optimistes de l'aide sont généralement interventionnistes en matière d'éducation, tandis que les pessimistes de l'aide prônent le laisser-faire.

Les présupposés des wallah *de l'offre*

Jusqu'à récemment, pour une grande majorité des décideurs politiques, en particulier dans les institutions internationales, le problème était simple : il s'agissait de trouver le moyen de faire entrer les enfants dans une salle de classe, idéalement encadrée par un professeur compétent, et le reste suivrait. Nous désignerons ces personnes, qui mettent l'accent sur l'« offre d'éducation » comme les « *wallah* de l'offre », en reprenant ce terme indien signifiant « fournisseur » (qu'on retrouve dans les noms de famille de l'ouest de l'Inde : Lakdawala [fournisseur de bois], Daruwala [fournisseur d'alcool] et Bandukwala [fournisseur d'armes]), afin d'éviter de les confondre avec les économistes de l'offre (*supply siders*), ces économistes qui pensent que Keynes avait tout faux et qui sont au contraire opposés à toute forme d'intervention étatique.

Les Objectifs du Millénaire pour le développement (OMD) des Nations unies, huit objectifs qu'en 2000 les nations sont convenues d'atteindre en 2015, représentent sans doute la formulation la plus claire de la position des « *wallah* de l'offre ». Les deuxième et troisième objectifs du Millénaire sont, respectivement, de « donner, d'ici à 2015, à tous les enfants, garçons et filles, partout dans le monde, les moyens d'achever un cycle complet d'études primaires » et d'« éliminer les disparités entre les sexes dans les enseignements primaire et secondaire d'ici à 2005 si possible, et à tous les niveaux d'enseignement en 2015 au plus tard ». La plupart des États semblent avoir repris cette idée à leur compte. En Inde, aujourd'hui, 95 % des enfants habitent à moins d'un kilomètre d'une école[1]. Plusieurs pays africains (notamment le Kenya, l'Ouganda et le Ghana) ont institué la gratuité du primaire et les écoles se sont remplies. Selon l'Unicef, entre 1999 et 2006, les taux d'inscription sont passés de 54 % à 70 % dans les écoles primaires d'Afrique subsaharienne et, sur la même période, de 75 % à 88 % sur le sous-continent indien et en Asie orientale. Au niveau mondial, le nombre d'enfants d'âge scolaire qui ne fréquentent pas l'école a chuté de 103 millions en 1999 à 73 millions en 2006. Selon notre base de données portant sur dix-huit pays, les taux d'inscription des personnes extrêmement pauvres (celles qui vivent avec moins de un dollar par jour) sont aujourd'hui supérieurs à 80 % dans la moitié au moins des pays pour lesquels nous disposons de données.

L'accès à l'enseignement secondaire (à partir du lycée) ne fait pas partie des objectifs du Millénaire, mais on assiste là aussi à une progression. Entre 1995 et 2008, les taux moyens d'inscription dans le secondaire sont passés de 25 % à 34 % en Afrique subsaharienne, de 44 % à 51 % sur le sous-continent indien et de 64 % à 74 % en Asie orientale[2], et ce en dépit du fait que les coûts de la scolarisation à ce

1. The Probe Team, *Public Report on Basic Education in India*, New Delhi, Oxford University Press, 1999.
2. Voir le rapport de la Banque mondiale, *Higher Education in Developing Countries : Perils and Promises*, 2000, disponible sur <http://siteresources.worldbank.org/EDUCATION/Resources/278200-1099079877269/547664-1099079956815/peril_promise_en.pdf> ; le rapport de l'Unicef, *La Situation des enfants dans le* monde, n° spécial, 2009, disponible sur<www.unicef.org/french/publications/index_51775.html> ; et l'annexe (tableaux statistiques) du *Rapport mondial de suivi sur l'Éducation pour tous (EPT)*, Unesco, 2009, disponible sur <unesdoc.unesco.org/images/0017/001797/179793f.pdf>.

niveau sont bien plus élevés : les professeurs sont plus chers, car ils sont plus qualifiés, et, pour les parents et les enfants, le manque à gagner en termes de revenus et d'expérience professionnelle lié à la poursuite des études est bien plus important, parce qu'un adolescent peut travailler.

Attirer les enfants à l'école est une première étape, et elle est majeure : c'est par là que tout commence. Mais elle n'est pas très utile si, une fois à l'école, les élèves n'apprennent rien ou pas grand-chose. Or, assez curieusement, la question de l'apprentissage ne figure pas au premier plan des déclarations internationales : les OMD ne précisent pas que les enfants doivent apprendre quelque chose à l'école, ils mentionnent simplement qu'ils doivent aller jusqu'au bout du cycle élémentaire. Dans la déclaration finale du Forum mondial sur l'Éducation pour tous (EPT), organisé en 2000 à Dakar sous le patronage de l'Unesco, l'objectif d'améliorer la qualité de l'enseignement n'est évoqué que dans le sixième et dernier point. Le présupposé implicite semble être que l'apprentissage découle mécaniquement de l'inscription à l'école. Malheureusement, les choses ne sont pas si simples.

En 2002 et 2003, dans le cadre de l'Enquête mondiale sur l'absentéisme, organisée sous l'égide de la Banque mondiale, des inspecteurs ont fait des visites-surprises dans un échantillon représentatif d'écoles de six pays (Bangladesh, Équateur, Inde, Indonésie, Pérou, Ouganda). Ils ont trouvé les professeurs absents en moyenne un jour sur cinq – et plus souvent encore en Inde et en Ouganda. De plus, l'étude menée en Inde montre que, même lorsque les professeurs sont présents dans l'établissement et supposés être en classe, ils sont en fait souvent en train de boire du thé, de lire le journal ou de parler avec leurs collègues. Au total, 50 %

des professeurs des écoles publiques indiennes ne sont pas devant leurs élèves au moment où ils le devraient[1]. Dans ces conditions, comment les enfants pourraient-ils apprendre quoi que ce soit ?

En 2005, Pratham, une ONG indienne dont l'objectif principal est de promouvoir l'éducation, décida d'aller plus loin et de vérifier ce que les enfants apprenaient effectivement. Pratham a été fondée en 1994 par Madhav Chavan, un ingénieur chimiste formé aux États-Unis et investi d'une foi inébranlable dans l'idée que tous les enfants peuvent et doivent apprendre à lire et qu'ils doivent lire pour apprendre. D'une petite association de bienfaisance de Bombay subventionnée par l'Unicef, il a fait l'une des plus grandes ONG d'Inde, et peut-être du monde : les programmes menés par Pratham touchent près de 34,5 millions d'enfants aux quatre coins de l'Inde et essaiment désormais dans le reste du monde. Sous la bannière de l'*Annual State of Education Report* (ASER – Rapport annuel sur l'état de l'éducation), Pratham a constitué des équipes de bénévoles dans chacun des six cents districts indiens. Ces équipes ont évalué plus de mille enfants dans chaque district, dans des villages choisis aléatoirement – soit 700 000 enfants au total – et ont rédigé des rapports d'enquête. Montek Singh Ahluwalia, une personnalité de premier plan du Parti du Congrès alors au pouvoir, présida la cérémonie de présentation du rapport de synthèse, mais ses résultats n'ont pas dû faire plaisir. Près de 35 % des enfants âgés de sept à quatorze ans étaient incapables de lire un paragraphe

1. Nazmul CHAUDHURY, Jeffrey HAMMER, Michael KREMER, Karthik MURALIDHARAN et Halsey ROGERS, « Missing in action : teacher and health worker absence in developing countries », *Journal of Economic Perspectives*, hiver 2006, p. 91-116.

simple (de niveau CP) et près de 60 % étaient incapables de lire une histoire simple (de niveau CE1).
Seuls 30 % d'entre eux pouvaient effectuer des opérations arithmétiques de niveau CE1 (comme une division simple)[1]. Les résultats en mathématiques sont
particulièrement stupéfiants : partout dans le Tiers-
Monde, les enfants qui aident leurs parents dans le
magasin familial font constamment de tête des calculs
bien plus compliqués. Les écoles leur feraient-elles
donc désapprendre ce qu'ils savent ?

Tous les élus n'ont pas été aussi beaux joueurs que
M. Ahluwalia. Les dirigeants de l'État du Tamil Nadu ont
refusé de croire que les résultats étaient aussi mauvais que
les données de l'ASER le laissaient penser. Ils ont constitué leurs propres équipes pour réaliser une nouvelle évaluation, qui a malheureusement confirmé ces mauvaises
nouvelles. Désormais, tous les ans en Inde, les résultats
de l'ASER sont rituellement publiés en janvier. Les journaux s'indignent de la médiocrité des résultats, les universitaires discourent sur les statistiques dans des colloques,
mais à peu près rien ne change.

Malheureusement, le cas de l'Inde n'est pas unique :
des résultats similaires ont été trouvés, tout près, au
Pakistan, comme bien plus loin, au Kenya, et dans plusieurs autres pays encore. Au Kenya, l'enquête Uwezo,
conçue sur le modèle de l'ASER, a mis en évidence que
27 % des enfants en cinquième année de primaire (l'équivalent du CM2) étaient incapables de lire un paragraphe
simple en anglais, et que 23 % étaient incapables d'en lire
un en kiswahili (les deux langues enseignées à l'école
primaire). 30 % d'entre eux étaient incapables d'effectuer

---

1. *Pratham Annual State of Education Report*, 2005, disponible sur
<http://scripts.mit.edu/~varun_ag/readinggroup/images/1/14/ASER.
pdf>.

une division élémentaire[1]. Au Pakistan, 80 % des enfants de troisième année de primaire (CE2) étaient incapables de lire un paragraphe de niveau première année (CP)[2].

Les arguments des wallah *de la demande*

Pour les « *wallah* de la demande » (au nombre desquels on compte William Easterly), qui pensent qu'il ne sert à rien de développer l'offre d'éducation tant que celle-ci ne fait pas l'objet d'une demande claire, ces résultats résument tout ce qui ne va pas dans les politiques d'éducation de ces dernières décennies. Selon eux, si la qualité de l'enseignement est mauvaise, c'est parce que les parents ne s'en soucient pas et, s'ils ne s'en soucient pas, c'est parce que ses bénéfices (ce que les économistes appellent les « rendements » de l'éducation) sont faibles. Quand ils seront suffisamment élevés, le taux d'inscription augmentera, sans que l'État ait besoin de l'imposer. Les gens enverront leurs enfants dans des écoles privées qui s'ouvriront pour eux ou, si cette solution est trop coûteuse, ils exigeront des autorités locales qu'elles construisent des écoles.

La demande joue effectivement un rôle crucial. Le nombre d'inscriptions à l'école dépend des rendements de l'éducation : en Inde, après que la Révolution verte eut élevé le niveau de savoir-faire technique requis pour réussir dans l'agriculture et donc augmenté la valeur des

1. *Kenya National Learning Assessment Report 2010* et « Uwezo Uganda : are our children learning ? », tous deux disponibles sur <www.uwezo.net>.
2. Tahir ANDRABI, Jishnu DAS, Asim KHWAJA, Tara VISHWANATH et Tristan ZAJONC, « Pakistan learning and educational achievement in Punjab Schools (LEAPS) : insights to inform the education policy debate », Banque mondiale, Washington, DC, 2009.

connaissances, le niveau d'instruction s'améliora plus rapidement dans les régions les plus adaptées aux nouvelles semences introduites par la Révolution verte[1]. Plus récemment, on peut également évoquer l'exemple des centres d'appel délocalisés. En Europe et aux États-Unis, ils sont généralement critiqués car ils entraînent des suppressions d'emplois, mais, en Inde, ils ont contribué à une petite révolution sociale en multipliant de façon spectaculaire les chances des jeunes femmes de trouver un emploi. En 2002, Robert Jensen, de l'Université de Californie à Los Angeles, s'est associé à quelques-uns de ces centres de trois États du Nord de l'Inde pour organiser des sessions de recrutement pour les jeunes femmes de villages choisis au hasard dans des zones rurales généralement délaissées par les recruteurs. Comme on pouvait s'y attendre, ces villages connurent une augmentation marquée de l'emploi des jeunes femmes dans les centres de Business Process Outsourcing (BPO)[2]. De façon bien plus remarquable, étant donné qu'il s'agit de la région de l'Inde la plus connue pour ses pratiques discriminatoires envers les femmes, trois ans après le début du processus de recrutement, la proportion des filles de cinq à onze ans inscrites à l'école avait augmenté d'environ 5 % dans les villages où avaient lieu des recrutements (par rapport aux autres villages). Les filles avaient également pris du poids, ce qui semble indiquer que leurs parents prenaient mieux soin d'elles : ils avaient découvert qu'éduquer leurs filles

---

1. Andrew FOSTER et Mark ROSENZWEIG, « Technical change and human capital returns and investments : evidence from the Green Revolution », *American Economic Review*, n° 4, 1996, p. 931-953.
2. Le BPO (ou « externalisation des processus métiers ») permet d'externaliser certaines fonctions de l'entreprise, comme l'établissement des fiches de paye, la comptabilité, ou encore le service après-vente. *(NdT.)*

pouvait avoir un intérêt économique et ils consentaient volontiers cet investissement[1].

Puisque les parents sont capables de réagir à l'évolution des besoins en main-d'œuvre mieux instruite, la meilleure politique en matière d'éducation, pour les *wallah* de la demande, c'est l'absence de politique éducative. Rendez attractif l'investissement dans des activités exigeant une main-d'œuvre qualifiée et il se créera un besoin de diplômés, et en conséquence une pression pour assurer une offre adaptée. C'est alors, poursuivent les *wallah* de la demande, que les parents commenceront à vraiment se soucier de l'éducation de leurs enfants et feront donc pression sur les enseignants pour qu'ils apportent aux élèves ce dont ils ont besoin. Si les écoles publiques sont incapables d'assurer une éducation de qualité, un marché scolaire privé se mettra en place. Selon eux, la compétition qui régnera sur ce marché garantira que les parents obtiennent l'éducation de qualité qu'ils souhaiteront pour leurs enfants.

Au cœur de l'argumentaire des *wallah* de la demande se trouve l'idée que l'éducation est une forme comme une autre d'investissement : les gens investissent dans l'éducation comme ils investissent dans tout le reste, c'est-à-dire pour gagner plus d'argent, sous la forme d'un accroissement des revenus futurs. Mais cette conception pose un problème évident : ce sont les parents qui investissent et les enfants qui récoltent les bénéfices, parfois bien plus tard. Et, bien que beaucoup d'enfants « remboursent » effectivement leurs parents pour l'investissement qu'ils ont consenti en prenant soin d'eux pendant

1. Robert JENSEN, « Economic opportunities and gender differences in human capital : experimental evidence for India », NBER, document de travail nº 16021, 2010.

leur vieillesse, bien d'autres ne le font qu'à contrecœur, ou font défaut, les abandonnant purement et simplement. Par ailleurs, même quand les enfants font leur devoir, il n'est pas toujours évident que le gain de salaire que leur a garanti l'année supplémentaire qu'ils ont passée à l'école se traduise en un gain équivalent pour les parents – il nous est arrivé de rencontrer des parents qui maudissaient le jour où leurs enfants étaient devenus assez riches pour avoir leur propre maison, les laissant seuls pendant leur vieillesse. T. Paul Schultz, économiste à l'Université de Yale, raconte que les parents de son père, le célèbre prix Nobel d'économie Theodore Schultz, étaient opposés à ce que celui-ci fasse des études, parce qu'ils souhaitaient qu'il reste à la ferme.

Il est vrai que beaucoup de parents sont fiers et heureux que leurs enfants réussissent à l'école (et qu'ils apprécient de le faire savoir à leurs voisins). Ce simple fait peut leur donner le sentiment d'être plus que suffisamment récompensés, même s'ils n'obtiennent pas un centime de leurs enfants. Ainsi, pour les parents, l'éducation est en partie un investissement, mais aussi un « cadeau » offert à leurs enfants. Il y a cependant un revers à la médaille : la plupart des parents occupent une position de pouvoir vis-à-vis de leurs enfants : ce sont eux qui décident qui va à l'école, qui reste à la maison ou qui va travailler et comment le salaire gagné est dépensé. Des parents cyniques et considérant que l'éducation a peu de valeur en elle-même pourraient préférer retirer leur fils de l'école et l'envoyer travailler à dix ans, plutôt que de prendre des paris sur la part de salaire de leur fils qui leur reviendrait une fois celui-ci de taille à leur tenir tête. Dit autrement, bien que les bénéfices économiques de l'éducation (mesurés par le surcroît de salaire que gagne un enfant diplômé) soient importants, beaucoup d'autres choses entrent probablement aussi en ligne de compte, comme notre confiance en l'avenir, nos attentes envers nos enfants ainsi que la générosité dont nous faisons preuve à leur égard.

« Absolument, diront les *wallah* de l'offre. Et c'est bien pour cela qu'un coup de main est parfois nécessaire. Une société civilisée ne peut tolérer que le droit à une enfance normale et à une éducation correcte soit l'otage des caprices ou de l'avidité des familles. » Construire des écoles et engager des enseignants est un premier pas nécessaire pour réduire le coût d'envoyer un enfant à l'école, mais cela ne suffit peut-être pas. C'est ce qui explique que, dans la plupart des pays riches, la scolarité soit obligatoire jusqu'à un certain âge, à moins que les parents ne prouvent qu'ils prennent soin de l'instruction de leurs enfants à la maison. Bien sûr, cela ne peut pas fonctionner lorsque les moyens de l'État sont limités et qu'il n'est pas en mesure d'imposer cette règle à tous. Dans ce cas, l'État doit faire en sorte qu'il soit intéressant financièrement pour les parents d'envoyer leurs enfants à l'école. C'est là l'idée qui sous-tend le nouvel outil favori de la politique éducative : les transferts monétaires conditionnels (TMC).

Le paradoxe des transferts monétaires conditionnels

Santiago Levy, ancien professeur d'économie à l'Université de Boston, a été ministre adjoint des Finances au Mexique de 1994 à 2000. Il était chargé de réformer le système complexe des aides sociales, constitué de plusieurs programmes distincts, mal coordonnés. Il était convaincu qu'en liant l'attribution d'allocations à l'investissement en capital humain (dans les domaines de la santé et de l'éducation), il pourrait permettre que l'argent dépensé aujourd'hui contribue à l'éradication de la pauvreté, non seulement à court terme mais également à long terme, en favorisant le développement d'une génération saine et instruite. Ceci inspira le projet Progresa, un programme de prestations sociales « sous conditions ». Progresa fut le premier programme de transferts monétaires conditionnels : il consistait à donner de l'argent aux familles pauvres, à la condition que leurs enfants fréquentent l'école régulièrement et que la famille ait recours à la médecine préventive. Les familles recevaient une allocation plus importante si leurs enfants étaient dans le secondaire, et si c'était une fille plutôt qu'un garçon qui fréquentait l'école. Pour rendre le programme politiquement acceptable, ce versement était présenté comme une « compensation » donnée à la famille en contrepartie du salaire perdu parce que leur enfant allait à l'école plutôt qu'au travail. Mais, en réalité, le but était d'inciter la famille à envoyer ses enfants à l'école en rendant coûteux le fait de ne pas le faire, indépendamment de ce que la famille pensait de l'éducation.

Santiago Levy poursuivait un autre but : il voulait s'assurer que le programme survivrait au changement de gouvernement qui ne manquerait pas d'avoir lieu quelques années plus tard, chaque nouveau président ayant pour habitude de supprimer tous les programmes élaborés par ses prédécesseurs avant de lancer les siens. Santiago Levy avait fait le calcul que, s'il pouvait démontrer que le programme était un vrai succès, le nouveau gouvernement aurait du mal à s'en débarrasser. C'est pour cette raison qu'il a mis en place un projet pilote, ne concernant qu'un ensemble de villages choisis aléatoirement, de façon à pouvoir comparer rigoureusement les villages qui participaient au programme et ceux qui n'y participaient pas. Ce projet pilote a démontré de façon incontestable que le programme augmentait les taux d'inscriptions à l'école, en particulier dans le secondaire : de 67 % à 75 % pour les filles et de 73 % à environ 77 % pour les garçons[1].

Cette expérimentation a également été l'une des premières démonstrations de la force de persuasion d'une évaluation aléatoire réussie. Lorsque, comme prévu, le changement de gouvernement a eu lieu, le programme a survécu : il a seulement été rebaptisé Oportunidades. Avec cette expérimentation, sans s'en être forcément aperçu, Santiago Levy avait donné naissance à deux nouvelles traditions. Tout d'abord, les transferts monétaires conditionnels se sont répandus comme une traînée de poudre à travers toute l'Amérique latine, puis dans le reste du monde. Même le maire de New York, Michael Bloomberg, les a essayés dans sa ville. Et, deuxièmement, lorsque d'autres pays lancent leurs propres programmes de transferts monétaires conditionnels, ils mènent généralement aussi une série d'expérimentations randomisées pour les évaluer. Dans certaines de ces expérimentations, ils font varier les paramètres du programme afin de déterminer comment les concevoir au mieux.

De façon paradoxale, c'est l'un des programmes qu'il a inspirés, mis en œuvre au Malawi, qui nous a conduits à reconsidérer le succès de Progresa. La conditionnalité du dispositif est fondée sur l'hypothèse selon laquelle le gain en revenu ne suffit pas et que les parents ont besoin d'une incitation supplémentaire. Les chercheurs comme les praticiens ont commencé à se demander si un programme *inconditionnel* n'aurait pas le même effet qu'une allocation conditionnelle. Une étude menée par la Banque mondiale a abouti à la conclusion troublante que la conditionnalité n'avait apparemment aucune incidence : les

1. T. Paul Schultz, « School subsidies for the poor : evaluating the Mexican Progresa Poverty Program », *Journal of Development Economics*, 74 (1), 2004, p. 199-250.

chercheurs offraient aux familles comprenant des filles d'âge scolaire des allocations allant de 5 à 20 USD PPA par mois. Dans l'un des groupes, cette prestation était conditionnée par l'inscription à l'école. Dans l'autre, elle ne l'était pas. Un troisième groupe (le groupe témoin) ne recevait aucune allocation. Les effets du programme se sont révélés importants : au bout d'un an, le pourcentage d'abandon était de 11 % dans le groupe témoin et de 6 % seulement parmi ceux qui avaient bénéficié d'une allocation. Mais les effets étaient identiques chez ceux pour qui l'allocation était conditionnelle et chez ceux pour qui elle ne l'était pas, ce qui paraît signifier que les parents n'ont pas besoin d'être *contraints* d'envoyer leurs enfants à l'école, mais seulement d'y être aidés financièrement[1]. Par la suite, une autre étude réalisée au Maroc comparant des allocations conditionnelles et non conditionnelles a abouti à des résultats similaires[2].

Plusieurs facteurs expliquent sans doute pourquoi une allocation même non conditionnelle a pu être efficace au Malawi : les parents ne pouvaient peut-être pas payer les frais de scolarité ou renoncer à l'argent gagné par leurs enfants. L'idée que les parents puissent emprunter de l'argent pour scolariser leur enfant de dix ans en offrant comme garantie les gains en salaire que cette prolongation de scolarité pourrait lui apporter à vingt ans est à l'évidence entièrement chimérique. Il est aussi possible qu'en sortant les parents de l'extrême pauvreté cette allocation

1. Sarah BAIRD, Craig McINTOSH et Berk OZLER, « Designing cost-effective cash transfer programs to boost schooling among young women in Sub-Saharan Africa », World Bank Policy Research, document de travail n° 5090, 2009.

2. Najy BENHASSINE, Florencia DEVOTO, Esther DUFLO, Pascaline DUPAS et Victor POULIQUEN, « The impact of conditional cash transfers on schooling and learning : preliminary evidence from the Tayssir Pilot in Morocco », MIT, polycopié, 2010.

leur ait procuré l'espace mental nécessaire à une plus grande hauteur de vue : la scolarité est quelque chose que l'on paie maintenant (c'est aujourd'hui qu'il faut pousser – ou traîner – son enfant à l'école) et dont les bénéfices ne seront ressentis que plus tard.

Pour toutes ces raisons, les revenus ont une influence directe sur les décisions en matière d'éducation : Jamal sera scolarisé moins longtemps que Pierre parce que ses parents sont plus pauvres, même si les gains en salaire procurés par l'éducation sont identiques pour les deux. Ainsi, nos données portant sur dix-huit pays montrent que la part des dépenses consacrées à l'éducation augmente avec le budget. Étant donné que le nombre d'enfants par famille diminue fortement à mesure que les revenus s'élèvent, les dépenses consacrées à l'éducation pour chaque enfant augmentent donc bien plus vite que la consommation totale. C'est exactement le contraire de ce à quoi nous devrions nous attendre si l'éducation était un investissement comme un autre – à moins que nous ne soyons prêts à faire l'hypothèse que les pauvres sont tout simplement incapables de s'instruire.

Ce point est important : si les revenus des parents jouent un rôle aussi déterminant dans l'investissement éducatif, les enfants riches feront davantage d'études même s'ils ne sont pas particulièrement doués, tandis que les enfants doués mais pauvres pourraient en être privés. Laisser simplement agir le marché ne permettra pas à chaque enfant, d'où qu'il vienne, de recevoir une instruction conforme à ses capacités. Tant qu'on n'aura pas entièrement supprimé les différences de revenu, les interventions étatiques agissant sur l'offre et visant à rendre l'éducation moins coûteuse seront nécessaires pour s'approcher de la solution la plus efficace socialement : s'assurer que tout enfant ait sa chance.

Promouvoir l'éducation par le haut :
une stratégie efficace ?

La question se pose cependant de savoir si cette politique, même si elle est désirable en principe, peut réellement être mise en pratique. Si les parents ont peu d'intérêt pour l'éducation de leurs enfants, n'y a-t-il pas un risque que les incitations venues « d'en haut » ne soient finalement qu'un gaspillage de ressources ? Dans *Les pays pauvres sont-ils condamnés à le rester ?*[1], William Easterly défend ainsi l'idée que les investissements faits dans les pays africains en matière d'éducation n'ont pas contribué à leur développement.

Encore une fois, la meilleure manière de répondre à cette question est d'étudier ce qui s'est passé lorsque tel ou tel pays a employé cette stratégie. La bonne nouvelle est que, aussi mauvaise que soit l'éducation qui y est dispensée, les écoles sont néanmoins utiles. En Indonésie, après le premier boom pétrolier de 1973, le dictateur qui régnait alors sur le pays, le général Suharto, fut pris d'une frénésie de construction d'écoles[2]. Cette politique constituait un exemple classique de réforme « par le haut » : les écoles étaient construites sur la base d'une règle prédéterminée qui accordait une priorité stricte aux zones où le nombre d'enfants non scolarisés était le plus élevé. Si le manque d'écoles dans ces régions avait reflété un manque d'intérêt pour l'éducation, le programme aurait dû échouer lamentablement.

1. W. EASTERLY, *Les pays pauvres sont-ils condamnés à le rester ?*, *op. cit.*
2. Esther DUFLO, « Schooling and labor market consequences of school construction in Indonesia : evidence from an unusual policy experiment », *American Economic Review*, 91 (4), 2001, p. 795-813.

Or l'InPres (Instruksi Presiden, ou Instruction présidentielle) a eu beaucoup de succès : pour l'évaluer, Esther a comparé les revenus d'adultes assez jeunes pour avoir bénéficié des écoles nouvellement construites à ceux de la génération les ayant immédiatement précédés (celle des gens juste assez âgés pour n'avoir pas eu la possibilité de fréquenter ces écoles). Elle a pu constater que les revenus des plus jeunes étaient significativement plus élevés que ceux de la génération précédente dans les zones où plus d'écoles avaient été construites. En rapprochant les effets du programme sur l'instruction et ses effets sur les revenus, elle est arrivée à la conclusion que chaque année de scolarité primaire supplémentaire liée à la création de nouvelles écoles induisait une augmentation d'environ 8 % des revenus. Cette estimation des rendements de l'éducation est très proche des résultats généralement obtenus aux États-Unis [1].

L'école obligatoire fait également partie des programmes classiques menés d'en haut. En 1968, Taïwan a institué une loi obligeant tous les enfants à aller au moins neuf ans à l'école (auparavant, la scolarité obligatoire n'était que de six ans). Cette loi a eu des effets positifs significatifs sur la scolarisation des enfants, tant filles que garçons, ainsi que sur leurs perspectives professionnelles, particulièrement pour les filles [2]. Les bénéfices de l'éducation ne sont pas uniquement financiers : le programme de Taïwan a également eu des effets

1. David CARD, « The causal effect of education on earnings », in Orley ASHENFELTER et David CARD (dir.), *Handbook of Labor Economics*, vol. 3, Amsterdam, Elsevier Science, 2010, p. 1801-1863.
2. Chris SPOHR, « Formal schooling and workforce participation in a rapidly developing economy : evidence from "compulsory" junior high school in Taiwan », *Asian Development Bank*, vol. 70, 2003, p. 291-327.

importants sur la mortalité infantile[1]. Au Malawi, les filles qui avaient continué d'aller à l'école grâce aux allocations étaient également moins susceptibles de tomber enceintes. Les mêmes résultats ont été observés au Kenya[2]. Il existe aujourd'hui un corpus significatif d'études rigoureuses qui témoignent de l'ampleur des effets de l'éducation.

De plus, ces recherches démontrent également que la moindre bribe d'instruction compte. Les gens qui lisent avec facilité sont davantage susceptibles de consulter les journaux et les panneaux d'affichage et de connaître ainsi l'existence de programmes publics qui leur sont destinés. Les gens qui ont suivi des études secondaires ont plus de chances de trouver du travail dans le secteur formel, mais même ceux qui n'y parviennent pas gèrent mieux leurs petites entreprises informelles.

Il semble donc, encore une fois, que le débat opposant frontalement deux stratégies fondées sur des philosophies antagonistes manque l'essentiel. Il n'y a aucune raison d'opposer offre et demande. L'offre en elle-même est utile, mais la demande est importante elle aussi. Il y a effectivement des gens qui se débrouillent pour faire des études sans y avoir été aidés lorsque les emplois adéquats se présentent, mais, pour beaucoup d'autres, l'élan donné par la construction d'écoles dans leur région peut s'avérer déterminant.

Il ne faudrait pas pour autant en conclure que les stratégies d'incitation par le haut obtiennent les résultats

1. Shin-Yi CHOU, Jin-Tan LIU, Michael GROSSMAN et Theodore JOYCE, « Parental Education and Child Health : Evidence from a Natural Experiment in Taiwan », NBER, document de travail n° 13466, 2007.

2. Owen Ozier, « The impact of secondary schooling in Kenya : a regression discontinuity analysis », Université de Californie à Berkeley, document de travail, 2010.

qu'elles pourraient – et devraient – avoir. Après tout, comme nous l'avons vu, la qualité de l'instruction délivrée dans les écoles publiques peut être catastrophique. Le fait que les élèves en retirent *quelque chose* ne veut pas dire qu'elles ne pourraient pas être plus performantes. Cela signifie-t-il que les approches fondées sur la demande marcheraient forcément mieux ? Nous pouvons nous tourner vers l'école privée pour le déterminer, puisque la scolarisation dans le privé est l'exemple même d'une stratégie fondée sur la demande : les parents choisissent de dépenser l'argent qu'ils ont durement gagné pour mettre leurs enfants dans le privé, alors même qu'il existe des écoles publiques. Les établissements privés ont-ils résolu le problème de la qualité de l'éducation ?

Les écoles privées

L'idée que les écoles privées ont un rôle important à jouer pour pallier les défaillances du système éducatif fait l'objet d'un consensus étonnant dans les pays en développement. La loi indienne sur le droit à l'éducation, récemment promulguée avec un soutien important d'un bout à l'autre du spectre politique (notamment l'appui de la gauche, pourtant traditionnellement opposée, dans le monde entier, au libre jeu du marché), est une version de ce qu'on appelle la « privatisation-coupon », qui consiste pour l'État à délivrer aux citoyens des coupons (ou bons) leur permettant de payer les frais d'inscription aux écoles privées.

Avant même que les experts en éducation ne se soient mis à prôner cette option, partout dans le monde, de nombreux parents ambitieux aux revenus modestes étaient parvenus à la conclusion qu'ils devaient mettre leurs enfants dans des écoles privées, même s'ils devaient pour cela faire des sacrifices. C'est ce qui a provoqué ce développement surprenant des écoles privées bon marché sur tout le sous-continent indien et en Amérique latine. Les frais de scolarité peuvent ne pas dépasser 1,50 dollar par mois. Ces écoles sont généralement modestes, se réduisant souvent à une ou deux pièces dans la maison de quelqu'un. Les enseignants sont fréquemment des personnes du cru qui, n'ayant pas trouvé d'autre travail, ont décidé de fonder une école. Selon une étude, un excellent facteur prédictif de la création d'écoles privées dans les villages pakistanais est qu'une école secondaire pour filles ait été créée dans la région au cours de la génération précédente[1]. Les filles qui ont fait des études, à la recherche d'un moyen de gagner de l'argent sans avoir à quitter leur village, se sont de plus en plus souvent lancées dans l'activité éducative, en tant que professeurs.

Malgré leurs références parfois douteuses, les écoles privées fonctionnent souvent mieux que les écoles publiques. L'enquête mondiale sur l'absentéisme (dont nous avons déjà parlé) a ainsi établi qu'en Inde les écoles privées sont plus souvent installées dans les villages où les écoles publiques sont particulièrement mauvaises. Qui plus est, lors des visites aléatoires, les enseignants des établissements privés avaient 8 % de chance de plus d'être présents que ceux des établissements publics du même village. Les enfants qui fréquentent les premiers réussissent également mieux. En Inde, en 2008, selon l'ASER, alors que 47 % des élèves de cinquième année (CM2) des écoles publiques étaient incapables de lire un

---

1. Tahir ANDRABI, Jishnu DAS et Asim KHWAJA, « Students today, teachers tomorrow ? The rise of affordable private schools », document de travail, 2010.

texte de niveau deuxième année (CE1), cette situation ne concernait que 32 % des élèves des écoles privées. Au Pakistan, selon l'enquête Learning and Educational Achievement in Pakistan Schools (LEAPS, Apprentissage et réussite scolaire), les enfants de troisième année (CE2) du secteur privé avaient un an et demi d'avance en anglais et deux ans et demi d'avance en mathématiques par rapport aux enfants du secteur public. Il est vrai que ce ne sont sans doute pas les mêmes familles qui décident d'envoyer leurs enfants dans des écoles privées. Mais la différence ne s'explique pas uniquement par le fait que les écoles privées attireraient les enfants de familles plus aisées : l'écart de résultats entre élèves des écoles privées et élèves des écoles publiques représente près de dix fois l'écart moyen entre les enfants des catégories socioéconomiques les plus hautes et ceux des plus basses. Et bien qu'il ne soit pas aussi important, il y a néanmoins un écart sensible, au sein d'une même famille, entre les enfants inscrits dans le privé et ceux du public[1] (cet écart pourrait ne pas être entièrement dû à l'enseignement dispensé, dans la mesure où les parent ont tendance à envoyer dans des écoles privées leurs enfants les plus doués ou sont susceptibles de les aider par d'autres moyens[2]).

1. Sonalde DESAI, Amaresh DUBEY, Reeve VANNEMAN et Rukmini BANERJI, « Private schooling in India : a new educational landscape », Indian Human Development Survey, document de travail n° 11, 2010.
2. Cependant, on a également observé cette même différence parmi les participants à un tirage au sort permettant de gagner des bons pour payer les frais de scolarité d'écoles privées à Bogota, en Colombie : les gagnants ont obtenu de meilleurs résultats que les perdants à des tests standardisés ; ils avaient 10 % plus de chances d'obtenir leur diplôme et leurs notes aux examens étaient supérieures. Voir Joshua ANGRIST, Eric BETTINGER, Erik BLOOM, Elizabeth KING et Michael KREMER, « Vouchers for private schooling in Colombia : evidence from a randomized natural experiment », American Economic Review, 92 (5), 2002, p. 1535-1558 ; et Joshua ANGRIST, Eric BETTINGER et

Les enfants inscrits dans des écoles privées apprennent donc plus de choses que ceux qui fréquentent les écoles publiques. Cela ne signifie pas pour autant que les écoles privées soient aussi efficaces qu'elles pourraient l'être. Il apparaît même clairement qu'elles ne le sont pas quand on compare les effets de leur fréquentation avec ceux d'actions pédagogiques relativement simples.

Pratham contre les écoles privées

Pratham, la remarquable ONG qui organise l'ASER, ne se contente pas de mettre en lumière les défaillances du système éducatif : elle tente également d'y remédier. Cela fait maintenant dix ans que nous travaillons avec Pratham et nous avons évalué presque chaque nouvelle formule de leur programme pour enseigner l'arithmétique et la lecture aux enfants. Notre partenariat a commencé en 2000 dans l'ouest de l'Inde, dans les villes de Bombay et de Vadodara (Baroda), où Pratham avait mis en œuvre le programme Balsakhi (l'« ami des enfants ») : dans chaque classe, les vingt élèves qui avaient le plus besoin d'aide étaient pris en charge par le *balsakhi*, habituellement une jeune femme issue de la communauté, pour travailler les sujets où ils rencontraient le plus de difficultés. Malgré un tremblement de terre et des émeutes opposant différentes communautés locales, le programme se solda par des progrès très importants, visibles dans les résultats des enfants aux tests : à Vadodara, les progrès enregistrés grâce au programme furent environ deux fois plus importants que la différence moyenne entre les résultats dans les écoles

Michael KREMER, « Long-term educational consequences of secondary school vouchers : evidence from administrative records in Colombia », *American Economic Review*, 96 (3), 2006, p. 847-862.

privées et publiques en Inde[1]. Pourtant, ces *balsakhi* avaient fait bien moins d'études que l'enseignant moyen d'une école privée (ou publique) : beaucoup d'entre eux n'avaient que dix ans de scolarité derrière eux et une semaine de formation par Pratham[2].

Au vu de ces résultats, beaucoup d'organisations se seraient reposées sur leurs lauriers. Pas Pratham. L'idée de se reposer, et plus encore sur ses lauriers, est radicalement étrangère à la personnalité de Madhav comme à celle de Rukmini Banerji, la dynamo humaine responsable du développement spectaculaire de Pratham. Pour toucher plus d'enfants l'ONG a notamment fait en sorte que les communautés prennent elles-mêmes en charge le programme. Dans le district de Jaunpur, situé dans la partie orientale de l'Uttar Pradesh, le plus grand État indien, mais aussi l'un des plus pauvres, les bénévoles de Pratham sont allés de village en village pour évaluer les enfants et encourager les membres de la communauté à s'impliquer dans ces tests, afin de voir par eux-mêmes ce que leurs enfants savaient ou pas. Les parents ne furent pas totalement enthousiasmés par leurs découvertes – leur première impulsion fut souvent de tenter de taper sur leurs enfants – mais, pour finir, un groupe de volontaires issus de la communauté s'organisa, prêts à assumer la tâche d'aider leurs petits frères et sœurs. Il s'agissait pour la plupart de jeunes étudiants, qui organisaient des cours le soir dans leur quartier. Pratham leur assurait une semaine de formation, mais pas d'autre compensation.

1. Sonalde DESAI, Amaresh DUBEY, Reeve VANNEMAN et Rukmini BANERJI, « Private schooling in India », art. cité.
2. Abhijit BANERJEE, Shawn COLE, Esther Duflo et Leigh LINDEN, « Remedying education : evidence from two randomized experiments in India », *Quarterly Journal of Economics*, 122 (3), août 2007, p. 1235-1264.

Nous avons également évalué ce programme dont les résultats sont spectaculaires : au terme du programme, *tous* les enfants participants qui ne savaient pas lire au départ étaient au moins capables de reconnaître les lettres (par comparaison, seuls 40 % de ceux des villages témoins en étaient capables à la fin de l'année). Ceux qui, au début, ne lisaient que les lettres, mais qui avaient bénéficié du programme, étaient 26 % plus nombreux, à la fin, à pouvoir lire une petite histoire que ceux qui n'y avaient pas participé [1].

Plus récemment, Pratham s'est donné pour objectif de travailler avec le système scolaire public. Dans le Bihar, l'État le plus pauvre de l'Inde et celui où l'on a constaté le taux d'absentéisme des enseignants le plus important, Pratham a organisé une série de camps d'été de soutien scolaire, pendant lesquels les professeurs des écoles publiques ont été invités à enseigner. Les résultats de cette évaluation ont été surprenants : les enseignants du public, si vilipendés, sont effectivement venus et les progrès liés à cette initiative ont été comparables aux progrès constatés avec les cours du soir organisés à Jaunpur.

Les résultats obtenus par Pratham sont suffisamment frappants pour que de nombreux responsables politiques en Inde et ailleurs dans le monde se soient adressés à l'association. Une version de ce programme est actuellement expérimentée au Ghana, dans le cadre d'une vaste évaluation aléatoire organisée conjointement par une équipe de recherche et les pouvoirs publics : les jeunes désireux d'avoir une première expérience professionnelle

1. Abhijit BANERJEE, Rukmini BANERJI, Esther DUFLO, Rachel GLENNERSTER et Stuti KHEMANI, « Pitfalls of participatory programs : evidence from a randomized evaluation in education in India », *American Economic Journal : Economic Policy*, 2 (1), février 2010, p. 1-30.

reçoivent une formation pour assurer des cours de soutien à l'école. Des délégations des ministères de l'Éducation du Sénégal et du Mali sont venues observer les opérations menées par Pratham et envisagent eux aussi de reproduire le programme.

Ces résultats soulèvent une série de questions : si des enseignants bénévoles ou semi-bénévoles peuvent être à l'origine de tels progrès, les écoles privées pourraient clairement adopter le même type de pratiques et faire encore mieux. Pourtant, nous savons qu'en Inde un tiers des élèves de cinquième année (CM2) fréquentant des écoles privées sont incapables de lire des textes du niveau de première année de primaire (CP). Pourquoi ? Et si les professeurs du public sont capables d'enseigner si bien pendant l'été, pourquoi cela ne se reflète-t-il pas dans le système scolaire ? Si de telles améliorations s'obtiennent aussi facilement, pourquoi les parents ne les exigent-ils pas ? De fait, comment comprendre par exemple que, dans le programme mené à Jaunpur par Pratham, seuls 13 % des enfants qui ne savaient pas lire aient assisté aux cours du soir ?

Sans aucun doute, certaines des raisons habituelles qui font que les marchés ne fonctionnent pas aussi bien qu'ils le devraient sont ici encore à l'œuvre. Peut-être la compétition entre écoles privées n'est-elle pas assez rude, ou peut-être les parents ne sont-ils pas suffisamment informés de ce qui s'y fait. Des questions plus générales d'économie politique, dont nous parlerons plus loin, pourraient expliquer les piètres résultats des enseignants du public. Mais l'un des problèmes essentiels est spécifique à l'éducation : c'est la façon singulière dont les *attentes qu'elle suscite* déforment à la fois ce qu'exigent les parents, ce qu'apportent les écoles, privées comme publiques, et ce qu'accomplissent les enfants – et le gâchis colossal qui en découle.

La malédiction des attentes

Une illusoire courbe en S

Il y a quelques années de cela, nous avons organisé une séance de collage avec des parents et leurs enfants dans une école communautaire gérée par Seva Mandir dans une région rurale de l'Udaipur. Nous avions apporté un stock de magazines et nous avons demandé aux parents d'y découper des images pour représenter ce que, d'après eux, l'éducation pourrait apporter à leurs enfants.

Au final, tous les collages étaient assez ressemblants : ils étaient constellés d'or et de bijoux, et on y trouvait les modèles de voiture les plus récents. D'autres illustrations étaient disponibles dans les magazines – de paisibles paysages de campagne, des bateaux de pêche ou encore des cocotiers – mais, à en croire les collages, tout cela n'avait rien à voir avec l'éducation. Il semble que, pour les parents, l'éducation soit essentiellement le moyen d'acquérir des richesses (considérables). Pour la plupart d'entre eux, la voie qui mène à ces richesses est un emploi public (comme celui de professeur) ou, à défaut, un poste dans un bureau. À Madagascar, il a été demandé aux parents d'élèves de 640 écoles de dire, d'après eux, ce que ferait comme travail un enfant ayant achevé le cycle primaire, et ce que ferait un élève qui aurait achevé ses études secondaires. 70 % d'entre eux pensaient qu'un diplôme du secondaire vous garantissait un emploi public, alors qu'en réalité seuls 33 % des diplômés du secondaire sont fonctionnaires[1].

1. Trang NGUYEN, « Information, role models, and perceived returns to education : experimental evidence from Madagascar », MIT, document de travail, 2008.

Pourtant, très peu de ces enfants iront jusqu'en première année de collège, sans même parler d'obtenir le diplôme de fin d'études secondaires qui est souvent, à l'heure actuelle, la qualification minimum requise pour tout emploi exigeant un certain niveau d'instruction. Et ce n'est pas que les parents en soient tout à fait inconscients : à Madagascar, lorsqu'on leur a demandé ce qu'ils pensaient des bénéfices à attendre de l'éducation, on s'est aperçu qu'ils en avaient *en moyenne* une perception juste. Mais ils surestimaient considérablement aussi bien les gains que les pertes. Pour eux, l'éducation était un billet de loterie, et non un investissement garanti.

Pak Sudarno, ramasseur d'ordures dans le bidonville de Cica Das, à Bandung, en Indonésie, qui nous a déclaré avec détachement être connu comme « la personne la plus pauvre du quartier », nous a expliqué les choses en peu de mots. Lorsque nous l'avons rencontré, en juin 2008, son plus jeune fils (le plus jeune de ses neuf enfants) allait entrer dans le secondaire. Selon Pak Sudarno, le plus probable était qu'une fois sa scolarité secondaire achevée son fils trouverait du travail dans le centre commercial voisin, où son frère travaillait déjà. En fait, il aurait pu s'y faire embaucher dès à présent, mais Pak Sudarno estimait néanmoins intéressant qu'il finisse le cycle secondaire, même si cela impliquait de renoncer à trois ans de salaire. Sa femme pensait, elle, que l'enfant parviendrait peut-être à entrer à l'université. Pour Pak Sudarno, ce n'était qu'un rêve, mais il supposait en revanche que son fils pourrait peut-être obtenir un travail dans un bureau – le meilleur travail qui soit, en vertu de la respectabilité et de la sécurité qu'il offrait. À ses yeux, cela valait la peine d'essayer.

Les parents ont également tendance à croire que les premières années d'école sont beaucoup moins rentables que les suivantes. Ainsi, à Madagascar, les parents considéraient que chaque année d'éducation primaire conduirait à une augmentation de 6 % des revenus de leur enfant, chaque année de collège à une augmentation de 12 % et chaque année de lycée à une augmentation de 20 %. Au Maroc, nous avons constaté un schéma similaire : là-bas, les parents pensaient que chaque année d'éducation primaire augmenterait les revenus de leur fils de 5 %, et chaque année d'éducation secondaire de 15 %. Ce schéma était encore plus accusé dans le cas des filles. Selon les parents, chaque année d'éducation primaire ne valait pour elles à peu près rien : 0,4 %. Mais chaque année d'éducation secondaire était supposée entraîner une augmentation de revenus de 17 %.

Dans les faits, les estimations existantes montrent que chaque année d'éducation augmente les revenus de façon à peu près égale [1]. Ajoutons que, même pour les gens qui ne trouvent pas de travail dans le secteur formel, l'éducation semble être un atout : ainsi, les agriculteurs ayant suivi des études ont gagné plus d'argent pendant la Révolution verte que ceux qui n'avaient aucune instruction [2]. De plus, il faut aussi compter avec les autres bénéfices, non économiques, de l'éducation. En d'autres termes, les parents pensent que les effets de l'éducation suivent une courbe en S, alors que ce n'est pas le cas en réalité.

Cette croyance en l'existence d'une courbe en S signifie que, sauf si les parents sont réticents à traiter leurs enfants de manière différente, il est logique qu'ils mettent tous leurs œufs éducatifs dans le panier d'un seul enfant, celui dont ils pensent qu'il est susceptible d'aller le plus loin, et

1. Abhijit BANERJEE et Esther DUFLO, « Growth Theory Through the Lens of Development Economics », in Steve DURLAUF et Philippe AGHION (dir.), *Handbook of Economic Growth*, vol. 1A, Amsterdam, Elsevier Science, 2005, p. 473-552.

2. A. FOSTER et M. ROSENZWEIG, « Technical change and human capital returns and investments : evidence from the Green Revolution », art. cité.

qu'ils s'assurent qu'il mène ses études à leur terme plutôt que de répartir leur investissement éducatif de façon égale entre tous leurs enfants. À quelques pas de la maison de Shantarama (la veuve dont les deux enfants avaient cessé d'aller à l'école), dans le village de Naganadgi, nous avons rencontré une famille d'agriculteurs qui comptait sept enfants. Aucun d'entre eux n'avait dépassé la deuxième année d'école primaire à l'exception du plus jeune, un garçon de douze ans. Les parents n'étaient pas satisfaits de la qualité du collège public, où il avait passé un an, de sorte que le garçon, qui était alors dans sa deuxième année de collège, fréquentait désormais une pension privée du village. Chaque année d'école coûtait à la famille plus de 10 % des revenus totaux de l'exploitation, un investissement considérable pour un seul enfant qu'il aurait évidemment été impossible de faire pour les sept. La mère de cet heureux garçon nous expliqua qu'il n'y avait que lui d'intelligent dans la famille. La propension à utiliser des termes comme « stupide » ou « intelligent » pour qualifier ses propres enfants, souvent même en leur présence, exprime bien une conception du monde selon laquelle il est essentiel de savoir reconnaître un gagnant (et de s'assurer que tout le monde dans la famille le soutienne). Cette croyance crée une forme étrange de rivalité dans la fratrie. Au Burkina Faso, une étude a établi que les adolescents avaient plus de chances d'être inscrits à l'école lorsqu'ils avaient de bons résultats à un test d'intelligence, mais que leurs chances d'inscription étaient en revanche *réduites* si leurs aînés avaient eux aussi eu de bons résultats[1].

1. Richard AKRESH, Émilie BAGBY, Damien DE WALQUE et Harounan KAZIANGA, « Child ability and household human capital investment decisions in Burkina Faso », Université de l'Illinois à Urbana-Champaign, 2010, polycopié.

Une étude portant sur un programme de transferts monétaires conditionnels à Bogota, en Colombie, a permis de démontrer de façon éclatante la tendance à concentrer les ressources sur un seul enfant. Le programme ayant des fonds limités, il était proposé aux parents de faire participer leurs enfants en âge d'aller à l'école à une loterie. Les parents des gagnants recevaient une allocation mensuelle aussi longtemps que l'enfant fréquentait régulièrement l'école. Les élus étaient plus assidus, davantage susceptibles de se réinscrire à chaque rentrée et, dans la version du programme où l'allocation était conditionnée à l'inscription à l'université, de poursuivre des études dans le supérieur. Mais, chose troublante, dans les familles qui avaient fait participer au tirage au sort deux enfants ou plus, et dont l'un d'eux avait gagné, ceux qui avaient perdu avaient moins de chances d'être inscrits à l'école que ceux des familles où aucun des enfants n'avait gagné. Ce phénomène s'observait même lorsque les revenus de la famille augmentaient et alors qu'on aurait pensé que cette augmentation favoriserait les autres enfants. Un gagnant avait été choisi, et les ressources étaient concentrées sur lui (ou sur elle)[1].

Les erreurs de perception peuvent avoir des conséquences dramatiques. En réalité, il ne devrait pas y avoir de piège de pauvreté lié à l'éducation : l'éducation a une valeur à quelque niveau que ce soit. Mais le fait que les parents croient que les bénéfices de l'éducation suivent une courbe en S les conduit à agir *comme s'il* y avait un

1. Felipe BARRERA-OSORIO, Marianne BERTRAND, Leigh LINDEN et Francisco PEREZ CALLE, « Conditional cash transfers in education : design features, peer and sibling effects : evidence from a randomized experiment in Colombia », NBER, document de travail n° W13890, 2008.

piège de pauvreté et, par conséquent, à en créer un sans s'en rendre compte.

Des systèmes scolaires élitistes

Les parents ne sont pas les seuls à faire porter leurs espoirs de succès sur le seul diplôme de fin d'études : tout le système éducatif les y encourage. Le cursus et l'organisation des écoles ont souvent été définis à l'époque coloniale, lorsque celles-ci avaient pour fonction de former des élites locales, destinées à être les alliés efficaces de l'État colonial, le but étant alors de créer une distance la plus grande possible entre elles et la population. Malgré l'afflux de nouveaux élèves, les enseignants considèrent toujours que leur rôle est de préparer leurs meilleurs élèves aux examens difficiles qui, dans la plupart des pays en développement, sont le passage obligé soit vers les dernières années d'école, soit vers l'université. À cela s'ajoute une pression constante pour « moderniser » le cursus, pour le rendre plus scientifique et plus orienté vers les sciences, pour rendre les manuels plus épais (et plus lourds) – au point que l'État indien limite désormais à trois kilos le poids total de livres que l'on peut demander aux enfants de CP et de CE1 de porter dans leur cartable.

Nous avons un jour accompagné des employés de Pratham lors d'une visite à une école de Vadodara. Leur venue avait été annoncée et le professeur était manifestement soucieux de faire bonne impression. Pour ce faire, il s'est lancé au tableau dans l'explication d'une figure incroyablement complexe, représentant une démonstration d'une habileté diabolique, de celles qui font le renom de la géométrie euclidienne. Tous les enfants (des élèves de troisième année de primaire, soit l'équivalent du CE2), étaient gentiment assis en rangs par terre et restaient bien calmes. Certains avaient peut-être tenté de reproduire la figure du tableau sur leur minuscule ardoise, mais la craie qu'ils utilisaient était de si médiocre qualité qu'on n'aurait pas pu le dire avec certitude. Ce qui était évident, c'est qu'aucun d'entre eux n'avait la moindre idée de ce dont il était question.

Ce professeur n'avait rien d'exceptionnel. Nous avons souvent été témoins des préjugés élitistes des enseignants des pays en développement. En collaboration avec Pascaline Dupas et Michael Kremer, Esther a contribué à concevoir une réorganisation des classes au Kenya : grâce à un enseignant supplémentaire, la classe était divisée en deux groupes, constitués sur la base des résultats antérieurs des élèves, afin de mieux adapter l'enseignement au niveau des élèves. Les professeurs étaient ensuite affectés par tirage au sort à la classe « supérieure » ou « inférieure ». Ceux qui avaient « perdu » au tirage au sort et avaient donc été affectés à la classe inférieure étaient fort contrariés : selon eux, non seulement leur travail serait inutile, mais ils seraient en outre tenus pour responsables des mauvais résultats de leurs élèves. Et ils adaptèrent leur comportement en conséquence : lors des visites-surprises, les enseignants qui avaient en charge la classe inférieure étaient moins souvent en train d'enseigner et plus souvent en train de prendre le thé dans la salle des professeurs que ceux qui avaient en charge la classe supérieure [1].

Le problème n'est pas que les ambitions soient élevées. Ce qui produit des effets vraiment catastrophiques, c'est la combinaison de ces ambitions avec un profond manque

---

1. Esther DUFLO, Pascaline DUPAS et Michael KREMER, « Peer effects, teacher incentives, and the impact of tracking : evidence from a randomized evaluation in Kenya », *American Economic Review*, 101 (5), 2011, p. 1739-1774.

de confiance quant aux capacités des élèves. Nous sommes un jour allés assister à l'évaluation d'enfants à Uttarakhand, en Inde, au pied des montagnes de l'Himalaya. C'était une magnifique journée d'automne et l'évaluation ne pouvait pas manquer d'apparaître comme une intrusion indélicate. C'est en tout cas ce que pensait certainement l'enfant que nous étions en train de questionner. Quand nous lui avons demandé s'il allait à l'école, il a hoché vigoureusement la tête et n'a pas paru particulièrement réticent lorsque nous lui avons annoncé que nous allions lui poser quelques questions. Mais lorsque l'examinateur lui a tendu une feuille à lire, il s'en est résolument détourné, comme seuls savent le faire les enfants de sept ans. L'examinateur a fait tout son possible pour le convaincre de jeter simplement un coup d'œil à la feuille, lui promettant de jolies images et une belle histoire, mais sa décision était prise ; sa mère l'encourageait à mi-voix, mais son ton à moitié convaincu suggérait qu'elle ne pensait pas vraiment qu'il changerait d'avis. Alors que nous regagnions notre voiture après l'« entretien », un vieil homme vêtu d'un dhoti poussiéreux (le pagne porté par les agriculteurs de la région) et d'un T-shirt jauni nous emboîta le pas. « Les enfants de familles comme les nôtres... », dit-il, nous laissant deviner la suite. Nous avions lu le même pessimisme sur le visage de la mère de l'enfant, et sur celui de bien d'autres comme elle : elle ne l'aurait pas dit explicitement, mais, pour elle, nous perdions notre temps.

Les références à un certain déterminisme sociologique à l'ancienne – qu'il soit fondé sur la caste, la classe ou l'ethnie – abondent dans les conversations concernant les pauvres. Vers la fin des années 1990, une équipe dirigée par Jean Drèze rédigea un rapport sur l'état de l'éducation en Inde, le *Public Report on Basic Education in India*

(PROBE, Rapport public sur l'éducation fondamentale en Inde). L'une de ses conclusions était que :

> Beaucoup d'enseignants redoutent d'être envoyés dans des villages isolés ou « arriérés ». Les raisons pratiques évoquées sont la difficulté à s'y rendre ou le fait de vivre dans un village éloigné doté d'infrastructures médiocres [...]. Une autre raison fréquemment invoquée est le manque de contact avec les habitants, dont ils disent qu'ils dilapident leur argent en boisson, qu'ils n'ont pas de potentiel éducatif, ou tout simplement qu'ils « se comportent comme des singes ». Les zones isolées ou arriérées sont également considérées comme des terres peu fertiles pour les efforts des professeurs.

Un jeune professeur déclara ainsi abruptement à l'équipe qu'il était impossible de communiquer avec « les enfants de rustres [1] ».

Dans une étude visant à déterminer si ces préjugés influent sur le comportement des professeurs envers leurs élèves, deux chercheurs ont demandé à des enseignants de noter une série de copies d'examen. Les professeurs ne connaissaient pas les élèves, mais la moitié d'entre eux, choisis au hasard, avaient été informés du nom complet des élèves (qui comprend le nom de caste). Tous les autres avaient corrigé des copies anonymes. On a pu constater que, lorsque les professeurs avaient connaissance de la caste des élèves, ils donnaient en moyenne des notes significativement plus basses à ceux de castes inférieures. Il est intéressant de noter que ce phénomène n'était pas le fait des enseignants de caste supérieure. Ceux de castes inférieures étaient en fait plus susceptibles de donner des notes inférieures aux élèves de castes inférieures. Sans

---

1. The Probe Team, *Public Report on Basic Education in India*, New Delhi, Oxford University Press, 1999.

doute étaient-ils convaincus que ces derniers étaient incapables de réussir[1].

Cette combinaison d'attentes élevées et d'absence de confiance peut être fatale. Comme nous l'avons vu, la croyance en l'existence d'une courbe en S conduit les gens à renoncer. Si ni les parents ni les professeurs ne pensent que l'enfant est capable de passer l'obstacle et de parvenir au point où la courbe s'infléchit, ils se disent que tout effort est vain : le professeur ne s'occupe plus de l'enfant qui ne suit pas et les parents cessent de se préoccuper de son éducation. Or ce comportement *crée* un piège de pauvreté alors même qu'il n'en existait pas au départ. Parce qu'ils ont abandonné, ils ne découvriront jamais que l'enfant aurait en fait pu réussir. À l'inverse, les familles qui supposent que leurs enfants peuvent réussir ou celles qui n'acceptent pas qu'un de leurs enfants ne fasse pas d'études – familles qui sont le plus souvent, pour des raisons historiques évidentes, des familles de l'élite – finissent par voir corroborées leurs attentes « élevées ». Comme l'un de ses premiers professeurs aime à le rappeler, lorsque Abhijit ne suivait pas en première année de primaire, tout le monde s'était persuadé que c'était parce qu'il était en fait en avance sur les autres et qu'il s'ennuyait. Par conséquent, il fut envoyé dans la classe supérieure où, une fois encore, il prit du retard, au point que le professeur se mit à dissimuler ses devoirs, de façon à ce que ses supérieurs ne mettent pas en doute l'opportunité de l'avoir fait passer dans la classe supérieure. S'il n'avait pas été le fils de deux universitaires, mais celui de deux ouvriers, il aurait sans doute été envoyé en classe de rattrapage ou renvoyé de l'école.

---

1. Rema Hanna et Leigh Linden, « Measuring discrimination in education », NBER, document de travail n° W15057, 2009.

Les enfants eux-mêmes suivent cette logique lorsqu'ils évaluent leurs propres capacités. Le psychosociologue Claude Steele a démontré aux États-Unis la puissance de ce qu'il appelle la « menace des stéréotypes » : les filles réussissent mieux les tests mathématiques lorsqu'on leur dit explicitement que le stéréotype selon lequel les filles sont moins bonnes en maths que les garçons ne s'applique pas à ce test précis ; les Noirs américains réussissent moins bien les examens lorsqu'ils doivent commencer par préciser leur race sur leur copie[1]. Dans le sillage des travaux de Claude Steele, deux chercheures de la Banque mondiale ont organisé un concours de résolution de labyrinthes entre enfants de basse et de haute caste en Uttar Pradesh[2]. Elles ont découvert que les enfants de basse caste se défendent bien contre ceux de haute caste tant que la caste n'est pas mise en avant, mais dès qu'on leur rappelle l'infériorité de leur caste et le fait qu'ils affrontent des enfants de haute caste (en leur demandant par exemple de mentionner leur nom complet avant le commencement du jeu), ils s'en tirent beaucoup moins bien. Selon les auteurs, cela pourrait s'expliquer en partie par la peur de ne pas être évalués équitablement par les organisateurs du jeu – qui sont de façon évidente des membres de l'élite –, mais une autre interprétation est que c'est une manifestation de l'intériorisation des stéréotypes. Un enfant qui s'attend à avoir des difficultés à l'école aura tendance à

1. Steven Spencer, Claude Steele et Diane Quinn, « Stereotype threat and women's math performance », *Journal of Experimental Social Psychology*, n° 35, 1999, p. 4-28 ; et Claude Steele et Joshua Aronson, « Stereotype threat and the test performance of academically successful African Americans », *Journal of Personality and Social Psychology*, 69 (5), 1995, p. 797-811.
2. Karla Hoff et Priyank Pandey, « Belief systems and durable inequalities : an experimental investigation of Indian caste », World Bank Policy Research, document de travail, n° 3351, 2004.

penser que, s'il ne comprend pas, c'est de sa faute à lui et non de celle de ses professeurs. À partir de là, il peut conclure qu'il n'est pas fait pour l'école – qu'il est « stupide », comme la plupart des gens de son milieu – et abandonner tout espoir de s'instruire, pour se contenter de rêvasser en classe ou même refuser d'y retourner, comme les enfants de Shantarama.

Pourquoi les écoles échouent

Comme, dans de nombreux pays en développement, les programmes et l'enseignement ont été conçus pour l'élite plutôt que pour la majorité des élèves, les tentatives pour améliorer le fonctionnement des écoles en se contentant d'augmenter les moyens disponibles ont généralement abouti à des résultats décevants. Au début des années 1990, Michael Kremer était à la recherche d'un objet d'étude simple pour réaliser l'une des premières évaluations aléatoires d'un programme d'intervention dans un pays en développement. Pour cette première tentative, il recherchait un exemple qui ne prête pas à débat et dans lequel l'action menée aurait un effet manifeste. Le cas des manuels scolaires semblait s'y prêter parfaitement : les écoles de l'ouest du Kenya (où l'étude devait être menée) en avaient très peu et tout le monde ou presque s'accordait à dire qu'ils étaient essentiels. Il choisit donc aléatoirement vingt-cinq écoles sur cent, à qui une ONG distribua des manuels (officiellement recommandés pour les classes concernées). Les résultats furent franchement décevants : au bout d'un an, il n'y avait aucune différence entre la moyenne des élèves qui avaient reçu un manuel et celle des autres. Michael Kremer et ses collègues ont cependant constaté que les enfants qui réussissaient très bien au départ (ceux qui avaient eu les meilleurs résultats aux tests réalisés avant le début de l'expérimentation) avaient fait des progrès sensibles dans les écoles où les manuels avaient été distribués. Les choses commençaient à faire sens. La langue utilisée dans le système éducatif kényan est l'anglais et les manuels étaient donc, naturellement, en anglais. Mais l'anglais n'est que la troisième langue de la plupart des enfants (après leur langue locale et le swahili, la langue utilisée dans l'ensemble du Kenya), et ils n'en ont qu'une maîtrise très approximative. Distribuer des manuels en anglais ne pouvait donc pas avoir une grande utilité pour la majorité des enfants[1]. Cette expérience a été répétée dans plusieurs endroits différents, en apportant d'autres moyens supplémentaires (allant des posters éducatifs à la réduction du nombre d'élèves par classe). La conclusion est que, tant que ces apports ne s'accompagnent pas de changements pédagogiques ou d'incitations pour les enfants ou les enseignants, ils n'ont pas grande utilité.

On comprend maintenant pourquoi les écoles privées ne parviennent pas à améliorer davantage les résultats de la plupart des enfants : elles sont tout entières organisées pour préparer les enfants les plus performants à des examens nationaux difficiles qui sont le passage obligé vers de plus grandes choses, ce qui implique d'adopter un rythme d'apprentissage soutenu afin de couvrir un programme très étendu. Que beaucoup d'enfants soient par conséquent laissés au bord du chemin est regrettable, mais inévitable. L'école qu'Abhijit fréquentait à Calcutta avait pour politique plus ou moins explicite d'expulser chaque année les élèves les plus faibles, de sorte qu'au moment du diplôme de fin d'études l'établissement puisse se pré-

---

1. Paul GLEWWE, Michael KREMER et Sylvie MOULIN, « Textbooks and test scores : evidence from a prospective evaluation in Kenya », BREAD, document de travail, 2000.

valoir d'un taux de 100 % de réussite. Au Kenya, les écoles adoptent la même stratégie, au moins à partir de la sixième année (deux ans avant la fin du cycle primaire au Kenya). Étant donné que les parents partagent cette façon de voir les choses, ils n'ont pas vraiment de raisons de faire pression sur les écoles pour qu'elles agissent autrement. Comme tout le monde, ils souhaitent qu'on assure à leurs enfants ce qu'ils pensent être une « éducation d'élite » – sans être en position de vérifier que ce soit bien le cas et sans se demander si leur enfant y a réellement intérêt. Ainsi, les parents du sous-continent indien ont une préférence marquée pour les cours en anglais, mais les parents qui ne le parlent pas eux-mêmes ne sont pas en mesure de savoir si les professeurs sont effectivement capables d'enseigner dans cette langue. Inversement, les parents manifestent peu d'intérêt pour les camps d'été ou les cours de soutien pour les enfants en difficulté : ceux qui en ont besoin ne sont pas ceux qui vont gagner à la grande loterie de l'éducation, alors quel intérêt ?

On comprend aussi pourquoi les écoles d'été organisées par Pratham fonctionnent si bien. Les professeurs du public se révèlent capables d'enseigner à des élèves plus faibles et sont, qui plus est, prêts à y consacrer de l'énergie pendant l'été, mais, dans le cadre normal de la classe, ce n'est pas leur travail – du moins est-ce ce qu'ils sont amenés à penser. Récemment, nous avons évalué une initiative de Pratham, toujours au Bihar, visant à intégrer les classes de rattrapage au fonctionnement normal des écoles publiques, en formant les professeurs à l'utilisation de leurs outils ainsi que des bénévoles pour les aider. Les résultats sont frappants. Dans les villages (choisis au hasard) où Pratham avait formé les enseignants *et des bénévoles*, les progrès ont été considérables, confirmant les résultats que nous avons évoqués plus haut. Là où Pratham avait seulement formé les professeurs, en revanche, à peu près rien n'a changé. Les mêmes professeurs qui avaient si bien réussi pendant les camps d'été n'arrivaient ici à faire aucune différence : les contraintes imposées par la pédagogie officielle et le souci de couvrir le programme semblaient constituer une barrière trop importante. Les professeurs ne sont d'ailleurs pas seuls responsables. Selon la nouvelle loi indienne sur le droit à l'éducation, finir le programme est une obligation légale.

Au niveau plus général de la société, ces schémas de croyances et de comportements signifient que la plupart des systèmes scolaires sont à la fois injustes et coûteux. Les enfants des riches fréquentent des écoles où non seulement on leur apprend plus de choses et on les leur apprend mieux, mais où ils sont également traités avec bienveillance et où on les aide à réaliser leur potentiel. Les pauvres se retrouvent dans des écoles où il leur est signifié très clairement, et très tôt, qu'ils n'ont pas leur place, sauf à témoigner de dons exceptionnels, et où l'on attend d'eux, essentiellement, qu'ils souffrent en silence jusqu'à ce qu'ils renoncent à venir.

Il y a là un formidable gâchis de talents. Parmi tous ceux qui abandonnent l'école à un moment ou l'autre entre le primaire et l'université et ceux qui ne la commencent jamais, beaucoup – peut-être la plupart – sont victimes d'une erreur de jugement, qu'il s'agisse de parents qui laissent tomber trop vite, de professeurs qui ne se soucient pas vraiment de leur apprentissage ou du manque de confiance des élèves eux-mêmes. Il ne fait à peu près aucun doute que, parmi ces personnes, certaines avaient le potentiel pour devenir professeurs d'économie ou des hommes (ou femmes) d'affaires prospères. Au lieu de cela, ils travaillent à la journée ou tiennent une échoppe, ou encore, s'ils ont eu de la chance, occupent un poste subalterne dans un bureau. Selon toute probabilité, les places qu'ils ont laissées libres ont été occupées par les enfants médiocres de parents qui avaient les moyens de donner à leurs enfants toutes les chances possibles.

On connaît bien l'histoire de grands scientifiques comme Albert Einstein, ou le génie indien des mathématiques Srinivasa Ramanujam, qui ne se sont pas adaptés au cursus scolaire classique. L'histoire de l'entreprise Raman Boards montre que cette expérience pourrait ne pas concerner uniquement certains êtres exceptionnels. V. Raman, un ingénieur tamoul, fonda Raman Boards à Mysore à la fin des années 1970. L'entreprise était spécialisée dans la production de papiers et de cartons de qualité industrielle, comme les feuilles de carton utilisées dans les transformateurs électriques. Un jour, V. Raman découvrit devant la porte de l'usine un jeune homme qui cherchait du travail, Rangaswami. Il venait, disait-il, d'une famille très pauvre et il avait fait des études d'ingénieur. Mais il n'avait qu'un certificat de fin d'études et non un diplôme universitaire. Frappé par l'insistance avec laquelle le jeune homme l'assurait qu'il ferait du bon travail, Raman lui fit passer un bref test d'intelligence. Impressionné par les résultats, il le prit alors sous sa protection. Lorsqu'un problème se posait, Rangaswami avait pour tâche de le résoudre, dans les premiers temps en collaboration avec Raman, puis de façon de plus en plus autonome, et il imaginait le plus souvent des solutions créatives. L'entreprise de Raman fut finalement rachetée par le géant mondial suédois ABB, et elle est aujourd'hui la plus productive des très nombreuses usines que le conglomérat gère dans le monde, surpassant même celles établies en Suède. Rangaswami, l'homme qui n'avait pas réussi à obtenir son diplôme d'ingénieur, y est ingénieur en chef. Il a pour collègue Krishnachari – une autre trouvaille de Raman –, ancien charpentier à l'éducation sommaire, qui est l'un des principaux responsables du département des composants.

Le fils de Raman, Aroon, qui dirigeait l'entreprise avant son rachat, a fondé depuis une petite unité de recherche et développement avec quelques anciens employés de Raman Boards. Parmi les quatre personnes qui constituent le noyau de son équipe de recherche, deux n'ont pas achevé leurs études secondaires et pas une n'a de diplôme d'ingénieur. Tous sont brillants. Pourtant, au début, ils n'avaient pas assez confiance en eux pour oser se faire entendre, de sorte que personne ne pouvait le savoir. Ce n'est que parce qu'ils ont intégré une petite entreprise qu'ils ont pu être remarqués. Et même une fois sélectionnés, il a fallu beaucoup de patience pour découvrir l'étendue de leurs capacités et il reste nécessaire de les encourager constamment.

Bien sûr, ce modèle n'est pas facilement reproductible. Le problème est qu'il n'y a pas d'indice flagrant permettant de reconnaître les talents ; il faut passer beaucoup de temps à faire ce que le système éducatif aurait dû faire : donner aux gens suffisamment d'occasions de faire leurs preuves. Pourtant, Raman Boards n'est pas la seule entreprise à penser que de nombreux talents restent à révéler. Infosys, l'un des géants indiens de l'informatique, a mis en place des centres d'examen où les gens – y compris ceux qui n'ont pas fait d'études – peuvent venir passer un test évaluant l'intelligence et les capacités analytiques plutôt que les connaissances purement scolaires. Ceux qui ont de bons résultats peuvent devenir apprentis, et les apprentis qui réussissent se voient offrir un emploi. Cette voie alternative est une source d'espoir pour tous ceux qui sont passés au travers des larges mailles du filet du système éducatif. Lorsque, à la suite de la récession mondiale, Infosys a fermé ses centres d'examen, la nouvelle a fait les gros titres des journaux indiens.

La combinaison d'objectifs irréalistes, d'attentes excessivement pessimistes et d'incitations inappropriées données aux professeurs contribue à l'échec des systèmes éducatifs des pays en développement dans leurs deux tâches fondamentales : offrir à chacun un ensemble solide de compétences fondamentales et identifier les talents. Pour diverses raisons, assurer une éducation de qualité devient chaque jour plus difficile. Partout dans le monde, les systèmes éducatifs sont sous pression. Le nombre d'élèves inscrits a augmenté plus vite que les ressources et, avec l'essor des secteurs de haute technologie, il y a, à l'échelle mondiale, une augmentation de la demande pour le type de personnes qui, auparavant, seraient entrées dans l'enseignement. Désormais, ces personnes deviennent programmateurs, gestionnaires de systèmes informatiques ou banquiers. Cela va poser un problème grave de recrutement de bons professeurs au niveau secondaire et au-delà.

Y a-t-il une solution ou l'équation à résoudre est-elle trop complexe ?

Remodeler le système éducatif

La bonne nouvelle – et c'est vraiment une très bonne nouvelle – est que l'expérience disponible donne à penser qu'il est non seulement possible, mais en fait relativement simple, de faire en sorte que chaque enfant assimile les bases à l'école, pour autant qu'on se concentre sur cet objectif, et seulement sur lui.

Une expérimentation sociale remarquable menée en Israël montre ce que les écoles sont capables d'accomplir. En 1991, en un seul jour, 15 000 Juifs éthiopiens au bord de la misère ont été transportés avec leurs enfants par avion depuis Addis-Abeba jusqu'en Israël, puis dispersés dans des communautés réparties dans tout le pays. Là, ces enfants, dont les parents n'avaient en moyenne été scolarisés qu'un ou deux ans, ont été inscrits dans des écoles élémentaires aux côtés d'autres élèves israéliens, les uns installés de longue date dans le pays, les autres récemment arrivés de Russie, dont les parents avaient en moyenne été scolarisés pendant 11,5 ans. Le contexte familial des deux groupes n'aurait pas pu être plus éloigné. Quelques années plus tard, lorsque ceux qui étaient entrés à l'école en 1991 étaient sur le point de passer leur diplôme de fin d'études, leurs différences s'étaient considérablement réduites. 65 % des enfants éthiopiens étaient arrivés à la fin de leurs études secondaires sans redoubler, un pourcentage à peine moins élevé que les 74 % parmi les enfants d'immigrés russes. Ainsi, même les plus graves désavantages en termes de milieu familial et de conditions de vie précoces peuvent être pour l'essentiel compensés, du moins dans les écoles israéliennes, lorsque les conditions adéquates sont remplies[1].

Des expérimentations réussies nous donnent un certain nombre d'idées sur la façon de créer ces conditions. Le premier facteur consiste à se concentrer sur les compétences fondamentales et à ne jamais renoncer à l'idée que *tout enfant* peut les acquérir pour peu que lui-même et ses professeurs y consacrent assez d'efforts. C'est là le principe fondamental qui sous-tend le programme de Pratham, mais c'est aussi l'attitude qui fonde les écoles No Excuse, établissements sous contrat aux États-Unis

---

1. Eric GOULD, Victor LAVY et Daniele PASERMAN, « Fifty-five years after the magic carpet ride : the long-run effect of the early childhood environment on social and economic outcome », *Review of Economic Studies*, n° 78, 2011.

(« charter schools »)[1]. Ces écoles, comme par exemple celles qui participent au Knowledge Is Power Program (KIPP, Programme « Le savoir est un pouvoir »), la Harlem Children's Zone et bien d'autres, accueillent essentiellement des élèves issus de familles pauvres (et en particulier noires), avec un programme centré sur l'acquisition de solides compétences de base, avec un contrôle constant de ce que les enfants savent effectivement : en l'absence d'un tel diagnostic, il est impossible de mesurer leurs progrès.

Plusieurs études fondées sur la comparaison entre les élèves admis et ceux qui ne l'avaient pas été, faute de place (les heureux élus ayant été sélectionnés, en application de la loi, par un tirage au sort), ont montré la remarquable efficacité de ces programmes. Une étude des écoles sous contrat de Boston suggère qu'en multipliant par quatre le nombre d'élèves accueillis, sans changer leur profil sociologique, on pourrait diminuer de 40 % l'écart de performance en maths entre les élèves noirs et blancs de la ville[2]. Le mécanisme qui joue ici est exactement le même que celui qui est à l'œuvre dans les programmes élaborés par Pratham : on donne aux enfants qui sont complètement perdus dans le système scolaire normal (leurs résultats aux examens sont très inférieurs à la moyenne à

1. Joshua ANGRIST, Susan DYNARSKI, Thomas KANE, Parag PATHAK et Christopher WALTERS, « Who benefits from KIPP ? », NBER, document de travail nº 15740, 2010 ; Atila ABDULKADIROGLU, Joshua ANGRIST, Susan DYNARSKI, Thomas KANE et Parag PATHAK, « Accountability and flexibility in public schools : evidence from Boston's charters and pilots », NBER, document de travail nº 15549, 2009 ; Will DOBBIE et Roland FRYER, « Are high quality schools enough to close the achievement gap ? Evidence from a social experiment in Harlem », NBER, document de travail nº 15473, 2009.

2. Christopher WALTERS, « Urban charter schools and racial achievement gaps », MIT, 2010, polycopié.

leur entrée dans les écoles sous contrat) une chance de rattraper leur retard – et beaucoup y parviennent.

Une deuxième bonne nouvelle qui se dégage du travail de Pratham est qu'il n'est pas nécessaire d'avoir suivi une longue formation pour enseigner en classe de rattrapage, du moins au niveau élémentaire. Les bénévoles qui ont obtenu les résultats impressionnants que nous avons décrits dans ce chapitre étaient pour la plupart des étudiants ou des gens qui avaient bénéficié d'une formation en pédagogie d'une semaine ou dix jours. Et ceci ne vaut pas uniquement pour l'enseignement de la lecture et des bases de l'arithmétique. Dans le cadre du programme mené au Bihar, les bénévoles introduits dans les classes avaient également pour tâche d'apprendre à des enfants qui lisaient bien à utiliser leurs compétences en lecture pour accroître leurs connaissances – Pratham appelle ce programme « Lire pour apprendre » ; il fait suite au programme plus élémentaire « Apprendre à lire ». Là aussi les progrès obtenus ont été importants. Les écoles sous contrat emploient surtout de jeunes professeurs enthousiastes et ceux-ci apportent une aide précieuse tant aux élèves de primaire qu'à ceux du collège.

Troisièmement, des progrès importants peuvent être réalisés grâce à une réorganisation du programme et des classes qui permet aux enfants d'apprendre à leur propre rythme et de s'assurer en particulier que les enfants qui sont en retard peuvent se concentrer sur les bases. Organiser des classes de niveau est une façon d'y parvenir. Au Kenya, l'enquête évoquée plus haut a comparé deux façons de répartir des élèves de première année de primaire dans deux classes différentes. Selon l'un des modèles, les enfants étaient assignés à une classe de façon aléatoire. Dans l'autre, ils étaient divisés en fonction de leurs connaissances préalables. Lorsqu'ils étaient répartis selon leur niveau initial, de sorte que les professeurs étaient à même de mieux répondre à leurs besoins, tous les élèves, quels que soient leurs résultats au départ, réussissaient mieux. Et les acquis se sont révélés durables : à la fin de la troisième année de primaire (CE2), les élèves qui avaient été dans des classes de niveau en CP et en CE1 (mais plus en CE2) réussissaient toujours mieux que ceux qui n'y avaient pas été[1]. On peut également trouver d'autres manières d'adapter l'enseignement aux besoins particuliers de chaque élève : on pourrait par exemple rendre plus perméables les frontières entre niveaux, de façon à ce qu'un enfant qui, par son âge, a sa place en dernière année de primaire, mais qui a besoin de suivre des cours de deuxième année sur certains sujets, puisse le faire sans stigmatisation inutile.

De façon plus générale, beaucoup de choses pourraient être faites pour modifier les attentes irréalistes entretenues par les uns et les autres. Un programme mené à Madagascar qui consistait simplement à informer les parents des gains moyens en termes de revenu qu'induisait, *pour des enfants issus de milieux similaires au leur*, le fait d'avoir suivi une année de scolarité supplémentaire a eu un effet positif important sur les résultats aux examens. Pour les enfants dont les parents sous-estimaient au départ les rendements de l'éducation, cet effet fut multiplié par deux[2]. Une étude antérieure réalisée auprès de lycéens en République dominicaine avait abouti à des résultats similaires[3]. Comme il est quasiment gratuit de

1. P. Dupas, E. Duflo et M. Kremer, « Peer effects, teacher incentives, and the impact of tracking : evidence from a randomized evaluation in Kenya », art. cité.

2. T. Nguyen, « Information, role models and perceived returns to education : experimental evidence from Madagascar », art. cité.

3. Robert Jensen, « The (perceived) returns to education and the demand for schooling », *Quarterly Journal of Economics*, 125 (2), 2010, p. 515-548.

faire diffuser cette information aux parents par le biais des professeurs, c'est là, de toutes les interventions ayant fait l'objet d'une évaluation, la moins coûteuse que l'on connaisse aujourd'hui pour améliorer la réussite des élèves.

Il serait également judicieux de fixer aux élèves comme aux professeurs des objectifs plus immédiats que celui, désespérément lointain, sur lequel ils ont les yeux rivés. Un programme mené au Kenya offrait une bourse de 20 USD PPA aux filles dont les résultats étaient parmi les 15 % plus élevés aux examens de fin d'année. Ce programme permit non seulement aux filles, mais aussi aux garçons (qui n'étaient pourtant pas directement concernés), de mieux réussir : les professeurs se sont sentis obligés de travailler plus dur pour aider les filles, ce qui a profité à l'ensemble des classes[1]. L'expérience montre qu'aux États-Unis il est nettement plus efficace de valoriser les efforts consentis par les enfants sur l'instant, comme le temps passé à lire, que de leur promettre des récompenses pour des buts éloignés, comme avoir de bonnes notes[2].

Enfin, étant donné qu'il sera de plus en plus difficile à des pays en croissance d'embaucher suffisamment de bons professeurs et que, au contraire, les technologies de l'information sont chaque jour moins coûteuses et plus performantes, il paraît de bon sens de s'en servir davantage. Les professeurs n'ont cependant pas aujourd'hui une opinion favorable du recours à la technologie dans l'ensei-

1. Michael KREMER, Edward MIGUEL et Rebecca THORNTON, « Incentives to learn », *Review of Economics and Statistics*, 91 (3), 2009, p. 437-456.
2. Roland FRYER, « Financial incentives and student achievement : evidence from randomized trials », Université de Harvard, manuscrit, 2010.

gnement. Toutefois, cette appréciation repose essentiellement sur l'expérience des pays riches, où l'alternative à l'apprentissage par ordinateur est l'enseignement dispensé par un professeur compétent et motivé. Comme nous l'avons vu, ce n'est pas toujours le cas dans les pays pauvres. Et, dans les faits, les éléments – certes limités – dont nous disposons sur le rôle que peuvent jouer ces technologies dans les pays en développement paraissent très positifs. Nous avons ainsi évalué un programme d'enseignement assisté par ordinateur (EAO) organisé en collaboration avec Pratham dans les écoles publiques de Vadodara au début des années 2000. Il s'agissait d'un programme simple. Des élèves de troisième ou quatrième année de primaire (CE2 et CM1) jouaient à deux à un jeu sur ordinateur. Le jeu consistait à résoudre des problèmes mathématiques de difficulté croissante. Lorsqu'on y parvenait, on était autorisé à tirer sur des ordures ménagères dans l'espace (c'était un jeu très politiquement correct). Bien que les élèves n'aient eu accès au jeu que deux heures par semaine, ses bénéfices en termes de résultats aux examens en maths le placent parmi les programme éducatifs les plus efficaces que nous (ou d'autres) ayons évalués – et cela vaut pour tous les élèves, aussi bien les plus forts que les plus faibles. Ce succès illustre un aspect particulièrement intéressant des ordinateurs comme outils d'apprentissage : chaque enfant peut adopter son propre rythme[1].

L'idée qu'il faut rendre les attentes plus réalistes, se concentrer sur les compétences fondamentales et utiliser la technologie comme complément, voire comme

1. Abhijit Banerjee, Shawn Cole, Esther Duflo et Leigh Linden, « Remedying education : evidence from two randomized experiments in India », art. cité.

substitut aux professeurs, passe assez mal auprès de certains experts en éducation. Leur réaction est peut-être compréhensible – nous pouvons donner l'impression de prôner un système éducatif à deux vitesses, avec d'un côté les enfants des riches, qui recevront sans aucun doute un enseignement conforme aux normes les plus élevées dans de coûteuses écoles privées, et, de l'autre, ceux des pauvres. Cette objection n'est pas totalement injustifiée, mais, malheureusement, cette division existe déjà, à cette différence près que le système actuel n'offre quasiment aucune perspective à la plupart des enfants. Si les programmes étaient radicalement simplifiés, si la mission des professeurs était clairement définie comme consistant à s'assurer que tous les élèves en maîtrisent tous les éléments sans exception, et si l'on autorisait les enfants à l'assimiler chacun à leur rythme, en y passant plus de temps si nécessaire, la grande majorité d'entre eux tirerait profit des années passées à l'école. Qui plus est, les plus doués pourraient avoir une chance de découvrir leurs talents. Il est vrai qu'il y aurait du travail pour les mettre à égalité avec ceux qui ont fréquenté des écoles d'élite, mais s'ils avaient appris à croire en eux-mêmes, ils auraient une chance d'y arriver, surtout s'il existait dans le système une volonté de leur en donner les moyens[1]. Reconnaître que les écoles ont pour tâche

_____

1. On pourrait y contribuer en s'assurant que les questions d'argent n'interviennent jamais dans la décision d'un élève de fréquenter les meilleurs établissements, et en s'en donnant les moyens. Au Chili, où le système est largement fondé sur les bons d'achat, les plus pauvres reçoivent un bon supplémentaire, mais toutes les écoles qui accueillent des élèves bénéficiant de bons d'achat (c'est-à-dire toutes sauf une poignée d'écoles d'élite) ont l'obligation de le faire sans coût supplémentaire. Pour que ce système soit entièrement opérationnel, cependant, il faudrait encore que les élèves et leurs parents soient mieux informés de cette possibilité, et également que les résultats aux

d'être utiles aux élèves qu'elles accueillent effectivement, plutôt qu'à ceux qu'elles souhaiteraient peut-être accueillir, pourrait être un premier pas vers un système scolaire qui donne sa chance à chacun.

évaluations standardisées régulières soient fréquemment examinés afin d'identifier les élèves les plus prometteurs partout dans le pays.

5.

La famille nombreuse de Pak Sudarno

Sanjay Gandhi, le plus jeune fils de la Première ministre indienne Indira Gandhi et son héritier présomptif jusqu'à sa mort dans un accident d'avion en 1980, était convaincu que l'une des conditions nécessaires et essentielles du développement de l'Inde était la maîtrise démographique. Cette question était le thème principal de ses nombreuses apparitions publiques pendant la période dite de l'état d'urgence (de la mi-1975 au début de l'année 1977), lors de laquelle les principes démocratiques avaient été provisoirement suspendus, Sanjay Gandhi assumant alors ouvertement la direction des opérations, bien qu'il n'occupât aucune position officielle. Il fallait accorder à la limitation des naissances « la plus extrême attention et la plus grande importance », avait-il déclaré, précisant, dans une formule édulcorée caractéristique, que « le développement [du pays], aussi bien dans l'industrie, dans l'économie que dans l'agriculture, serait vain si la population continuait à croître au rythme actuel [1] ».

En matière de contrôle des naissances, l'Inde avait déjà une longue histoire, remontant au milieu des années 1960.

1. Cité dans Davidson R. GWATKIN, « Political will and family planning : the implications of India's emergency experience », *Population and Development Review*, 5 (1), p. 29-59, 1979, qui est la source de cette description de l'épisode de la stérilisation forcée pendant l'état d'urgence.

En 1971, l'État du Kerala avait introduit des services mobiles de stérilisation, et la mise en place de « camps de stérilisation » devait être centrale dans le plan conçu par Sanjay Gandhi pendant l'état d'urgence. Certes, la plupart des hommes politiques avant lui considéraient déjà le contrôle démographique comme une question importante, mais Sanjay Gandhi manifestait à ce propos un degré d'enthousiasme encore jamais vu, en même temps qu'une fantastique aptitude (et disposition) à forcer la main à autant de personnes que nécessaire pour mettre en œuvre les politiques qu'il préconisait. En avril 1976, le Conseil des ministres indien émit un communiqué officiel concernant la politique démographique nationale qui défendait une série de mesures visant à promouvoir le contrôle des naissances, comme la mise en place d'importantes incitations financières pour persuader les gens d'accepter d'être stérilisés (par exemple, un mois de salaire ou la priorité pour les demandes de logement) et, plus inquiétant, l'autorisation pour chaque État de promulguer des lois de stérilisation obligatoire (par exemple pour toute personne ayant déjà deux enfants). Bien qu'un seul État ait proposé une telle loi (et qu'elle n'ait jamais été homologuée), les gouvernements locaux étaient pressés d'établir des quotas de stérilisation et de les appliquer, de sorte que tous les États sauf trois se fixèrent « de plein gré » des objectifs plus élevés que ceux suggérés par le gouvernement central : au total, 8,25 millions de stérilisations pour 1976-1977.

Une fois les quotas établis, le moins qu'on puisse dire est qu'ils n'étaient pas pris à la légère. Le chef de l'administration de l'Uttar Pradesh expédia un télégramme à ses principaux subordonnés sur le terrain, dans lequel il leur disait : « Informez les équipes que si les objectifs mensuels ne sont pas remplis, il s'ensuivra non seulement des retenues de salaires mais aussi des mises à pied et les sanctions les plus lourdes ! Galvanisez immédiatement toute la machine administrative, je répète, immédiatement, et continuez à nous transmettre quotidiennement, par câble urgent, à moi et au secrétaire du Premier ministre, un rapport sur les progrès effectués ! » Tout fonctionnaire, jusque dans les villages, y compris les inspecteurs des chemins de fer et les professeurs des écoles, était supposé connaître les objectifs locaux. Les parents d'élèves recevaient la visite d'enseignants leur disant qu'à l'avenir leurs enfants pourraient se voir refuser l'inscription à l'école s'ils refusaient de se faire stériliser. Les personnes voyageant sans billet dans les trains – une pratique jusqu'alors largement tolérée pour les pauvres – se voyaient infliger de lourdes amendes à moins qu'elles n'acceptent la stérilisation. Naturellement, la pression allait parfois bien plus loin. À Uttawar, un village musulman proche de Delhi, une nuit, tous les hommes furent arrêtés par la police, emmenés au poste sur la base d'accusations fantaisistes et, de là, envoyés se faire stériliser.

Cette politique semble avoir atteint ses objectifs immédiats, bien que les incitations aient probablement aussi conduit à une surestimation du nombre de stérilisations effectivement réalisées. En 1976-1977, 8,25 millions de personnes auraient été stérilisées, dont 6,5 millions sur la seule période allant de juillet à décembre 1976. À la fin de 1976, 21 % des couples indiens étaient stérilisés. Mais les violations des libertés civiles qui étaient partie intégrante de la mise en œuvre de ce programme ont suscité un ressentiment général, et lorsqu'en 1977 l'Inde organisa enfin des élections, la question de la politique de stérilisation était au centre des débats, comme l'exprimait fort bien le slogan « *Indira Hatao, indiri bachao* » (« Débarrassez-vous d'Indira et sauvez votre pénis ! »). On estime généralement que la défaite d'Indira Gandhi aux élections de 1977 a été en partie due à la haine générale suscitée par cette campagne. Le nouveau gouvernement y mit immédiatement un terme.

Par un de ces retournements pleins d'ironie dont les historiens sont friands, il n'est pas inconcevable que, sur le plus long terme, Sanjay Gandhi ait en fait stimulé la croissance de la population indienne. Les politiques de limitation des naissances, qui ravivent le souvenir douloureux de l'état d'urgence, ont été exclues en Inde pendant longtemps. Certains États, comme le Rajasthan, continuent néanmoins à promouvoir la stérilisation sur la base du volontariat, mais, hormis les fonctionnaires du système de santé, personne ne paraît s'y intéresser. Parallèlement, l'héritage le plus durable de l'état d'urgence semble être une méfiance généralisée envers les motivations du gouvernement. Ainsi, il n'est pas rare que, dans les villages et les bidonvilles, les gens refusent le vaccin oral contre la polio, convaincus qu'il s'agit d'une ruse pour stériliser les enfants.

Cet épisode particulier et la politique draconienne de l'enfant unique en Chine sont les deux exemples les plus célèbres de mesures de contrôle de la population imposées autoritairement, mais la plupart des pays en développement ont une forme ou une autre de politique démographique. Dans un article publié dans la revue *Science* en 1994, John Bongaarts, de l'ONG Population Council, estimait qu'en 1990 85 % de la population des pays en développement vivaient sous l'autorité de gouvernements qui défendaient ouvertement l'idée que la population était trop nombreuse et qu'il fallait la contrôler en limitant les naissances [1].

Certes, les raisons ne manquent pas pour que, à l'échelle de la planète, on s'inquiète actuellement de la croissance de la population. Jeffrey Sachs les évoque dans son livre

---

1. John BONGAARTS, « Population policy options in the Developing World », *Science*, 263 (5148), 1994, p. 771-776.

Common Wealth[1]. Parmi ces raisons, la plus évidente est l'impact potentiel de l'accroissement démographique sur l'environnement. Elle contribue à l'augmentation des émissions de dioxyde de carbone, et donc au réchauffement climatique. Dans certaines régions du monde, l'eau potable se raréfie de jour en jour, en partie parce que plus de gens en boivent, et, indirectement, parce que l'augmentation de la population induit celle du besoin de récoltes et, par conséquent, une plus grande consommation d'eau pour l'irrigation (70 % de l'eau douce utilisée l'est pour les cultures). L'OMS estime qu'un cinquième de la population mondiale vit dans des zones où l'eau douce est insuffisante[2]. Ces questions sont évidemment d'une importance vitale, mais elles ne sont sans doute pas déterminantes pour les familles lorsqu'elles décident du nombre d'enfants qu'elles vont avoir – ce qui explique pourquoi une politique démographique peut être nécessaire. Le problème est qu'il est impossible de concevoir une stratégie raisonnable si l'on ne prend pas le temps de comprendre pourquoi certaines personnes ont tant d'enfants : sont-elles incapables de contrôler leur propre fécondité (parce qu'elles n'ont pas accès à la contraception, par exemple) ou est-ce un véritable choix ? Et, dans ce cas, quelles sont les raisons de ce choix ?

En quoi les familles nombreuses sont-elles un problème ?

La population des pays riches s'accroît moins vite que celle des pays pauvres. Par exemple, un pays

1. Jeffrey SACHS, *Common Wealth : Economics for a Crowded Planet*, New York, Allen Lane/Penguin, 2008.
2. Organisation mondiale de la santé, *Water Scarcity Fact File*, 2009, disponible sur <www.who.int/features/factfiles/water/en/>.

comme l'Éthiopie, où le taux de fécondité moyen est de 6,12 enfants par femme, est cinquante et une fois plus pauvre que les États-Unis, dont le taux de fécondité moyen est de 2,05.

Cette corrélation forte a convaincu beaucoup de gens, et notamment des universitaires et des concepteurs de politiques publiques, de la validité d'une argumentation ancienne rendue célèbre par le révérend Thomas Malthus, professeur d'histoire et d'économie politique au Collège de la Compagnie des Indes orientales, près de Londres, au tournant du XVIIIe siècle. Malthus estimait que les ressources dont chaque pays dispose sont plus ou moins limitées (son exemple préféré est celui de la terre), de sorte que l'augmentation de la population conduit nécessairement à un appauvrissement[1]. Selon cette logique, la peste noire qui aurait décimé la moitié de la population de la Grande-Bretagne entre 1348 et 1377 serait responsable des années de hauts salaires ayant suivi. Alwyn Young, économiste à la London School of Economics, a récemment repris cet argument à propos de l'épidémie actuelle de sida en Afrique. Dans un article intitulé « The gift of the dying » (« Le don des morts »), il défend l'idée que l'épidémie, en réduisant la fécondité, profiterait finalement aux générations futures en Afrique[2]. Cette réduction se produit à la fois de façon directe, du fait de la réticence à avoir des rapports sexuels non protégés, et, indirectement, parce que le manque de main-d'œuvre qui en découle fait qu'il devient préférable pour les femmes de travailler plutôt que d'avoir des enfants. Selon les calculs

1. Thomas MALTHUS, *Essai sur le principe de population*, trad. Éric Vilquin, Paris, INED/PUF, 1980 [1798].
2. Alwyn YOUNG, « The gift of the dying : the tragedy of AIDS and the welfare of future African generations », *Quarterly Journal of Economics*, 120 (2), 2005, p. 243-266.

de Young, en Afrique du Sud, dans les prochaines décennies, l'« atout » que constitue la réduction de la population serait suffisamment important pour compenser le fait que nombre d'orphelins du sida ne bénéficieront pas d'une éducation correcte. À terme, l'Afrique du Sud serait ainsi plus riche de 5,6 % grâce à l'épidémie. En conclusion, il fait la remarque suivante, sans doute à l'adresse des lecteurs trop sensibles : « On ne peut pas à la fois se lamenter continuellement de la malédiction que constitue l'accroissement de la population des pays en développement et conclure ensuite que le processus inverse est également un désastre économique. »

L'article d'Alwyn Young a suscité une intense polémique, dont la question centrale était de savoir si l'épidémie de VIH/sida était effectivement à l'origine d'une baisse de la fécondité. Un examen minutieux des éléments sur lesquels s'appuyait cette thèse a depuis permis de la réfuter[1]. Mais son autre prémisse, à savoir qu'une diminution du nombre des naissances aurait pour effet de rendre tout le monde plus riche, restait largement acceptée.

Pourtant, cela n'est pas aussi évident qu'il y paraît. Après tout, depuis que Malthus a énoncé son hypothèse, la population mondiale a plusieurs fois doublé, et la plupart d'entre nous sommes pourtant plus riches que les contemporains de Malthus. Le progrès technologique – qui n'était pas pris en compte par sa théorie – a le don de faire apparaître des ressources à partir de rien. Or une population plus nombreuse signifie autant de gens en plus

1. Jane FORSTON, « HIV/AIDS and fertility », *American Economic Journal : Applied Economics*, 1 (3), juillet 2009, p. 170-194 ; et Sebnem KALEMLI-OZCAN, « AIDS, "reversal" of the demographic transition and economic development : evidence from Africa », NBER, document de travail n° W12181, 2006.

à la recherche d'idées nouvelles, ce qui contribue peut-être à rendre plus probables les avancées technologiques. On constate ainsi que, pendant la majeure partie de l'histoire humaine (c'est-à-dire plus d'un million d'années), les régions et les pays les plus peuplés sont ceux qui ont connu la plus forte croissance [1].

Il est donc peu probable que l'on parvienne à trancher cette controverse sur une base purement théorique. Et le fait que, aujourd'hui, les pays qui ont une natalité plus élevée sont plus pauvres ne nous autorise pas à conclure que ce paramètre est la *cause* de leur pauvreté. Il se pourrait que ce soit au contraire parce qu'ils sont pauvres qu'ils ont une natalité élevée, ou qu'un troisième facteur explique à la fois leur natalité élevée et leur pauvreté. Même le « fait » que les périodes de croissance économique rapide coïncident souvent avec de brusques baisses de la natalité – comme ça a été le cas en Corée et au Brésil dans les années 1960 – est, à tout le moins, ambigu. Les familles se sont-elles mises à avoir moins d'enfants lorsque la croissance s'est accélérée, par exemple parce qu'elles disposaient de moins de temps libre pour s'en occuper ? Ou la baisse de la natalité a-t-elle permis de libérer des ressources pour d'autres investissements ?

Comme nous avons déjà dû le faire plusieurs fois, si nous voulons avancer sur cette question, il nous faut ici changer de perspective, en laissant de côté les grandes questions pour nous attacher à la vie et aux choix des pauvres. On peut ainsi commencer par observer ce qui se passe à l'intérieur des foyers : les familles nombreuses sont-elles pauvres parce qu'elles sont nombreuses ? Sont-

1. Michael KREMER, « Population growth and technological change : one million BC to 1990 », *Quarterly Journal of Economics*, 108 (3), 1993, p. 681-716.

elles moins capables d'investir dans l'éducation et la santé de leurs enfants ?

L'un des slogans préférés de Sanjay Gandhi était : « Une petite famille est une famille heureuse. » Dans l'Inde de la fin des années 1970, la formule était omniprésente, accompagnée de l'image d'un couple rayonnant et de ses deux enfants joufflus. On aurait pu s'en servir pour illustrer le célèbre raisonnement du prix Nobel d'économie Gary Becker : selon lui, les familles ont le choix entre la quantité et la qualité. Plus une famille est nombreuse, moins chacun des enfants est de bonne « qualité », parce que les parents disposent de moins de ressources pour l'éduquer et le nourrir[1]. Cela serait tout particulièrement vrai si les parents croyaient – à tort ou à raison – qu'il vaut mieux consacrer davantage de ressources aux plus « doués » de leurs enfants, ce qui, comme nous l'avons vu, est ce qui se passe dans un monde structuré par une courbe en S. Certains d'entre eux pourraient ainsi se voir refuser toute chance dans la vie. Si les enfants de familles nombreuses sont moins susceptibles d'être éduqués, nourris et soignés correctement (si leur « capital humain » n'est pas développé, pour reprendre l'expression des économistes), et si les familles pauvres sont plus susceptibles d'être nombreuses (par exemple parce qu'elles n'ont pas les moyens d'accéder à la contraception), un mécanisme de transmission intergénérationnelle de la pauvreté se met alors en place, les parents pauvres engendrant des enfants pauvres (et nombreux). S'il existait un tel piège de pauvreté, cela pourrait justifier une politique démographique destinée à lutter contre. C'est la thèse

1. Gary BECKER, « An economic analysis of fertility », *Demographic and Economic Change in Developed Countries*, Princeton, NBER, 1960.

défendue par Jeffrey Sachs dans *Common Wealth*[1]. Mais cette description correspond-elle effectivement à la réalité ? Est-il si évident que les enfants qui grandissent dans des familles nombreuses soient désavantagés ? Selon notre base de données portant sur dix-huit pays, les enfants issus de familles nombreuses vont moins à l'école que les autres, même si cela n'est pas vrai partout – les campagnes indonésiennes[2], la Côte d'Ivoire et le Ghana[3] comptent ainsi parmi les exceptions. Cependant, même là où c'est le cas, on ne peut pas affirmer que c'est *parce que* les enfants ont beaucoup de frères et sœurs qu'ils sont pauvres et moins éduqués. Cela pourrait aussi venir du fait que les familles pauvres qui choisissent d'avoir beaucoup d'enfants n'accordent par ailleurs pas la même valeur à l'éducation.

Afin de tester l'hypothèse de Becker et de déterminer si la présence d'un plus grand nombre d'enfants dans le foyer conduit effectivement à une réduction des investissements dans leur capital humain, certains chercheurs se sont attachés aux cas où la taille de la fratrie ne dépendait pas entièrement du choix des parents. Leurs résultats sont surprenants : dans de tels cas, ils n'ont rien trouvé qui corrobore l'idée que les enfants de familles plus petites soient réellement plus instruits.

L'une des situations où une famille se retrouve avec plus d'enfants que prévu – étant donné que la plupart des pauvres dans le monde n'ont pas recours à des traitements

---

1. J. SACHS, *Common Wealth*, *op. cit.*

2. Vida MARALANI, « Family size and educational attainment in Indonesia : a cohort perspective », California Center for Population Research, document de travail n° CCPR-17-04, 2004.

3. Mark MONTGOMERY, Aka KOUAMLE et Raylynn OLIVER, *The Tradeoff Between Number of Children and Child Schooling : Evidence from Côte d'Ivoire and Ghana*, Washington, DC, Banque mondiale, 1995.

de la stérilité – est la naissance de jumeaux. Si le couple avait l'intention d'avoir deux enfants, par exemple, mais que ce sont des jumeaux qui naissent la deuxième fois, le premier enfant a un frère ou une sœur de plus que prévu. La composition sexuelle de la fratrie joue également, les familles désirant souvent avoir un garçon et une fille. Ainsi, un couple dont le deuxième enfant est du même sexe que le premier est plus susceptible d'en prévoir un troisième que celui qui a déjà un garçon et une fille[1]. Dans beaucoup de pays en développement, les parents sont également plus susceptibles d'avoir un enfant supplémentaire s'ils n'ont pas encore eu de garçon. Entre une fille qui est la première enfant d'un couple et qui a une sœur plus jeune et une autre fille qui a un petit frère, la première a plus de chances d'avoir au moins deux frères et sœurs que la seconde, pour la raison purement accidentelle (du moins avant l'apparition des techniques de sélection du sexe de l'enfant) qu'elle a eu une petite sœur plutôt qu'un petit frère. Or, en Israël, une étude qui utilise ces sources de variation de la taille des familles a abouti à des conclusions surprenantes : le fait qu'une famille soit plus nombreuse ne semble pas influer négativement sur l'éducation des enfants, même chez les Arabes israéliens, qui sont pour la plupart très pauvres[2].

Nancy Qian a trouvé des résultats plus étonnants encore lorsqu'elle a examiné les effets de la politique de l'enfant unique en Chine. Dans certaines régions, la politique avait été assouplie pour permettre aux familles qui avaient eu

1. Joshua ANGRIST et William EVANS, « Children and their parents' labor supply : evidence from exogenous variation in family size », *American Economic Review*, 88 (3), 1998, p. 450-477.
2. Joshua ANGRIST, Victor LAVY et Analia SCHLOSSER, « New evidence on the causal link between the quantity and quality of children », NBER, document de travail n° W11835, 2005.

pour premier enfant une fille d'en avoir un second. Elle découvrit que les filles qui, du fait de cette politique, avaient eu un frère ou une sœur qu'elles n'auraient pas eu autrement, restaient *plus* et non pas moins longtemps à l'école[1], en contradiction apparente avec le théorème de Becker.

D'autres éléments nous viennent du Matlab, au Bangladesh. Cette région a été le théâtre de l'une des expérimentations de contrôle volontaire des naissances les plus impressionnantes au monde. En 1977, un échantillon constitué de la moitié d'un ensemble de 141 villages fut sélectionné pour faire l'objet d'une campagne intensive de diffusion de ce que les autorités ont appelé le « Programme de planification familiale et de santé maternelle et infantile ». Tous les quinze jours, une infirmière diplômée proposait des services de cette nature à domicile à toutes les femmes mariées en âge de procréer qui le désiraient. Elle offrait également son aide pour les soins prénataux et les vaccinations. Comme on aurait sans doute pu s'y attendre, le programme entraîna une forte réduction du nombre d'enfants. En 1996, les femmes âgées de trente à cinquante-cinq ans résidant dans les régions où le programme avait eu lieu avaient environ 1,2 enfant de moins que celles qui n'en avaient pas bénéficié.

Ce changement s'accompagna d'une baisse d'un quart de la mortalité infantile, mais comme le programme comprenait également des interventions directes visant à améliorer la santé des enfants, on ne peut attribuer cet accroissement de l'espérance de vie des enfants à la seule baisse de la natalité. Mais, près de vingt ans après le lancement du programme, malgré cette baisse et les ressources

1. Nancy QIAN, « Quantity-quality and the one child policy : the positive effect of family size on school enrollment in China », NBER, document de travail n° W14973, 2009.

consacrées à leur santé, on ne constata pas d'amélioration significative du poids, de la taille, du taux d'inscription à l'école ou du nombre d'années de scolarité de ces enfants, filles ou garçons, une fois devenus adultes. C'est donc un cas de plus où il ne semble pas y avoir de lien entre la quantité et la qualité [1].

Ces trois études ne peuvent à elles seules épuiser le sujet, et d'autres recherches sont bien évidemment nécessaires, mais, pour le moment, les éléments dont nous disposons ne permettent pas de conclure que les familles nombreuses seraient néfastes pour les enfants, contrairement à ce que soutient Sachs dans *Common Wealth*. Il est donc difficile de légitimer l'imposition d'un contrôle des naissances au nom de la protection des enfants.

Toutefois, l'idée qu'une famille nombreuse n'est pas un désavantage pour les enfants reste contre-intuitive : si une même quantité de ressources est partagée entre plus de personnes, certaines au moins doivent en avoir moins. Et si ce ne sont pas les enfants qui sont lésés, c'est donc que d'autres le sont – mais qui ? L'une des réponses possibles est qu'il s'agit de la mère.

L'évaluation du programme Profamilia, mené en Colombie, laisse à penser que c'est effectivement le cas – et qu'il y a lieu de s'en préoccuper. Lancé en 1965 par un jeune obstétricien du nom de Fernando Tamayo, Profamilia a été le principal fournisseur de méthodes de contraception en Colombie au cours des dernières décennies, et c'est aussi l'un des plus anciens programmes de planification familiale au monde. En 1986, 53 % des

1. T. Paul Schultz et Shareen Joshi, « Family planning as an investment in female human capital : evaluating the long term consequences in Matlab, Bangladesh », Yale Center for Economic Growth, document de travail nº 951, 2007.

Colombiennes en âge de procréer utilisaient des contraceptifs, souvent fournis par Profamilia. Les femmes qui, grâce au programme, avaient eu accès à la planification familiale pendant leur adolescence allaient plus loin dans leurs études et elles étaient 7 % de plus à travailler dans le secteur formel que celles qui n'y avaient pas eu accès [1].

De même, les Bangladaises qui avaient bénéficié du programme au Matlab avaient un poids et une taille supérieurs à celles du groupe témoin, et leurs revenus étaient également plus élevés. L'accès à la contraception permet aux femmes de mieux contrôler leur fécondité : elles peuvent décider non seulement du nombre d'enfants qu'elles souhaitent, mais également du moment où les avoir. Et il est établi que le fait d'avoir des enfants trop jeune est mauvais pour la santé de la mère [2]. De plus, une grossesse précoce, ou même un mariage, entraînent souvent un abandon de l'école [3]. Mais si l'argument le plus fort en faveur de la planification familiale est la volonté de la société de protéger la mère, une question évidente se pose : s'il n'est pas dans l'intérêt des femmes de tomber enceinte au mauvais moment, pourquoi cela arrive-t-il quand même ? De façon plus générale, comment les familles prennent-elles leurs déci-

---

1. Grant MILLER, « Contraception as development ? New evidence from family planning in Colombia », *Economic Journal*, 120 (545), 2010, p. 709-736.

2. N. D. KRISTOF et S. WUDUNN, *La Moitié du ciel, op. cit.*

3. Voir, par exemple, Attila AMBRUS et Erica FIELD, « Early marriage, age of menarche, and female schooling attainment in Bangladesh », *Journal of Political Economy*, 116 (5), 2008, p. 881-930 ; et Esther DUFLO, Pascaline DUPAS, Michael KREMER et Samuel SINEI, « Education and HIV/AIDS prevention : evidence from a randomized evaluation in Western Kenya », World Bank Policy Research, document de travail n° 4024, 2006.

sions en matière de naissances et quel contrôle ont les femmes sur ces décisions ?

Les pauvres sont-ils maîtres de leurs décisions en matière de fécondité ?

L'une des raisons pour lesquelles les pauvres pourraient ne pas être capables de maîtriser la taille de leur famille est l'absence d'accès aux méthodes modernes de contraception. Selon le rapport officiel des Nations unies sur les progrès dans la réalisation des OMD, répondre aux « besoins non satisfaits » de contraceptifs modernes pourrait « déboucher sur une diminution de 27 % de la mortalité maternelle chaque année, rien qu'en faisant passer le nombre annuel de grossesses non désirées de 75 à 22 millions [1] ». Les femmes pauvres et n'ayant pas fait d'études sont beaucoup moins susceptibles d'utiliser des moyens de contraception que les femmes plus riches et plus instruites. Ajoutons qu'au cours de la dernière décennie l'usage des contraceptifs modernes chez les femmes pauvres n'a pas augmenté.

Mais un *faible usage* n'est pas obligatoirement le signe d'un *manque d'accès.* On retrouve en matière de contrôle des naissances les mêmes guerres entre partisans de la demande et partisans de l'offre que dans le champ de l'éducation. Et, comme on pouvait le prévoir, les *wallah* de l'offre et ceux de la demande sont bien souvent les mêmes dans ces deux domaines. Les *wallah* de l'offre (comme Jeffrey Sachs) soulignent l'importance de l'accès aux moyens de contraception, faisant observer que les personnes qui utilisent des contraceptifs modernes ont des

1. Nations unies, *Objectifs du Millénaire pour le développement,* rapport 2010, *op. cit.,* p. 36.

taux de natalité bien plus bas. Les *wallah* de la demande leur rétorquent que cette relation reflète simplement le fait que ceux qui veulent réduire leur fécondité parviennent pour la plupart à accéder au type de contraception qui leur convient sans aide extérieure, de sorte que se contenter de rendre accessibles les contraceptifs ne peut avoir qu'une utilité très limitée.

Pour découvrir si tel est effectivement le cas, Donna Gibbons, Mark Pitt et Mark Rosenzweig ont comparé le nombre de centres de planification familiale accessibles à trois périodes différentes (en 1976, en 1980 et en 1986) dans plusieurs milliers de sous-districts indonésiens avec les chiffres de la natalité de chaque village, minutieusement appariés à celles de la localisation de ces centres[1]. Sans surprise, ils ont découvert que le taux de fécondité était plus faible dans les régions où il y avait également le plus de centres. Cependant, ils ont également constaté que la baisse de la natalité au fil du temps n'était pas liée à l'augmentation de leur nombre. Ils en ont conclu que les centres de planification familiale étaient installés là où les populations le désiraient, mais qu'ils n'avaient pas d'effet direct sur la fécondité. Dans le match entre *wallah* de la demande et *wallah* de l'offre, les premiers marquaient un point.

Le programme mené au Matlab a longtemps été l'exemple mis en avant par les *wallah* de l'offre. Dans ce cas au moins, il était démontré de façon incontestable que l'accès à la contraception avait un effet. Comme nous l'avons vu, en 1996, les femmes âgées de trente à cinquante-cinq ans avaient en moyenne 1,2 enfant de moins dans les régions bénéficiant du programme que

---

1. Mark Pitt, Mark Rosenzweig et Donna Gibbons, « The determinants and consequences of the placement of government programs in Indonesia », *World Bank Economic Review*, 7 (3), 1993, p. 319-348.

dans les régions témoins. Mais le programme mené au Matlab ne consistait pas simplement à rendre accessibles les contraceptifs. La visite à domicile faite tous les quinze jours par une travailleuse sociale aux femmes, traditionnellement maintenues à l'écart des hommes et donc limitées dans leurs mouvements, est un élément essentiel de ce programme, permettant un échange sur la contraception dans des lieux où elle était auparavant taboue. (C'est aussi ce qui explique le coût du programme : Lant Pritchett, qui était alors économiste à la Banque mondiale, a estimé que le programme mené au Matlab coûtait trente-cinq fois plus par femme en âge de procréer et par an que les programmes traditionnels de planification familiale en Asie[1].) Ainsi, on peut supposer que ce programme a contribué à modifier directement le nombre d'enfants désiré par chaque foyer, et pas seulement leur capacité de mieux contrôler les naissances. Qui plus est, depuis 1991, la natalité a cessé de baisser dans les régions concernées par le programme, et l'écart observé entre les régions où il avait été mis en œuvre et les régions témoins a commencé à se réduire. En 1998, la dernière année pour laquelle nous disposons de chiffres, le taux de fécondité moyen était de 3 dans les régions où le programme était mené, de 3,6 dans les régions témoins, et de 3,3 dans le reste du Bangladesh[2]. Il se pourrait donc que le programme mené au Matlab n'ait fait qu'accélérer une tendance à la baisse de la nata-

1. Lant H. PRITCHETT, « Desired fertility and the impact of population policies », *Population and Development Review*, 20 (1), 1994, p. 1-55.

2. Mizanur RAHMAN, Julie DAVANZO et Abdur RAZZAQUE, « When will Bangladesh reach replacement-level fertility ? The role of education and family planning services », Nations unies, Département des affaires économiques et sociales, Division de la population, document de travail disponible à l'adresse <www.un.org/esa/population/>.

lité qui concernait en fait l'ensemble du pays. Ainsi, cet exemple ne donne d'avantage clair ni aux *wallah* de l'offre ni aux *wallah* de la demande.

L'étude du programme colombien Profamilia aboutit elle aussi à la conclusion que le programme a très peu d'effet sur la natalité. Les femmes qui ont eu accès à Profamilia n'ont eu qu'environ 5 % moins d'enfants dans leur vie, ce qui représente moins d'un dixième de la baisse totale de la fécondité depuis les années 1960.

Ainsi, les faits semblent donner clairement la victoire aux *wallah* de la demande : l'accès à la contraception satisfait peut-être les gens en leur fournissant une façon bien plus pratique que les options existantes de contrôler les naissances, mais, à lui seul, cela paraît peu contribuer à la baisse de la fécondité.

Sexe, uniformes, et « sugar daddies »

S'il y a un intérêt à favoriser l'accès aux contraceptifs, c'est de permettre aux adolescentes de retarder leurs grossesses, même sans changer le nombre total d'enfants. C'est ce qu'a fait le programme Profamilia en Colombie, donnant ainsi aux femmes la possibilité d'accéder à de meilleurs emplois. Malheureusement, dans de nombreux pays, les adolescentes ne peuvent pas accéder aux services de planification familiale sans autorisation officielle de leurs parents. Les adolescents pourraient bien être la population la plus susceptible d'être porteuse d'une demande non satisfaite de contraceptifs, principalement parce que beaucoup de pays ne reconnaissent pas la légitimité de leurs désirs ou présupposent qu'ils ont si peu de maîtrise d'eux-mêmes qu'ils seraient incapables de s'en servir correctement. C'est ce qui explique les taux extrêmement élevés de grossesses chez les adolescentes dans beaucoup de pays en développement, particulièrement en Afrique subsaharienne et en Amérique latine. Selon l'OMS, le taux de grossesses chez les adolescentes est supérieur à 10 % en Côte d'Ivoire, au Congo et en Zambie, tandis que ceux du Mexique, du Panama, de la Bolivie et du Guatemala varient de 8,2 à 9,2 % (par comparaison, aux États-Unis, pays qui a le taux de grossesses chez les adolescentes le plus élevé du monde développé, on compte 4,5 naissances pour cent adolescentes)[1]. De plus, le peu qui semble être fait à ce sujet, ou à propos du problème connexe de la diffusion des maladies sexuellement transmissibles (et notamment du VIH/sida), est généralement totalement inefficace.

Au Kenya, Esther a eu l'occasion d'observer un exemple flagrant des conséquences de ce type d'effort malencontreux. Avec Pascaline Dupas et Michael Kremer, elle a suivi des filles scolarisées de douze à quatorze ans, qui n'avaient jamais été enceintes[2]. Un an, puis trois et cinq ans après, leur taux de grossesse était passé de 5 à 14, puis 30 %. Non seulement les grossesses précoces sont un problème en elles-mêmes, mais elles sont aussi le signe de pratiques sexuelles risquées, ce qui, au Kenya, implique un risque plus élevé de contracter le VIH/sida. Face à ce problème, la stratégie officielle au Kenya – qui résulte d'une tentative complexe de conciliation entre des associations civiles, diverses Églises, des organisations internationales et l'État – met avant tout l'accent sur l'abstinence sexuelle considérée comme la seule solution réellement sûre. Le message standard énonce une claire hiérarchie des solutions : «*Abstain, Be faithful, use a*

1. Disponible sur <http://apps.who.int/ghodata/> à l'entrée « MDG 5, adolescent fertility ».
2. Esther DUFLO, Pascaline DUPAS, Michael KREMER, « Education, HIV and early fertility », Document de travail, MIT, 2011.

Condom, or you Die », (ABCD, abstinence, fidélité, préservatifs – ou la mort). Dans les écoles, on enseigne aux
enfants qu'il faut éviter les rapports sexuels avant le
mariage et l'on ne parle pas des préservatifs. Pendant de
nombreuses années, cette tendance a été soutenue par les
États-Unis, qui finançaient en priorité les programmes de
lutte contre le sida fondés exclusivement sur la promotion
de l'abstinence[1].

Cette stratégie repose sur l'idée que les adolescents ne
sont pas assez responsables ni assez intelligents pour évaluer les coûts et les avantages de l'activité sexuelle et de
l'utilisation de préservatifs. Si tel était le cas, la seule
façon de les protéger serait effectivement de les conduire
à fuir tout rapport sexuel (du moins hors du mariage).
Mais plusieurs expérimentations menées simultanément
au Kenya par Esther, Pascaline Dupas et Michael Kremer
montrent au contraire que les adolescents font des choix
soigneusement calculés – sinon suffisamment informés –
quant aux personnes avec qui ils ont des relations
sexuelles et dans quelles conditions.

Dans la première étude, il s'agissait d'évaluer la stratégie « ABCD » en formant les professeurs de 170 écoles
choisies aléatoirement à enseigner ce programme. Cette
formation a effectivement conduit à une augmentation du
temps consacré à la prévention du sida dans les écoles,
mais nous n'avons en revanche pas observé de changement dans les comportements sexuels, ni même dans les
connaissances des élèves sur le sida. De plus, le taux de
grossesses parmi les adolescentes, mesuré un, trois puis
cinq ans après l'intervention, était le même dans les écoles
où les professeurs avaient bénéficié d'une formation que

1. Voir la description qu'en font N. D. KRISTOF et S. WUDUNN,
dans *La Moitié du ciel, op. cit.*, p. 137.

dans les autres, ce qui signifie sans doute que les pratiques sexuelles à risque n'avaient pas diminué.

Les effets des deux autres stratégies que nous avons employées dans ces mêmes écoles n'auraient pas pu être plus différents. La deuxième stratégie consistait simplement à dire aux filles quelque chose qu'elles ignoraient, à savoir que les hommes plus âgés étaient plus souvent porteurs du VIH que les plus jeunes. L'un des traits frappants de l'épidémie de sida est en effet que les filles de quinze à dix-neuf ans sont cinq fois plus souvent contaminées que les adolescents du même âge. Cela paraît découler du fait que les femmes jeunes ont des rapports sexuels avec des hommes plus âgés, qui ont un taux d'infection plus élevé. Le programme « *sugar daddies* » consistait simplement à informer les élèves des différents taux de contamination des hommes et des femmes par tranche d'âge. Ceci eut pour effet de réduire de façon importante les rapports sexuels des filles avec des hommes plus âgés (les *sugar daddies*), mais aussi, de façon intéressante, d'encourager les rapports sexuels protégés avec des garçons du même âge. Au bout d'un an, les taux de grossesses étaient de 5,5 % dans les écoles qui n'avaient pas bénéficié du programme et de 3,7 % dans celles qui en avaient bénéficié. Cette diminution était pour l'essentiel imputable à une réduction de deux tiers des grossesses où un partenaire plus âgé était impliqué[1].

Le troisième programme se contentait de favoriser la prolongation des études des filles en acquittant le prix de leur uniforme scolaire. Après trois ans, dans les écoles où des uniformes gratuits avaient été distribués, le taux de grossesses chez les adolescentes était passé de 16 à

1. Pascaline DUPAS, « Do teenagers respond to HIV risk information ? Evidence from a field experiment in Kenya », *American Economic Journal : Applied Economics*, 3 (1), janvier 2011, p. 1-36.

13 %. Pour formuler les choses un peu différemment, pour trois filles qui étaient restées à l'école grâce aux uniformes gratuits, deux avaient retardé leur première grossesse. Curieusement, cet effet s'observait exclusivement dans les écoles où les professeurs n'avaient pas été formés au nouveau programme d'éducation sexuelle. Dans les écoles où avaient été menés *à la fois* le programme de prévention du VIH/sida *et* le programme de distribution d'uniformes, le taux de grossesses chez les adolescentes était resté le même que dans les écoles où rien n'avait été fait. Le programme d'éducation au VIH/sida, loin de réduire l'activité sexuelle des adolescents, avait en fait *annulé* l'effet positif de la distribution d'uniformes.

Lorsqu'on rapproche ces différents résultats, une explication cohérente émerge. Au Kenya, les filles ont parfaitement conscience que les rapports sexuels non protégés peuvent entraîner une grossesse. Mais si elles pensent que le futur père se sentira obligé de prendre soin d'elles après la naissance de l'enfant, tomber enceinte ne leur apparaît finalement pas comme une si mauvaise chose. Pour les filles qui n'ont pas les moyens de se payer un uniforme et qui ne peuvent donc pas poursuivre leurs études, avoir un enfant et fonder sa propre famille pourrait même être une option relativement séduisante, comparée au fait de rester à la maison et de devenir celle que la famille entière sollicite pour la moindre corvée – sort qui échoit généralement aux adolescentes non mariées qui ne vont plus à l'école. C'est ce qui fait des hommes plus âgés des partenaires plus intéressants que les jeunes garçons qui n'ont pas encore les moyens de se marier (à tout le moins tant que les filles ne savent pas qu'ils présentent plus de risques d'être porteurs du VIH/sida). Si les uniformes limitent le nombre de grossesses précoces, c'est parce qu'ils permettent aux filles de rester à l'école et leur donnent ainsi une raison de ne pas tomber enceintes. Mais le programme d'éducation sexuelle, en décourageant les rapports sexuels hors mariage et en prônant le mariage, encourage les filles à rechercher un mari (c'est-à-dire à s'intéresser aux hommes plus âgés et relativement riches, aux *sugar daddies*), ce qui annule l'effet produit par les uniformes.

Une chose est relativement claire : la majorité des pauvres, y compris les adolescentes pauvres, font des choix en ce qui concerne leur fécondité et leur sexualité, et ils trouvent des moyens – certes pas toujours plaisants – de les contrôler. Si les jeunes filles tombent enceintes en dépit du coût extrêmement élevé que cela a pour elles, cela doit être le résultat d'une action délibérée.

Qui décide ?

Une question surgit néanmoins immédiatement lorsqu'on envisage les choix concernant la famille : qui prend les décisions ? Le couple se concerte, mais les femmes doivent en définitive assumer la plupart des coûts physiques qu'implique le fait d'avoir un enfant. Et, évidemment, leurs préférences en matière de procréation sont bien souvent très différentes de celles des hommes. Lorsqu'on les interroge séparément sur le nombre d'enfants qu'ils souhaitent avoir, les hommes en désirent généralement plus que les femmes, et sont toujours moins demandeurs de contraception que leur partenaire. Étant donné cette divergence potentielle, le poids de la femme dans les décisions du ménage a un rôle très important. Il est par exemple vraisemblable qu'une femme beaucoup plus jeune que son mari, ou bien moins instruite que lui (deux conséquences fréquentes d'un mariage précoce), aura plus de difficulté à faire entendre un point de vue opposé au sien. Mais sa capacité de faire entendre sa voix dépend aussi du fait qu'elle soit parvenue ou non à trouver du travail, de sa liberté de divorcer et de ses possibilités de gagner sa vie en cas de séparation. Ces circonstances sont liées quant à elles à l'environnement juridique, social, politique et économique dans lequel elle et son mari vivent, environnement qui peut être modifié par des politiques publiques. Ainsi, au Pérou, lorsqu'on octroya des titres de propriété à d'anciens squatteurs, le nombre de naissances chuta dans les foyers qui avaient reçu un titre de propriété (comparés à ceux qui n'en avaient pas reçu), mais seulement dans le cas où le nom de la femme avait été mentionné sur le titre de propriété conjointement à celui de son mari[1]. Vraisemblablement, les femmes avaient acquis par là un pouvoir de négociation plus grand dans le couple et étaient dès lors plus à même de peser sur les décisions concernant la taille de la famille.

Cette divergence entre maris et femmes implique également que, si l'accès aux contraceptifs n'a peut-être pas en lui-même une grande efficacité pour réduire la natalité, de petits changements dans la *façon* dont ils sont rendus accessibles peuvent avoir des effets bien plus importants. Nava Ashraf et Erica Field ont offert à 836 femmes du Lusaka, en Zambie, un bon leur garantissant un accès gratuit et immédiat à un ensemble de moyens de contraception à l'occasion d'un rendez-vous individuel avec une infirmière. Certaines recevaient ce bon en privé ; d'autres en présence de leur mari. Nava Ashraf et Erica Field ont constaté que cela faisait une énorme différence : les femmes contactées seules étaient 23 % plus nombreuses à venir voir l'infirmière que celles qui l'avaient

---

1. Erica FIELD, « Fertility responses to urban land titling programs : the roles of ownership security and the distribution of household assets », Université de Harvard, 2004, polycopié.

été en compagnie de leur mari. De plus, elles étaient 38 %
de plus à demander une forme dissimulable de contraception (par injections ou implants) et 57 % de moins à rapporter une grossesse non voulue neuf à quatorze mois
plus tard[1]. Une des raisons pour lesquelles le programme
mené au Matlab a davantage affecté la fécondité que les
autres programmes de planification familiale est sans
doute qu'en rendant visite aux femmes chez elles, le plus
souvent en l'absence de leur mari, les auxiliaires de santé
ont probablement permis à certaines d'entre elles d'utiliser des moyens contraceptifs sans que leur mari le sache.
À l'inverse, les femmes dont la mobilité était limitée par
le *purdah* (coutume qui interdit à une femme de sortir de
chez elle sans son mari) auraient dû être accompagnées
par leur mari pour bénéficier des mêmes services, ce qui
aurait pu influer sur leurs décisions.

L'une des explications possibles des effets relativement
importants – surtout dans ces premières années – du programme du Matlab est qu'il a contribué à accélérer un
changement social. Si les transitions démographiques
prennent tant de temps, c'est notamment parce que le
mari et la femme ne sont pas les seuls à avoir leur mot à
dire sur le sujet. La natalité étant aussi le produit d'une
norme sociale et religieuse, y déroger est puni (par le
rejet, l'humiliation ou encore par des sanctions religieuses). En conséquence, la façon dont la communauté
définit le comportement autorisé est importante. Dans les
régions du Matlab où le programme a été mis en œuvre,
ce changement s'est opéré plus rapidement qu'ailleurs :
les auxiliaires de santé, souvent des femmes relativement éduquées et sûres d'elles-mêmes, étaient à la fois

---

1. Nava ASHRAF, Erica FIELD et Jean LEE, « Household bargaining
and excess fertility : an experimental study in Zambia », Université de
Harvard, 2009, polycopié.

l'incarnation d'une nouvelle norme et les messagères annonçant un changement de normes dans le reste du monde.

Kaivan Munshi a étudié le rôle des normes sociales dans les décisions de contraception au Matlab. Il cite les propos d'une jeune femme qui décrit la façon dont son groupe de pairs discutaient de « combien d'enfants [elles auraient], quelle méthode [leur] convenait […], s'il fallait ou non adopter celles du centre de planification familiale, toutes ces questions […]. Telle ou telle personne [leur] disait qu'elle en utilisait [des contraceptifs]. Si un couple utilisait une méthode, ça se savait[1] ».

Munshi a découvert que, dans les villages du Matlab où il y avait une auxiliaire de santé, les femmes étaient plus susceptibles d'adopter des méthodes de contraception si les membres du village appartenant au même groupe religieux qu'elles avaient eu un usage plus important de contraceptifs au cours des six derniers mois. Alors que les hindous et les musulmans du village étaient contactés par les mêmes auxiliaires de santé et avaient un accès égal aux moyens de contraception, les hindoues y avaient recours lorsque d'autres hindoues les utilisaient et les musulmanes lorsque d'autres musulmanes le faisaient. L'adoption de contraceptifs par les hindoues n'avait aucun effet sur leur adoption par les musulmanes, et *vice versa*. De là la conclusion de Munshi, à savoir que les femmes apprennent progressivement ce qui constitue un comportement acceptable au sein de leur communauté.

Négocier des changements de normes sociales dans les sociétés traditionnelles peut être une affaire très

---

1. Kaivan MUNSHI et Jacques MYAUX, « Social norms and the fertility transition », *Journal of Development Economics*, 80 (1), 2005, p. 1-38.

complexe. Il est par exemple délicat pour les gens de poser certaines questions, comme : « Est-ce que la religion proscrit la contraception ? », « Est-ce que ça va me rendre définitivement stérile ? », ou « Où est-ce que je peux me le procurer ? », parce que le simple fait de les poser révèle vos intentions. En conséquence, les gens grappillent souvent des informations à partir des sources les plus inattendues. Au Brésil, un pays catholique, l'État s'est soigneusement gardé d'encourager la planification familiale. Cependant, la télévision a une très grande importance, en particulier les *telenovelas*, ces séries qui passent aux heures de grande écoute sur l'une des chaînes principales, Rede Globo. Des années 1970 aux années 1990, l'accès à la chaîne Rede Globo s'est considérablement élargi, et avec lui le public des *telenovelas*. Au sommet de leur popularité dans les années 1980, les personnages des séries étaient généralement très différents des Brésiliens moyens, tant en termes de classe que d'attitudes sociales : tandis que la femme brésilienne moyenne avait près de six enfants en 1970, dans les séries, la plupart des personnages féminins de moins de cinquante ans n'en avaient pas, et celles qui en avaient n'en avaient qu'un. Lorsque ces programmes devenaient accessibles sur un territoire donné, on observait peu de temps après une baisse brutale du nombre de naissances. En outre, les enfants nés dans ces régions recevaient le nom des personnages principaux des séries[1]. En proposant un idéal de vie très différent de celui auquel les Brésiliens étaient habitués, les *telenovelas* ont joué un rôle historique. Cela n'est sans doute pas tout à fait un hasard : dans la société corsetée qu'était alors le Brésil,

---

1. Eliana LA FERRARA, Alberto CHONG et Suzanne DURYEA, « Soap operas and fertility : evidence from Brazil », BREAD, document de travail n° 172, 2008.

les séries étaient l'un des rares lieux où les artistes créatifs et progressistes pouvaient s'exprimer librement.

Au risque de ressembler encore une fois à ces économistes qui exaspéraient Harry Truman avec leurs réserves et leurs précautions, à la question : « Les pauvres maîtrisent-ils les décisions qu'ils prennent quant à la taille de leur famille ? », nous répondrons en deux temps. Au niveau le plus évident, la réponse est oui : leurs décisions concernant la fécondité expriment un choix, et même la difficulté à se procurer des contraceptifs ne paraît pas constituer un obstacle majeur. En même temps, les facteurs qui les conduisent à faire ces choix échappent pour une part à leur contrôle direct : les femmes, notamment, sont soumises aux pressions de leur mari, de leur belle-mère ou des normes sociales, qui les poussent à avoir plus d'enfants qu'elles ne le souhaiteraient spontanément. À la lumière de cette analyse, on est amené à envisager un ensemble de politiques bien différentes de celles prônées par Sanjay Gandhi, comme par les organisations internationales bien intentionnées d'aujourd'hui : il ne suffit pas de rendre plus accessibles les moyens de contraception. Il est sans doute plus difficile d'infléchir les normes sociales, bien que l'exemple de la télévision au Brésil nous montre que cela n'a rien d'impossible. Mais ces dernières peuvent également refléter les intérêts économiques d'une société. Si les pauvres veulent beaucoup d'enfants, n'est-ce pas en partie simplement parce que c'est là un investissement économique sûr ?

Les enfants, un placement pour l'avenir

Pour beaucoup de parents, leurs enfants représentent leur avenir économique : une police d'assurances, un

210

compte d'épargne et quelques billets de loterie, le tout mis à disposition sous un format compact.

Pak Sudarno, ce ramasseur d'ordures du quartier pauvre de Cica Das, en Indonésie, qui envoyait le plus jeune de ses enfants à l'école secondaire parce que le pari lui semblait en valoir la chandelle, avait neuf enfants et un grand nombre de petits-enfants. Lorsque nous lui avons demandé s'il était heureux d'avoir tant d'enfants, sa réponse a été : « Absolument. » Il nous a expliqué que, avec neuf enfants, il était sûr qu'au moins un ou deux d'entre eux réussiraient et s'occuperaient de lui quand il serait vieux. Bien sûr, avoir plus d'enfants augmente aussi le risque qu'il arrive malheur à l'un d'eux. Ainsi, l'un des neuf enfants de Pak Sudarno, très dépressif, avait disparu neuf ans auparavant. Il en souffrait, mais, au moins, il avait les huit autres pour se consoler.

Beaucoup de parents des pays riches n'ont pas besoin de réfléchir de cette façon parce qu'ils ont d'autres garanties pour leurs vieux jours : il y a la Sécurité sociale, les fonds communs de placement et l'épargne retraite, et il y a aussi l'assurance santé, publique et privée. Dans les chapitres suivants, nous examinerons de façon assez approfondie pourquoi nombre de ces possibilités font défaut à quelqu'un comme Pak Sudarno. Pour le moment, contentons-nous d'observer que, pour la plupart des pauvres du monde, l'idée que les enfants (et, au-delà, la famille, et notamment les cousins ou les frères et sœurs) seront là pour prendre soin de leurs parents âgés et dans les périodes difficiles est ce qu'il y a de plus naturel. En Chine, par exemple, en 2008, plus de la moitié des personnes âgées vivaient avec leurs enfants, et cette proportion montait à 70 % pour ceux qui avaient sept ou huit enfants (il s'agit ici de foyers constitués avant la planification familiale, alors que la politique favorisait au contraire les familles nombreuses)[1]. Les parents âgés recevaient également un soutien financier régulier de la part de leurs enfants, en particulier des garçons.

Si les enfants sont effectivement pour partie une forme d'épargne pour un avenir lointain, on pourrait s'attendre à ce que, lorsque la natalité baisse, l'épargne financière devienne plus importante. Avec sa législation sur la taille des familles, la Chine nous fournit l'exemple le plus frappant de ce phénomène. Après avoir encouragé une natalité élevée immédiatement après la révolution communiste, la Chine s'est mise à encourager le contrôle des naissances en 1972, puis a introduit la politique de l'enfant unique en 1978. Avec deux co-auteurs nés en Chine, Nancy Qian (enfant unique née sous la politique de l'enfant unique) et Xin Meng (née dans une famille de quatre enfants avant le début de la politique de l'enfant unique), Abhijit a étudié l'évolution des taux d'épargne après l'introduction de la planification familiale[2]. Les foyers ayant eu leur premier enfant après 1972 ont en moyenne un enfant de moins que ceux qui l'ont eu avant 1972, et leur taux d'épargne est à peu près 10 % plus élevé. Ces résultats impliquent que jusqu'à un tiers de la phénoménale augmentation des taux d'épargne en Chine au cours des trois dernières décennies (le taux d'épargne des ménages est passé de 5 % en 1978 à 34 % en 1994) serait attribuable à la réduction de la natalité induite par ces politiques. Cet effet est particulièrement fort pour les foyers dont le premier-né est une fille (et non un fils), ce qui est cohérent avec l'idée que les fils sont, plus que les filles, supposés s'occuper de leurs parents.

---

1. Abhijit BANERJEE, XIN Meng et Nancy QIAN, « Fertility and savings : micro-evidence for the life-cycle hypothesis from family planning in China », document de travail, 2010.
2. *Ibid*.

L'effet constaté ici est énorme, mais, évidemment, l'« expérimentation » chinoise est pour le moins extrême : il s'agit d'une réduction importante, soudaine et imposée de la taille des familles. Un processus similaire a cependant été observé dans la région du Matlab, au Bangladesh. En 1996, les familles des villages où la contraception avait été rendue accessible avaient significativement plus de biens de toutes sortes (bijoux, terres, bêtes, améliorations du logement) que les familles de villages comparables où la contraception n'était pas accessible. En moyenne, les foyers touchés par le programme avaient des avoirs supérieurs de 55 000 takas (3 600 USD PPA, soit plus de deux fois le PIB moyen par habitant du Bangladesh) que ceux des régions témoin. Il y a également un lien entre le nombre d'enfants et les dons des enfants aux parents : ceux des régions concernées par le programme ont reçu en moyenne 2 146 takas de moins par an de la part de leurs enfants [1].

La relation forte entre taille de la famille et importance de l'épargne pourrait contribuer à expliquer le fait surprenant qu'avoir moins d'enfants n'implique pas que ceux-ci soient en meilleure santé ou mieux éduqués : si les parents qui ont moins d'enfants s'attendent à recevoir moins d'argent à l'avenir, ils ont également besoin d'économiser plus par anticipation, ce qui réduit d'autant les fonds disponibles pour investir dans leurs enfants. On pourrait même aller jusqu'à supposer que, étant donné qu'investir dans ses enfants tend à assurer des retours sur investissements plus importants que les actifs financiers (après tout, nourrir un enfant ne coûte pas si cher), les familles qui ont moins d'enfants sont en fait plus pauvres, si l'on prend en compte toute la durée de la vie.

---

1. Ummul RUTHBAH, « Are children substitutes for assets : evidence from rural Bangladesh », thèse de doctorat, MIT, 2007.

Selon la même logique, si les parents ne se sentent pas très concernés par le bien-être de leurs filles, c'est peut-être en partie parce qu'ils supposent qu'elles ne leur seront pas aussi utiles que leurs fils pour prendre soin d'eux : ils devront payer une dot pour les marier et, le mariage une fois conclu, ce sera leur mari qui contrôlera leurs dépenses et leurs revenus. Les familles choisissent non seulement un nombre d'enfants optimal, mais aussi la composition sexuelle de la fratrie. En général, nous considérons que le genre de nos enfants ne relève pas de notre décision, mais c'est faux : les avortements sélectifs, aujourd'hui largement accessibles et extrêmement bon marché, permettent aux parents de choisir d'avorter d'un fœtus féminin s'ils le souhaitent. Pour reprendre la formule des autocollants disséminés le long de l'artère principale de Delhi, qui font la publicité des services (illégaux) de détermination du sexe de l'enfant : « Payez 500 roupies aujourd'hui et économisez 50 000 roupies plus tard ! » (le prix d'une dot). Et même avant que l'avortement sélectif ne soit possible, dans les endroits où de nombreuses maladies infantiles peuvent aisément se révéler fatales si elles ne sont pas traitées convenablement, la négligence, délibérée ou non, a toujours constitué une façon efficace de se débarrasser des enfants non voulus.

Même si leurs enfants ne meurent pas avant ou après la naissance, lorsque les parents préfèrent les garçons, ils peuvent continuer à avoir des enfants jusqu'à atteindre le nombre de garçons désirés. Cela signifie que les filles grandissent généralement dans des familles plus nombreuses et que beaucoup de filles naissent dans une famille qui aurait préféré un garçon. En Inde, on cesse d'allaiter les filles plus tôt que les garçons, de sorte qu'elles commencent à boire de l'eau plus précocement et sont donc plus vite exposées aux maladies potentiellement mortelles que celle-ci peut véhiculer, comme la diarrhée [1]. Il s'agit là d'une conséquence inattendue du fait que l'allaitement a un effet contraceptif. Après la naissance d'une fille (surtout si elle n'a pas de frères), les parents sont plus susceptibles de décider de cesser l'allaitement plus tôt, afin d'augmenter les chances de la mère d'être à nouveau enceinte.

Quels que soient les mécanismes de discrimination utilisés à l'encontre des petites filles (ou des petites filles potentielles), il y a considérablement moins de filles dans le monde que ne le prévoirait la biologie. Dans les années 1980, dans un article devenu célèbre publié dans la *New York Review of Books*, Amartya Sen avait calculé qu'il y avait 100 millions de « femmes manquantes » dans le monde [2]. C'était avant que l'avortement sélectif soit possible et, depuis, les choses n'ont fait qu'empirer. Dans certaines régions de Chine, il y a aujourd'hui 124 garçons pour 100 filles. Entre 1991 et 2001 (date du dernier recensement disponible en Inde), le nombre de garçons de moins de sept ans pour 100 filles du même âge est passé de 105,8 à 107,8 pour l'ensemble de l'Inde. Au Penjab, dans l'Haryana et le Gujarat, trois des États indiens les plus riches, mais aussi trois de ceux où la discrimination à l'égard des filles est réputée être la plus forte, il y avait respectivement 126,1, 122 et 113,8 garçons pour 100 filles en 2001 [3]. Même en s'en tenant simplement aux déclarations spontanées, qui conduisent de

---

1. Seema JAYACHANDRAN et Ilyana KUZIEMKO, « Why do mothers breastfeed girls less than boys ? Evidence and implications for child health in India », NBER, document de travail n° W15041, 2009.

2. Amartya SEN, « More than 100 million women are missing », *The New York Review of Books*, 37 (20), 1990.

3. Fred ARNOLD, Sunita KISHOR et T. K. ROY, « Sex-selective abortions in India », *Population and Development Review*, 28 (4), décembre 2002, p. 759-784.

façon à peu près certaine à sous-estimer le phénomène, le nombre d'avortements est particulièrement élevé dans ces États : dans les familles comptant deux filles, 6,6 % des grossesses ont donné lieu à une interruption volontaire de grossesse et 7,2 % à un avortement « spontané ».

Ce problème est moins grave lorsque les filles ont une plus grande valeur, soit sur le marché du mariage, soit sur le marché du travail. En Inde, les filles ne sont pas censées se marier dans leur propre village. En général, elles se marient et emménagent dans certaines régions qui ne sont ni trop proches ni trop éloignées de leur lieu de naissance. Par conséquent, on peut examiner ce qui se passe lorsque la zone en question connaît une croissance économique, de sorte qu'il devient plus facile d'y trouver une famille prospère au sein de laquelle marier sa fille. C'est précisément ce qu'ont fait Andrew Foster et Mark Rosenzweig. Or ils ont découvert que le différentiel de mortalité entre filles et garçons diminuait lorsque les perspectives de mariage des filles s'amélioraient. À l'inverse, une croissance économique au sein même du village, qui accroît la valeur de l'investissement fait dans les garçons (qui restent au village), conduit à une augmentation du différentiel de mortalité entre garçons et filles[1].

C'est en Chine, pays où l'on constate le plus grand déséquilibre entre les sexes, qu'on trouve l'illustration sans doute la plus frappante du rapport entre la valeur relative des garçons et des filles et la façon dont ces dernières sont traitées au sein de la famille. Pendant l'époque maoïste, les objectifs de production agricole, planifiés de façon centralisée, donnaient la priorité à l'agriculture vivrière. Au début de l'époque des réformes, en 1978-1980, on autorisa les foyers à produire des cultures com-

---

1. Andrew FOSTER et Mark ROSENZWEIG, « Missing women, the marriage market and economic growth », document de travail, 1999.

merciales, comme le thé et les fruits de vergers. Les femmes sont généralement plus utiles que les hommes pour la production de thé, les feuilles de thé devant être cueillies par des doigts délicats. À l'inverse, les hommes sont plus utiles que les femmes pour la récolte des fruits, parce qu'elle implique de porter des charges importantes. Nancy Qian a montré que, si l'on compare les enfants nés avant et après les réformes, on s'aperçoit que le nombre de filles a augmenté dans les régions plus propices à la culture du thé (les régions vallonnées et pluvieuses), tandis qu'il a baissé dans les régions plus adaptées aux vergers [1]. Dans les régions qui n'étaient pas particulièrement adaptées ni à la culture du thé ni à celle des fruits, et où les revenus agricoles ont augmenté de façon générale sans favoriser l'un ou l'autre genre, il n'y a pas eu de changement.

Ce que tout cela met en évidence, c'est la violence – aussi bien active que passive – inhérente au fonctionnement de la famille traditionnelle. Jusqu'à assez récemment, cet aspect des choses était négligé par la plupart des économistes, qui préféraient – sauf exception – ne pas déchirer le voile recouvrant cette réalité. Pourtant, dans la plupart des sociétés, c'est à la bonne volonté des parents qu'on s'en remet pour s'assurer que les enfants sont nourris, scolarisés, socialisés et que, d'une façon plus générale, on prend soin d'eux. Mais si ces mêmes parents sont capables de laisser mourir leurs petites filles, quelle confiance doit-on avoir dans leur capacité d'assurer vraiment ces soins ?

---

1. Nancy QIAN, « Missing women and the price of tea in China : the effect of sex-specific income on sex imbalance », *Quarterly Journal of Economics*, 122 (3), 2008, p. 1251-1285.

La famille

Dans leurs modèles, les économistes négligent souvent le fait gênant qu'une famille et une personne ne sont pas une seule et même chose. Nous traitons la famille comme une « unité » et nous supposons qu'elle prend des décisions comme si elle était un individu. Le *pater familias*, le chef de la dynastie, décide au nom de son épouse et de ses enfants ce que la famille consommera, qui sera scolarisé et pendant combien de temps, qui héritera de quoi, etc. Il peut être altruiste, mais il est en tout cas omnipotent. Quiconque ayant fait partie d'une famille sait cependant que ce n'est pas tout à fait ainsi que les choses se passent. Cette simplification est trompeuse, et négliger la dynamique complexe à l'œuvre au sein de la famille a des conséquences importantes sur les politiques publiques. Nous avons ainsi déjà vu que donner aux femmes un titre de propriété officiel influe sur le nombre d'enfants qu'elles ont, non en modifiant celui qu'elles souhaitent avoir, mais parce que leurs opinions ont alors plus de poids dans les décisions du foyer.

La prise de conscience du fait que le modèle laissait échapper des aspects importants du fonctionnement de la famille a conduit à sa remise à plat au cours des années 1980 et 1990[1]. Cette réévaluation a conduit à considérer les décisions prises par les familles comme l'aboutissement d'une négociation entre ses membres (ou du moins entre les deux parents). Les deux partenaires négocient ce qu'ils vont acheter, où ils vont partir en vacances, qui va travailler et combien d'heures, ou

---

1. Dans ce domaine, certains des travaux de recherche les plus fondamentaux sont dus à François Bourguignon, Pierre-André Chiappori, Marjorie McElroy et Duncan Thomas.

encore combien d'enfants ils souhaitent avoir, mais ils le font de façon à satisfaire autant que possible leurs intérêts conjoints. En d'autres termes, même lorsqu'ils ne sont pas d'accord sur la façon de dépenser leur argent, si l'un des deux peut être satisfait sans que le bien-être de l'autre ait à en souffrir, ils font en sorte que ce soit le cas. Cette conception est généralement appelée le « modèle collectif ». Il prend en compte la réalité spécifique de la famille : après tout, ses membres ne se sont pas rencontrés la veille et l'on peut supposer qu'ils sont liés pour le long terme. Ils devraient dès lors pouvoir négocier leurs décisions afin de s'assurer qu'ils réussissent au mieux, en tant que famille, sachant que c'est dans leur intérêt à tous. Par exemple, si la famille gère une petite entreprise (qu'il s'agisse d'une exploitation agricole ou d'un petit commerce), on peut supposer qu'elle s'efforcera toujours de gagner le plus d'argent possible et qu'elle ne cherchera que dans un deuxième temps comment partager les gains entre ses différents membres.

Christopher Udry a mis cette prédiction à l'épreuve dans les campagnes du Burkina Faso, où chaque membre du foyer (le mari et sa ou ses femmes) cultive des parcelles de terre différentes[1]. Dans un foyer efficace tel que le décrit le modèle collectif, tous les moyens disponibles (force et temps de travail, engrais, etc.) devraient être répartis entre les diverses parcelles, de manière à maximiser les revenus familiaux. Or les faits observés par Christopher Udry contredisent catégoriquement cette conception : les champs des femmes reçoivent systématiquement moins d'engrais, moins de travail des hommes

1. Christopher UDRY, « Gender, agricultural production and the theory of the household » *Journal of Political Economy*, 104 (5), 1996, p. 1010-1046.

et des enfants que ceux des maris. En conséquence, ces familles produisent systématiquement moins qu'elles le pourraient. En effet, apporter un peu d'engrais dans un champ accroît considérablement sa productivité, mais augmenter la quantité d'engrais au-delà de ce seuil initial n'est pas très utile : il est plus efficace d'en appliquer un peu sur plusieurs terres que beaucoup sur une seule. Pourtant, la majeure partie de l'engrais des foyers du Burkina Faso était utilisée sur le terrain du mari : en redistribuant une partie des fertilisants et un peu de travail vers les parcelles des femmes, chaque foyer aurait pu accroître sa production de 6 % sans dépenser un sou de plus. Les familles jetaient donc littéralement l'argent par les fenêtres parce qu'elles étaient incapables de s'accorder sur la meilleure façon de répartir les ressources dont elles disposaient.

La raison pour laquelle elles agissent ainsi paraît également claire : bien que tous fassent partie de la même famille, ce que le mari parvient à faire pousser sur son propre terrain détermine en partie ce qu'il peut consommer et il en va de même pour sa femme[1]. En Côte d'Ivoire, les femmes et les hommes font traditionnellement pousser des plantes différentes. Tandis que les seconds cultivent le café et le cacao, les premières font pousser des bananes, des légumes et d'autres denrées de base. Or ces différentes récoltes ne sont pas affectées de la même manière par le temps : selon la pluviosité, les cultures des uns ou des autres peuvent être favorisées ou mises à mal. Dans le cadre d'une étude menée avec Christopher Udry, Esther a montré que, lors des années fastes pour les hommes, les dépenses en alcool, en tabac

1. Esther DUFLO et Christopher UDRY, « Intrahousehold resource allocation in Côte d'Ivoire : social norms, separate accounts and consumption choices », NBER, document de travail n° W10489, 2004.

et en articles personnels de luxe pour la gent masculine (comme des vêtements traditionnels) augmentaient. Dans les années où les récoltes des femmes étaient meilleures, plus de ressources étaient affectées à des petits plaisirs qui leur étaient destinés, mais aussi à des dépenses alimentaires pour le foyer. Ces résultats ont ceci de particulièrement surprenant que les époux ne paraissent pas s'assurer mutuellement contre les risques qu'ils subissent. Sachant qu'ils vont rester longtemps ensemble, le mari pourrait faire à ses femmes des petits cadeaux pendant les années qui lui sont favorables, en échange de cadeaux qu'elles lui feraient lorsque le temps tournerait à leur avantage. De tels accords de prévoyance mutualiste ne sont pas rares entre foyers appartenant au même groupe ethnique en Côte d'Ivoire [1], alors pourquoi ne fonctionnent-ils pas au sein de la famille ?

L'un des résultats de l'enquête menée en Côte d'Ivoire est révélateur de ce qui fait la spécificité du fonctionnement des familles. Il y a un troisième « acteur » dans la pièce familiale : le modeste igname, aliment de base de la région, nutritif et facile à conserver. Les ignames sont traditionnellement une culture « masculine ». Mais, comme l'explique l'anthropologue français Claude Meillassoux, ce n'est pas une denrée que le mari peut vendre et dépenser librement [2]. Les ignames sont destinés aux besoins fondamentaux de la famille. Ils peuvent être vendus, mais seulement pour payer les frais de scolarité ou les soins médicaux des enfants, pas pour acheter une nouvelle chemise ou du tabac. Ainsi, lorsque la récolte

---

1. Franque GRIMARD, « Household consumption smoothing through ethnicities : evidence from Côte d'Ivoire », *Journal of Development Economics*, 53, 1997, p. 391-422.

2. Claude MEILLASSOUX, *Anthropologie économique des Gouros de Côte d'Ivoire*, Paris, Maspero, 1965.

d'ignames a été bonne, la famille en consomme plus – ce qui n'est peut-être pas surprenant –, mais elle dépense également plus en nourriture achetée sur le marché et pour l'éducation. Les ignames garantissent que tous les membres de la famille soient nourris et que les enfants puissent aller à l'école.

Ce qui fait la spécificité de la famille, ce n'est donc pas que ses membres négocient efficacement les uns avec les autres : au contraire, elle suit des règles simples, dont la société peut vérifier l'application – comme : « Tu ne vendras pas les ignames de tes enfants pour t'acheter de nouvelles Nike » –, et ce sont ces règles qui garantissent leurs intérêts fondamentaux, sans qu'il soit nécessaire de négocier constamment. D'autres résultats deviennent plus faciles à interpréter à partir de cette perspective. Nous avons vu que, lorsque les femmes gagnent plus d'argent grâce aux récoltes produites sur leurs parcelles, la famille mange plus. Cela pourrait découler d'une autre règle décrite par Claude Meillassoux : c'est la femme qui est chargée de nourrir la famille ; son mari lui donne à cet effet une somme d'argent fixe, mais c'est ensuite à elle d'en tirer le meilleur parti.

Ce qui unit la famille n'est donc pas une harmonie parfaite ni la capacité de toujours répartir efficacement ressources et responsabilités, mais un « contrat » fragmentaire, imprécis et souvent flottant, qui définit les responsabilités de chacun des membres envers les autres. Il est probable que, les enfants ne pouvant négocier avec leurs parents, ou les femmes avec leur mari, sur un pied d'égalité, la bonne application de ce contrat doive être contrôlée par la société, mais celle-ci a intérêt à ce que les ressources soient réparties à peu près équitablement entre les membres de la famille. Le caractère sommaire de ce contrat reflète probablement la difficulté à imposer des règles plus complexes. Il est impossible de s'assurer que tous les parents donnent à leurs enfants le nombre exact d'ignames qui leur revient, mais la société peut sanctionner ou réprouver les parents qui vendent leurs ignames pour s'acheter des baskets.

L'un des problèmes des règles dont l'application repose sur des normes sociales est que celles-ci changent lentement et qu'il y a toujours un risque de créer un décalage complet avec la réalité, ce qui peut avoir des conséquences tragiques. En 2008, en Indonésie, nous avons rencontré un couple d'âge moyen dans leur maison, une petite structure de bambou blanche et verte construite sur pilotis. Juste à côté se trouvait une autre maison blanche et verte, mais elle était bien plus grande, aérée, et en béton. Elle appartenait à leur fille, qui travaillait comme domestique au Moyen-Orient. Le couple était manifestement très pauvre : le mari n'arrêtait pas de tousser et souffrait en permanence de maux de tête, ce qui l'empêchait de travailler. Mais il n'avait pas les moyens d'aller voir un médecin. Le plus jeune de leurs enfants avait dû quitter l'école à la fin du collège parce qu'ils ne pouvaient pas lui payer le trajet de bus jusqu'en ville. Tout à coup, une enfant de quatre ans entra dans la pièce : elle rayonnait de santé, elle était bien nourrie et joliment habillée, avec aux pieds des chaussures ornées de petites lumières qui clignotaient quand elle courait à travers la pièce. C'était leur petite-fille dont ils prenaient soin en l'absence de sa mère. Celle-ci envoyait de l'argent pour l'enfant, mais rien pour le couple. Ils paraissaient ainsi victimes d'une norme inchangée, selon laquelle les filles mariées ne sont pas supposées prendre soin de leurs parents, malgré l'inégalité évidente qui s'ensuivait, mais eux continuaient à se sentir obligés de prendre soin de leurs petits-enfants.

Malgré les nombreuses limites évidentes de la famille, la société ne dispose pas d'autre modèle viable pour élever les enfants et, bien qu'il soit possible qu'un jour les programmes de retraite et d'assurance santé libèrent les personnes âgées des pays pauvres de la contrainte de devoir compter sur leurs enfants pour s'occuper d'eux, il n'est pas dit que cela les rendra plus heureuses (ni d'ailleurs leurs enfants). Les politiques ne doivent pas chercher à remplacer la famille mais plutôt à compléter son action et, dans certains cas, à nous protéger de ses abus. Pour le faire efficacement, il est essentiel de partir d'une compréhension juste de la façon dont fonctionnent les familles.

Il est ainsi largement reconnu aujourd'hui que les programmes d'aide publique dans lesquels l'argent est confié aux femmes, comme le programme mexicain Progresa, garantissent mieux que les ressources soient consacrées aux enfants. En Afrique du Sud, après l'abolition de l'Apartheid, une généreuse retraite publique fut octroyée à tous les hommes âgés de plus de soixante-cinq ans et à toutes les femmes âgées de plus de soixante ans ne bénéficiant pas d'une retraite privée. Nombre d'entre eux vivaient avec leurs enfants et leurs petits-enfants et partageaient cet argent au sein de la famille. Mais ce n'est que lorsque la pension était touchée par une grand-mère qui vivait avec sa petite-fille que cette dernière en bénéficiait : les filles dans cette situation avaient significativement moins de risques de souffrir d'un retard de croissance. Lorsque c'était le grand-père qui recevait une pension, on ne constatait pas d'effet similaire. Et surtout : ce n'était que lorsque la pension était reçue par la grand-mère *maternelle* de la petite-fille que l'on observait ce phénomène [1].

---

1. Esther Duflo, « Grandmothers and granddaughters : old age pension and intra-household allocation in South Africa », *World Bank Economic Review*, 17 (1), 2003, p. 1-25.

Au moins l'un de nous deux est tenté d'y voir une preuve que les hommes sont simplement bien plus égoïstes que les femmes. Mais il se pourrait également que ce soit les normes et les attentes sociales, dont nous avons soutenu qu'elles ont un rôle important dans la prise de décision au sein de la famille, qui entrent en jeu ici. Peut-être attend-on des femmes qu'elles fassent quelque chose pour la famille lorsqu'elles ont des rentrées d'argent inattendues, alors qu'on n'en attend pas tant des hommes. Si tel est le cas, c'est non seulement la personne qui reçoit l'argent qui importe, mais également la façon dont il a été gagné : les femmes n'estiment pas nécessairement que l'argent qu'elles ont gagné par leur propre travail ou leur petit commerce « appartient » à leur famille ou à leurs enfants. De façon paradoxale, il se pourrait que ce soit précisément en raison du rôle traditionnellement assigné aux femmes dans la famille que les politiques publiques peuvent aller plus loin en leur donnant plus de pouvoir.

Revenons à présent à la question de savoir si les pauvres veulent vraiment des familles aussi nombreuses. Pak Sudarno voulait neuf enfants. La taille de sa famille ne s'expliquait ni par un manque de contrôle de soi, ni par un défaut d'accès à la contraception, ni même par des normes sociales imposées (bien que le fait que ce soit lui qui ait pris cette décision ait pu en découler – sa femme ne nous a pas dit ce qu'elle aurait souhaité pour sa part). En même temps, il pensait que c'était parce qu'il avait eu neuf enfants qu'il était devenu pauvre. Il n'avait donc pas vraiment « voulu » autant d'enfants. S'il avait besoin de neuf enfants, c'est simplement parce qu'il n'y avait pas d'autre moyen pour lui de s'assurer que l'un d'entre eux au moins prendrait soin de lui dans sa vieillesse. Dans un monde idéal, il aurait eu moins d'enfants et les aurait élevés de son mieux, mais il n'aurait pas eu à dépendre d'eux par la suite.

Certes, dans les pays riches, beaucoup de personnes âgées aimeraient passer plus de temps avec leurs enfants et leurs petits-enfants (du moins si l'on en croit les séries télévisées), mais le fait qu'elles puissent vivre seules – grâce notamment à la Sécurité sociale et à l'assurance maladie – est sans doute essentiel à leur dignité et à leur image d'elles-mêmes. Cela implique aussi qu'elles n'ont pas été obligées d'avoir beaucoup d'enfants pour être sûres que quelqu'un s'occuperait d'elles. Elles ont pu avoir le nombre d'enfants qu'elles souhaitaient, et s'il s'avère qu'aucun d'entre eux ne peut ou ne veut s'occuper d'elles, il leur est toujours possible de recourir aux aides publiques.

La politique démographique la plus efficace pourrait donc être de faire en sorte qu'il ne soit pas nécessaire d'avoir tant d'enfants (et en particulier tant d'enfants mâles). Des protections sociales efficaces (comme l'assurance santé ou les pensions de retraite), ou même des dispositifs financiers permettant aux gens de faire des placements intéressants pour financer leurs vieux jours pourraient avoir pour effet de réduire considérablement la natalité, et peut-être aussi de limiter la discrimination à l'encontre des filles. Dans la deuxième partie de ce livre, nous allons nous pencher justement sur les moyens d'améliorer l'accès à ces services.

II

INSTITUTIONS

6.

Des traders aux pieds nus

Le risque est une composante essentielle de la vie des pauvres, qui gèrent souvent de petits commerces ou de petites exploitations agricoles, ou travaillent à la journée, sans jamais pouvoir compter sur la stabilité de leur emploi. Un seul incident peut avoir des conséquences catastrophiques.

Lorsque nous l'avons rencontrée, l'été 2008, Ibu Tina vivait avec sa mère handicapée, ses deux frères et ses quatre enfants âgés de trois à dix-neuf ans dans une minuscule maison de Cica Das, le grand bidonville de Bandung, en Indonésie. Ses trois plus jeunes enfants allaient à l'école, du moins officiellement, mais le plus âgé avait décroché. Ses deux frères – deux célibataires, l'un travaillant à la journée sur des chantiers et l'autre comme conducteur de taxi – permettaient à la famille de garder plus ou moins la tête hors de l'eau, mais il n'y avait jamais assez d'argent pour payer à la fois les frais d'inscription à l'école, la nourriture, les habits des enfants et les soins nécessaires à la grand-mère.

Pourtant, Ibu Tina n'avait pas toujours vécu dans une telle dépendance et une telle précarité. Dans sa jeunesse, elle avait travaillé dans une usine de textile. Après son mariage, elle avait rejoint l'entreprise de fabrication de vêtements de son mari. Ils avaient quatre employés, et les affaires marchaient bien. Leurs ennuis avaient commencé lorsqu'un partenaire en qui ils avaient confiance leur avait fait un chèque en bois de 20 millions de roupies (3 750 USD PPA). Ils étaient allés voir la police, qui leur avait demandé 2,5 millions de roupies de pots-de-vin rien que pour ouvrir l'enquête. Une fois l'argent reçu, la police mit le coupable en prison, mais il fut libéré au bout d'une semaine, ayant promis qu'il allait payer ses dettes. Après avoir remboursé 4 millions de roupies (dont la police préleva la moitié), et assuré qu'il paierait le reste peu à peu, il avait disparu, pour ne plus jamais réapparaître. Ibu Tina avait dû payer au total 4,5 millions de roupies de pots-de-vin pour être remboursée de 4 millions.

Pendant les trois ou quatre années suivantes, son mari et elle s'étaient démenés pour rebondir, et ils avaient fini par obtenir un prêt de 15 millions de roupies (2 800 USD PPA) du PUKK, un programme de prêts public. Ils s'en étaient servis pour ouvrir un commerce de vêtements. Pour l'une de leurs premières grosses commandes, ils avaient acheté des shorts à un fabricant, les avaient fait repasser et emballer pour la vente, mais, à ce moment-là, les détaillants s'étaient ravisés et ils s'étaient retrouvés avec sur les bras des milliers de shorts dont personne ne voulait.

Cette série de catastrophes avait exercé une pression énorme sur leur couple et, peu après la seconde mésaventure, ils avaient divorcé. Ibu Tina s'était installée avec sa mère, ses quatre enfants et le stock de shorts. Lorsque nous l'avons rencontrée, elle était encore en train d'essayer de surmonter ce traumatisme et elle ne se sentait pas encore l'énergie de recommencer. Lorsqu'elle irait mieux, elle espérait ouvrir une petite épicerie dans la maison de sa mère : peut-être alors pourrait-elle vendre quelques-uns de ses shorts pour Idur Fitri, la fête marquant la rupture du jeûne du mois de ramadan.

Pour compliquer encore les choses, sa fille aînée avait besoin de beaucoup d'attention. Quatre ans auparavant, lorsqu'elle avait à peu près quinze ans, elle avait été enlevée par un sans-abri qui vivait à proximité de chez eux. Au bout de quelques jours, il l'avait laissée partir, mais la jeune fille en était toujours traumatisée et restait depuis à la maison, incapable d'aller à l'école ou de travailler.

Doit-on en conclure qu'Ibu Tina était particulièrement malchanceuse ? Dans une certaine mesure, certainement. Elle considérait par exemple l'enlèvement de sa fille comme un coup du sort (même si cela avait tout de même à voir avec le fait que leur maison était installée à proximité de la voie ferrée où vivaient de nombreux sans-abri), mais elle était en même temps convaincue que ses mésaventures étaient symptomatiques de la vie des propriétaires de petits commerces.

Les dangers de la pauvreté

L'un de nos amis, qui évolue dans le monde de la haute finance, dit toujours des pauvres qu'ils sont comme les gestionnaires de fonds spéculatifs : comme la leur, leur vie est extrêmement risquée. Selon lui, la seule différence entre les deux est l'écart de revenus. En réalité, il ne va pas assez loin : aucun spéculateur n'est responsable à 100 % de ses pertes, à la différence de presque tous les propriétaires de petits commerces ou les petits agriculteurs. De plus, les pauvres doivent souvent avancer eux-mêmes tout le capital, soit grâce aux « biens » accumulés par leur famille, soit par des prêts – une situation que la plupart des spéculateurs n'ont jamais à affronter.

Une large fraction des pauvres tient des petits commerces ou des petites exploitations agricoles. Selon notre base de données portant sur dix-huit pays, une moyenne de 44 % des urbains pauvres ont un commerce ne relevant pas de l'agriculture, tandis que la proportion de ruraux pauvres qui gèrent une exploitation agricole va de 25 % à 98 % (la seule exception étant l'Afrique du Sud, où la population noire a historiquement été exclue du travail de la terre). De plus, une part importante de ces derniers foyers tient en même temps un commerce non agricole. Par ailleurs, la majeure partie des terres cultivées par les pauvres n'est pas irriguée, et leurs revenus sont donc extrêmement dépendants des conditions météorologiques. Une sécheresse ou même un retard dans l'arrivée des pluies peuvent entraîner une mauvaise récolte sur une terre non irriguée et la moitié des revenus de l'année risque à tout moment de s'évaporer.

Les propriétaires de commerces ou de fermes ne sont pas les seuls à être exposés au risque d'une chute de leurs revenus. L'autre principale forme d'emploi des pauvres est le travail occasionnel, payé à la journée. Plus de la moitié des personnes qui travaillent comme employés au sein des populations les plus pauvres des zones rurales sont des journaliers. Dans les zones urbaines, cette proportion est de 40 %. Lorsqu'ils ont de la chance, les journaliers trouvent du travail pour quelques semaines ou même quelques mois sur un chantier ou une exploitation agricole, mais ils ne sont souvent engagés que pour quelques jours ou une à deux semaines. Ils ne savent jamais s'ils retrouveront du travail d'un jour sur l'autre. Si les affaires vont mal dans le secteur, leurs emplois sont les premiers à être supprimés : souvenons-nous de Pak Solhin – que nous avons croisé au chapitre 2 – qui n'avait pas tardé à perdre son emploi lorsque les prix de l'engrais et de l'essence s'étaient mis à augmenter, conduisant les agriculteurs à faire des économies. Les journaliers travaillent donc en général moins de jours dans l'année que ceux qui sont employés plus régulièrement, et une grande partie d'entre eux très peu. Une enquête menée au Gujarat, en Inde, est arrivée à la conclusion que les journaliers travaillent en moyenne 254 jours par an (contre 354 pour les salariés, et 338 pour les indépendants), le dernier tiers travaillant seulement 137 jours par an[1].

Les grandes catastrophes agricoles, comme la séche-resse au Bangladesh en 1974 (qui provoqua une baisse de 50 % des salaires en termes de pouvoir d'achat et qui se solda, selon certaines estimations, par près d'un mil-lion de morts[2]) ou les crises alimentaires en Afrique (comme la sécheresse au Niger en 2005-2006) sont bien sûr particulièrement relayées par les médias, mais, même pendant les années « normales », les revenus du secteur agricole varient énormément d'une année à l'autre. Au Bangladesh, les revenus agricoles peuvent varier de 18 % en plus ou en moins par rapport à leur niveau moyen, même quand on exclut les années extrêmes[3]. Et plus le pays est pauvre, plus cette variabilité est grande. Ainsi, les revenus agricoles sont vingt et une fois plus fluctuants en Inde qu'aux États-Unis[4]. Il n'y a là rien de surprenant : les agriculteurs américains sont assurés, ils reçoivent des subventions et bénéficient des programmes d'assurance sociale courants : ils n'ont donc pas besoin

1. Jeemol UNNI et Uma RANI, « Social protection for informal workers in India : insecurities, instruments and institutional mecha-nisms », *Development and Change*, 34 (1), 2003, p. 127-161.

2. Mohiuddin ALAMGIR, *Famine in South Asia : Political Economy of Mass Starvation*, Cambridge, MA, Oelgeschlager, Gunn & Hain, 1980.

3. Martin RAVALLION, *Markets and Famines*, Oxford, Clarendon, 1987.

4. Seema JAYACHANDRAN, « Selling labor low : wage responses to productivity shocks in developing countries », *Journal of Political Economy*, 114 (3), 2006, p. 538-575.

de licencier leurs employés ni de baisser les salaires lorsque la récolte est mauvaise.

Par ailleurs, comme si les caprices des éléments ne suffisaient pas, les prix des denrées agricoles fluctuent énormément. De 2005 à 2008, il y a eu une hausse sans précédent des prix alimentaires. Pendant la crise financière mondiale, ils se sont effondrés, pour remonter ces deux dernières années à leur niveau précédent. Des prix alimentaires élevés devraient en principe favoriser les producteurs (les pauvres ruraux) au détriment des consommateurs (les pauvres urbains). Pourtant, pendant l'été 2008 – une année record à la fois pour les prix de l'alimentation et ceux des engrais –, toutes les personnes à qui nous avons parlé dans des pays comme l'Indonésie ou l'Inde avaient le sentiment d'être les grands perdants de cette hausse : les agriculteurs estimaient que leurs coûts avaient davantage augmenté que le cours de leur production, les ouvriers agricoles se plaignaient de ne pas trouver de travail parce que les agriculteurs économisaient, et les habitants des villes avaient peine à faire face à l'enchérissement des denrées. Le problème n'était pas simplement celui du niveau des prix, mais aussi celui de leur incertitude. Par exemple, les agriculteurs qui devaient payer leur engrais à des tarifs élevés ne pouvaient être certains que le cours de leur production serait toujours aussi haut lorsque viendrait le temps de la récolte.

Pour les pauvres, le risque ne se cantonne pas aux revenus ou à la nourriture : la santé, dont nous avons parlé dans un précédent chapitre, est également une source majeure d'incertitude. Il faut aussi compter avec la violence politique, la criminalité (comme dans le cas de la fille d'Ibu Tina) et la corruption.

Le risque est si constamment présent dans la vie quotidienne des pauvres que, de façon un peu paradoxale, ils semblent à peine s'apercevoir d'événements qui, vus des pays riches, apparaissent comme des cataclysmes. En février 2009, le président de la Banque mondiale, Robert Zoellick, lançait cet avertissement à l'adresse des dirigeants mondiaux :

> La crise économique mondiale [déclenchée par l'effondrement de la banque d'investissement Lehman Brothers, en septembre 2008] menace de devenir une crise humanitaire dans beaucoup de pays en développement, à moins qu'ils ne puissent engager des mesures ciblées pour protéger les plus vulnérables. Alors que le monde est globalement préoccupé par le sauvetage des banques et les plans de relance, nous ne saurions oublier que les pauvres des pays en développement sont bien plus exposés en cas de défaillance de leur économie [1].

La note de la Banque mondiale précisait encore qu'avec la chute de la demande mondiale les pauvres perdraient les débouchés de leurs produits agricoles, leurs emplois sur les chantiers et leurs postes à l'usine. Les budgets publics pour l'éducation, la santé et l'aide aux plus pauvres seraient réduits sous la pression simultanée de la baisse des revenus fiscaux et de l'effondrement de l'aide internationale.

En janvier 2009, nous sommes allés avec Somini Sengupta, à l'époque correspondante du *New York Times* en Inde, à Maldah, une région rurale du Bengale occidental. Elle voulait faire un papier sur la façon dont la crise mondiale affectait les pauvres. Sengupta, qui a grandi en Californie mais parle parfaitement le bengali, avait entendu dire que beaucoup des travailleurs des

---

1. « Selon la Banque mondiale, les pauvres sont durement touchés par la crise dans les pays en développement », communiqué de presse de la Banque mondiale, 2009/220/EXC/FR, 12 février 2009.

chantiers de Delhi venaient de Maldah, et elle savait que le secteur de la construction s'essoufflait à Delhi. Nous sommes donc allés de village en village, interrogeant les jeunes gens sur leur expérience de la migration.

Tout le monde connaissait quelqu'un qui avait émigré. Beaucoup de migrants étaient eux-mêmes de retour chez eux pour muharram, le premier mois du calendrier musulman. Chacun était heureux de pouvoir témoigner de son expérience. Les mères nous parlaient de villes lointaines du sud et du nord de l'Inde, d'endroits comme Ludhiana, Coimbatore et Vadodara, où leurs fils et leurs neveux vivaient et travaillaient à présent. Il y avait évidemment des tragédies – une femme nous a parlé de son fils qui était mort à Delhi d'une maladie mystérieuse –, mais, sauf exception, le ton était optimiste. « Y a-t-il du travail en ville ? », demandait Sengupta. « Oui, beaucoup de travail. — Vous avez entendu parler de coupes budgétaires ? — Non, il n'y a rien de tout ça à Bombay, tout va bien, là-bas » – et ainsi de suite. Nous sommes allés à la gare, à la recherche de gens qui reviendraient après avoir perdu leur travail. Là, nous avons rencontré trois jeunes gens qui se rendaient à Bombay. L'un d'entre eux n'y était jamais allé ; les autres, des vétérans, l'assuraient que trouver du travail ne posait aucun problème. Pour finir, Sengupta renonça à écrire son papier sur la façon dont le ralentissement mondial de l'économie affectait les pauvres.

Nous ne voulons pas dire par là que les chantiers n'auraient pas licencié pendant la crise à Bombay – certains l'ont sans doute fait – mais pour la plupart de ces jeunes hommes, l'important, à ce moment-là, était les possibilités qui s'ouvraient à eux. Il y avait encore du travail à trouver, rémunéré au double de ce qu'on pouvait gagner au village. Comparé à ce qu'ils avaient dû supporter – à l'angoisse quotidienne de ne pas trouver de travail du tout et à l'attente interminable de l'arrivée des pluies –, la vie d'un ouvrier migrant continuait à paraître éminemment désirable.

Certes, la crise mondiale a aggravé les risques qui pèsent sur les pauvres, mais cela n'a pas représenté grand-chose au regard de l'ensemble de ceux qu'ils subissent chaque jour, même lorsqu'il n'y a pas de crise pour inquiéter la Banque mondiale. Pendant la crise indonésienne de 1998, la roupie a perdu 75 % de sa valeur, les prix alimentaires ont augmenté de 250 % et le PIB a baissé de 12 %. Pourtant, les riziculteurs, qui font généralement partie des populations les plus pauvres, ont alors connu une hausse de leur pouvoir d'achat[1]. Ce sont les fonctionnaires et les autres personnes bénéficiant de revenus relativement stables qui s'en sont le plus mal sortis. Même en 1997-1998, lors de la grande crise financière thaïlandaise, pendant laquelle l'économie se contracta de 10 %, les deux tiers des quelque mille personnes interrogées pensaient que la raison principale de la baisse de leurs revenus était la sécheresse[2]. Seuls 26 % évoquaient la perte de leur emploi, et il est à peu près sûr que ces licenciements n'étaient pas tous imputables à la crise. Il semble donc qu'une fois encore la situation n'ait pas été particulièrement défavorable pour les pauvres, par rapport à celle de n'importe quelle autre année, précisément parce que leur situation est toujours mauvaise. Les problèmes

1. Daniel Chen, « Club Goods and Group Identity : Evidence from Islamic Resurgence During the Indonesian Financial Crisis », *Journal of Political Economy*, 118 (2), 2010, p. 300-354.
2. Mauro Alem et Robert Townsend, « An evaluation of financial institutions : impact on consumption and investment using panel data and the theory of risk-bearing », document de travail, 2010.

qu'ils rencontraient leur étaient familiers. Comme si chaque année les voyait plongés au cœur d'une crise financière colossale.

Non seulement les pauvres sont plus exposés aux risques que les moins pauvres, mais le même problème a souvent pour eux des conséquences bien plus dramatiques. Tout d'abord, les restrictions sont plus douloureuses pour quelqu'un qui consomme très peu au départ. Lorsqu'une famille qui bénéficie d'une certaine aisance doit réduire son budget, ses membres peuvent par exemple sacrifier quelques minutes de téléphone portable, acheter moins souvent de la viande ou envoyer les enfants dans une école moins chère. Bien sûr, c'est désagréable. Mais pour les pauvres, une baisse importante de revenus peut entraîner des coupes dans des dépenses fondamentales : au cours de l'année précédente, dans 36 % des foyers extrêmement pauvres que nous avons interrogés dans le district rural de l'Udaipur, les adultes avaient dû diminuer leurs repas à un moment ou un autre. Or c'est là quelque chose que les pauvres détestent vraiment faire : ceux qui avaient dû s'y résoudre se déclaraient beaucoup plus malheureux que ceux qui n'en avaient pas eu besoin.

Deuxièmement, lorsque la relation entre revenus actuels et revenus futurs suit une courbe en S, les conséquences d'un coup du sort peuvent être plus graves qu'une détresse passagère. Dans la figure A, nous avons représenté la relation entre revenus actuels et revenus futurs pour Ibu Tina, la femme d'affaires indonésienne évoquée précédemment.

Figure A : Les conséquences d'un choc sur la richesse d'Ibu Tina

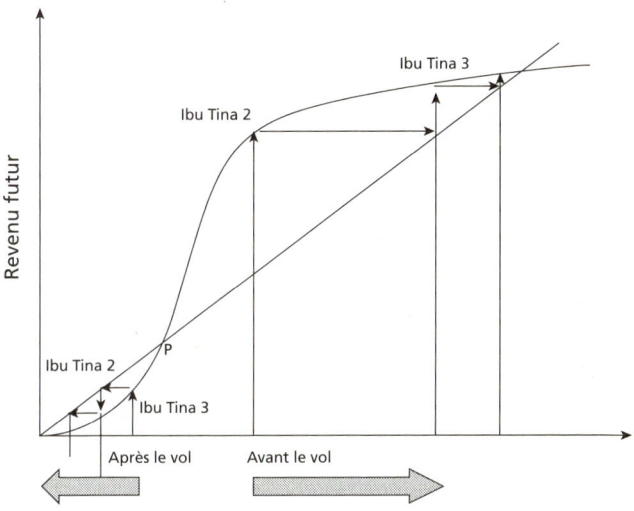

Richesse actuelle d'Ibu Tina

Dans le chapitre 1, nous avons vu qu'un piège de pauvreté pouvait se mettre en place lorsque les investissements rapportent relativement peu quand les sommes investies sont faibles, et plus dès lors qu'elles sont plus importantes. Ibu Tina était clairement dans cette situation. Dans son cas, la relation entre revenus actuels et revenus futurs suivait une courbe en S, parce que son commerce devait avoir une taille minimum pour être rentable (dans le chapitre 9, nous verrons que c'est là une caractéristique centrale des commerces gérés par les pauvres, ce qui fait que son cas n'a rien d'unique). Avant le vol, elle et son mari avaient quatre employés, ils avaient assez d'argent pour acheter des matériaux et utiliser leurs machines à coudre et leur personnel pour confectionner des vêtements. C'était une affaire très lucrative. Après le vol, tout ce qu'ils avaient pu faire était d'acheter des shorts prêts à porter, pour les emballer et les revendre, une activité bien moins profitable (voire pas du tout). Avant la catastrophe du chèque en bois, Ibu Tina et son mari étaient à l'extérieur du piège de pauvreté. Si nous retraçons le chemin qu'ils auraient parcouru au fil du temps, nous voyons qu'ils suivaient alors une trajectoire qui leur aurait finalement permis d'arriver à des revenus corrects. Mais le vol a fait disparaître leurs actifs, les entraînant dans la zone du piège de pauvreté. À partir de là, ils se sont mis à gagner si peu d'argent qu'ils n'ont cessé de s'appauvrir : lorsque nous l'avons rencontrée, Ibu Tina en était réduite à vivre de la charité de ses frères. Dans ce monde en S, un coup dur peut donc avoir des conséquences permanentes. Lorsque la relation entre revenus actuels et revenus futurs suit une courbe en S, une famille en voie d'accéder à la classe moyenne peut tout à coup plonger dans la pauvreté.

Ce processus est souvent renforcé par un processus psychologique. Lorsqu'on perd espoir et qu'on a le sentiment qu'il n'y a pas d'issue, il est d'autant plus difficile de conserver la maîtrise de soi nécessaire pour remonter la pente. Nous avons déjà constaté ce problème à propos de Pak Solhin, cet ancien ouvrier agricole devenu pêcheur occasionnel que nous avons évoqué au chapitre 2, et avec Ibu Tina. L'un comme l'autre ne paraissaient pas avoir la force mentale nécessaire pour se prendre en main et repartir. Dans la région d'Udaipur, nous avons rencontré un homme qui, en réponse à un questionnaire standard, nous a dit avoir été si « préoccupé, tendu et anxieux » que, depuis plus d'un mois, cela avait perturbé ses activités les plus courantes, comme dormir, travailler et manger. Nous lui avons demandé pourquoi. Il nous a répondu que son chameau était mort et que, depuis, il était triste et tendu. Avec peut-être un peu de naïveté, nous lui avons alors demandé s'il avait fait quelque chose pour sa dépression (comme parler à un ami, à un praticien de santé ou à un guérisseur traditionnel). Il a eu l'air contrarié : « J'ai perdu mon chameau. C'est normal que je sois triste. Il n'y a rien à faire. »

Il y a sans doute d'autres forces psychologiques à l'œuvre : être exposé à des risques (non seulement celui de voir ses revenus diminuer, mais aussi de mourir ou de tomber malade) est une source de préoccupation, qui engendre angoisse et dépression. Les symptômes de dépression sont bien plus fréquents chez les pauvres. Le fait d'être angoissé nuit à notre faculté de concentration, ce qui nous rend moins productifs. Il y a en particulier un lien fort entre la pauvreté et le niveau de cortisol – une hormone liée au stress – produit par le corps. Inversement, on observe une moindre concentration de cortisol dans l'organisme lorsque les foyers reçoivent de l'aide. Les enfants des familles bénéficiant du programme Progresa, ce dispositif d'allocations mis en place au Mexique, en sécrétaient ainsi beaucoup moins que ceux dont les mères n'en bénéficiaient pas. C'est une information importante, car un taux de cortisol trop élevé nuit directement aux capacités cognitives et décisionnelles : une mauvaise régulation de la production de cortisol, sous l'effet du stress, affecte des zones cérébrales comme le cortex préfrontal ou le système limbique, qui jouent un rôle important dans le fonctionnement cognitif ; le cortex préfrontal a en particulier une fonction importante d'inhibition des réactions impulsives. Il n'y a donc rien de surprenant à ce que des sujets placés artificiellement dans des conditions de stress dans le cadre d'un laboratoire soient moins susceptibles d'obéir à la rationalité économique lorsqu'ils ont à choisir entre différentes options[1].

À la recherche d'une protection

Que peuvent faire les pauvres pour gérer ces risques ? L'une des réactions naturelles lorsqu'on est confronté à une baisse de ses revenus ou de son salaire est de tenter de travailler plus. Mais cette stratégie peut être contre-productive. Si tous les pauvres cherchent à travailler plus lorsque les temps sont durs (par exemple lors d'une sécheresse, ou lorsque les prix des matières premières augmentent), ils entrent en compétition les uns avec les autres, ce qui fait baisser les salaires. La situation est encore plus tendue s'ils ne peuvent pas trouver de travail hors du village. De là vient qu'une même sécheresse aura des effets négatifs plus importants sur les salaires des villages indiens les plus isolés, d'où il est plus difficile de partir pour chercher du travail. Dans ces

---

1. B. P. RAMOS et A. F. T. ARNSTEN, « Adrenergic pharmacology and cognition : focus on the prefrontal cortex », *Pharmacology and Therapeutics*, 113, 2007, p. 523-536 ; D. KNOCH, A. PASCUAL-LEONE, K. MEYER, V. TREYER et E. FEHR, « Diminishing reciprocal fairness by disrupting the right prefrontal cortex », *Science*, 314, 2006, p. 829-832 ; T. A. HARE, C. F. CAMERER et A. RANGEL, « Self-control in decision-making involves modulation of the vmPFC valuation system », *Science*, 324, 2009, p. 646-648 ; A. J. PORCELLI et M. R. DELGADO, « Acute stress modulates risk taking in financial decision making », *Psychological Science : A Journal of the American Psychological Society*, 20, 2009, p. 278-283 ; et R. VAN DEN BOS, M. HARTEVELD et H. STOOP, « Stress and decision-making in Humans : performance is related to cortisol reactivity, albeit differently in men and women », *Psychoneuroendocrinology*, 34, 2009, p. 1449-1458.

endroits, travailler plus, ce n'est pas nécessairement gagner plus [1].

Si réagir à un choc en travaillant plus n'est pas réellement une bonne solution, la meilleure stratégie est souvent de tenter de limiter les risques en se constituant un portefeuille diversifié, comme le ferait un gestionnaire de fonds spéculatifs (*hedge-funds*) – et il est clair que les pauvres consacrent à cela énormément d'ingéniosité. La seule différence est qu'ils diversifient leurs activités, pas simplement des instruments financiers. Le nombre d'activités qu'on peut répertorier au sein d'une même famille est particulièrement impressionnant : dans une enquête portant sur vingt-sept villages du Bengale occidental, on observait que même les foyers qui déclaraient cultiver un terrain consacraient seulement 40 % de leur temps à l'agriculture [2]. La famille moyenne comptait trois membres actifs et sept métiers. En règle générale, si la plupart des familles rurales ont des activités agricoles, c'est rarement là leur unique occupation. Cette stratégie permet sans doute aux pauvres de réduire les risques – si l'une des activités périclite, les autres peuvent continuer à les faire vivre.

Avoir plusieurs champs à différents endroits du village, plutôt qu'un seul terrain plus vaste, constitue aussi une forme de diversification du risque. Lorsque des maladies ou des parasites s'abattent sur l'une de ses parties, les autres ne sont pas nécessairement touchées ; lorsque la pluie vient à manquer, les cultures plus proches de la nappe phréatique ont des chances d'être

1. Seema Jayachandran, « Selling labor low : wage responses to productivity shocks in developing countries », *Journal of Political Economy*, 114 (3), 2006, p. 538-575.
2. Nirmala Banerjee, « A survey of occupations and livelihoods of households in West Bengal », Sachetana, Calcutta, 2006, polycopié.

préservées ; des emplacements dispersés autour d'un même village peuvent même avoir différents microclimats, selon l'exposition, la pente, l'altitude et l'humidité.

On peut interpréter de la même façon les migrations temporaires. Il est relativement rare que toute une famille parte pour la ville. Le plus souvent, seuls certains de ses membres – généralement les hommes ou les adolescents en Inde ou au Mexique, ou les filles plus âgées en Chine, aux Philippines ou en Thaïlande – migrent, tandis que les autres restent. Cela garantit que le sort de la famille ne dépende pas uniquement du travail d'une seule personne à la ville, et cela permet à la famille de préserver ses liens au village, ce qui, comme nous le verrons, se révèle souvent utile.

L'autre façon qu'ont les pauvres de limiter les risques est d'avoir une gestion très conservatrice de leurs exploitations agricoles ou de leurs entreprises. Ils peuvent par exemple être au courant qu'il existe une nouvelle variété plus productive que celle qu'ils cultivent et néanmoins choisir de ne pas l'adopter. L'un des avantages pour les agriculteurs de rester fidèles aux techniques traditionnelles est qu'ils n'ont pas besoin d'acheter de nouvelles semences – ils en gardent juste assez d'une saison sur l'autre pour pouvoir replanter – qui coûtent souvent très cher. Même si ces nouvelles semences permettent de gagner des sommes plusieurs fois supérieures à l'investissement initial lorsque les choses se passent bien, il y a toujours un risque – même faible – que la récolte soit mauvaise (par exemple parce que les pluies n'arrivent pas), et que l'agriculteur perde l'investissement supplémentaire qu'il a fait.

La famille est aussi mise à contribution de façon très créative pour répartir le risque. En Inde, les agriculteurs utilisent le mariage comme une façon de diversifier le « portefeuille » de leurs familles étendues. Lorsque, après son mariage, une femme quitte son village pour rejoindre celui de ses beaux-parents, cela crée un lien entre le foyer dont elle vient et celui d'où vient son mari, et les deux familles peuvent faire appel l'une à l'autre en cas de problèmes[1]. Les familles d'agriculteurs trouvent généralement des maris à leurs filles dans des villages assez proches pour que la relation puisse être maintenue, mais assez éloignés pour bénéficier d'un climat légèrement différent. Ainsi, si la pluie ne tombe que dans l'un des villages, celui-ci peut venir en aide à l'autre. Avoir beaucoup d'enfants est peut-être une autre façon de s'acheter un peu de sécurité. Qu'on se souvienne de Pak Sudarno, qui en avait eu neuf pour être sûr qu'au moins l'un d'entre eux prendrait soin de lui.

Toutes ces façons qu'ont les pauvres de gérer le risque peuvent s'avérer très coûteuses. La question a été étudiée en détail pour l'agriculture. En Inde, les agriculteurs pauvres utilisent les intrants agricoles de façon plus conservatrice mais moins efficace dans les régions où la pluviosité est plus incertaine[2]. Leur taux de profit est supérieur de 35 % lorsqu'ils vivent dans des zones où la pluviosité annuelle est très régulière. De plus, seuls les pauvres sont affectés de cette façon par les risques : pour les agriculteurs plus riches, il n'y a pas de relation entre taux de profit et variabilité des pluies, sans doute parce qu'ils peuvent se permettre de perdre une récolte et sont donc prêts à prendre plus de risques.

1. Mark ROSENZWEIG et Oded STARK, « Consumption smoothing, migration, and marriage : evidence from rural India », *Journal of Political Economy*, 97 (4), 1989, p. 905-926.
2. Hans BINSWANGER et Mark ROSENZWEIG, « Wealth, weather risk and the composition and profitability of agricultural investments », *Economic Journal*, 103 (416), 1993, p. 56-78.

Une autre stratégie adoptée par les agriculteurs pauvres est de devenir métayers : dans ce cas, le propriétaire assume une partie des coûts de l'exploitation et a droit à une partie de la production. C'est pour le cultivateur une façon de limiter son exposition aux risques, mais sa motivation s'en ressent : sachant que le propriétaire prendra (par exemple) la moitié de tout ce qui sera produit sur l'exploitation, le fermier a moins de raisons de travailler dur. Une étude menée en Inde a montré que les fermiers consacrent 20 % moins d'efforts aux terres dont ils partagent les récoltes avec le propriétaire qu'à celles dont ils conservent la totalité des fruits [1]. Par conséquent, ces champs sont cultivés moins intensivement, et moins efficacement.

Avoir de multiples activités, comme c'est le cas de beaucoup de pauvres, peut aussi se révéler inefficace. Il est difficile de se professionnaliser lorsqu'on ne se spécialise en rien. Les femmes qui gèrent trois commerces différents, comme les hommes qui ne peuvent s'engager dans un emploi stable à la ville parce qu'ils veulent conserver la possibilité de revenir au village à intervalles réguliers, s'empêchent d'acquérir des compétences et de l'expérience dans leur activité principale. Par là, ils passent aussi à côté des gains qu'ils pourraient s'assurer en se spécialisant dans les activités pour lesquelles ils sont vraiment doués.

Le coût des risques qui affectent les pauvres ne se fait donc pas seulement sentir lorsqu'un malheur survient : la crainte qu'une catastrophe advienne nuit à la capacité des gens de réaliser pleinement leur potentiel.

---

1. Radwan SHABAN, « Testing between competing models of sharecropping », *Journal of Political Economy*, 95 (5), 1987, p. 893-920.

S'aider les uns les autres

Une autre façon – potentiellement bien meilleure – de gérer le risque consiste à se venir en aide mutuellement. La plupart des pauvres vivent dans des villages ou dans des quartiers où ils ont accès à un large réseau de personnes qui les connaissent bien : la famille étendue et la communauté, qu'elle soit fondée sur la religion ou l'ethnie. Si certains événements frappent tous les membres du réseau (comme une mauvaise mousson, par exemple), d'autres sont plus spécifiques. Si ceux pour qui les choses vont bien maintenant soutiennent ceux qui sont en difficulté, en échange d'une aide équivalente lorsque les rôles s'inverseront, tout le monde peut y gagner. S'aider les uns les autres n'est pas forcément de la charité.

Une étude menée par Christopher Udry montre à la fois la puissance et les limites d'une telle assurance informelle. Au cours de l'année qu'il passa dans un village du Nigéria, il demanda aux habitants de noter tous les cadeaux ou prêts informels qu'ils se faisaient les uns aux autres, ainsi que les conditions selon lesquelles ils les avaient remboursés [1]. Chaque mois, il leur demanda également si un malheur quelconque leur était arrivé. Il parvint à la conclusion qu'à un moment donné une famille devait de l'argent ou en avait prêté, en moyenne, à 2,5 autres familles. Par ailleurs, les conditions de ces prêts s'adaptaient à la situation tant du créditeur que du débiteur. Lorsque la personne qui avait emprunté de l'argent rencontrait des difficultés, elle remboursait moins

1. Christopher UDRY, « Risk and insurance in a rural credit market : an empirical investigation in Northern Nigeria », *Review of Economic Studies*, 61 (3), 1994, p. 495-526.

(souvent même moins que le prêt initial), mais lorsque c'était celui qui avait prêté de l'argent qui traversait une mauvaise passe, son débiteur lui remboursait au contraire *plus que ce qu'il lui devait.* Le réseau étroit de prêts et d'emprunts mutuels contribuait à réduire considérablement les risques auxquels était exposé chaque individu. Néanmoins, l'efficacité de cette solidarité informelle avait ses limites. Les familles dans l'adversité voyaient tout de même leur consommation diminuer, même lorsque les revenus totaux de toutes les personnes du réseau n'avaient pas changé.

L'important corpus de travaux sur les assurances informelles qui ont été menés, de la Côte d'Ivoire à la Thaïlande en passant par l'Inde aboutit à cette même conclusion : si les réseaux de solidarité traditionnelle contribuent à atténuer les chocs, la protection qu'ils assurent est loin d'être parfaite.

Si ces systèmes assuraient une protection adéquate contre les risques, ils devraient permettre aux familles de maintenir leur consommation plus ou moins constante, déterminée par leurs gains moyens : lorsqu'une famille traverserait une période faste, elle aiderait celles dans l'infortune, et lorsque sa situation serait plus difficile, ce serait les autres qui l'aideraient en retour. Mais ce n'est pas ce que nous observons en général.

Les aléas de santé, en particulier, sont très mal assurés. En Indonésie, la consommation d'un foyer chute en moyenne de 20 % lorsque l'un de ses membres tombe gravement malade[1]. Une étude menée aux Philippines montre que la solidarité au sein d'un même village fonctionne particulièrement mal dans le cas des maladies

---

1. Paul GERTLER et Jonathan GRUBER, « Insuring consumption against illness », *American Economic Review*, 92 (1), mars 2002, p. 51-70.

graves mais non mortelles[1]. Lorsqu'une famille fait une mauvaise récolte, ou lorsqu'un de ses membres perd son travail, les autres familles du village viennent souvent à son aide. Elle reçoit des cadeaux, des prêts sans intérêts et diverses autres formes d'assistance. Mais lorsque l'un des membres du foyer rencontre des problèmes de santé, les choses ne se passent apparemment pas de la même manière. La famille doit les gérer seule.

L'absence d'assurance dans ce domaine a quelque chose de surprenant, dans la mesure où les familles s'entraident par ailleurs dans d'autres occasions. Dans un précédent chapitre, nous avons évoqué l'histoire d'Ibu Emptat, une femme que nous avons rencontrée dans un petit village de Java et dont le mari avait eu un problème aux yeux. Son enfant avait dû cesser d'aller à l'école parce qu'elle n'avait pas les moyens de lui payer ses médicaments pour l'asthme. Ibu Emptat avait emprunté 100 000 roupies (18,75 USD PPA) au prêteur local afin de payer le traitement pour les yeux de son mari et, lorsque nous l'avons rencontrée, elle lui devait, avec l'accumulation des intérêts, 1 million de roupies. Elle était très inquiète, parce que le prêteur menaçait de lui prendre tout ce qu'elle avait. Cependant, au cours de l'entretien, nous avons découvert que l'une de ses filles venait de lui offrir un téléviseur : elle venait de s'acheter un nouveau poste pour environ 800 000 roupies (150 USD PPA) et avait donc décidé de donner l'ancien (qui marchait encore très bien) à ses parents. Cet échange nous paraissait un peu curieux : n'aurait-il pas été plus judicieux pour leur fille de garder son ancien téléviseur et de donner plutôt de l'argent à ses parents pour rembourser

---

1. Marcel FAFCHAMPS et Susan LUND, « Risk-sharing networks in rural Philippines », *Journal of Development Economics*, 71 (2), 2003, p. 261-287.

le prêteur ? Quand nous lui avons posé la question : « Est-ce qu'un de vos enfants ne pourrait pas vous aider à rembourser votre dette ? » Ibu Emptat a simplement secoué la tête et nous a répondu qu'ils avaient leurs propres problèmes et leurs propres familles dont ils devaient se soucier, sous-entendant par là qu'elle n'avait pas à mettre en question la forme du don qui lui avait été fait. Elle paraissait trouver normal que personne ne propose de l'aider à assumer ses dépenses médicales.

Qu'est-ce qui empêche les gens d'en faire plus pour s'entraider ? Pourquoi certaines formes de risques ne sont-elles pas couvertes, ou le sont mal ?

Il y a de bonnes raisons pour lesquelles nous pouvons être réticents à aider nos amis ou voisins sans contrepartie. Nous pouvons craindre que cette sécurité ne les incite à relâcher leurs efforts – c'est ce que les assureurs appellent l'*aléa moral*. Ou qu'ils prétendent avoir besoin de secours alors que ce n'est pas réellement le cas. Ou encore, tout simplement, que le principe de réciprocité ne soit peut-être pas respecté : je t'aide aujourd'hui, mais qui me dit que, demain, tu trouveras le temps de m'aider ?

Tout cela peut expliquer que nous soyons un peu moins généreux, mais plus difficilement que nous ne venions pas en aide à des gens qui viennent de tomber gravement malades : selon toute vraisemblance, il ne s'agit pas d'un choix de leur part. L'autre possibilité est que l'explication que la plupart des économistes donnent pour les assurances informelles – nous aidons les autres dans l'espoir qu'ils nous aident dans le futur – n'est peut-être pas la bonne. Il se pourrait par exemple que nous aidions nos voisins lorsqu'ils traversent une mauvaise passe même lorsque nous ne nous attendons pas à nous trouver un jour dans la même position – simplement parce qu'il est immoral de laisser ses voisins mourir de faim. Dans leur livre sur la vie dans les régions rurales du Bangladesh au milieu des années 1970[1], Betsy Hartmann et James Boyce évoquent deux familles voisines, l'une hindoue et l'autre musulmane, qui n'étaient pas particulièrement proches. La famille hindoue, ayant perdu son gagne-pain, souffrait de la faim. Désespérée, la mère se glissait de temps en temps la nuit dans le jardin de l'autre famille pour y voler quelques légumes. Betsy Hartmann découvrit que la famille musulmane s'en était aperçue, mais qu'elle avait décidé de faire comme si de rien n'était. « Je sais que ce n'est pas une mauvaise femme, disait l'homme. Si j'étais dans la même situation qu'elle, moi aussi je volerais sûrement. Lorsque des petites choses disparaissent, j'essaie de ne pas m'énerver. Je me dis : "La personne qui l'a pris doit avoir plus faim que moi." »

Si les gens s'entraident dans les moments difficiles par obligation morale, plutôt que parce qu'ils espèrent pouvoir eux-mêmes recevoir de l'aide dans l'avenir, cela pourrait contribuer à expliquer pourquoi les réseaux informels ne sont pas adaptés pour gérer les accidents de santé. Lorsqu'un foyer, même très pauvre, qui a suffisamment à manger, voit à côté de lui un voisin qui, lui, ne mange pas à sa faim, il partage naturellement ce qu'il a. Mais aider les gens à payer une hospitalisation, par exemple, implique d'aller au-delà de ce simple geste : étant donné le coût d'une hospitalisation, la participation de plusieurs foyers serait alors nécessaire. Par conséquent, il est logique d'exclure les dépenses de santé importantes des impératifs moraux qui imposent d'aider un voisin en détresse, parce qu'un contrat social bien plus complexe serait nécessaire pour parvenir à les assurer.

1. Betsy HARTMANN et James BOYCE, *Quiet Violence : View from a Bangladesh Village*, San Francisco, Food First Books, 1985.

C'est cette vision de l'assurance comme relevant essentiellement d'un devoir moral qui explique pourquoi, dans les villages nigérians, les villageois s'aident individuellement les uns les autres au lieu de tous contribuer à un pot commun, en dépit du fait que cette deuxième façon de partager les risques serait plus efficace. Cela pourrait également expliquer pourquoi la fille d'Ibu Emptat avait donné un téléviseur à sa mère, mais n'avait pas pris en charge les frais de santé. Elle ne voulait pas être la seule enfant à assumer la responsabilité des soins médicaux de ses parents (et elle ne voulait pas compter sur le fait que ses frères et sœurs seraient aussi généreux qu'elle). C'est pour cela qu'elle avait choisi de faire quelque chose de gentil pour eux, sans pour autant s'en mettre plus sur le dos qu'elle ne pouvait porter.

Où sont les compagnies d'assurances pour les pauvres ?

Étant donné le coût élevé des risques et les limites de la protection assurée par les réseaux de solidarité informelle, on en vient à se demander pourquoi les pauvres n'ont pas davantage accès aux systèmes de prévoyance classiques, c'est-à-dire aux compagnies d'assurances. Ce type de contrat est très rare chez les pauvres : l'assurance santé, l'assurance contre les aléas climatiques ou contre la perte de bétail, qui sont des produits courants dans la vie des agriculteurs des pays riches, sont quasiment absentes dans les pays en voie de développement.

À présent que le microcrédit s'est banalisé, assurer les pauvres semble être un champ d'action tout désigné pour les capitalistes créatifs et pleins de bons sentiments (un éditorialiste de *Forbes* a ainsi parlé de « marché naturel encore non pénétré[1] »). Les pauvres subissent des risques considérables et devraient sans doute être prêts à payer des primes raisonnables pour assurer leur vie, leur santé, leur bétail ou leurs récoltes. Avec ces milliards de pauvres attendant de souscrire une police, même un profit minime par contrat constituerait un projet commercial fantastique et, en même temps, une aide décisive pour tous les pays en développement. Il ne manque plus, semble-t-il, que quelqu'un pour organiser le marché : c'est ce qui a incité des organisations internationales (comme la Banque mondiale) et des fondations importantes (comme la Fondation Gates) à investir des centaines de millions de dollars pour encourager le développement de solutions de prévoyance pour les pauvres.

Proposer des assurances présente bien sûr certaines difficultés évidentes. Ces problèmes ne sont pas spécifiques aux pauvres, mais ils sont aggravés dans les pays pauvres, où il est plus compliqué de réglementer les assureurs et de contrôler les assurés. Nous avons déjà évoqué l'« aléa moral » : les gens sont susceptibles de modifier leur comportement (se mettre à moins bien travailler la terre, dépenser plus pour des soins, etc.) dès lors qu'ils savent qu'ils n'auront pas à en assumer toutes les conséquences. Examinons certains des problèmes liés à l'assurance santé. Nous avons vu que, alors même qu'ils ne sont pas assurés, les pauvres rendent constamment visite à des praticiens de santé d'un type ou un autre. Que feront-ils si les visites deviennent gratuites ? Quant aux médecins, n'auront-ils pas également tendance à prescrire des examens et des traitements inutiles, surtout s'ils sont également propriétaires d'un laboratoire (comme c'est le cas de nombre de médecins, tant aux États-Unis qu'en Inde),

1. Andrew KUPER, «From microfinance into microinsurance», *Forbes*, 26 novembre 2008.

ou s'ils reçoivent des commissions de la part du pharmacien ? Tout semble aller dans le même sens : les patients
veulent du concret et préfèrent donc les médecins qui ont
l'ordonnance facile, et ces derniers gagnent souvent plus
d'argent s'ils prescrivent plus de médicaments. Offrir une
assurance santé fondée sur le remboursement des soins
ambulatoires dans un pays où les praticiens sont au mieux
peu réglementés et où n'importe qui peut s'établir comme
« médecin » semble être la voie assurée vers la faillite.

Un autre problème est la « sélection adverse ». Si l'assurance n'est pas obligatoire, les personnes les plus susceptibles d'y souscrire sont celles qui se savent présenter plus
de risques. Cela ne pose pas de problème si l'assureur en
est informé, car il peut alors l'intégrer à la prime. Mais si
les compagnies ne parviennent pas à identifier les personnes qui signent un contrat parce qu'ils ont besoin de
soins tout de suite, leur seule solution est d'augmenter les
cotisations pour tout le monde. Et si la prime est plus
élevée, cela ne fait qu'aggraver la situation, puisque cela
dissuade les gens de prendre une assurance s'ils estiment
n'avoir probablement pas besoin d'y recourir. C'est la
raison pour laquelle, aux États-Unis, il est très difficile de
souscrire une police à des prix raisonnables quand on ne
peut pas en obtenir une par son employeur. C'est pour
cela que les assurances santé abordables sont en général
obligatoires pour tout le monde : ainsi, l'assureur ne se
retrouve pas uniquement avec les cas les plus risqués.

Le troisième problème est celui de la fraude pure et
simple : qu'est-ce qui empêche les hôpitaux de multiplier
les demandes de remboursement abusives ou de gonfler
artificiellement les factures des patients ? Et quand un
agriculteur prend une assurance sur son buffle, qu'est-ce
qui l'empêche d'affirmer ensuite qu'il est mort ? Nachiket
Mor et Bindu Ananth, de la Fondation ICICI, sont, en
Inde, les deux personnes les plus résolues à concevoir de

meilleurs services financiers pour les pauvres. Avec beaucoup d'humour, ils nous ont raconté leur première tentative désastreuse de proposer, il y a plusieurs années, une assurance sur le bétail : après que les premiers souscripteurs eurent tous sans exception affirmé avoir perdu leurs bêtes, ils décidèrent que, pour revendiquer la perte d'un animal, il faudrait désormais produire l'oreille de la bête. Il en résulta un trafic juteux d'oreilles de vaches : chaque fois qu'une vache mourait, on lui coupait les oreilles, qu'elle ait été couverte ou non par un contrat, pour les vendre ensuite à ceux qui en avaient assuré une. Ainsi, ceux-ci pouvaient toucher l'indemnité tout en gardant leur vache. Pendant l'été 2009, nous avons assisté à une présentation du projet de Nandan Nilekani, le fondateur et ancien directeur général d'Infosys, le géant de l'informatique indien, qui avait été chargé par l'État de fournir à chaque Indien un identifiant unique. Il expliquait que l'empreinte des dix doigts et une photo de l'iris des yeux suffisaient à identifier une personne de façon certaine. Nachiket Mor écoutait religieusement et, quand Nilekani s'arrêta, il s'exclama : « C'est vraiment dommage que les vaches n'aient pas de doigts… »

Certains types de risques devraient être plus faciles à assurer que d'autres : le climat, par exemple. Les agriculteurs devraient apprécier un contrat qui leur garantirait un montant fixe (déterminé par le montant de la prime versée) dans le cas où la pluviosité, mesurée à la station météo la plus proche, tomberait sous un certain niveau critique. Comme personne ne contrôle le temps et qu'il n'y a pas de débat sur la manière de le mesurer (à la différence des soins médicaux, où quelqu'un doit décider quels examens ou quel traitement sont nécessaires), il n'y a pas de place pour l'aléa moral ou pour la fraude.

En matière de santé, il paraît beaucoup plus facile d'assurer les problèmes lourds – comme les maladies graves ou les accidents – que de couvrir les soins ambulatoires. Personne ne se fait opérer ou ne subit une chimiothérapie juste pour le plaisir, et ces traitements sont facilement vérifiables. Le risque de sur-traitement existe certes, mais l'assureur peut poser une limite à ce qu'il paie pour chaque intervention. Le problème majeur reste celui de la sélection : les compagnies d'assurances veulent éviter que seules les personnes malades contractent une police.

Pour éviter la sélection adverse, une solution est de partir d'un vaste ensemble de personnes réunies pour une raison qui n'a rien à voir avec la santé – par exemple les employés d'une grande entreprise, les clients du microcrédit, les membres du Parti communiste – et de tenter de les assurer tous.

C'est la raison pour laquelle beaucoup d'institutions de microfinance (IMF) ont pensé à proposer aussi une assurance santé. Elles disposent en effet d'un gisement important d'emprunteurs à qui fournir des produits d'assurances. Par ailleurs, étant donné que des accidents ou des maladies graves forcent parfois les clients du microcrédit, qui sont en général extrêmement scrupuleux, à interrompre leurs remboursements, leur assurance santé serait également une forme d'assurance pour les IMF elles-mêmes. De plus, il serait facile de recueillir les cotisations des clients, puisque les agents de prêt les rencontrent déjà chaque semaine – en fait, il suffirait d'intégrer la cotisation au prêt.

En 2007, SKS Microfinance, qui était à l'époque la plus grande institution de microfinance indienne, a mis en place « Swayam Shakti », un programme pilote d'assurance santé proposant le remboursement des frais d'accouchement et d'hospitalisation et des indemnités en cas d'accident. Afin d'éviter la sélection adverse, ce programme était obligatoire pour tous les membres des groupes auxquels il était proposé. Pour prévenir les fraudes éventuelles, les indemnités étaient plafonnées et les clients étaient fortement encouragés à utiliser les hôpitaux avec lesquels SKS avait des contrats à long terme. Pour rendre cette formule plus acceptable, les clients qui se rendaient dans ces hôpitaux, n'auraient aucune avance à faire : tant que leur traitement était couvert par leur contrat, ils n'auraient rien à payer, SKS réglerait l'hôpital directement.

Lorsque SKS mit en place ce produit, la compagnie tenta de le rendre obligatoire pour ses clients. Mais ceux-ci se révoltèrent, ce qui conduisit SKS à changer de stratégie et à ne le rendre obligatoire qu'au premier renouvellement de contrat. Mais certains décidèrent alors de ne pas renouveler leur prêt et l'institution se mit à perdre des clients dans les zones où elle offrait cette assurance. Au bout de quelques mois, le taux de renouvellement des prêts était descendu d'environ 60 % à environ 50 %. La directrice générale d'une institution de microfinance concurrente nous interrogea sur le travail que nous menions avec SKS. Lorsque nous lui avons dit que nous travaillions à évaluer l'impact de l'offre d'une assurance santé obligatoire aux clients du microcrédit, elle se mit à rire et nous dit : « Ça, l'effet, je le connais ! Partout où SKS a rendu ce produit obligatoire, on a eu beaucoup plus de clients. Les gens quittent SKS pour aller chez nous ! » Environ un quart des clients de SKS, qui souhaitaient vraiment continuer à emprunter auprès de cette organisation tout en évitant d'avoir à souscrire une assurance, ont trouvé une parade. Ils remboursaient leur crédit en avance, juste avant que la prime d'assurance de la première année échoie. De cette façon, lorsqu'ils renouvelaient leur emprunt, ils étaient techniquement encore couverts, de sorte qu'ils n'avaient pas à payer la nouvelle prime. Devant une telle résistance, SKS décida de rendre l'assurance volontaire. Mais un produit qui n'attire que quelques clients volontaires est de nouveau exposé à la sélection adverse et à l'aléa moral. Les coûts par client assuré explosèrent et ICICI Lombard, la compagnie au nom de qui SKS proposait le contrat d'assurance, estima qu'elle perdait de l'argent et lui demanda de cesser d'assurer de nouveaux clients. D'autres organisations ont tenté de mettre en place des programmes similaires et se sont heurtés au même genre de résistance des clients à l'obligation de souscription.

La micro-assurance santé n'est pas la seule forme d'assurances qui ait rencontré des difficultés. Un groupe de chercheurs, au nombre desquels Robert Townsend, l'un de nos collègues au MIT, a tenté de mesurer l'impact de l'accès à un système très simple d'assurance contre les aléas météorologiques. Comme celui que nous avons décrit plus haut, il consistait à verser une somme prévue à l'avance au souscripteur lorsque la pluviosité était inférieure à un certain niveau prédéfini[1]. Ce produit a été proposé dans deux régions de l'Inde, le Gujarat et l'Andhra Pradesh, deux régions arides et fréquemment frappées par la sécheresse. Dans les deux cas, la police d'assurance était vendue par le biais d'une organisation de microfinance connue et respectée. La compagnie essaya plusieurs façons d'offrir et de présenter le contrat aux agriculteurs. Mais, malgré cela, le taux de souscription resta extrêmement bas : 20 % tout au plus des agriculteurs souscrivirent, et ce taux maximum n'était atteint que lorsqu'un membre de ces institutions de microcrédit reconnues faisait du porte-à-porte pour vendre le produit.

---

1. Shawn COLE, Xavier GINÉ, Jeremy TOBACMAN, Petia TOPALOVA, Robert TOWNSEND et James VICKERY, « Barriers to household risk management : evidence from India », Harvard Business School, working paper 09-116, 2009.

De surcroît, ceux qui acceptaient souscrivaient pour un montant très faible : leurs polices ne couvraient que 2 à 3 % de leurs pertes au cas où les pluies viendraient à manquer.

Pourquoi les gens ne veulent-ils pas d'assurances ?

Une première explication possible à cette faible demande pourrait être que l'État aurait cassé le marché. On reconnaît là l'argumentation classique des *wallah* de la demande : lorsque les marchés ne fonctionnent pas, c'est sans doute dû à la générosité excessive de l'État ou des institutions internationales. Le raisonnement précis est en l'espèce que lorsque des catastrophes se produisent, ces bonnes âmes sont toutes prêtes à offrir leur aide, rendant par conséquent toute assurance inutile.

Il est vrai que, les années où la mousson est mauvaise, les districts indiens se font concurrence pour être reconnus comme « zones sinistrées », car cela leur donne accès aux aides du gouvernement. Des emplois sont créés sur les chantiers publics, des distributions de nourriture sont organisées, et ainsi de suite. Mais soyons clairs : cela ne correspond que de très loin à ce dont les pauvres ont besoin. Tout d'abord, l'État n'intervient que lors de catastrophes de grande ampleur, pas lorsqu'un buffle meurt ou lorsque quelqu'un est renversé par une voiture. Quant à l'aide apportée en cas de catastrophe, la plupart du temps, elle est largement insuffisante lorsqu'elle finit par arriver aux pauvres.

Une autre explication serait que les pauvres ne comprennent pas bien le concept même d'assurance. Il est vrai en effet que l'assurance ne ressemble pas à la plupart des échanges auxquels les pauvres sont habitués. C'est quelque chose que l'on paie, tout en espérant ne jamais avoir à y recourir. Lorsque nous avons parlé à des clients de SKS, beaucoup étaient contrariés que leur cotisation ne leur ait pas été remboursée, alors même qu'ils n'avaient sollicité aucun remboursement pendant l'année écoulée. Il est sans aucun doute possible de mieux expliquer le concept d'assurance, mais il est difficile d'imaginer qu'une population assez ingénieuse pour trouver une parade au système mis en place par SKS ne puisse pas en comprendre le principe fondamental. Dans le cadre de sa campagne de vente d'assurances contre les aléas météorologiques, Robert Townsend a mené un exercice visant à déterminer si les gens en saisissaient bien le fonctionnement. Lorsque l'agent rendait visite aux agriculteurs, il leur lisait une courte description d'un produit hypothétique (en l'occurrence, une assurance portant sur la température), puis il posait à ses clients potentiels plusieurs questions simples concernant les cas où des indemnités seraient versées. Les réponses obtenues étaient, pour les trois quarts, justes. Il n'est pas évident que l'Américain ou le Français moyen auraient fait mieux. Il n'y a donc rien de surprenant à ce que les tentatives pour mieux expliquer les produits d'assurance contre les aléas climatiques n'aient pas eu d'effet sur la volonté des agriculteurs d'y souscrire [1].

Les agriculteurs étaient donc tout à fait aptes à comprendre le concept de base de l'assurance et son fonctionnement, mais ils n'étaient tout simplement pas intéressés. Leur décision était cependant influencée par des choses relativement anodines. Une simple visite à domicile, sans effort de marketing particulier, multiplie par quatre la proportion de gens désireux de souscrire une assurance météo. Aux Philippines, les foyers, choisis aléatoirement,

1. *Ibid.*

à qui on avait fait compléter un questionnaire initial contenant de nombreuses questions concernant la santé étaient plus susceptibles de souscrire finalement une assurance dans ce domaine que des foyers comparables qui n'avaient pas rempli ce formulaire. On peut supposer que le simple fait de répondre à toutes ces questions sur des problèmes de santé possibles leur avait rappelé ce qui pouvait arriver[1].

Étant donné l'importance des enjeux, comment comprendre que les pauvres ne soient pas plus enthousiastes sur les avantages de l'assurance, même en l'absence de ces petites incitations ?

Selon nous, la difficulté principale tient au fait qu'en raison des problèmes que nous avons évoqués plus haut, le type d'assurance proposé par le marché ne peut couvrir que les scénarios catastrophiques. D'où toute une série de difficultés.

Tout d'abord, en matière d'assurances, la crédibilité est toujours un enjeu important : étant donné que le contrat exige que le ménage paie à l'avance, pour n'être ensuite remboursé qu'à la discrétion de l'assureur, il est essentiel qu'il ait une confiance absolue dans celui-ci. Dans le cas de l'assurance climatique, l'équipe qui commercialisait le produit était parfois accompagnée d'un membre de Basix, une organisation bien connue des agriculteurs. La présence de cette personne a eu un effet notable sur les taux de souscription, ce qui montre bien que la confiance est un facteur important.

---

1. Alix ZWANE, Jonathan ZINMAN, Eric VAN DUSEN, William PARIENTE, Clair NULL, Edward MIGUEL, Michael KREMER, Dean S. KARLAN, Richard HORNBECK, Xavier GINÉ, Esther DUFLO, Florencia DEVOTO, Bruno CRÉPON et Abhijit BANERJEE, « The risk of asking : being surveyed can affect later behavior », *Proceedings of the National Academy of Sciences*, 2010.

Malheureusement, le manque de crédibilité est endémique, étant donné la nature des produits proposés et la façon dont les compagnies d'assurances réagissent à toute possibilité de fraude. Pendant l'hiver 2009, nous avons rendu visite à certains des clients de SKS qui avaient choisi de ne pas renouveler leur assurance santé. Une femme nous a expliqué qu'elle avait décidé de ne pas renouveler son contrat parce que SKS avait refusé de la rembourser lorsqu'elle était allée à l'hôpital pour une infection à l'estomac. La police d'assurance ne couvrant que les événements catastrophiques, une infection à l'estomac, aussi terrible soit-elle, n'ouvrait pas droit à remboursement. Mais il n'était pas évident qu'elle ait compris la distinction – après tout, elle était allée à l'hôpital et y avait été soignée. Elle nous a également parlé d'une femme appartenant à un autre groupe d'emprunteurs (comme la plupart des IMF, SKS organise ses clients en groupes) dont le mari était mort à la suite d'une grave infection, après que sa femme eut dépensé des sommes assez considérables en médicaments et médecins. Après sa mort, elle avait transmis les factures à la compagnie d'assurance, mais celle-ci avait refusé de les régler au motif que son mari n'avait pas passé de nuit à l'hôpital. Scandalisé par cette histoire, un groupe entier de femmes avait par la suite décidé d'arrêter de payer la prime. D'un point de vue purement juridique, l'assureur était clairement dans son droit, mais, d'un autre côté, peut-on imaginer situation plus catastrophique ?

L'assurance météo soulève de multiples problèmes comparables. Les récoltes peuvent avoir séché sur pied et les agriculteurs peuvent être affamés – si la pluviosité est supérieure à la limite fixée, personne dans la région ne recevra d'indemnités. Pourtant, il y a de nombreux microclimats : les années où la pluviosité d'une région est juste au-dessus de la limite fixée pour déclarer l'état de sécheresse, beaucoup d'agriculteurs sont confrontés à des conditions similaires à celles d'une sécheresse, simplement à cause des lois du hasard. Il est alors évidemment difficile aux agriculteurs concernés d'accepter le verdict de la station météo, surtout dans un environnement où la corruption n'est pas inconnue.

Le deuxième problème est celui de l'incohérence temporelle, que nous avons déjà rencontrée dans notre chapitre sur la santé. Lorsque nous prenons la décision de souscrire ou non une assurance, nous devons réfléchir maintenant (et payer la prime aujourd'hui), tandis que l'indemnisation, s'il doit y en avoir une, n'interviendra que dans le futur. Nous avons déjà vu que les êtres humains sont particulièrement peu doués pour ce type de raisonnement. Le problème est encore aggravé lorsque l'assurance porte sur un événement catastrophique : le remboursement n'aura lieu que dans le futur et, en plus, un futur particulièrement désagréable que personne ne souhaite vraiment envisager. Refuser de passer trop de temps à anticiper de tels événements peut relever d'une réaction de protection naturelle, ce qui pourrait expliquer pourquoi les gens sont plus susceptibles de souscrire une assurance après avoir été forcés d'y penser en répondant à un questionnaire.

Pour toutes ces raisons, la micro-assurance n'est peut-être pas le marché le plus prometteur qui soit, en dépit des milliards de clients qu'il paraît susceptible de toucher : il y a semble-t-il des raisons profondes pour lesquelles la plupart des gens ne sont pas encore tout à fait à l'aise avec le type de produits d'assurances que le marché est prêt à leur offrir. D'un autre côté, il est clair que les pauvres sont exposés à un niveau de risque inacceptable.

L'État a donc là clairement un rôle à jouer. Cela ne signifie pas qu'il doive se substituer au marché privé de l'assurance, mais que, pour qu'un véritable marché puisse émerger, il sera sans doute nécessaire que l'État intervienne. Les compagnies d'assurances privées pourraient continuer à proposer exactement le type d'assurances qu'ils sont aujourd'hui prêts à vendre (des assurances plafonnées sur la maladie et les accidents graves, des assurances météo indexées, etc.). Mais, dans l'état actuel des choses, l'État devrait assumer une partie du coût des primes d'assurances des pauvres. Certaines données tendent à montrer que cela pourrait fonctionner : au Ghana, lorsqu'on a proposé à des agriculteurs de souscrire une assurance météo en subventionnant de façon importante la prime, presque tous ceux à qui elle avait été présentée l'ont prise. Étant donné que la peur de subir des coups du sort conduit les pauvres à adopter des stratégies coûteuses pour limiter les risques, subventionner l'assurance pourrait être une opération rentable en termes d'augmentation de leurs revenus. Au Ghana, les agriculteurs qui avaient pu être assurés à bas prix ont été plus nombreux à utiliser de l'engrais, ce qui leur a profité à terme, et, ainsi qu'ils l'ont eux-mêmes souligné, leur a souvent évité de devoir sauter un repas[1]. Il est possible qu'à terme, à mesure que les gens commenceront à voir comment fonctionne l'assurance et à mesure que le marché s'élargira, les subventions pourront être supprimées. Mais même si ce n'est pas possible, étant donné l'ampleur des gains qui pourraient être réalisés si les pauvres n'avaient plus besoin de gérer leur vie comme des gestionnaires de fonds spéculatifs, cela paraît être un domaine tout désigné pour allouer des fonds publics à la promotion du bien commun.

---

1. Dean KARLAN, Isaac OSEI-AKOTO, Robert OSEI et Christopher UDRY, « Examining underinvestment in agriculture : measuring returns to capital and insurance », Université de Yale, 2010, polycopié.

7

Les hommes de Kaboul et les eunuques indiens, ou une explication (pas si) simple de l'économie du prêt aux pauvres

La vision d'innombrables vendeurs de fruits et légumes alignés les uns à côté des autres le long des trottoirs est typique des villes de la plupart des pays en développement. Chacune des vendeuses (ce sont le plus souvent des femmes) a devant elle un petit chariot, ou simplement une bâche étendue sur le sol, sur laquelle sont empilés tomates, oignons ou autres denrées. Elles achètent leur stock le matin à un grossiste, généralement à crédit, puis le vendent pendant la journée, pour rembourser le grossiste le soir. Parfois, le chariot qui leur sert à transporter et à exposer leurs légumes est lui-même loué à la journée.

C'est ainsi que fonctionnent également beaucoup d'entreprises dans les pays riches : elles empruntent pour constituer un fonds de roulement pour produire et acheter des biens qu'elles remboursent ensuite grâce aux revenus générés. Mais ce qui est frappant, si l'on compare les deux situations, c'est ce que les pauvres remboursent par rapport aux riches. À Chennai (Madras), en Inde, lorsque la vendeuse de fruits et légumes rembourse le soir au grossiste les 1 000 roupies (51 USD PPA) de légumes qu'elle lui a achetés le matin, elle lui donne en moyenne 1 046 roupies. Le taux d'intérêt est de 4,69 % *par jour*[1].

---

1. Dean KARLAN et Sendhil MULLAINATHAN, « Debt cycles », travail en cours, 2011.

Pour vraiment saisir ce que cela signifie, faites le calcul suivant : si vous empruntez 100 roupies (5,10 USD PPA) aujourd'hui et que vous les gardez jusqu'à demain, vous aurez à rembourser 104,69 roupies. Si vous gardez ce montant quarante-huit heures de plus pour le rembourser le jour suivant, vous aurez à débourser 109,6 roupies. Au bout de trente jours, vous serez débiteur de près de 400 roupies et, au bout d'un an, de 1 842 459,409 roupies (93,5 millions USD PPA). Ainsi, l'équivalent d'un prêt de 5 dollars, s'il n'est pas payé au bout d'un an, vous laisse avec une dette de près de 100 millions de dollars.

Ce sont ces taux d'intérêt extrêmement hauts qui ont inspiré les fondateurs de la microfinance. Ainsi Padmaja Reddy, la directrice générale de Spandana, l'une des plus importantes organisations de microfinance en Inde, nous a raconté avoir eu l'idée de créer cette structure à la suite d'une conversation avec une chiffonnière de la ville de Guntur, dans l'Andhra Pradesh. Elle a tout à coup pris conscience que, si cette femme avait pu se procurer les fonds nécessaires pour acheter un chariot, elle aurait pu, au bout de quelques semaines seulement, en acheter des « dizaines », rien qu'avec l'argent qu'elle aurait économisé en n'ayant pas à payer la location quotidienne. La seule chose qui coinçait, c'était qu'elle n'avait pas assez d'argent pour acheter un chariot. *Mais pourquoi personne ne lui prête-t-il la somme nécessaire pour en acheter un ?*, s'est demandé Padmaja. La chiffonnière lui expliqua que les banques ne prêtaient pas aux gens comme elle. Elle aurait certes pu s'adresser à un prêteur informel, mais les intérêts étaient tellement élevés que cela n'aurait pas été rentable. En fin de compte, Padmaja décida de lui prêter elle-même cet argent. La chiffonnière remboursa l'emprunt scrupuleusement et ses affaires prospérèrent. Il ne fallut pas longtemps pour que les gens fassent la queue devant chez Padmaja pour solliciter des crédits. Celle-ci décida alors de quitter son travail pour fonder Spandana. Treize ans plus tard, en juillet 2010, Spandana comptait 4,2 millions de clients et un portefeuille d'emprunts de 42 milliards de roupies.

L'histoire de Padmaja n'est pas très différente de celle que rapporte Muhammad Yunus, célébré comme le père de la microfinance moderne : les banques préfèrent n'avoir aucun contact avec les pauvres. Dans ce désert bancaire fleurissent des usuriers et des spéculateurs sans scrupules qui pratiquent des taux d'intérêt scandaleusement élevés. La microfinance, sous cet angle, est une idée merveilleusement simple. Quiconque qui n'a pas pour but d'exploiter les pauvres pourrait se lancer sur le marché du crédit, en demandant juste assez d'intérêts pour atteindre l'équilibre financier, voire dégager des profits modestes. Parce que les intérêts dus augmentent de façon exponentielle au cours du temps, une légère baisse du taux d'intérêt pourrait transformer la vie des clients du microcrédit. Reprenons l'exemple des vendeuses de légumes : imaginez qu'elles obtiennent un prêt de 1 000 roupies (51 USD PPA), même à un taux relativement élevé, disons de 10 % par mois. Grâce à cela, elles pourraient payer leur marchandise comptant plutôt qu'à crédit. En un mois seulement, elles auraient déjà économisé 4 000 roupies (203 USD PPA) d'intérêts qu'elles n'auraient pas à payer au grossiste, soit largement de quoi rembourser l'agence de microfinance. Elles pourraient développer leur commerce et sortir de la pauvreté en l'affaire de quelques mois, en théorie du moins.

Pourtant, cet exemple apparemment limpide soulève des questions. Il y a de nombreux grossistes en légumes à Chennai. Pourquoi aucun d'entre eux, ou aucun prêteur entreprenant, n'a-t-il jamais tenté de diminuer légèrement le taux d'intérêt demandé aux vendeuses ? Celui-ci aurait ainsi accaparé l'ensemble du marché, tout en conservant des marges raisonnables. Pourquoi les vendeuses de légumes ont-elles dû attendre des gens comme Muhammad Yunus ou Padmaja Reddy ?

En ce sens, les pionniers de la microfinance sont sûrement trop modestes : leur contribution va certainement au-delà de l'introduction d'un peu de concurrence pour briser un monopole. D'un autre côté, il est possible qu'ils soient un peu trop optimistes sur la capacité de micro-prêts de sortir les gens de la pauvreté. En dépit de toutes les anecdotes sur les vendeurs des rues devenus des magnats de la distribution alimentaire qu'on peut lire sur les sites internet des institutions de microfinance, il reste un nombre considérable de vendeurs de légumes pauvres à Chennai. Beaucoup d'entre eux n'ont pas emprunté auprès d'une institution de microfinance, bien que leur ville en compte plusieurs. Ont-ils volontairement renoncé à monter dans le train qui pourrait les sortir de la pauvreté, ou la microfinance n'est-elle pas une invention aussi miraculeuse qu'on le prétend ?

Prêter aux pauvres

Très peu de ménages pauvres obtiennent des prêts auprès d'institutions financières classiques comme les banques commerciales ou les coopératives. Dans l'enquête que nous avons menée dans l'Udaipur, une région rurale de l'Inde, environ deux tiers des pauvres avaient souscrit un emprunt : 23 % de ces emprunts avaient été contractés auprès d'un membre de leur famille, 18 % auprès d'un prêteur informel, 37 % auprès d'un commerçant, et seulement 6,4 % dans une institution classique. La faible part des crédits bancaires ne tient pas au fait que les banques seraient difficilement accessibles, puisqu'on constate la même chose dans la grande ville d'Hyderabad, où les familles qui vivent avec moins de 2 dollars par jour empruntent majoritairement à des prêteurs informels (52 %), à des amis ou des voisins (24 %) et à des membres de leur famille (13 %). Seuls 5 % de leurs emprunts ont été contractés auprès de banques commerciales. Dans les dix-huit pays sur lesquels porte notre base de données, moins de 7 % des ruraux pauvres et moins de 10 % des urbains pauvres ont souscrit un emprunt auprès d'une banque.

Le crédit contracté auprès de sources informelles est généralement cher. Dans l'enquête que nous avons menée dans la région d'Udaipur, les personnes vivant avec moins de 99 cents par jour paient en moyenne 3,84 % d'intérêts par mois (ce qui correspond à un taux annuel de 57 %) pour les crédits conclus auprès de sources informelles. Même les taux pratiqués pour les cartes de crédit aux États-Unis, pourtant célèbres pour leur coût, ne soutiennent pas la comparaison : la carte de crédit standard de la Bank of America a un taux d'intérêt de 20 % par an. Ceux qui dépensent entre 99 cents et 2 dollars par jour paient un peu moins que les plus pauvres, soit environ 3,13 % par mois. Il y a deux raisons à cet écart des taux d'intérêt. Tout d'abord, les personnes qui sont un peu moins pauvres sont moins dépendantes des sources de crédit informelles et les sources de crédit formelles sont moins chères. Mais, par ailleurs, les taux d'intérêt demandés par les prêteurs informels sont généralement d'autant plus élevés que les débiteurs sont pauvres : le taux d'intérêt moyen baisse de 0,4 % par mois par hectare de terre supplémentaire possédé par la personne contractant le prêt.

Les échelles varient selon les secteurs et les pays, mais les grandes lignes restent les mêmes : des taux d'intérêt annuels allant de 40 et 200 % (parfois même plus) sont la norme et les pauvres paient plus que les riches. Prenons la mesure de ce que cela signifie : des millions de gens sont prêts à emprunter à des taux auxquels l'épargnant moyen des pays riches serait ravi de pouvoir prêter. Pourquoi les investisseurs n'affluent-ils pas vers eux, les bras chargés de billets ?

Ce n'est pas faute d'avoir essayé. Des années 1960 à la fin des années 1980, de nombreux pays en développement ont administré des programmes de crédit financés par l'État, le plus souvent avec des taux d'intérêt subventionnés, à destination des pauvres en milieu rural. Ainsi, en Inde, à partir de 1977, chaque fois qu'une banque ouvrait une agence en ville, elle devait en ouvrir quatre dans des zones rurales n'en disposant pas. De plus, les banques avaient pour consigne de prêter 40 % de leur portefeuille au « secteur prioritaire » : petites entreprises, agriculteurs, coopératives, etc. Robin Burgess et Rohini Pande ont montré que, dans les endroits où plus de banques avaient été ouvertes grâce à cette politique, la pauvreté avait décru plus rapidement qu'ailleurs[1].

Le problème est que ces programmes de prêt imposés n'étaient pas de grandes réussites en tant que programmes de crédit. Les taux de non-remboursement étaient très élevés (40 % pendant les années 1980). Les prêts étaient souvent davantage motivés par des priorités politiques que par des besoins économiques (par exemple, le nombre de prêts consentis à des agriculteurs augmentait juste avant les élections, précisément dans les districts où leur issue s'annonçait incertaine)[2]. Et l'argent avait tendance à finir entre les mains des élites locales. Même l'étude glo-

1. Robin Burgess et Rohini Pande, « Do rural banks Matter ? Evidence from the Indian social banking experiment », *American Economic Review*, 95 (3), 2005, p. 780-795.
2. Shawn Cole, « Fixing market failures or fixing elections ? Agricultural credit in India », *American Economic Journal : Applied Economics*, 1 (1), 2009, p. 219-250.

balement favorable de Robin Burgess et de Rohini Pande arrivait à la conclusion qu'il en coûtait au gouvernement plus d'une roupie pour augmenter d'une roupie les revenus des pauvres grâce à l'ouverture d'agences bancaires. De plus, des études ultérieures ont montré qu'à long terme les régions où le plus grand nombre de succursales avaient été ouvertes pourraient bien en réalité s'être appauvries[1]. En 1992, dans la vague de réformes de libéralisation de l'Inde, l'obligation d'ouvrir des agences dans les zones rurales a été abandonnée. De même, dans la plupart des autres pays en développement, le soutien des États pour les programmes de prêts publics n'a cessé de décliner.

L'échec de ces expérimentations dans le domaine de la banque sociale vient peut-être du fait qu'il est dangereux pour l'État de se mêler de prêt subventionné. Pour les hommes politiques, il est trop tentant de transformer les crédits en dons et il n'y a pas de meilleur cadeau qu'un emprunt que l'on n'a pas besoin de rembourser. Mais pourquoi les banquiers privés sont-ils réticents à prêter à de petits entrepreneurs ? Étant donné qu'ils sont disposés à payer jusqu'à 4 % par mois, ce qui est bien plus que ce qu'un emprunt rapporte en moyenne à une banque, ne serait-il pas logique de leur proposer des prêts ? Aux États-Unis, il existe aujourd'hui des sites internet qui permettent à des prêteurs potentiels des pays riches de prêter à des entrepreneurs des pays pauvres. Auraient-ils enfin compris quelque chose qui avait échappé à tout le monde ?

Ou bien alors, les prêteurs informels arrivent-ils à faire quelque chose que les banques sont incapables de faire ?

1. Scott FULFORD, « Financial access, precaution, and development : theory and evidence from India », Boston College, document de travail n° 741, 2010.

Si c'est le cas, quel est leur secret ? Et pourquoi est-il moins cher de prêter à des personnes plus riches ?

De la simplicité (toute apparente) de l'économie du prêt aux pauvres

L'une des explications classiques du fait que certaines personnes doivent acquitter des taux d'intérêt plus élevés est qu'elles sont plus susceptibles de ne pas parvenir à rembourser leur emprunt. Il s'agit d'un calcul simple : si un prêteur doit percevoir en moyenne 110 roupies pour 100 roupies prêtées pour éviter la faillite (par exemple, parce que cela correspond au coût où il obtient lui-même ses fonds), si tous les débiteurs remboursaient, il pourrait demander un taux d'intérêt de 10 %. Mais si la moitié de ses emprunteurs sont défaillants, alors il doit obtenir au moins 220 roupies de ceux qui remboursent effectivement, et il est donc obligé de demander à tous un taux d'intérêt de 120 %. Cependant, le taux de défaut de paiement des prêts informels n'est pas très élevé, contrairement à ceux des prêts bancaires subventionnés par l'État. Ces prêts sont souvent remboursés avec retard, mais le défaut de paiement pur et simple est rare. Selon une étude portant sur des prêteurs ruraux du Pakistan, le taux moyen de défaut de paiement était seulement de 2 %, et pourtant le taux d'intérêt moyen était de 78 %[1].

L'ennui est que ces faibles taux de défaut de paiement n'ont rien d'automatique : ils exigent du prêteur des efforts considérables. Faire respecter un contrat de crédit n'est jamais chose facile. Si l'emprunteur a la possibilité

---

1. Irfan ALEEM, « Imperfect information, screening, and the costs of informal lending : a study of a rural credit market in Pakistan », *World Bank Economic Review*, 4 (3), 1990, p. 329-349.

de dépenser le montant du prêt à mauvais escient, ou s'il joue de malchance et n'a pas d'argent disponible, il n'y aura rien à récupérer. Dans une telle situation, le prêteur ne peut à peu près rien faire pour recouvrer son argent. De ce fait, l'emprunteur peut être tenté de faire semblant de ne pas avoir d'argent même s'il en a, ce qui complique encore les choses pour le prêteur. Si rien n'est fait, le prêteur ne reverra jamais son argent, même si les projets de l'emprunteur se réalisent effectivement.

Pour se protéger contre les différentes formes de défaut de paiement délibéré, les prêteurs du monde entier ont pour habitude de demander à leurs clients un apport personnel, des garanties ou ce qu'on appelle parfois la «contribution du promoteur», c'est-à-dire la partie du capital d'une entreprise constituée par les fonds propres de l'entrepreneur. Si l'emprunteur ne rembourse pas, le prêteur peut le sanctionner en saisissant les garanties. Plus la somme en jeu pour l'emprunteur est importante, moins il est tenté de s'évaporer avec le montant de l'emprunt. Mais cela signifie que le prêt consenti sera proportionnel aux garanties que l'emprunteur est en mesure de donner. Nous retrouvons ici la règle bien connue (du moins avant les beaux jours des crédits hypothécaires sans mise de fonds) selon laquelle la taille d'un prêt est déterminée par la quantité d'argent dont dispose déjà l'emprunteur : «On ne prête qu'aux riches.»

Les prêts consentis aux emprunteurs pauvres sont donc plus limités, mais cela ne suffit pas à expliquer pourquoi ceux-ci paient des taux d'intérêt aussi élevés, ni pourquoi les banques refusent de leur accorder des prêts. Quelque chose d'autre entre en jeu. Pour être à même de se faire rembourser, le prêteur doit savoir beaucoup de choses sur celui à qui il prête de l'argent. Certains renseignements doivent être pris avant de décider d'accorder ou non le prêt. Par exemple, il faut savoir si l'emprunteur est quelqu'un à qui on peut en général faire confiance. D'autres informations – comme l'adresse de l'emprunteur ou la nature de son entreprise – peuvent être utiles pour récupérer l'argent prêté en cas de problème. Il peut aussi être avisé pour le créancier de garder son débiteur à l'œil, en lui rendant par exemple visite de temps en temps pour s'assurer que l'argent est utilisé comme convenu, voire pour donner au besoin un petit coup de pouce au fonctionnement de l'entreprise. Tous ces efforts prennent du temps, et le temps, c'est de l'argent. C'est pour couvrir ces frais que les taux d'intérêt sont si élevés.

Qui plus est, une grande partie de ces coûts ne sont pas proportionnels à la taille de l'emprunt. Certaines informations élémentaires concernant l'emprunteur doivent absolument être obtenues, même si le prêt est très modeste. Par conséquent, plus le prêt est petit, plus les coûts de gestion d'un emprunt sont importants par rapport à la taille du prêt, et parce que ces coûts doivent être couverts par les intérêts recueillis, ils augmentent d'autant le taux d'intérêt.

Pour aggraver encore les choses, cela crée ce que les économistes appellent un *effet multiplicatif.* Lorsque le taux augmente, l'emprunteur a encore plus intérêt à trouver un moyen de ne pas rembourser son prêt. Par conséquent, il doit être contrôlé et sélectionné d'autant plus soigneusement, ce qui contribue encore à augmenter les coûts du crédit. Il s'ensuit une plus forte hausse du taux d'intérêt, d'où la nécessité d'une enquête plus minutieuse, et ainsi de suite. La tendance à la hausse se nourrit elle-même et le taux d'intérêt peut augmenter de façon exponentielle. L'autre possibilité, souvent observée en pratique, c'est que le prêteur juge qu'avec tous ces coûts il n'est tout simplement pas intéressant de prêter aux pauvres et que leurs emprunts sont trop faibles pour qu'ils en vaillent la peine.

Une fois cela posé, beaucoup de choses s'éclairent. Étant donné que l'obstacle principal pour prêter aux pauvres est le coût de la collecte d'informations, il est assez logique qu'ils empruntent surtout à des gens qui les connaissent déjà, comme leurs voisins, leurs employeurs, les personnes avec qui ils ont des relations d'affaires ou un prêteur local – et c'est précisément ce qui se passe. Aussi étrange que cela puisse paraître, l'importance donnée au respect du contrat pourrait également conduire les pauvres à emprunter à des gens qui ont le pouvoir de leur nuire gravement dans le cas où ils essaieraient de se soustraire à leurs obligations. Les créanciers n'ont pas à passer autant de temps à les surveiller (les débiteurs ayant trop peur pour faire un faux pas), et peuvent par conséquent leur proposer des prêts moins chers. À Calcutta, dans les années 1960 et 1970, les prêteurs étaient souvent des *Kabuliwalas* (des hommes de Kaboul) – des hommes de haute taille habillés à l'afghane avec un sac de tissu en bandoulière, qui passaient de maison en maison, proposant ostensiblement des fruits secs à vendre, mais se servant en fait de cette couverture pour conduire leurs opérations de prêt. Mais pourquoi ce négoce était-il pris en charge par des personnages aussi exotiques ? La réponse la plus probable est que ces hommes avaient la réputation d'être féroces et impitoyables – selon un cliché entériné par un manuel utilisé par tous les enfants bengalis, dans lequel on peut lire l'histoire célèbre d'un *Kabuliwala* généreux mais impulsif qui tue quelqu'un qui a tenté de le tromper. Cette même logique explique pourquoi, aux États-Unis, la mafia était pour beaucoup de gens le « prêteur en dernier ressort ».

Le *Sunday Telegraph* de Londres daté du 22 août 1999 donnait une illustration plus insolite du caractère impérieux de ces menaces, avec un article intitulé « Amène le fric ou on t'envoie les eunuques[1] ! ». Y était décrite la façon dont, en Inde, les agents de recouvrement se servaient, dans les cas désespérés, d'anciennes croyances concernant les eunuques pour faire payer les emprunteurs défaillants. Selon la tradition, voir les parties génitales d'un eunuque porte malheur. Les eunuques avaient donc pour instruction de se rendre au domicile du débiteur récalcitrant et de le menacer d'une exhibition s'il continuait de refuser à coopérer.

Le coût élevé de la collecte d'informations sur les emprunteurs contribue également à expliquer pourquoi, même lorsqu'il y a plusieurs prêteurs dans un même village, la concurrence ne fait pas baisser les prix. Une fois qu'un prêteur a dépensé de l'argent pour se renseigner au sujet d'un emprunteur et qu'il a commencé à lui faire confiance, la relation est difficile à rompre. Si l'emprunteur allait voir quelqu'un d'autre, le nouveau prêteur devrait à son tour faire une enquête, ce qui aurait un coût et ferait monter les taux d'intérêt. De plus, les prêteurs auraient tendance à se méfier d'un tel client : pourquoi quelqu'un souhaiterait-il rompre une relation existante, malgré le coût évident qu'il y a à le faire ? Le prêteur serait ainsi deux fois plus méfiant, ce qui pourrait encore accroître le taux d'intérêt. Par conséquent, bien que les emprunteurs aient apparemment le choix entre plusieurs prêteurs, ils sont en fait plus ou moins liés à celui qu'ils connaissent déjà. Et les prêteurs peuvent profiter de cet avantage pour augmenter les taux d'intérêt.

Cela explique aussi pourquoi les banques ne prêtent pas aux pauvres. Les employés de banque ne sont pas les mieux placés pour effectuer les contrôles et les vérifica-

---

1. Julian WEST, « Pay up – or we'll send the eunuchs to see you : debt collectors in India have found an effective new way to get their money », *The Sunday Telegraph*, 22 août 1999.

tions nécessaires : ils n'habitent pas au village, ils ne connaissent pas les gens et ils changent fréquemment de poste. Les banques respectables ne sont pas en position de faire concurrence aux *Kabuliwalas* : elles peuvent difficilement menacer leurs clients récalcitrants de leur briser les rotules ou même de leur envoyer les eunuques. La branche indienne de Citibank a eu de graves ennuis lorsqu'on a découvert qu'elle avait recours aux services de *goondas* (des voyous locaux) pour menacer les emprunteurs qui ne remboursaient pas leur crédit automobile. Et les tribunaux ne sont pas non plus vraiment une solution. En 1988, la Law Commission of India rapportait que 40 % des procès concernant des liquidations d'actifs (à la suite de la faillite d'emprunteurs) étaient en instance depuis au moins huit ans[1]. Imaginez ce que cela signifie du point de vue du prêteur : même s'il est sûr de gagner son procès contre une entreprise défaillante, il sait qu'il ne pourra recouvrer les fonds engagés que plusieurs années plus tard (pendant lesquelles l'emprunteur aura eu tout le loisir de les détourner). Bien sûr, toujours du point de vue du créancier, cela implique que la valeur des actifs du débiteur au début de l'emprunt sera d'autant plus basse. Nachiket Mor, qui était alors l'un des vice-présidents d'ICICI Bank, nous expliqua un jour l'idée apparemment géniale qu'il avait eue pour s'assurer que les agriculteurs rembourseraient leurs emprunts. Avant de décaisser l'argent du prêt, il exigeait de l'agriculteur un chèque postdaté du même montant. L'intérêt de ce dispositif était que, si l'agriculteur ne remboursait pas son crédit, la banque pouvait alors lui envoyer la police pour exiger le

---

1. Law Commission of India, rapport n° 124, « The High Court arrears – a fresh look », 1988, disponible sur <http://bombayhighcourt. nic.in/libweb/commission/Law_Commission_Of_India_Reports. html#11>.

montant du chèque, car ne pas honorer un chèque est un délit pénal. Le stratagème a fonctionné pendant un temps et puis la machine s'est grippée. Lorsque la police s'est rendu compte qu'elle avait sur les bras des centaines de chèques en bois, elle a dit poliment à la banque que, non, vraiment, ce n'était pas son travail de recouvrer les impayés.

Et même quand l'organisme de crédit parvient à récupérer son argent, les choses peuvent mal tourner : les banques n'apprécient pas les gros titres qui les associent aux suicides d'agriculteurs. Et, pour couronner le tout, lorsque les élections approchent, les pouvoirs publics adorent annuler tous les prêts impayés. Dans ces conditions, il n'y a rien d'étonnant à ce que les banques préfèrent éviter de prêter aux pauvres et laisser le champ libre aux usuriers de villages. Cependant, bien que les prêteurs informels soient mieux à même de récupérer leur argent, ils doivent eux-mêmes payer beaucoup plus cher que les banques l'argent qu'ils prêtent. En effet, nous préférons déposer nos économies à la banque pour qu'elles soient en sécurité, même si nous ne percevons pas ou très peu d'intérêts sur un compte bancaire. Peu de gens auraient l'idée de confier leurs économies à un prêteur de village. Ceci, combiné à l'effet multiplicatif et au monopole dont jouissent souvent les usuriers, explique pourquoi les pauvres sont soumis à des taux d'intérêt aussi élevés.

Ce que Muhammad Yunus ou Padmaja Reddy ont introduit n'est donc pas simplement l'*idée* de prêter aux pauvres à des taux plus raisonnables : l'innovation consiste à avoir trouvé une *façon* de le faire.

Des analyses micro pour un programme macro

Depuis ses débuts modestes avec le Bangladesh Rehabilitation Assistance Commitee (le Comité d'aide au redressement du Bangladesh, connu de tous sous l'acronyme BRAC) et la Grameen Bank au milieu des années 1970 au Bangladesh, le microcrédit est aujourd'hui devenu un phénomène mondial. Il touche entre 150 et 200 millions d'emprunteurs, principalement des femmes, et est accessible à un nombre encore plus considérable de gens. On le décrit parfois, à l'instar d'un personnage mythique, comme une bête à deux mamelles, investi à la fois d'une mission de rentabilité et d'une vocation sociale, et tout le monde s'accorde à reconnaître qu'il a connu un succès remarquable sur l'un et l'autre front. D'une part, le prix Nobel de la paix reçu par Muhammad Yunus et la Grameen Bank a été le couronnement d'une série de consécrations officielles et, d'autre part, l'introduction en bourse de Compartamos, une grande IMF mexicaine, au printemps 2007 a symbolisé le triomphe (controversé) de son aspect commercial. Cette offre publique initiale (OPI) a permis à Compartamos de lever 467 millions de dollars, bien qu'elle ait en même temps attiré l'attention sur les taux d'intérêt supérieurs à 100 % qu'elle pratiquait. (À cette occasion, Muhammad Yunus a publiquement condamné Compartamos, qualifiant ses P-DG de nouveaux usuriers. D'autres IMF ont néanmoins déjà suivi son exemple : en juillet 2010, l'OPI de SKS Microfinance, la plus grande institution de microcrédit en Inde, a permis de lever 354 millions de dollars.)

On comprend bien pourquoi Yunus n'apprécie pas que le microcrédit soit associé à l'usure, mais le microcrédit est pourtant bien une réinvention du prêt informel à des fins sociales. Comme les prêteurs d'argent traditionnels, les IMF s'appuient sur leur capacité d'exercer un contrôle étroit sur le client, mais ce contrôle est pour partie exercé par les autres emprunteurs qui le connaissent. Le contrat de microcrédit typique prend la forme de prêts à un groupe d'emprunteurs solidairement responsables, chacun ayant donc une bonne raison de s'assurer que les autres effectuent bien leurs remboursements. Dans certaines organisations, on attend d'eux qu'ils soient déjà en relation avant de venir contracter un prêt. Dans presque toutes les IMF, les réunions hebdomadaires sont obligatoires. Celles-ci permettent aux emprunteurs de mieux se connaître et les rendent plus disposés à s'entraider en cas de difficultés passagères[1].

Comme les prêteurs d'argent traditionnels, les IMF menacent de refuser tout crédit ultérieur aux personnes défaillantes et elles n'hésitent pas à recourir à leurs contacts au sein des réseaux du village pour faire pression sur les débiteurs récalcitrants. À la différence des prêteurs informels, cependant, elles ont pour politique officielle de ne jamais menacer leurs clients de représailles physiques[2]. La crainte de l'humiliation semble suffire. Nous avons ainsi rencontré à Hyderabad une personne qui se débattait pour rembourser plusieurs emprunts contractés simultanément auprès de diverses IMF. Pourtant, jamais elle n'aurait manqué un remboursement, même si cela devait la forcer à emprunter à ses enfants ou à jeûner toute une journée : elle était prête à

---

1. Benjamin FEIGENBERG, Erica FIELD et Rohini PANDE, « Building social capital through microfinance », NBER, document de travail n° W16018, 2010.
2. Néanmoins, les menaces physiques pourraient ne pas être totalement absentes. Un agent de crédit d'une IMF s'est ainsi plaint un jour à l'un de nos assistants de recherche qu'il n'aurait jamais de promotion : les hommes qui prenaient du galon avaient tous un physique plus imposant, plus costaud et plus intimidant que lui.

tout pour éviter de voir l'agent de recouvrement se présenter sur le pas de sa porte et « faire du scandale »
devant tout le quartier.

Là où les IMF se distinguent clairement des prêteurs
traditionnels, c'est qu'elles n'offrent à peu près aucune
flexibilité. Les prêteurs laissent leurs clients choisir la
façon dont ils empruntent et le rythme auquel ils remboursent : certains le font une fois par semaine, d'autres
seulement lorsqu'ils ont de l'argent disponible. Certains
ne versent que les intérêts jusqu'à ce qu'ils soient prêts à
rembourser le capital d'un seul coup. À l'inverse, le client
d'une IMF doit typiquement acquitter un montant fixe
chaque semaine, à compter de la semaine suivant le début
du contrat, et – en tout cas pour les premiers prêts – tout
le monde reçoit généralement la même somme. De plus,
l'emprunteur doit effectuer son paiement lors de la rencontre hebdomadaire, toujours conduite à heure fixe pour
chaque groupe. L'avantage de ce dispositif est qu'il est
extrêmement simple de vérifier les remboursements :
l'agent de crédit se contente de contrôler qu'il a bien
encaissé le montant total dû par le groupe. Si, comme
c'est presque toujours le cas, le règlement est honoré, son
travail est fini et il n'a plus qu'à passer au groupe suivant.
Cela permet à un agent de crédit de recueillir les remboursements de cent à deux cents personnes chaque jour, alors
que le prêteur traditionnel doit constamment attendre,
sans savoir à quel moment l'argent rentrera. Cette transac-
tion est tellement simple que les agents n'ont pas besoin
d'être particulièrement diplômés ou qualifiés, ce qui
contribue à limiter les coûts. De plus, ils sont peu payés,
et leurs salaires comportent une part variable importante,
fonction du nombre de clients recrutés et d'encaissements
reçus.

Toutes ces innovations contribuent à limiter les coûts
administratifs du prêt qui, comme nous l'avons montré

ci-dessus, se traduisent en très forte hausse du taux d'intérêt du fait de l'effet multiplicatif, et qui expliquent qu'il soit si coûteux de prêter aux pauvres. C'est de cette façon que la plupart des IMF du sous-continent indien parviennent à dégager des bénéfices en prêtant aux pauvres à des taux d'intérêt annuels d'environ 25 %, alors que les prêteurs d'argent locaux exigent généralement deux à quatre fois plus. Dans d'autres parties du monde, les taux d'intérêt sont plus élevés (l'une des explications les plus probables étant que les salaires des agents de crédit le sont également) ; ils dépassent parfois 100 % par an, mais restent néanmoins bien moins élevés que les autres options offertes aux pauvres. Dans les villes du Brésil, par exemple, les IMF proposent des microcrédits à un taux d'environ 4 % par mois (soit 60 % par an), tandis que la seule alternative accessible aux pauvres, le rachat ou le regroupement de crédits, coûte entre 12 et 20 % par mois (soit entre 289 % et 800 % par an). Les défauts de paiement sont – comme nous l'avons vu – extrêmement rares, sauf crise politique majeure. En 2009, le « portefeuille à risque » (c'est-à-dire les prêts *susceptibles* d'être impayés, mais qui ne le seront pas tous effectivement) était de moins de 4 % sur le sous-continent indien et n'excédait pas 7 % dans la plupart des pays d'Amérique latine et d'Afrique[1]. Ainsi la microfinance, avec ses quelque 150 à 200 millions de clients, a-t-elle bien gagné sa place parmi les politiques de lutte contre la pauvreté les plus célèbres. Mais peut-on dire pour autant que cela fonctionne ?

---

1. Microfinance Information eXchange (MIX), données disponibles sur : <http://www.mixmarket.org>.

Le microcrédit fonctionne-t-il ?

Tout dépend bien sûr de ce qu'on entend par «fonc-tionner». À en croire les partisans les plus enthousiastes de la microfinance, cela signifie transformer la vie des gens. Le Consultative Group to Assist the Poor (CGAP – Groupe consultatif d'aide aux pauvres), une organisa-tion hébergée par la Banque mondiale et dédiée à la pro-motion du microcrédit, déclarait ainsi à une certaine époque sur son site internet, dans la section FAQ, qu'«il y a de plus en plus de preuves que la mise à disposition de services financiers pour les foyers pauvres – c'est-à-dire la microfinance – permet de contribuer à la réalisa-tion des OMD [1] » (qui incluent notamment la scolarisation primaire universelle, la réduction de la mortalité infantile et la santé maternelle). L'idée fondamentale est que la microfinance donne aux femmes un pouvoir économique et que celles-ci sont plus préoccupées par ces questions que les hommes.

Malheureusement, contrairement aux affirmations du CGAP, jusqu'à très récemment, il y avait en réalité très peu d'éléments factuels permettant d'affirmer quoi que ce soit à ce propos. Ce que le CGAP qualifie de «preuves» s'avère être des études de cas, souvent pro-duites par les IMF elles-mêmes. Aux yeux de nombre de partisans du microcrédit, cela suffit amplement. Nous avons ainsi rencontré un important investisseur en capi-tal risque de la Silicon Valley qui est un fervent défen-seur du microcrédit (il avait été l'un des premiers investisseurs dans SKS) : il estimait n'avoir pas besoin

1. «What do we know about the impact of microfinance?», CGAP, Banque mondiale, disponible sur <www.cgap.org/p/site/c/template.rc/1.26.1306/>.

de davantage de preuves. Il avait entendu assez de « faits anecdotiques » pour connaître la vérité. Mais ces anecdotes ne sont pas très efficaces pour convaincre les sceptiques, parmi lesquels on compte notamment beaucoup d'administrations publiques du monde entier, inquiètes de ce que le microcrédit ne soit en réalité une « nouvelle usure ». En octobre 2010, deux mois à peine après le succès de l'introduction en bourse de SKS, les autorités de l'Andhra Pradesh ont accusé SKS d'être responsable du suicide de cinquante-sept agriculteurs supposés avoir été soumis à des pressions intolérables par les pratiques de recouvrement agressives des agents. Plusieurs employés de SKS et de Spandana ont alors été arrêtés, et une loi a été promulguée, qui rendait difficile la collecte hebdomadaire des prêts – en imposant notamment que le remboursement soit effectué en présence d'un élu –, ce qui revenait à signifier clairement aux emprunteurs qu'ils n'étaient pas obligés de rembourser leurs prêts. Au mois de décembre, tous les agents des principales IMF (SKS, Spandana et Share) étaient au chômage technique et les pertes ne cessaient de croître. Un an après, la situation n'est toujours pas résolue. Toutes les anecdotes, pas plus que l'argument avancé par Vikram Akula, le P-DG de SKS, selon lequel les cinquante-sept agriculteurs qui s'étaient suicidés n'étaient pas en défaut de paiement et ne pouvaient donc pas avoir été conduits à la dernière extrémité par les agents de SKS –, n'ont servi à rien.

L'une des raisons pour lesquelles les IMF manquaient d'arguments décisifs pour assurer leur défense est qu'elles avaient été réticentes à recueillir des données rigoureuses démontrant leur impact réel. Lorsque, à partir de 2002 environ, nous avons approché des IMF pour leur proposer de travailler ensemble à une évaluation, ils nous ont généralement répondu : « Pourquoi devrions-nous être évalués, alors que les marchands de légumes ne le sont pas ?» Ils voulaient dire par là que, puisque les clients reviennent, cela est nécessairement dans leur intérêt bien compris. Et puisque les IMF sont viables financièrement et ne dépendent pas de la générosité de donateurs, il est tout à fait inutile d'évaluer *dans quelle mesure exactement* elles bénéficient à leurs clients. Cette argumentation est un peu trompeuse. La plupart des IMF sont en fait subventionnées par des donateurs et par les efforts enthousiastes de leurs employés, motivés les uns et les autres par la croyance que le microcrédit est *une façon meilleure qu'une autre d'aider les pauvres.* Le microcrédit reçoit même parfois des subventions publiques : en Inde, la microfinance est définie comme relevant du «secteur prioritaire» et les banques bénéficient donc d'incitations financières considérables pour accorder aux IMF des prêts à taux réduits, ce qui représente une subvention implicite massive.

Qui plus est, il n'est pas évident que les individus soient tout à fait rationnels lorsqu'ils prennent des décisions à long terme comme celle de contracter un prêt – la presse américaine est pleine d'histoires de gens qui se retrouvent dans des situations dramatiques parce qu'ils ont abusé de leurs cartes de crédit. Ils ont peut-être effectivement besoin d'être protégés de ceux qui veulent leur prêter de l'argent, comme semblent le penser les autorités en charge de réguler le microcrédit. La position des pouvoirs publics de l'Andhra Pradesh était précisément que les emprunteurs ne savaient pas dans quoi ils mettaient les pieds lorsqu'ils contractaient des emprunts qu'ils s'avéraient par la suite incapables de rembourser.

À la suite de ces critiques, et aussi parce que beaucoup de dirigeants d'IMF souhaitent sincèrement savoir s'ils aident les pauvres, plusieurs de ces organismes ont commencé à évaluer leurs programmes. Nous avons participé à l'une de ces évaluations, qui concernait l'offre de crédits proposée par Spandana à Hyderabad. Spandana était alors connue pour être l'une des organisations les plus rentables du secteur et elle a été l'une des principales cibles de la campagne menée par les pouvoirs publics dans l'Andhra Pradesh. Padmaja Reddy, la fondatrice de l'IMF, qui est également sa directrice générale, est un petit bout de femme au dynamisme et à l'intelligence exceptionnels. Elle vient d'une famille de riches agriculteurs de la région de Guntur. Son frère, le premier dans le village à finir ses études secondaires, est depuis devenu un médecin brillant. Il avait réussi à convaincre ses parents de laisser Padmaja faire des études supérieures, puis un MBA. Parce qu'elle voulait aider les pauvres, elle a d'abord commencé à travailler pour une ONG. C'est alors qu'elle a rencontré la chiffonnière dont nous avons parlé plus haut et qu'elle a monté sa première opération de microcrédit. Lorsque l'ONG pour laquelle elle travaillait a refusé de la suivre, elle l'a quittée pour fonder Spandana. Malgré son succès et son engagement en faveur de la microfinance, Padmaja reste mesurée quand elle décrit les bienfaits potentiels de celle-ci. À ses yeux, l'accès au microcrédit est important parce qu'il permet aux pauvres d'envisager autrement le futur, ce qui est un premier pas vers une vie meilleure. Qu'ils achètent des machines, des outils ou un téléviseur, ce qui importe – et ce qui fait la différence – est qu'ils se donnent les moyens de construire l'existence qu'ils souhaitent mener, en économisant et en travaillant plus dur quand c'est nécessaire, plutôt que de se laisser simplement porter par le cours des choses.

C'est peut-être parce qu'elle a toujours veillé à ne pas promettre plus qu'elle ne pouvait garantir qu'elle a accepté notre proposition : l'évaluation tira parti d'un projet d'extension de Spandana dans certaines zones de la ville de Hyderabad[1]. Sur cent quatre quartiers, cinquante-deux furent sélectionnés au hasard, tandis que les autres constituaient le groupe témoin.

Lorsque, quinze à dix-huit mois après que Spandana eut commencé son programme de prêts, nous avons comparé les ménages de ces deux groupes de quartiers, cela nous a fourni des preuves patentes du fait que la microfinance fonctionnait. Dans les quartiers investis par Spandana, les gens avaient plus de chances d'avoir fondé une entreprise ou d'avoir acheté des biens durables importants, comme une bicyclette, un réfrigérateur ou une télévision. Dans ces quartiers, les foyers qui n'avaient pas créé d'entreprise consommaient plus, tandis que ceux qui en avaient fondé une consommaient moins, se serrant la ceinture pour tirer le maximum de profit de cette nouvelle opportunité. Nous n'avons en revanche observé aucun signe de dépenses inconsidérées, tant redoutées par certains observateurs. Sur le terrain, c'est précisément le contraire que nous avons constaté : les foyers se mettaient à réduire les sommes consacrées à ce qu'ils considéraient eux-mêmes comme des petites dépenses « inutiles », comme le thé ou les friandises – ce qui était peut-être un indice du fait que, comme Padmaja l'avait prédit, ils voyaient désormais plus clairement où ils allaient.

En revanche, aucun signe d'une transformation radicale. Nulle part nous n'avons constaté que les femmes avaient le sentiment d'avoir acquis plus de pouvoir, du moins dans des proportions mesurables. Elles n'avaient par exemple pas davantage de contrôle sur la façon dont l'argent du ménage était dépensé. Nous n'avons pas non plus relevé de différences concernant les dépenses

1. Abhijit BANERJEE, Esther DUFLO, Rachel GLENNERSTER et Cynthia KINNAN, « The miracle of microfinance ? Evidence from a randomized evaluation », MIT, 30 mai 2009, polycopié.

d'éducation ou de santé, ou la probabilité que les enfants soient inscrits dans des écoles privées. Et même lorsqu'il y avait effectivement un impact perceptible – comme pour la création d'entreprises –, celui-ci n'avait rien de spectaculaire. Sur une période de quinze mois, les familles qui avaient fondé une entreprise étaient passées d'environ 5 % à juste un peu au-dessus de 7 % – ce n'est pas rien, mais on ne peut pas non plus appeler ça une révolution.

En tant qu'économistes, nous étions satisfaits de ces résultats : le principal objectif de la microfinance paraissait réalisé. Ce n'était pas miraculeux, mais ça fonctionnait. Il faudra encore d'autres études pour s'assurer que ce n'était pas juste un fait du hasard et il serait important d'examiner comment les choses évoluent sur le long terme, mais jusque-là tout allait bien. Pour nous, le microcrédit méritait d'être reconnu comme l'*un* des instruments essentiels de la lutte contre la pauvreté.

Mais, curieusement, ce n'est pas ainsi que ce bilan a été présenté dans les médias et dans la blogosphère. De nos résultats, on a principalement évoqué les découvertes négatives et on y a vu la démonstration que la microfinance ne tenait pas ses promesses. Et si certaines IMF ont accepté ces travaux pour ce qu'ils étaient (au premier rang desquels Padmaja Reddy, qui a déclaré que cela confirmait ses prévisions et qui a financé une seconde vague d'études portant cette fois sur l'impact à long terme), les grands acteurs internationaux de la microfinance ont alors décidé de passer à l'offensive.

Peu après que notre étude a été rendue publique, les représentants des « six grands » (Unitus, ACCION International, Foundation for International Community Assistance [FINCA], Grameen Foundation, Opportunity International et Women's World Banking, les IMF les plus puissantes du monde) se sont réunis à Washington. Ils nous ont invités à participer à leur assemblée, et notre collègue Iqbal Dhaliwal fit le déplacement, pensant qu'il y serait question de la façon d'interpréter ces données. Au lieu de cela, il s'avéra que la seule chose qui les intéressait était de savoir quand les résultats d'autres évaluations aléatoires seraient rendus publics, de façon à pouvoir organiser la riposte (ils étaient apparemment convaincus que toutes les études seraient négatives). Quelques semaines plus tard, ils lancèrent la première salve de leur défense. Les IMF répondaient aux faits avancés par les deux études (la nôtre et celle menée par Dean Karlan et Jonathan Zinman, dont les résultats étaient plus mitigés encore[1]) avec six anecdotes d'emprunteurs ayant réussi. Suivit une tribune dans le *Seattle Times* signée par Brigit Helms, la P-DG d'Unitus, qui déclarait sans ambages : « Ces études donnent l'impression inexacte qu'accroître l'accès aux services financiers de base n'apporte aucun bénéfice réel[2]. » Une telle affirmation avait quelque chose de surprenant, puisque nos résultats montraient, au contraire, que le microcrédit était un produit financier utile. Mais ce n'était apparemment pas suffisant. Pris au piège de décennies de promesses inconsidérées, beaucoup des acteurs majeurs du monde de la microfinance avaient apparemment décidé de préférer le déni plutôt que de faire un bilan, resserrer les rangs et reconnaître que la microfinance n'est que l'une des armes possibles de la lutte contre la pauvreté.

Fort heureusement, cette réaction n'est pas représentative de l'ensemble du secteur. Lors d'une conférence à New York à l'automne 2010, pendant laquelle des

---

1. Dean KARLAN et Jonathan ZINMAN, « Expanding microenterprise credit access : using randomized supply decisions to estimate the impacts in Manila », Yale, manuscrit, 2010.
2. Brigit HELMS, « Microfinancing changes lives around the world – measurably », *The Seattle Times*, 7 avril 2010.

résultats similaires ont été présentés, toutes les personnes présentes sont tombées d'accord pour dire que le micro-crédit tel que nous le connaissons actuellement a ses forces et ses limites et que le prochain mot d'ordre devait être de chercher comment les IMF pouvaient apporter davantage à leurs clients.

Les limites du microcrédit

Pourquoi les résultats du microcrédit ne sont-ils pas plus impressionnants ? Pourquoi davantage de familles n'ont-elles pas créé d'entreprises, étant donné qu'elles avaient maintenant accès à du capital à des taux raisonnables ? Une des réponses est que beaucoup de pauvres n'ont pas le désir ou la capacité de monter une entreprise, même s'ils ont accès au crédit (les raisons qui l'expliquent sont l'un des thèmes centraux du chapitre 9, qui porte sur l'entreprenariat). Ce qui est beaucoup plus surprenant est qu'alors même qu'au moins trois IMF proposaient des crédits dans les quartiers pauvres de Hyderabad, un quart seulement des familles choisissaient d'emprunter auprès d'elles, tandis que plus de la moitié recouraient à des prêteurs pratiquant des taux bien plus élevés, ces personnes n'ayant pour ainsi dire pas été affectées par l'introduction du microcrédit. Nous ne prétendons pas pouvoir expliquer totalement pourquoi le microcrédit n'est pas plus populaire, mais cela a sans doute à voir avec ce qui lui permet de prêter de façon relativement peu chère et efficace, à savoir ses règles rigides et le coût en temps qu'il exige de ses clients.

La rigidité et la spécificité du modèle de microcrédit courant signifie, tout d'abord, qu'étant donné que les membres du groupe sont solidairement responsables, les femmes qui n'aiment pas mettre leur nez dans les affaires des autres sont réticentes à souscrire. Les participants peuvent aussi refuser d'intégrer des personnes qu'ils ne connaissent pas bien, ce qui conduit à écarter les nouveaux venus. La responsabilité solidaire est défavorable à ceux qui veulent prendre des risques : en tant que membre du groupe, vous préférerez toujours que les autres adoptent la conduite la plus prudente possible.

Un remboursement hebdomadaire débutant une semaine après que le prêt a été accordé n'est pas non plus l'idéal pour ceux qui ont besoin d'argent de façon urgente, mais ne savent pas exactement quand elles pourront commencer à le rembourser. Les IMF en ont conscience et font parfois des exceptions pour des dépenses de santé urgentes, mais ce n'est là que l'une des nombreuses raisons pour lesquelles on peut avoir besoin d'un prêt immédiat. Que se passe-t-il par exemple quand votre fils a tout à coup l'occasion de suivre une formation qui l'aiderait énormément dans sa carrière, mais qu'il faut pour cela débourser 1 million de roupies (179 USD PPA), et ce dès dimanche prochain ? Vous allez alors vraisemblablement emprunter auprès du prêteur local, payer la formation et vous mettre à chercher un travail supplémentaire pour rembourser le prêt. Le microcrédit ne peut pas vous apporter une telle flexibilité.

Ces mêmes conditions découragent également les clients du microcrédit d'entreprendre des projets qui ne rapportent qu'au bout d'un certain temps, étant donné qu'il leur faut chaque semaine une trésorerie suffisante pour pouvoir payer les échéances prévues. Rohini Pande et Erica Field sont parvenues à convaincre une IMF indienne, la Village Welfare Society, basée à Calcutta, de permettre à un ensemble de clients choisis aléatoirement de ne commencer leurs remboursements que deux mois – et non une semaine – après la date de souscription du prêt. En les comparant aux autres, elles ont constaté qu'ils avaient plus de chances d'avoir créé des entreprises plus importantes et plus risquées : plutôt que de se contenter d'acheter des saris pour les revendre, ils avaient par exemple fait l'acquisition d'une machine à coudre[1]. Ainsi, en fin de compte, ils seraient sans doute à même de gagner plus d'argent. Cependant, malgré une élévation nette du niveau de satisfaction des clients, l'IMF décida de revenir à son modèle traditionnel parce que le taux de défaut de paiement des nouveaux groupes, bien qu'il soit resté bas, était néanmoins 8 % plus élevé que dans le mode d'organisation initial.

En résumé, tous ces résultats obtenus par l'observation montrent que, pour tout un ensemble de raisons, l'objectif du « zéro défaut » que se donnent la plupart des IMF est trop strict pour beaucoup d'emprunteurs potentiels. Il y a notamment une contradiction évidente entre l'esprit du microcrédit et le véritable entreprenariat, qui implique généralement une prise de risques et donc, forcément, quelques échecs. On a ainsi pu soutenir, par exemple, que le modèle américain dans lequel la faillite est (ou du moins était) relativement facile et non stigmatisée (par opposition notamment au modèle européen) était pour beaucoup dans la vitalité de la culture entrepreneuriale des États-Unis. À l'inverse, les règles des IMF sont précisément destinées à minimiser la probabilité d'un échec.

Les IMF ont-elles raison d'exiger le « zéro défaut » ? Pourraient-elles faire mieux – tant socialement que commercialement – si elles instituaient des règles plus

---

1. Erica FIELD et Rohini PANDE, « Repayment frequency and default in microfinance : evidence from India », *Journal of the European Economic Association*, 6 (2-3), 2008, p. 501-509 ; Erica FIELD, Rohini PANDE et John PAPP, « Does microfinance repayment flexibility affect entrepreneurial behavior and loan default ? », Centre for Micro Finance, document de travail n° 34, 2009 ; et Benjamin FEIGENBERG *et al.*, *ibid.*

tolérantes ? La plupart des dirigeants d'IMF croient fermement le contraire, considérant que si elles baissaient la garde et toléraient plus de défauts de paiements, cela pourrait avoir des conséquences catastrophiques. Et elles pourraient bien avoir parfaitement raison. Après tout, elles travaillent dans des environnements où elles ont très peu de recours si un client ne rembourse pas : exactement comme les banques, elles dépendent alors du système lent et besogneux de la justice. Leur succès vient de ce qu'elles font du remboursement un contrat social implicite, la communauté s'assurant que les prêts sont remboursés et l'IMF s'engageant à continuer de proposer de nouveaux crédits. Cette construction progressive d'une relation de confiance pourrait en partie expliquer pourquoi plusieurs IMF se sont peu à peu éloignées de l'exigence stricte d'une coresponsabilité. Une étude a d'ailleurs constaté le même niveau de remboursements, que les clients soient ou non contractuellement solidaires, tant qu'ils continuaient à se rencontrer régulièrement (lorsque les rencontres ne sont pas hebdomadaires mais mensuelles, une autre étude a montré que les liens entre membres du groupe ne se tissent pas aussi rapidement et que le taux de défaut de paiement finit par augmenter un peu)[1].

Mais un équilibre social fondé sur la combinaison d'une responsabilité collective et de la pérennité de la relation entre le client et l'IMF est forcément plus ou moins fragile. Si les deux raisons pour lesquelles j'effectue mes remboursements sont que tout le monde le fait et

1. Xavier GINÉ et Dean KARLAN, « Group versus individual liability : a field experiment in the Philippines », World Bank Policy Research, document de travail n° 4008, 2006 ; et Xavier GINÉ et Dean KARLAN, « Group versus individual liability : long term evidence from Philippine microcredit lending groups », document de travail, 2010.

que j'espère obtenir un nouveau prêt à l'avenir, alors la raison pour laquelle j'honore mes dettes dépend de ce que je crois que les autres feront et ce qui va advenir de l'organisation. Ainsi, si j'étais convaincu que tout le monde était sur le point d'arrêter de rembourser, j'en conclurais que l'organisation est vouée à disparaître, et je renoncerai par conséquent à en obtenir le moindre financement à l'avenir. Ainsi, la situation peut rapidement basculer quand les croyances changent.

C'est exactement ce qui est arrivé à Spandana dans le district de Krishna, dans l'Andhra Pradesh, l'épicentre du mouvement de la microfinance en Inde. Quelques fonctionnaires et hommes politiques du district tenaient à promouvoir leur propre modèle de microfinance et ont alors décidé de se débarrasser de leurs concurrents. Tout à coup, au cours de l'année 2005, les journaux en langue locale (ou, selon certains, de faux journaux répliquant les vrais) se sont mis à fourmiller d'anecdotes concernant Padmaja Reddy. Parfois, il était écrit qu'elle s'était enfuie en Amérique ; parfois, qu'elle avait tué son mari. La même conclusion s'imposait : Spandana n'avait aucun avenir et il était par conséquent absurde de rembourser les prêts accordés par l'entreprise. Nous avons même eu en main un « journal » affirmant que Padmaja elle-même encourageait les gens à cesser leurs remboursements, affirmant qu'elle avait gagné assez d'argent et se retirait des affaires.

Cet effort magistral de modification des croyances allait exactement dans la bonne direction pour détruire l'institution : convaincre les gens qu'une IMF n'a aucun avenir est le moyen le plus sûr de s'assurer qu'elle n'en aura effectivement pas – puisque l'intérêt de chacun lui dicte alors de cesser ses remboursements. Padmaja était terrifiée à l'idée des conséquences que cette campagne pouvait avoir (même si elle parvenait encore à rire de l'idée qu'elle se serait enfuie en Amérique pour éviter d'avoir à affronter ses obligations : après tout, c'étaient les emprunteurs qui avaient son argent, pas le contraire), mais elle était résolue à se battre. Elle s'est mise à parcourir l'État d'un bout à l'autre, se montrant à toutes les réunions possibles, des petites villes aux grands villages, et déclarant partout : « Je suis toujours là, je ne pars nulle part. »

Ainsi est-elle parvenue à surmonter cette crise. Mais quelques mois plus tard, en mars 2006, un nouveau « scandale » a éclaté, révélant un autre type de fragilité. Cette fois-ci, Spandana et Share, l'un de ses concurrents, étaient accusés d'être à l'origine du suicide de plusieurs agriculteurs. Selon la presse, les agents de crédit avaient poussé leurs clients au surendettement, puis avaient exercé sur eux des pressions excessives pour exiger le remboursement. Évidemment, les IMF contestèrent ces accusations, mais avant même que l'affaire ait été éclaircie, le « commissaire » (directeur administratif) du district de Krishna décréta que rembourser son prêt à Spandana ou Share était… *illégal*. En quelques jours, presque *tous* les clients du district avaient cessé leurs remboursements. Au moment de la crise, Spandana avait environ 590 millions de roupies (34,5 millions USD PPA) d'en-cours dans le district de Krishna, ce qui représentait 15 % du portefeuille de Spandana en Inde en 2006.

Les dirigeants de différentes IMF allèrent voir les supérieurs du commissaire et firent annuler le décret rapidement, mais les dégâts étaient faits. Les clients remboursent leur prêt parce que les autres le font. Quand ils s'arrêtent tous en même temps, il est alors difficile de les convaincre de reprendre. Un an après, 70 % des prêts à recouvrer n'avaient pas encore été remboursés. Depuis, les agents de Spandana sont passés dans tous les villages concernés et ont offert à leurs clients de nouveaux prêts à la seule condition qu'ils remboursent les précédents (sans intérêts supplémentaires). Cela fonctionne dans certains villages et Spandana a aujourd'hui réussi à recouvrer la moitié des impayés, mais il est clair qu'il y a une forte incitation sociale à se conformer aux comportements des autres[1]. Dans certains villages, tout le monde rembourse. Dans d'autres, tout le monde refuse, même ceux à qui il ne restait qu'un ou deux versements à effectuer pour obtenir un nouveau prêt. Par exemple, un quart des emprunteurs n'ayant plus qu'un seul règlement à faire pour être en mesure d'emprunter à nouveau n'ont pas remboursé. Cela signifie qu'ils ont renoncé à payer environ 150 roupies qui auraient pu leur en rapporter 8 000, qu'ils auraient pu soit rembourser, soit empocher sans contrepartie en cessant à nouveau d'honorer les échéances. Ces débiteurs font généralement partie d'un groupe où tout le monde a fait défaut.

La crise des remboursements de Krishna s'est répétée – cette fois sans interférence politique manifeste – au Karnataka en 2008 et dans l'Orissa en 2009, provoquant la faillite de KAS, une autre grande IMF. Tous ses clients ont interrompu leurs remboursements lorsque KAS a perdu l'accès à son fonds de roulement et s'est trouvée dans l'incapacité d'accorder de nouveaux prêts. La crise de l'automne 2010 dans l'Andhra Pradesh a été une répétition presque exacte, à une échelle bien plus importante, de la crise de 2006. Une nouvelle fois, des suicides d'agriculteurs ont servi d'argument à des hommes politiques pour attaquer les IMF et, là encore, les remboursements ont cessé du jour au lendemain après l'intervention des pouvoirs publics. Lors de cette crise, certaines des plus grandes IMF (SKS, Spandana et Share) se sont retrouvées au bord de la faillite. Tout ceci suggère que les IMF ont

1. Emily BREZA, « Peer pressure and loan repayment : evidence from a natural experiment », document de travail, 2010.

sans doute raison d'accorder une importance particulière à la gestion des croyances, et par conséquent de donner la priorité à la discipline du remboursement plus qu'à toute autre chose. Ouvrir la porte au défaut de paiement, même pour encourager une nécessaire prise de risques, pourrait mettre en danger le contrat social qui leur permet de conserver des taux de remboursement élevés et des taux d'intérêt relativement bas.

Mais cette insistance nécessaire sur la discipline implique que la microfinance n'est pas le moyen le plus direct ou le meilleur pour financer des projets dont l'ambition dépasse le cadre de la micro-entreprise. Pour chaque entrepreneur ayant réussi dans la Silicon Valley ou ailleurs, beaucoup d'autres ont échoué. Comme nous l'avons vu, le modèle de la microfinance n'est tout simplement pas conçu pour confier des sommes d'argent importantes à des personnes susceptibles d'échouer. Cela n'est dû ni au hasard ni à une absence de vision des acteurs du microcrédit de ce que celui-ci pourrait être. C'est au contraire la conséquence logique des règles qui ont permis au microcrédit de prêter de l'argent à un nombre considérable de pauvres à des taux d'intérêt peu élevés.

Le microcrédit n'est peut-être pas non plus un moyen efficace de découvrir les talents susceptibles de créer de grandes entreprises. Tout est fait dans la microfinance pour inciter les clients à la prudence, ce qui n'est pas la meilleure façon d'identifier les personnes ayant le goût du risque. Il y a bien sûr toujours des contre-exemples – toutes les agences de microcrédit mettent en avant, sur leurs sites internet, l'histoire de telle échoppe devenue une chaîne de magasins prospère –, mais ils sont extrêmement rares. Le prêt moyen accordé par Spandana passe seulement de 7 000 roupies (320 USD PPA) pendant le premier cycle à 10 000 roupies (460 USD PPA) au bout de trois ans, et quasiment aucun n'excède 15 000 roupies (686 USD PPA). Après plus de trente ans de fonctionnement, les prêts de la Grameen Bank restent, pour l'essentiel, très modestes.

Comment financer de plus grandes entreprises ?

Mais peut-être n'est-ce pas réellement un problème que le microcrédit ne soit pas conçu pour des emprunts plus importants. Comme nous l'avons vu, les limitations du crédit tendent à être bien plus strictes pour les emprunteurs très pauvres que pour ceux qui sont un peu plus riches. Peut-être y a-t-il là un processus progressif naturel : on commence par emprunter à une IMF, on développe son affaire et ensuite on va s'adresser à une banque.

Malheureusement, il ne semble pas que les entreprises mieux établies aient tellement plus de facilités à obtenir un crédit. Elles courent en particulier le risque d'être trop grandes pour les prêteurs traditionnels et les agences de microcrédit, mais trop petites pour les banques. En 2010, Miao Lei était un entrepreneur performant de la ville de Hangzhou, en Chine. Ingénieur de formation, il s'était lancé dans l'installation de systèmes informatiques auprès des entreprises locales. Le problème était qu'il devait d'abord acheter le matériel informatique et les logiciels, et ce n'est qu'une fois le système installé qu'il était payé. Personne ne voulait lui accorder de prêt. Un jour, il eut l'occasion de répondre à un appel d'offre particulièrement intéressant, mais il était clair qu'il aurait besoin de plus de trésorerie qu'il n'en avait pour l'emporter. Pourtant, la tentation était trop forte et il se porta candidat. Il se souvient encore des journées passées, après que son entreprise eut obtenu le contrat, à courir partout pour essayer de lever des fonds, mais en vain. Ne pas le remplir aurait signé la fin de sa carrière. En désespoir de cause, il fit un pari encore plus risqué : il y avait un autre marché à décrocher pour une entreprise d'État et il savait que, s'il le remportait, il aurait une avance qu'il pourrait alors utiliser pour financer le premier contrat. Avec un peu de chance, il pourrait ensuite utiliser l'argent du premier pour payer le second. Il décida de faire une offre très agressive – il lui importait peu de perdre de l'argent s'il parvenait à signer le contrat. Il se rappelle encore le soir où il a attendu pour savoir si son offre avait été acceptée. Il avait libéré ses employés plus tôt que d'habitude et, pendant des heures, il avait parcouru ses bureaux vides de long en large. Finalement, son offre l'avait emporté et tout s'était passé comme il l'avait espéré. L'argent avait rempli les caisses et des banquiers étaient venus lui proposer des prêts (une fois que ses revenus eurent dépassé les 20 millions de yuans, ils étaient même venus frapper à sa porte). À l'époque où nous l'avons rencontré, il gérait quatre entreprises différentes.

Miao Lei, qui était pourtant diplômé et avait un modèle commercial prometteur, ne devait sa survie qu'à un pari risqué. Narayan Murthy et Nandan Nilekani avaient beau être diplômés du prestigieux Indian Institute of Technology, à leurs débuts, ils ne parvenaient pas à obtenir d'emprunt pour fonder Infosys, le banquier invoquant l'absence de stocks pour servir de garantie. Aujourd'hui, Infosys est l'une des plus grandes entreprises informatiques au monde. Il est très probable qu'il y a beaucoup d'autres personnes comme celles que nous venons d'évoquer, qui n'ont pu réussir simplement parce qu'elles n'ont pas réussi à obtenir les financements nécessaires au bon moment.

Même les entreprises qui parviennent à démarrer, à survivre et à se développer ne paraissent pas capables d'échapper à la difficulté d'accès au capital. La ville de

Tirupur est la capitale indienne du T-shirt (70 % des vêtements tricotés produits dans le pays le sont là-bas). Les entreprises qui travaillent dans la région sont mondialement connues : les acheteurs du monde entier viennent y passer de grosses commandes pour leurs collections. Et, bien sûr, la ville a attiré les talents du textile de toutes les régions de l'Inde. Elle compte aussi de nombreux entrepreneurs locaux, les descendants de riches familles agricoles (appartenant à la caste des Gounders). Les entrepreneurs venus de l'extérieur sont les plus qualifiés, ce qui n'est pas étonnant. Les usines qu'ils gèrent sont bien plus efficaces que celles des Gounders. Quel que soit le niveau de capital considéré, ils produisent et exportent davantage. Ce qui est plus surprenant, en revanche, c'est que les affaires créées par les Gounders ont au départ un capital environ trois fois plus important que celles des entrepreneurs venus de l'extérieur[1]. Au lieu de prêter de l'argent aux étrangers qui ont une expertise dans ce domaine, les riches Gounders ont préféré fonder leurs propres usines, alors même qu'ils n'avaient aucune expérience. Pourquoi ? Et – autre question – pourquoi les banques ne se sont-elles pas précipitées pour aider les étrangers à créer des structures plus importantes ? La réponse est que même les entreprises relativement grandes comme celles-ci (en moyenne, les sociétés fondées par des étrangers ont un capital de 2,9 millions de roupies, ou 347 000 USD PPA) sont victimes des problèmes que nous avons décrits plus haut. Si les Gounders ont monté leurs propres entreprises, c'est parce qu'ils avaient confiance dans leur propre communauté et qu'ils n'étaient en revanche pas certains que les étrangers les remboursent.

1. Abhijit BANERJEE et Kaivan MUNSHI, « How efficiently is capital allocated ? Evidence from the knitted garment industry in Tirupur », *Review of Economic Studies*, 71, 2004, p. 19-42.

Ayant pris conscience de ce frein, les pays en développement ont tenté de mettre en place des réglementations pour contraindre les banques à prêter à ces investisseurs. L'Inde a ainsi un « secteur prioritaire » réglementé : les banques ont l'obligation de prêter 40 % de leur portefeuille à ce secteur, regroupant l'agriculture, la microfinance et les petites et moyennes entreprises, ce qui peut comprendre des structures assez importantes (les plus grandes entreprises relevant du secteur prioritaire sont plus grandes que 95 % des entreprises indiennes). Il est clair que certaines sont capables d'investir ces fonds de façon productive. Lorsque, en 1998, le secteur prioritaire fut étendu à des entreprises encore plus grandes, celles-ci ont investi les emprunts supplémentaires qu'elles avaient pu obtenir du fait de leur intégration au secteur prioritaire et en tirèrent des bénéfices considérables. Ainsi, un accroissement de 10 % des prêts a permis un accroissement de 9 % des profits, *après remboursement du prêt*[1] – il s'agit là d'un taux de retour sur investissement particulièrement élevé. Cependant, la mode est aujourd'hui à la suppression de ce type de crédit obligatoire, notamment parce que les banques se plaignent que prêter à ces entreprises est à la fois coûteux et risqué.

Il existe des gens qui cherchent à identifier les nouvelles entreprises prometteuses pour les financer. C'est ce que fait par exemple Miao Lei, l'homme d'affaires chinois, peut-être du fait de sa propre expérience. Il prend des participations dans de jeunes sociétés prometteuses. Mais dans le domaine des petites et moyennes entreprises, nous sommes loin de voir l'équivalent de la révolution qu'a été la microfinance : personne n'a encore trouvé le

---

1. Abhijit BANERJEE et Esther DUFLO, « Do firms want to borrow more ? Testing credit constraints using a directed lending program », document de travail, 2004.

moyen de le faire de façon rentable à grande échelle. Des changements dans l'environnement commercial, comme une amélioration du fonctionnement des tribunaux, pourraient bien être décisifs. En Inde, l'introduction de procédures judiciaires accélérées a écourté les délais de recouvrement, ce qui a conduit les banques à prêter davantage et à pratiquer des taux d'intérêt plus bas. Pourtant, ce n'est pas non plus un remède miracle. Lorsque les tribunaux de recouvrement ont été créés, plus de prêts ont été accordés aux plus grandes entreprises, mais moins aux plus petites[1]. Ceci semble pouvoir être attribué au fait que les employés de banque ont alors estimé qu'il était plus rentable de prêter à de plus grandes entreprises, qui avaient un actif plus important – et saisissable – à hypothéquer.

In fine, le problème vient de la structure des banques. Parce que ce sont, par définition, de grandes institutions, il leur est difficile de donner suffisamment d'incitations à leurs employés pour se renseigner sur les entreprises, suivre les projets et faire des investissements qui en vaillent la peine. Par exemple, si elles décident de sanctionner les agents pour les défauts de paiement (ce que, jusqu'à un certain point, elles sont obligées de faire), ceux-ci se mettent à rechercher les projets les plus sûrs possible – qui risquent peu d'être des petites entreprises inconnues. De *futurs* Miao Lei ou Narayan Murthy pourraient bien en conséquence ne pas trouver de financements.

Le mouvement de la microfinance a démontré qu'en dépit des difficultés il est possible de prêter aux pauvres.

---

1. Dilip MOOKHERJEE, Sujata VISARIA et Ulf VON LILIENFELD-TOAL, « The distributive impact of reforms in credit enforcement : evidence from Indian debt recovery tribunals », BREAD, document de travail n° 254, 2010.

Si l'on peut discuter de jusqu'à quel point les prêts des IMF transforment la vie des pauvres, l'ampleur actuelle du microcrédit constitue en soi un succès remarquable. Il existe très peu d'autres programmes destinés aux pauvres qui soient parvenus à toucher autant de personnes. Cependant, sa structure – qui est à la source même de son succès – est telle que nous ne pouvons pas compter sur le microcrédit pour ouvrir la voie à la création et au financement d'entreprises plus importantes. Trouver des façons de financer les entreprises de taille moyenne est le prochain grand défi financier des pays en développement.

8.

Construire son épargne brique par brique

Dans presque tous les pays en développement, dès qu'on s'éloigne du centre-ville pour gagner les banlieues plus pauvres, on est frappé du nombre de constructions inachevées. Il y a des maisons qui ont quatre murs mais pas de toit, d'autres un toit mais pas de fenêtres ; il y a des ébauches de bâtisses avec un ou deux murs inachevés, certaines dont les poutres dépassent encore du toit, des murs que quelqu'un a commencé à peindre sans jamais aller jusqu'au bout… Pourtant, on a beau chercher, il n'y a ni bétonnières ni maçons au travail en vue. La plupart de ces maisons n'ont pas été touchées depuis des mois. Dans certains des quartiers les plus récents de Tanger, au Maroc, il y en a tellement que ce qui ressort, ce sont plutôt les constructions achevées et peintes de frais.

Quand vous demandez à leurs propriétaires à quoi peuvent bien servir ces chantiers interrompus, leur réponse est généralement simple : c'est leur manière d'économiser. Le principe est bien connu. Lorsque le grand-père d'Abhijit gagnait un peu d'argent, il ajoutait une pièce à sa maison. C'est de cette façon, pièce après pièce, qu'a été construite la demeure où vit encore aujourd'hui sa famille. Les plus pauvres ne peuvent pas se payer chaque fois une pièce entière. La famille d'Abhijit avait ainsi un chauffeur qui demandait de temps à autre un jour de libre. Ces jours-là, il achetait un sac de ciment, un sac de sable et des briques et prenait sa journée pour les poser. Il lui a ainsi fallu de nombreuses années pour achever sa maison, cent briques à la fois.

À première vue, une maison inachevée ne semble pas être le mode d'épargne idéal : sans toit, on ne peut pas l'habiter ; à moitié terminée, elle risque de s'effondrer sous l'effet des intempéries ; et si l'on a besoin d'argent de façon urgente avant qu'elle ne soit finie et qu'on est obligé de la vendre en l'état, elle risque fort de rapporter moins que ce qu'ont coûté les briques. Pour toutes ces raisons, il semblerait plus pratique d'économiser de l'argent (par exemple, en le déposant dans une banque) jusqu'à en avoir suffisamment pour construire au moins une pièce entière, avec un toit, en une seule fois.

Si les pauvres économisent brique par brique, cela doit donc être parce qu'ils n'ont pas de meilleure façon d'épargner. Est-ce parce que les banques n'ont pas trouvé le moyen de collecter l'épargne des pauvres et qu'une « révolution de la micro-épargne » ne demande qu'à éclater ? Ou bien y a-t-il quelque chose à quoi nous n'aurions pas pensé qui expliquerait qu'une maison inachevée soit un investissement attractif ? Devrions-nous admirer la patience extraordinaire de ces gens vivant avec moins de 99 cents par jour, qui économisent sur les petits plaisirs de la vie pendant des années pour finir leur maison, ou au contraire nous étonner du fait que, si construire une maison brique après brique est la seule façon de devenir propriétaire, ils ne cherchent pas à économiser davantage pour la construire plus rapidement ?

Pourquoi les pauvres n'économisent pas plus

Puisque les pauvres n'ont qu'un accès restreint au crédit pour financer leurs entreprises et sont peu assurés contre les risques qu'ils encourent, n'auraient-ils pas intérêt à économiser le plus possible ? S'ils avaient une petite réserve, les conséquences d'une mauvaise récolte ou d'une maladie seraient moins dramatiques. Et l'épargne pourrait également leur permettre de créer une entreprise.

La réaction la plus fréquente à ces questions est : « Mais comment les pauvres pourraient-ils économiser, puisqu'ils n'ont pas d'argent ? » La logique de cette objection n'est toutefois qu'apparente : si les pauvres doivent économiser, c'est parce que, comme tout le monde, ils ont un présent et un avenir. Certes, ils ont peu d'argent aujourd'hui. Mais, à moins d'espérer découvrir un tas de billets pendant la nuit, ils s'attendent vraisemblablement à ne pas en avoir beaucoup plus demain. De fait, épargner est encore plus important pour eux que pour les riches dans la mesure où avoir mis un peu d'argent de côté pourrait leur permettre d'éviter de se retrouver au pied du mur en cas de coup dur. Un petit matelas pourrait, par exemple, éviter aux familles pauvres de la région d'Udaipur d'avoir à sauter des repas lorsqu'elles n'ont plus d'argent, ce qui, comme nous l'avons vu, les rend très malheureuses.

De même, au Kenya, lorsqu'une vendeuse attrape le paludisme, sa famille se trouve souvent contrainte de liquider une partie de son stock pour acheter des médicaments. La patiente, une fois guérie, a alors toutes les peines du monde à retravailler, parce qu'elle n'a plus grand-chose, voire plus rien, à vendre. N'aurait-elle pas pu éviter tout cela en mettant un peu d'argent de côté ?

Selon l'idéologie victorienne, les pauvres étaient ainsi : bien trop impatients et incapables de penser à l'avenir. Par conséquent, les riches croyaient fermement à cette époque que la seule manière de les empêcher de se vautrer dans la paresse était de les menacer du pire s'ils s'écartaient du droit chemin. D'où les cauchemardesques *poorhouses* (mi-prisons, mi-hospices) et les prisons pour dettes, que Charles Dickens a si bien décrites. Cette idée que les pauvres seraient autrement constitués, mus par des inclinations naturelles qui les porteraient à l'imprévoyance, les enfermant inexorablement dans la pauvreté, a subsisté au fil des ans sous des formes légèrement différentes. Un de ses avatars actuels est le discours de ceux qui accusent les institutions de microfinance d'exploiter les penchants dépensiers des pauvres. Dans une veine originale, Gary Becker, prix Nobel et fondateur de l'économie moderne de la famille, a introduit l'hypothèse, dans un article de 1997, selon laquelle posséder des richesses encouragerait les gens à cultiver la patience – suggérant ainsi qu'à l'inverse la pauvreté rendrait les gens plus impatients [1].

L'une des grandes vertus de la tendance récente, parmi les enthousiastes du microcrédit et d'autres, qui consiste à reconnaître en chaque homme ou femme pauvre un entrepreneur potentiel, est de nous conduire à rompre avec cette façon de les considérer comme des êtres insouciants et incompétents. Dans le chapitre 6, qui traite du risque et des assurances, nous avons vu que les pauvres sont en réalité constamment anxieux face à l'avenir et à la perspective des catastrophes qui les menacent, et qu'ils prennent toutes sortes de mesures ingénieuses ou coûteuses pour limiter les risques auxquels ils sont exposés. Ils manifestent le même type d'ingéniosité dans la gestion de leur argent. Il est certes rare qu'ils possèdent un compte dans une institution d'épargne traditionnelle. Selon notre base de données portant sur dix-huit pays, dans le pays médian (à savoir l'Indonésie), 9 % des

---

1. Gary BECKER et Casey MULLIGAN, « The endogenous determination of time preference », *Quarterly Journal of Economics*, 112 (3), 1997, p. 729-758.

ruraux pauvres et 12 % des urbains pauvres ont des comptes d'épargne classiques. Au Brésil, au Panama et au Pérou, ce chiffre est inférieur à 1 %. Et pourtant, ils épargnent. Stuart Rutherford, le fondateur de SafeSave, une institution de microfinance du Bangladesh dont le but est d'aider les pauvres à économiser, nous explique comment ils y parviennent dans deux livres remarquables : *Comment les pauvres gèrent leur argent* et *Portfolios of the Poor*[1]. Ce dernier livre a été écrit à partir de journaux de bord tenus par 250 familles pauvres du Bangladesh, d'Inde et d'Afrique du Sud, qui ont décrit chacune de leurs transactions financières à des enquêteurs qui leur ont rendu visite tous les quinze jours pendant un an. L'un des principaux enseignements de cette enquête est la richesse des stratégies employées par les pauvres pour mettre de l'argent de côté. Ils constituent des « clubs » d'épargne, dans lesquels chaque membre doit s'assurer que les autres réalisent leurs objectifs. Les « *self-help groups* » (SHG), qui sont courants en Inde et que l'on trouve également dans beaucoup d'autres pays, sont des clubs d'épargne qui accordent également des prêts à leurs membres grâce aux fonds accumulés par le groupe. En Afrique, les instruments d'épargne les plus populaires sont l'épargne tournante et les associations de crédit (ROSCA) – plus connues sous le nom de *merry-go-rounds* (« manèges ») dans l'Afrique anglophone et de *tontines* dans les pays francophones. Leurs membres se réunissent à intervalles réguliers et, à chaque réunion, ils déposent chacun la même somme d'argent dans un pot

1. Stuart RUTHERFORD, *Comment les pauvres gèrent leur argent*, trad. de Karin Barlet, Paris, Karthala, 2002 [2001] ; et Daryl COLLINS, Jonathan MORDUCH, Stuart RUTHERFORD et Orlanda RUTHVEN, *Portfolios of the Poor : How the World's Poor Live on $2 a Day*, Princeton et Oxford, Princeton University Press, 2009.

commun. À tour de rôle, l'un des membres repart avec l'intégralité du pot. Il existe de nombreux autres dispositifs d'épargne : payer quelqu'un pour qu'il collecte les économies de plusieurs personnes et les dépose à la banque, confier son argent à des prêteurs locaux ou à des « gardiens d'argent » (des connaissances qui prennent en charge de petites sommes soit en échange d'une petite commission, soit gratuitement), ou encore, comme nous l'avons vu, construire peu à peu une maison. Des institutions similaires existent aussi aux États-Unis, surtout au sein des communautés d'immigrants récents.

Jennifer Auma, vendeuse sur le marché de la petite ville de Bumala, au Kenya occidental, constitue un exemple parfait de cette organisation complexe. Elle vend du maïs, du sorgho et des haricots. Pendant toute notre conversation, elle n'a pas cessé de trier ses haricots d'un geste expert, les rouges d'un côté, les blancs de l'autre. Lors de notre rencontre, elle était membre de pas moins de six ROSCA, qui différaient par leur taille et la fréquence de leurs réunions. À l'une d'elles, elle versait 1 000 shillings kényans ou KES (17,50 USD PPA) par mois, à une autre 580 KES deux fois par mois (dont 500 allaient dans le pot commun, 50 servaient à payer le sucre pour le thé – un élément essentiel de la cérémonie – et 30 à un fonds d'assistance). Dans une autre encore, la contribution était de 500 KES par mois, plus 200 d'économies supplémentaires. Elle participait aussi à une ROSCA hebdomadaire (150 KES par semaine), à une autre qui se réunissait trois fois par semaine (50 KES) et à une ROSCA quotidienne (20 KES). Comme elle nous l'a expliqué, chaque ROSCA avait une finalité spécifique, distincte des autres. Les petites servaient à payer son loyer (avant qu'elle n'ait construit sa maison), tandis que les plus grandes étaient destinées aux projets à long terme (comme des travaux sur sa maison) ou aux frais de scolarité. Aux yeux de Jennifer

Auma, les ROSCA avaient de nombreux avantages comparées aux comptes d'épargne traditionnels : il n'y avait pas de frais à payer, on pouvait y faire de petits dépôts et elle pouvait accéder au pot bien plus rapidement que si elle avait économisé le même montant chaque semaine. De plus, les groupes d'épargne étaient également un bon endroit où demander conseil.

Mais son portefeuille financier ne se limitait pas à ces six ROSCA. Elle avait effectué un emprunt auprès de l'un de ses groupes d'épargne début mai 2009 (un peu plus de deux mois avant notre rencontre) afin d'acheter du maïs pour 6 000 KES (105 USD PPA). Elle était également membre de la banque coopérative d'épargne du village, où elle avait un compte, bien qu'il fût alors quasiment vide. En effet, elle avait utilisé cet argent pour acheter des parts de la banque, d'une valeur de 12 000 KES (210 USD PPA). Celles-ci ajoutées aux parts qu'elle détenait déjà (chaque part permettant d'emprunter jusqu'à 4 KES), lui avait permis d'emprunter 70 000 KES (1 222 USD PPA) et de se construire une maison. Elle avait également de petites réserves d'argent cachées en divers endroits de sa maison qui lui permettaient de faire face à de petites urgences comme des dépenses de santé – bien que, comme elle nous l'a fait remarquer, cet argent soit parfois utilisé pour recevoir les visiteurs. Enfin, diverses personnes lui devaient de l'argent, notamment ses clients, débiteurs de 1 200 KES et un ancien membre du groupe à responsabilité solidaire de la banque d'épargne, redevable de 4 000 KES. Il n'avait pas pu finir de rembourser son emprunt à la banque, à qui il devait encore 60 000 KES (1 050 USD PPA), de sorte que les autres membres du groupe avaient dû le couvrir et ce n'est qu'à présent qu'il les remboursait peu à peu.

Jennifer Auma, qui était vendeuse sur le marché et femme d'agriculteur, vivait probablement avec bien moins de 2 dollars par jour. Pourtant, elle disposait de toute une panoplie d'instruments financiers finement réglés. De tels exemples d'ingéniosité financière abondent.

Mais l'extraordinaire créativité déployée par les pauvres pour épargner pourrait n'être que le symptôme du manque d'accès à des solutions plus conventionnelles et plus simples. Les banques n'aiment pas gérer les petits comptes, essentiellement en raison des coûts administratifs qu'ils occasionnent. Les institutions de dépôt sont lourdement réglementées, à raison – les États cherchent ainsi à éviter que des personnes sans scrupules ne disparaissent avec les économies de leurs clients –, mais cela signifie que la gestion de chaque compte exige d'accomplir toute une série de formalités administratives, qui peuvent rapidement devenir pesantes au regard du peu d'argent que la banque peut espérer gagner sur ces minuscules versements. Jennifer Auma nous a expliqué que son compte d'épargne à la banque du village n'était pas l'endroit où déposer de petites sommes, parce que les frais de retrait étaient trop élevés. Ces frais s'élevaient à 30 KES pour les retraits de moins de 500 KES, à 50 KES pour les retraits entre 500 KES et 1 000 KES, et à 100 KES pour des retraits plus importants. Ces frais administratifs pourraient expliquer pourquoi la plupart des pauvres n'ont pas forcément envie d'ouvrir un compte d'épargne, même quand ils en ont la possibilité.

L'obligation de pallier l'absence de véritables comptes d'épargne en adoptant des stratégies alternatives compliquées et coûteuses pourrait conduire les pauvres à épargner moins. Pour le savoir, Pascaline Dupas et Jonathan Robinson ont acquitté les frais d'ouverture d'un compte d'épargne dans une banque de village pour un échantillon de petits entrepreneurs choisis aléatoirement (des conducteurs de taxi-bicyclettes, des vendeuses du marché, des charpentiers, etc.) de Bumala. La banque avait des bureaux sur la place du marché où tous ces gens travaillaient. Les comptes ne rapportaient aucun intérêt. À l'inverse, chaque retrait était payant[1].

Au final, peu d'hommes ont utilisé les comptes qui leur avaient été offerts, mais près des deux tiers des femmes y ont déposé de l'argent au moins une fois. Et ces femmes ont effectivement épargné plus que celles, de condition comparable, à qui on n'avait pas ouvert de compte ; elles ont davantage investi dans leur commerce et ont pu éviter de puiser dans leur trésorerie en cas de maladie. Au bout de six mois, leur commerce marchait tellement mieux qu'elles étaient à même d'acheter chaque jour en moyenne 10 % de nourriture en plus pour elles-mêmes et leur famille.

Bien que les pauvres parviennent effectivement à trouver des façons élaborées de mettre un peu d'argent de côté, ces résultats montrent qu'ils s'en trouveraient mieux si les coûts d'ouverture d'un compte en banque étaient fortement diminués. En l'état actuel des choses, au Kenya, cette opération coûte 450 KES, et environ 5 000 KES avaient été déposés en moyenne sur les comptes utilisés au moins une fois. Cela signifie que, si Pascaline Dupas et Jonathan Robinson n'avaient pas acquitté les frais bancaires pour eux, ces clients pauvres auraient eu à payer une « taxe » de près de 10 % uniquement pour avoir le privilège d'ouvrir un compte, et cela sans compter les frais de retrait. À cela s'ajoute le coût du déplacement jusqu'à la banque, généralement située en centre-ville, loin de leur lieu d'habitation. Les coûts de gestion de petits comptes d'épargne devraient

1. Pascaline Dupas et Jonathan Robinson, « Saving constraints and microenterprise development : evidence from a field experiment in Kenya », NBER, document de travail n° 14693, révisé en novembre 2010.

considérablement diminuer pour devenir économiquement viables pour les pauvres.

Les « *self-help groups* », qui sont populaires en Inde et dans d'autres pays, constituent une façon de réduire les coûts, en groupant les retraits et les dépôts des membres du groupe, de sorte que les montants totaux soient suffisamment élevés pour que la banque accepte ce compte commun. La technologie a aussi un rôle à jouer. Au Kenya, M-PESA permet aux utilisateurs de déposer de l'argent sur un compte relié à leur téléphone portable, puis d'utiliser leur portable pour envoyer de l'argent sur le compte d'autres personnes et effectuer des paiements. Quelqu'un comme Jennifer Auma peut ainsi créditer son compte par l'intermédiaire de l'une des nombreuses épiceries locales qui se trouvent être correspondantes de M-PESA. Elle peut ensuite envoyer un texto à son cousin à Lamu, lequel n'a qu'à présenter ce message à son correspondant local pour obtenir l'argent. La somme est alors débitée du compte de Jennifer. Une fois que M-PESA sera raccordé au système bancaire, les gens pourront faire des virements sur leur compte d'épargne par le biais d'un correspondant local de M-PESA, ce qui leur évitera le déplacement jusqu'à l'agence.

Bien sûr, aucune avancée technologique ne supprimera la nécessité de réglementer les comptes d'épargne. Selon les règles actuelles, seuls les employés de banque aux salaires élevés sont généralement autorisés à manipuler l'argent déposé, ce qui rend la procédure particulièrement lourde. Cela n'est sans doute pas nécessaire. Les banques pourraient passer par un commerçant local pour enregistrer des dépôts. Dès lors que celui-ci délivrerait au déposant un reçu que la banque serait *légalement obligée d'honorer*, le déposant serait protégé. Il incomberait ensuite à la banque de s'assurer que le commerçant ne s'évapore pas avec l'argent. Si les banques sont prêtes à prendre ce risque – et beaucoup le seraient –, en quoi cela concerne-t-il le législateur ? Ce dispositif est en gestation depuis plusieurs années et un certain nombre de pays viennent de promulguer des lois l'autorisant (comme le Banking Correspondant Act en Inde). Ces changements pourraient révolutionner tout le système de l'épargne.

La communauté internationale, sous l'impulsion notamment de la Fondation Bill et Melinda Gates, déploie actuellement un effort considérable pour améliorer l'accès des pauvres à des comptes d'épargne. La révolution de la micro-épargne paraît en passe de succéder à celle du microcrédit. Mais le manque d'accès à l'épargne classique est-il le seul problème ? Devons-nous nous attacher exclusivement à développer des modes d'épargne sûrs et faciles ? Les résultats obtenus par Pascaline Dupas et Jonathan Robinson suggèrent que cela ne réglerait pas tout. Il y a d'abord le fait troublant que la plupart des hommes n'ont pas utilisé leur compte (pourtant gratuit). Beaucoup de femmes ne s'en sont pas servies non plus, ou très peu. 40 % d'entre elles n'ont pas fait un seul dépôt, et moins de la moitié en ont fait plus d'un ; plusieurs de celles qui avaient commencé à utiliser leur compte ont cessé de le faire au bout d'un moment. À Busia, au Kenya, dans le cadre d'une autre étude[1], seuls 25 % des couples à qui l'on avait offert jusqu'à trois comptes gratuits (un pour chacun des membres du couple et un compte commun) y ont déposé de l'argent. Cette proportion a atteint seulement 31 % de ceux qui avaient également reçu une carte de retrait gratuite, leur permettant d'effectuer des retraits et des dépôts

1. Simone SCHANER, « Cost and convenience : the impact of ATM card provision on formal savings account use in Kenya », document de travail, 2010.

plus facilement et à moindre frais. Les comptes d'épargne sont manifestement utiles à certaines personnes. Toutefois, leur absence n'est pas la seule raison pour laquelle les pauvres n'épargnent pas.

Au chapitre précédent, nous avons évoqué un autre cas où des gens avaient une opportunité intéressante d'épargner, mais ne s'en saisissaient pas : c'était celui des vendeuses de fruits et légumes de Chennai, qui empruntaient environ 1 000 roupies (45,75 USD PPA) chaque matin au taux de 4,69 % par jour. Imaginons que ces vendeuses décident de boire deux tasses de thé en moins par jour pendant trois jours. Elles économiseraient ainsi quotidiennement 5 roupies, ce qui diminuerait d'autant le montant à emprunter. À la fin de la première journée, elles auraient à emprunter 5 roupies de moins. Cela signifie que, le lendemain, elles auraient 5,23 roupies de moins à rembourser (les 5 roupies qu'elles n'auraient pas empruntées, plus 23 paisa d'intérêts). Avec les 5 roupies qu'elles auraient économisées le deuxième jour en buvant à nouveau moins de thé, cela leur permettrait d'emprunter 10,23 roupies de moins. Toujours selon la même logique, au bout du quatrième jour, elles disposeraient de 15,71 roupies pour acheter des légumes au lieu d'avoir à les emprunter. Supposons qu'elles reprennent ensuite leur consommation habituelle, mais continuent à utiliser les 15,71 roupies économisées pendant ces trois jours où elles ont bu moins de thé pour acheter de la marchandise (ce qui leur permettrait de réduire leur emprunt d'autant). Ce montant accumulé continue à augmenter (exactement comme les 10 roupies étaient devenues 10,71 roupies au bout de deux jours) et, au bout de quatre-vingt-dix jours exactement, elles seraient affranchies de toute dette. Elles économiseraient alors 40 roupies *par jour*, soit l'équivalent de la moitié de leur salaire quotidien – tout ça pour le prix de six tasses de thé !

Ces vendeuses semblent avoir entre les mains quelque chose qui ressemble à s'y méprendre à une poule aux œufs d'or. Pourquoi ne cherchent-elles pas à en profiter plus ? Comment comprendre qu'elles n'en tirent pas parti, quand on pense au type de planification financière complexe dont les pauvres – comme nous l'avons vu avec Jennifer Auma – se montrent capables ?

La psychologie de l'épargne

Comprendre la façon dont les gens envisagent le futur peut contribuer à résoudre ces contradictions apparentes. Andrei Shleifer, sans doute le meilleur défenseur de la théorie selon laquelle beaucoup de gens font parfois des choses idiotes (il a inventé, ou du moins popularisé, l'expression *noise traders* qui désigne le comportement des boursicoteurs naïfs qui se font impitoyablement exploiter par les traders plus expérimentés), rentrait juste du Kenya quand il nous a rapporté une observation qu'il avait faite là-bas : il y avait une différence énorme entre les exploitations gérées par des religieuses, qui étaient prospères et dynamiques, et celles de leurs voisins, bien moins impressionnantes. À la différence des autres agriculteurs, les religieuses utilisaient de l'engrais et des semences hybrides. Pourquoi, nous demanda-t-il, les fermiers n'étaient-ils pas capables de faire la même chose que les religieuses ? Était-ce la manifestation d'une plus grande impatience – peut-être la profession des religieuses les porte-t-elles à la patience, la récompense de leurs efforts n'intervenant qu'après la mort ?

Il touchait là à quelque chose qui nous avait longtemps troublés. Dans le cadre d'enquêtes menées sur plusieurs années, Michael Kremer, Jonathan Robinson et Esther avaient découvert que seuls 40 % des agriculteurs de la région de Busia, dans le Kenya occidental (non loin de Sauri, le village où Jeffrey Sachs et Angelina Jolie avaient rencontré Kennedy, le jeune agriculteur qui ne s'était jamais servi d'engrais avant d'en recevoir dans le cadre du projet) avaient utilisé de l'engrais au moins une fois, et que, chaque année, seuls 25 % en employaient [1]. Une estimation prudente du retour sur investissements de l'utilisation de fertilisants (fondée sur plusieurs expérimentations où l'on compare les rendements obtenus, dans les mêmes champs, sur des parcelles avec ou sans engrais) donne un chiffre de plus de 70 % : pour 1 dollar d'engrais, l'agriculteur moyen obtient une valeur de 1,70 dollar de maïs supplémentaire. Si les bénéfices n'atteignent pas ceux que pourraient engranger les vendeuses de légumes, ils sont néanmoins suffisamment élevés pour justifier l'effort d'économiser un peu. Pourquoi les agriculteurs ne le font-ils pas plus ? Une première possibilité est qu'ils maîtrisent mal le mode d'utilisation des engrais ou qu'ils en sous-estiment la rentabilité. Mais, dans ce cas, les agriculteurs qui ont participé aux expérimentations, qui ont donc reçu une première fois de l'engrais gratuitement (ainsi que des conseils sur la meilleure manière de s'en servir) et ont pu en constater directement la rentabilité, devraient être particulièrement désireux d'en utiliser à la saison suivante. De fait, Esther, Michael Kremer et Jonathan Robinson ont observé que, parmi les agriculteurs qui avaient reçu de l'engrais gratuitement une saison, 10 % de plus en avaient utilisé lors de la saison suivante. Mais cela signifie tout de

---

1. Esther DUFLO, Michael KREMER et Jonathan ROBINSON, « Why don't farmers use fertilizer ? Experimental evidence from Kenya », article non publié, 2007 ; et Esther DUFLO, Michael KREMER et Jonathan ROBINSON, « How High Are Rates of Return to Fertilizer ? Evidence from Field Experiments in Kenya », *American Economic Review*, 98 (2), 2008, p. 482-488.

même que la majorité avait continué à ne pas le faire. Ils avaient pourtant été impressionnés par les résultats : dans leur grande majorité, ils s'affirmaient convaincus et, au départ, tous déclaraient vouloir utiliser des engrais par la suite.

Lorsque nous leur avons demandé pourquoi ils ne l'avaient en fin de compte pas fait, la plupart nous ont répondu qu'ils n'avaient pas suffisamment d'argent disponible le moment venu. Ce qui est étonnant, c'est que les engrais peuvent être achetés (et utilisés) en petites quantités, de sorte que l'investissement paraît facilement accessible même à des agriculteurs qui n'ont que des économies modestes. Une fois encore, le problème paraît être que les agriculteurs éprouvent des difficultés à conserver même de très petites sommes d'argent sur une période allant, comme ici, de la récolte à la plantation. Comme nous l'ont expliqué Michael et Anna Modimba, un couple de cultivateurs de maïs établi non loin de Budalengi, dans le Kenya occidental, économiser n'est pas chose facile. Sur leur exploitation, ils avaient utilisé de l'engrais lors de la dernière saison, mais pas pendant la précédente, parce qu'ils n'avaient alors plus d'argent pour en acheter. Économiser de l'argent est difficile, nous ont-ils expliqué, parce qu'il y a toujours quelque chose pour entraîner des dépenses (quelqu'un est malade, quelqu'un a besoin de vêtements, il faut donner à manger à un hôte…) et qu'il est difficile de dire non.

Le même jour, nous avons rencontré un autre agriculteur, Wycliffe Otieno, qui avait trouvé une solution à ce problème. Il prenait toujours la décision d'utiliser ou non des engrais juste après la récolte. Si la récolte était suffisante pour payer les frais de scolarité des enfants et nourrir la famille, il utilisait l'argent restant pour acheter des semences hybrides et, s'il en avait encore, de l'engrais. Il stockait alors les semences et l'engrais jusqu'à la saison de plantation suivante. Il nous a expliqué qu'il achetait toujours l'engrais à l'avance parce que, comme les Modimba, il savait que l'argent qu'on conserve chez soi finit toujours par disparaître.

Nous lui avons ensuite demandé ce qu'il faisait lorsque, alors qu'il avait acheté son engrais à l'avance (mais ne l'avait pas encore utilisé), quelqu'un tombait malade. N'était-il pas tenté, dans ce cas, de le revendre à perte ? Il nous a répondu qu'il n'en avait jamais eu besoin. Lorsqu'il n'avait pas d'argent sous la main, il avait plutôt tendance à reconsidérer l'urgence véritable d'un éventuel besoin. Et s'il y avait vraiment des dépenses à faire, il tuait un poulet ou travaillait un peu plus dur comme chauffeur de vélo-taxi (travail qu'il faisait en plus lorsqu'il n'était pas trop accaparé par les travaux agricoles). Bien qu'ils n'aient jamais acheté d'engrais à l'avance, les Modimba étaient d'accord avec lui. Si un problème devait survenir alors qu'ils n'avaient pas d'argent, ils trouveraient toujours une solution : par exemple, emprunter à des amis ou, selon leur formule, « suspendre la question », mais ils ne revendraient pas l'engrais. Selon eux, ce serait une bonne chose d'être obligés de trouver une solution alternative, plutôt que d'utiliser l'argent disponible à la maison.

Pour aider les gens comme les Modimba, Esther, Michael Kremer et Jonathan Robinson ont donc conçu le programme Savings and Fertilizer Initiative (SAFI – Initiative épargne et engrais). Juste après la récolte, au moment où les agriculteurs ont de l'argent, on leur donnait la possibilité d'acheter un bon pour de l'engrais à recevoir au moment de la plantation[1]. Le dispositif a été

1. Esther Duflo, Michael Kremer et Jonathan Robinson, « Nudging farmers to use fertilizer: theory and experimental evidence », à paraître dans *American Economic Review*, NBER, document de travail n° W15131, 2009.

mis en œuvre par ICS Africa, une ONG travaillant dans la région. L'engrais était vendu au prix du marché. Un agent d'ICS rendait visite aux agriculteurs à domicile pour leur vendre les bons et le fertilisant leur était livré au moment où ils le souhaitaient. Grâce à ce programme, environ 50 % d'agriculteurs supplémentaires en ont utilisé. Pour mettre ce chiffre en perspective, cet effet est plus important que celui d'une réduction de 50 % du prix de l'engrais. Comme l'avaient prédit Michael et Anna Modimba ainsi que Wycliffe Otieno, quand l'engrais leur était livré chez eux au bon moment, les agriculteurs étaient prêts à en acheter.

Mais cela n'explique pas pourquoi les agriculteurs ne s'en procurent pas d'eux-mêmes à l'avance. L'écrasante majorité de ceux qui ont acheté des bons ont demandé à être livrés immédiatement et ont ensuite stocké l'engrais pour l'utiliser plus tard. Une fois le fertilisant acquis, exactement comme nous l'avait dit Wycliffe Otieno, ils ne l'ont pas revendu. Mais s'ils voulaient vraiment de l'engrais, qu'est-ce qui les empêchait d'aller en acheter eux-mêmes à l'avance ? Nous avons posé la question aux Modimba. Leur réponse a été que les magasins n'en avaient pas toujours en stock juste après la récolte – la plupart du temps, ils n'en recevaient que plus tard, au moment de la plantation. Selon la formule de Michael Modimba : « Lorsqu'on a de l'argent, ils n'ont pas d'engrais. Lorsqu'ils ont de l'engrais, on n'a pas d'argent. » Pour Wycliffe Otieno, ce n'était pas vraiment un problème : son travail de chauffeur de vélo-taxi l'amenait à se rendre constamment à la ville, de sorte qu'il pouvait vérifier régulièrement si l'engrais était arrivé et en acheter dans le premier magasin où il en trouvait. Mais pour des agriculteurs comme les Modimba, qui vivaient à une heure de marche de la ville la plus proche et avaient peu de raisons de s'y rendre, s'enquérir de l'approvisionnement des magasins était plus compliqué. C'était ce désagrément mineur d'avoir à guetter la livraison d'engrais (en demandant à un ami d'aller vérifier, en appelant le magasin) qui faisait obstacle à la fois à leur capacité d'épargner et à leur productivité. Notre intervention avait simplement consisté à supprimer cet obstacle.

L'épargne et le contrôle de soi

Le cas des vendeuses de légumes indiennes et celui des agriculteurs kényans suggèrent que beaucoup de gens ne parviennent pas à épargner même quand ils ont d'excellentes opportunités. Les obstacles à l'épargne ne seraient donc pas uniquement externes. Une partie du problème a une origine psychologique. La plupart d'entre nous se souviennent avec précision avoir dû un jour expliquer à un parent en colère qu'il y a une minute les biscuits étaient là, devant nous, et que, la minute d'après, ils n'y étaient plus, sans que nous ayons la moindre idée de ce qui s'était passé entre-temps. Nous savions bien qu'en mangeant tous les biscuits nous aurions des ennuis, mais voilà : la tentation était trop forte.

Comme nous l'avons évoqué au chapitre 3 à propos des soins préventifs, le cerveau humain ne traite pas de la même manière le présent et le futur. Il semble que notre vision de la façon dont nous devrions agir dans le futur soit souvent incohérente avec celle dont nous agissons aujourd'hui et dont nous agirons effectivement demain. L'une des formes que prend cette « incohérence temporelle » est que nous dépensons aujourd'hui notre argent et qu'au même moment nous prévoyons d'épargner demain. En d'autres termes, nous espérons que notre « moi de demain » sera plus patient que notre « moi d'aujourd'hui » n'est prêt à l'être.

Une autre manifestation de l'incohérence temporelle consiste à acheter ce que nous désirons dans l'immédiat (de l'alcool, des aliments gras ou sucrés, des babioles, etc.), tout en prévoyant de dépenser notre argent de façon plus responsable dans le futur (en frais de scolarité, moustiquaires, réparations du toit, etc.). Autrement dit, les choses que nous avons plaisir à imaginer acheter plus tard ne sont pas toujours celles que nous achetons sur l'instant. En général, savoir que nous boirons encore un verre de trop demain ne nous réjouit pas – au contraire, cela tendrait plutôt à nous désespérer – et pourtant, lorsque demain est là, nous sommes nombreux à ne pas y résister. L'alcool est un exemple du *bien de tentation* : quelque chose qui nous attire sur le moment, sans nous donner de plaisir par anticipation. À l'inverse, un téléviseur ne relève sans doute pas de la tentation : les pauvres économisent fréquemment pendant des mois, voire des années, pour acheter un poste, ce qui montre qu'ils se réjouissent par avance d'en posséder un.

Le travail conjoint d'économistes, de psychologues et de neurologues a permis d'établir qu'il y a une base physiologique à une telle dissociation dans la prise de décision[1]. Lors de l'une de leurs expérimentations, les participants devaient choisir entre diverses récompenses à recevoir à des moments différents, sous la forme de bons-cadeaux datés. Chaque participant avait ainsi une série de décisions à prendre. Par exemple, il devait choisir entre : recevoir 20 dollars maintenant ou 30 dollars dans deux semaines (présent contre futur) ; recevoir 20 dollars dans deux semaines ou 30 dollars dans quatre semaines (futur contre futur plus éloigné) ;

1. Samuel M. McClure, David I. Laibson, George Loewenstein et Jonathan D. Cohen, « Separate neural systems value immediate and delayed monetary rewards », *Science*, 306 (5695), 2004, p. 421-423.

ou encore recevoir 20 dollars dans quatre semaines ou 30 dollars dans six semaines (futur plus éloigné contre futur encore plus éloigné). Le petit plus par rapport à d'autres expériences du même ordre est que les sujets qui devaient prendre ces décisions étaient placés à l'intérieur d'un appareil d'IRM, permettant ainsi aux chercheurs de voir quelles parties du cerveau étaient activées au moment où le sujet prenait sa décision. Ils ont ainsi pu constater que les zones correspondant au système limbique (supposé ne réagir qu'aux gratifications plus viscérales et immédiates) n'étaient activées que lorsque la décision impliquait de comparer une gratification imminente à une gratification future. À l'inverse, le cortex préfrontal latéral (partie plus « calculatrice » du cerveau) réagissait avec une intensité similaire à toutes les décisions, quelles que soient les échéances des différentes options.

Si c'est bien la façon dont fonctionne notre cerveau, on peut comprendre que beaucoup de bonnes intentions ne soient pas suivies d'effet. Les exemples de telles velléités ne manquent pas, des résolutions du Nouvel An à l'abonnement au club de gym resté au fond d'un tiroir. Pourtant, nombreux sont ceux – comme les Modimba ou Wycliffe Otieno – qui semblent avoir conscience de cette incohérence. C'est eux qui nous ont parlé de la possibilité de bloquer leur argent en achetant à l'avance de l'engrais. Ils paraissent également convaincus que certaines des « urgences » auxquelles ils sont confrontés relèvent en fait plus de la tentation, parce que, sur le moment, il est plus facile de débourser de l'argent plutôt que de « suspendre la question » (selon l'expression de Michael Modimba), ou de rester chez soi plutôt que d'aller gagner un peu plus d'argent.

À Hyderabad, nous avons explicitement demandé à des habitants des bidonvilles s'il y avait des biens dont ils souhaiteraient réduire la consommation. Ils ont tout de suite évoqué le thé, les encas, l'alcool et le tabac. Et, en effet, une part non négligeable de leur budget est consacrée à ce genre d'achats. Cette même lucidité a été démontrée lorsque Esther, Michael Kremer et Jonathan Robinson ont demandé, avant la récolte, à certains participants au programme SAFI de décider du jour où l'employé de l'ONG viendrait leur proposer les bons d'achat. La plupart d'entre eux ont souhaité que celui-ci vienne immédiatement après la récolte. Les agriculteurs savaient qu'ils auraient de l'argent disponible, mais que celui-ci ne tarderait pas à disparaître.

Compte tenu de cette connaissance que les pauvres ont de leurs propres faiblesses, il n'est pas surprenant que plusieurs de leurs façons d'épargner paraissent conçues non seulement pour protéger leur argent des autres, mais aussi d'eux-mêmes. Ainsi, si vous vous êtes fixé un but (acheter une vache, un réfrigérateur, ou financer la réfection de votre toit), entrer dans une ROSCA dont le pot suffit à votre projet est une excellente solution, car, une fois devenu membre, vous vous engagez à déposer un certain montant chaque semaine ou chaque mois. Lorsque arrive votre tour de collecter l'argent du pot, vous avez juste assez pour vous procurer ce que vous espérez acheter et vous pouvez le faire tout de suite, avant que l'argent ne glisse entre vos doigts. Construire une maison brique après brique est sans doute une autre façon de s'assurer que vos économies sont consacrées à un objectif concret.

Si le manque de contrôle de soi est suffisamment sérieux, cela peut même valoir le coût d'aller jusqu'à *payer* pour nous forcer à économiser. Ainsi, nous pouvons préférer courir le risque de voir le mortier de nos murs fraîchement élevés être emporté par la pluie plutôt que d'avoir à garder sur nous de l'argent liquide et de risquer de le dépenser, sur un coup de tête, pour faire la fête. De même, assez paradoxalement, certains clients d'IMF empruntent parfois pour épargner. Nous avons ainsi rencontré une femme d'un quartier pauvre d'Hyderabad qui avait emprunté 10 000 roupies (621 USD PPA) à Spandana pour les déposer immédiatement sur un compte d'épargne. Elle se retrouvait donc à payer 24 % d'intérêts annuels à Spandana, alors que son compte d'épargne n'était rémunéré qu'à hauteur de 4 %. Quand nous l'avons interrogée sur la logique de cette opération, elle nous a expliqué qu'elle devrait marier sa fille, qui avait alors seize ans, dans les deux ou trois ans. Ces 10 000 roupies étaient le début de sa dot. Lorsque nous lui avons alors demandé pourquoi elle n'avait pas plutôt choisi de simplement déposer chaque semaine sur son compte d'épargne le montant qu'elle payait à Spandana pour rembourser son emprunt, elle nous a expliqué que ce n'était tout simplement pas possible : il y avait toujours des dépenses qui survenaient de façon inattendue.

Perturbés par cet arrangement singulier, nous avons continué à la questionner, ce qui a attiré l'attention d'un groupe de femmes que notre ignorance amusait manifestement. Était-il possible que nous ne sachions pas qu'il n'y avait là rien de plus normal ? Nous avons fini par comprendre que l'essentiel résidait dans l'obligation de rembourser chaque semaine rigoureusement appliquée par Spandana : elle imposait une discipline à laquelle les emprunteurs auraient du mal à se soumettre d'eux-mêmes.

Pourtant, il semble aller de soi qu'on ne devrait pas avoir à payer 20 % ou plus par an simplement pour pouvoir épargner. Des produits financiers aussi contraignants que les contrats de microfinance, mais sans les intérêts qui les accompagnent, pourraient être d'une utilité considérable. Aux Philippines, un groupe de chercheurs s'est associé à une banque travaillant avec des pauvres pour tenter d'élaborer un tel produit[1] : un nouveau type de compte lié aux objectifs d'épargne propres à chaque client. Cet objectif peut être soit un montant (le client s'engage à ne pas retirer ses fonds avant d'atteindre une somme déterminée), soit une date (le client s'engage à laisser son argent sur son compte jusqu'à telle date). Chaque client choisit lui-même un type d'engagement et un objectif spécifique. Une fois ces paramètres définis, ils sont contraignants et la banque se charge de les faire respecter : le client n'a pas le droit de retirer son argent avant la date qu'il s'est fixée, ou avant d'avoir atteint le montant prévu. Le taux d'intérêt n'est pas plus élevé que celui d'un compte normal. Ces comptes ont été proposés à un ensemble de clients choisis aléatoirement. Parmi les clients contactés, environ un sur quatre a accepté d'ouvrir un tel compte. Sur ceux-là, un peu plus des deux tiers a choisi pour objectif une date, et le dernier tiers un montant. Au bout d'un an, le solde des comptes d'épargne de ceux à qui on avait *proposé* un compte était en moyenne 81 % plus élevé que celui d'un groupe comparable de gens à qui le compte n'avait pas été proposé, et ce *en dépit du fait que seul un client sur quatre parmi ceux qui avaient été contactés avait accepté*. Et les effets furent sans doute plus limités qu'ils n'auraient pu l'être, parce que, si les clients s'étaient engagés à ne pas retirer d'argent, ils n'avaient en revanche pas été activement poussés à économiser, de sorte que de nombreux comptes étaient restés inactifs.

Pourtant, la plupart des gens ont préféré décliner cette offre. La perspective de s'engager à ne pas retirer d'argent

1. Nava ASHRAF, Dean KARLAN et Wesley YIN, « Tying odysseus to the mast : evidence from a commitment savings product in the Philippines », *Quarterly Journal of Economics*, 121 (2), 2006, p. 635-672.

avant que le but soit atteint était manifestement source d'inquiétude. Pascaline Dupas et Jonathan Robinson ont rencontré le même problème au Kenya : beaucoup de gens n'ont finalement pas utilisé le compte qui leur avait été offert, notamment parce que les frais de retrait étaient trop élevés, ou parce qu'ils ne voulaient pas que leur argent soit bloqué. Cela souligne un paradoxe intéressant : il existe certes des manières de se protéger de son propre manque de contrôle de soi, mais y recourir exige généralement un acte initial de contrôle de soi. Pascaline Dupas et Jonathan Robinson l'ont très bien démontré dans une autre étude concernant les vendeurs du marché de Bumala, au Kenya[1]. Ils avaient remarqué que beaucoup de petits commerces rencontraient des difficultés lorsque le propriétaire (ou quelqu'un de sa famille) tombait malade et qu'il fallait acheter des médicaments. Ils ont donc cherché à aider les gens à réserver une part de leurs économies spécifiquement pour de tels besoins urgents ou pour acheter des produits préventifs (comme du chlore ou des moustiquaires). Ils ont ainsi contacté les membres de ROSCA et leur ont offert des boîtes cadenassées à utiliser pour mettre de l'argent de côté spécifiquement pour des dépenses de santé. À certains, choisis au hasard, on confia la clé du cadenas, tandis que, pour les autres, c'est l'agent de l'ONG qui conservait la clé : il était chargé de venir ouvrir la boîte lorsque les gens avaient besoin de l'argent pour un problème de santé. Une simple cagnotte réservée aux dépenses de santé leur a effectivement permis d'épargner davantage pour les soins préventifs. Mais, à la surprise de Pascaline Dupas et Jonathan Robinson, cet effet positif ne s'observait pas

---

1. Pascaline DUPAS et Jonathan ROBINSON, « Savings constraints and preventive health investments in Kenya », UCLA, 2010, polycopié.

lorsque les gens n'avaient pas la clé de la boîte : dans ce cas-là, ils ne mettaient tout simplement pas d'argent dedans. Interrogés, les gens ont déclaré ne pas s'en servir, ou seulement pour de très petits montants, parce qu'ils craignaient d'avoir besoin de l'argent pour autre chose et de ne pouvoir alors y accéder.

Il ne suffit donc pas d'avoir conscience de nos problèmes pour les résoudre. Parfois, cela ne nous sert qu'à être capables d'anticiper nos échecs.

La pauvreté et la logique du contrôle de soi

Parce que le contrôle de soi s'achète difficilement, ceux qui ont conscience de leurs faiblesses élaborent d'autres tactiques pour gérer leurs tentations. Une réponse évidente consiste à ne pas économiser autant qu'on le pourrait, sachant que, de toute façon, on gaspillera son argent demain : autant céder à la tentation tout de suite puisqu'on finira par y céder demain. Cette logique perverse est à l'œuvre aussi bien parmi les pauvres que parmi les riches, mais il y a de bonnes raisons de penser que les conséquences peuvent être bien plus importantes pour les premiers que pour les seconds.

Les tentations sont généralement l'expression de besoins viscéraux (elles concernent des choses comme le sexe, le sucre, les aliments gras, les cigarettes – l'ordre de priorité pouvant évidemment varier). Ainsi, il est bien plus facile pour les riches d'avoir déjà satisfait leur « moi tenté ». Lorsqu'ils décident d'épargner ou non, ils sont à peu près sûrs que tout argent mis de côté sera effectivement utilisé pour réaliser leurs objectifs de long terme. Si le thé sucré est l'archétype du bien de tentation – comme il semble que ce soit le cas pour les femmes d'Hyderabad –, les riches ont peu de raison de s'alarmer : non pas qu'ils ne soient pas tentés, mais parce qu'ils ont les moyens de s'offrir tellement de thé qu'ils n'ont pas à s'inquiéter de ce que leurs économies durement gagnées ne soient gaspillées en tasses supplémentaires.

Ce phénomène est d'autant plus fort que la plupart des biens que les pauvres pourraient désirer par anticipation – comme un réfrigérateur, une bicyclette ou l'admission de leur enfant dans une meilleure école – sont relativement coûteux, ce qui veut dire que, lorsqu'ils ont un peu d'argent en poche, les sirènes tentatrices ne sont que trop à même de faire entendre leur chant (*Tu n'arriveras jamais à économiser assez pour t'acheter un réfrigérateur*, vous susurre votre voix intérieure. *Prends donc une tasse de thé à la place...*). D'où un cercle vicieux : épargner est moins désirable pour les pauvres, car leurs buts sont généralement très lointains, et parce qu'ils savent que de nombreuses tentations pourront venir les en détourner. Mais, n'économisant pas, ils restent pauvres [1].

Un autre facteur peut rendre le contrôle de soi plus difficile pour les pauvres : l'élaboration même d'un projet d'épargne n'est pas chose évidente, ni pour les pauvres ni pour les riches. Cela demande de réfléchir à l'avenir (un avenir probablement peu réjouissant à imaginer pour beaucoup de pauvres), d'envisager soigneusement diverses éventualités, de négocier avec son conjoint ou son enfant. Plus nous sommes riches, plus d'autres se chargent de prendre ces décisions pour nous. Les salariés cotisent à la Sécurité sociale et leurs employeurs versent également quelque chose à un fonds de prévoyance ou à

---

1. Abhijit Banerjee et Sendhil Mullainathan, « The shape of temptation : implications for the economic lives of the poor », MIT, avril 2010, polycopié.

un plan de retraite. S'ils souhaitent économiser davantage, ils ne doivent prendre la décision qu'une seule fois, l'argent étant ensuite automatiquement débité de leur compte bancaire. Les pauvres n'ont accès à aucun de ces soutiens : même les comptes d'épargne qui sont censés les aider à se consacrer à un but exigent tout de même d'effectuer la démarche active de déposer de l'argent. Pour parvenir à épargner chaque semaine ou chaque mois, ils doivent constamment surmonter des problèmes de contrôle de soi. Mais le contrôle de soi est comme un muscle : il se fatigue lorsqu'il est trop sollicité. Il n'y a donc rien de surprenant à ce que les pauvres trouvent plus difficile d'épargner [1]. À cela s'ajoute le fait, évoqué dans le chapitre 6 à propos du risque, que les pauvres subissent un stress considérable, et que l'excès de cortisol engendré par le stress nous fait prendre des décisions plus impulsives. Les pauvres se retrouvent donc à devoir accomplir plus avec moins.

Pour ces deux raisons, il est vraisemblable que les riches épargnent une part plus importante de leur richesse courante (biens accumulés et revenus). Et puisque les économies que nous faisons aujourd'hui sont notre richesse de demain, cela tend à créer une relation en S entre les deux. Les pauvres économisent relativement peu et, par conséquent, leurs ressources futures ont tendance à être

1. Voir, par exemple, Kathleen D. VOHS et Ronald J. FABER, « Spent resources : self-regulatory resource availability affects impulse buying », *Journal of Consumer Research*, 33, mars 2007, p. 537-548. Dans l'une des expériences évoquées dans cet article, des étudiants avaient reçu pour instruction de passer quelques minutes à écrire ce qui leur passait par la tête, en s'abstenant seulement de penser aux ours blancs. Quand on leur donna ensuite 10 dollars qu'ils étaient libres soit d'économiser, soit de dépenser pour un petit assortiment de produits, ils dépensèrent beaucoup plus que les étudiants qui avaient pu associer librement leurs idées, sans cette restriction.

limitées. À mesure que les gens s'enrichissent, ils se mettent à épargner une part plus importante de leurs revenus, ce qui implique qu'ils auront – relativement – bien plus de ressources dans le futur que les pauvres. Finalement, lorsque les gens sont devenus assez riches, ils n'ont plus besoin d'économiser une aussi grande partie de leur richesse pour pouvoir réaliser leurs désirs futurs contrairement aux personnes de la classe moyenne (pour qui cela peut être le seul moyen, par exemple, d'acheter une maison), et le taux d'épargne baisse.

Dans la réalité, nous voyons bien cette courbe en S entre la richesse courante à un moment donné et ce qu'elle sera dans le futur. La figure 1 représente la relation entre les ressources de foyers thaïlandais en 1999 et leurs ressources cinq ans plus tard[1]. La courbe prend la forme d'un S allongé et aplati (il est clair que nous torturons un peu ce pauvre S). Les gens plus riches aujourd'hui (ceux qui ont davantage de ressources) sont, en moyenne, plus riches demain, ce qui bien sûr n'a rien de surprenant. Ce qui est plus remarquable est la façon dont cette relation est relativement plate aux très bas niveaux de richesses, puis se redresse brusquement pour ensuite se raplatir.

Comme nous l'avons déjà vu, cette courbe en S engendre un piège de pauvreté. Ceux qui partent juste à gauche du point où la courbe touche l'axe à 45 degrés ne deviendront *jamais* plus riches : ils n'accumuleront pas de richesses ; ils sont piégés. En revanche, ceux qui sont

1. Pour des précisions sur les données concernant cette étude et le détail des conventions comptables utilisées, voir Krislert SAMPHAN-THARAK et Robert TOWNSEND, *Households as Corporate Firms : Constructing Financial Statements from Integrated Household Surveys*, Cambridge University Press, *Econometric Society Monograph* n° 46, 2010. Par « ressources du foyer », nous entendons l'actif net moyen qui ressort du bilan comptable du foyer. L'actif net inclut l'épargne, le capital et les avoirs du foyer à l'exclusion des emprunts.

juste à droite de ce même point P économisent plus qu'ils n'en ont besoin pour rester au même point et s'enrichissent. Les pauvres restent pauvres parce qu'ils n'économisent pas suffisamment.

Figure 1 : Richesse en 1999 et richesse en 2005, Thaïlande

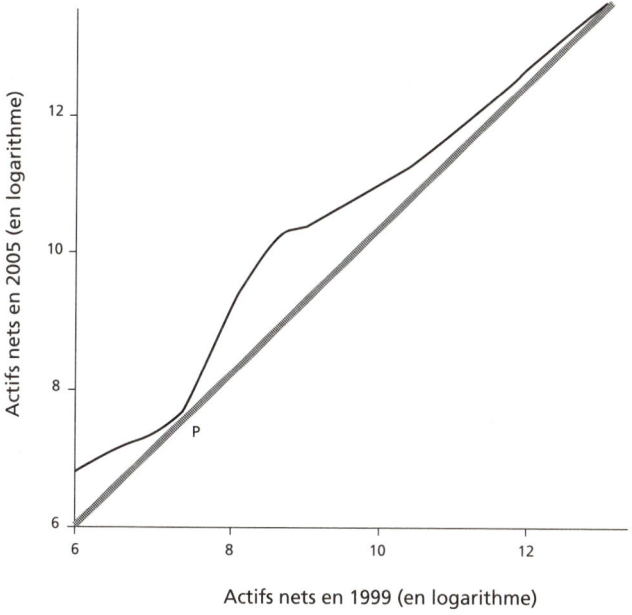

Sortir du piège

Les comportements d'épargne dépendent étroitement de la façon dont les gens envisagent l'avenir. Les pauvres qui ont le sentiment qu'ils auront des occasions de réaliser leurs espoirs ont des raisons puissantes de limiter leurs consommations « futiles » pour investir dans l'avenir. À l'inverse, ceux qui ont le sentiment de n'avoir rien à perdre tendent à prendre des décisions qui reflètent ce désespoir. Cela pourrait expliquer non seulement les différences entre les riches et les pauvres, mais également celles entre les pauvres eux-mêmes.

Le cas des vendeuses de légumes en est une bonne illustration. Dean Karlan et Sendhil Mullainathan ont remboursé entièrement les prêts de certaines de ces vendeuses (en Inde et aux Philippines), choisies au hasard[1]. Pendant un temps, beaucoup sont parvenues à ne plus emprunter : aux Philippines, au bout de dix semaines, 40 % d'entre elles n'avaient plus aucune dette. Ainsi, elles semblent avoir suffisamment de patience pour ne pas replonger immédiatement dans l'endettement. En revanche, presque toutes ont fini, au bout d'un moment, par se retrouver à nouveau endettées. C'est généralement à la suite d'un accident (une maladie, un besoin urgent) qu'elles se remettent à emprunter et qu'une fois ce mécanisme enclenché elles ne parviennent pas à rembourser toutes seules. Cette asymétrie entre la capacité de rester libre de dettes et l'incapacité de *sortir* de l'endettement illustre à quel point le découragement rend plus difficile de s'imposer une discipline.

Inversement, l'optimisme et l'espoir peuvent changer la donne. L'espoir, ce peut être aussi simple que de savoir que vous pourrez vous acheter le téléviseur que vous désirez. Lorsque nous travaillions sur l'évaluation du programme de microfinance de Spandana, Padmaja Reddy nous a un jour emmenés rencontrer ses clients des bidonvilles de Guntur, lieu de naissance de l'organisation. Il était peut-être 10 h 30 lorsque nous sommes arrivés sur

1. D. Karlan et S. Mullainathan, « Debt cycles », art. cité.

une petite place où une dizaine de femmes étaient réunies. Lorsque Padmaja, que les femmes connaissaient manifestement, leur a demandé ce qu'elles faisaient, elles se sont mises à rire. Il y a alors eu un moment de gêne, pendant lequel les femmes se donnaient des coups de coude, et puis la réponse a fusé : elles faisaient du thé. Padmaja s'est alors mise à rire aussi, mais ensuite, toujours avec le sourire, elle leur a fait un petit sermon sur la façon dont elles pouvaient se construire un avenir meilleur en économisant sur le thé et les encas.

La plupart des institutions de microcrédit désapprouvent les prêts destinés à acheter des biens de consommation – certaines consacrent même beaucoup d'énergie à s'assurer que leur argent serve à financer une activité génératrice de revenus. Padmaja, elle, est satisfaite tant que ses clients utilisent l'argent pour réaliser un objectif à long terme, quel qu'il soit. Avoir des projets à long terme et s'habituer à faire des sacrifices à court terme pour y parvenir est selon elle un premier pas pour s'affranchir de l'une des dimensions les plus frustrantes de la pauvreté.

C'est à cause de l'insistance de Padmaja sur les conséquences néfastes de la consommation excessive de thé qu'avant de commencer notre évaluation nous avons demandé aux femmes quelles dépenses elles souhaiteraient réduire. Lorsque nous avons débuté l'étude, Padmaja était certaine que, une fois que les gens sauraient qu'il était possible de transformer l'argent qu'ils consacraient au thé à des choses qui leur importaient vraiment, ils n'auraient pas de mal à limiter ces « gaspillages ». Il nous a semblé inutile de lui rappeler que cette idée contredisait directement la thèse – que tant de gens avaient défendue devant nous – selon laquelle la conséquence la plus pernicieuse liée à la possibilité d'emprunter plus facilement était au contraire que les pauvres pourraient ainsi céder à leurs moindres caprices, mais c'est bien sûr ce que nous avions à l'esprit lorsque nous avons commencé à collecter des données, quelque dix-huit mois après la première session de prêts. Nous avions tort de nous inquiéter. Comme elle aime à le répéter, Padmaja sait comment ses clients pensent. Nous l'avons d'ailleurs déjà vu au chapitre 7 à propos du crédit : l'un des effets les plus clairs de l'accès au microcrédit est la réduction de la consommation de tous les produits que les femmes nous avaient dit vouloir cesser de consommer – le thé, les encas, les cigarettes et l'alcool. Les dépenses mensuelles totales consacrées à ces biens avaient diminué d'environ 100 roupies (5 USD PPA) par famille emprunteuse, soit environ 85 % des dépenses du foyer moyen pour ces biens. À elle seule, une telle réduction suffirait à payer environ un dixième du remboursement mensuel d'un prêt de 10 000 roupies (450 USD PPA) à un taux d'intérêt de 20 %. Plus tard, nous avons trouvé des résultats similaires concernant les clients de l'IMF Al-Amana, dans les campagnes du Maroc : ceux-ci réduisent leurs dépenses sociales (voire, pour certains, toutes leurs dépenses courantes) et épargnèrent davantage [1].

Le microcrédit n'est bien sûr que l'une des nombreuses façons dont nous pouvons aider les pauvres à envisager un futur où ils pourront réaliser certains de leurs projets à long terme. Permettre à leurs enfants de bénéficier d'une meilleure éducation aurait sans doute le même effet, de même qu'avoir un travail stable et sûr – thème sur lequel nous reviendrons dans le chapitre suivant –, ou encore

1. A. BANERJEE, E. DUFLO, R. GLENNERSTER et C. KINNAN, « The miracle of microfinance ? », art. cité ; Bruno CRÉPON, Florencia DEVOTO, Esther DUFLO et William PARIENTÉ, « Évaluation d'impact du microcrédit en zone rurale : enseignement d'une expérimentation randomisée au Maroc », MIT, polycopié.

être assurés contre les catastrophes relevant de la santé ou de la météo, de façon à ne pas avoir à craindre que la moindre petite réserve qu'ils seraient parvenus à se constituer ne soit balayée à la première bourrasque. Une protection sociale aurait la même vertu : un revenu minimum garanti auquel les gens auraient droit si leurs revenus tombaient en dessous d'un certain seuil, ce qui leur permettrait de ne pas avoir à se préoccuper de devoir trouver assez d'argent pour survivre. Le sentiment de sécurité assuré par chacune de ces protections encouragerait les pauvres à épargner à la fois en créant chez eux le sentiment que le futur est porteur de promesses et en diminuant leur niveau de stress, lequel entrave directement leur capacité de prendre des décisions.

La leçon plus générale est qu'un peu d'espoir, de réconfort et de bien-être peuvent constituer une incitation puissante. Pour ceux d'entre nous qui ont suffisamment, qui mènent une vie protégée, structurée par des projets raisonnablement envisageables (ce nouveau canapé, cet écran plat de 50 pouces, cette deuxième voiture, etc.) grâce à des institutions conçues pour nous permettre de les réaliser (un compte d'épargne, une caisse de retraite, des prêts immobiliers, etc.), il est facile de supposer – comme c'était le cas à l'époque victorienne – que la motivation et la discipline sont des qualités intrinsèques. Il y aura donc toujours des gens pour s'inquiéter de notre indulgence excessive à l'égard de la paresse supposée des pauvres. Nous soutenons quant à nous que le problème est exactement inverse : il est extrêmement difficile de rester motivé lorsque tout ce que vous désirez paraît excessivement lointain. Rapprocher la ligne d'arrivée pourrait être précisément ce dont les pauvres ont besoin pour se décider à se lancer dans la course.

9.

Entrepreneurs malgré eux

Voilà bien des années, un homme d'affaires assis à côté de nous dans l'avion nous a raconté comment, alors qu'il venait de rentrer en Inde au milieu des années 1970 après avoir obtenu son MBA aux États-Unis, son oncle l'avait emmené prendre une véritable leçon d'entreprenariat. De bon matin, ils étaient partis tous les deux en direction de la Bourse de Bombay. Ce n'était pourtant pas la tour moderne de cette institution que son oncle voulait qu'il observe, mais plutôt quatre femmes assises sur le trottoir, juste en face. L'homme d'affaires en herbe et son oncle étaient restés là un bon moment à les observer. La plupart du temps, ces femmes ne faisaient rien. Mais, de temps à autres, lorsque la circulation s'arrêtait, elles se levaient, allaient ramasser quelque chose sur la route et le plaçaient dans des sacs en plastique posés à côté d'elles, puis elles retournaient s'asseoir. Après que ce manège se fut déroulé plusieurs fois, l'oncle demanda à son neveu s'il avait deviné quel était leur modèle économique. Il avoua être perplexe. Alors son oncle lui expliqua : chaque matin, avant l'aube, les femmes se rendaient à la plage, où elles ramassaient du sable mouillé. Ensuite, elles l'étalaient bien régulièrement sur la route avant que la circulation n'ait vraiment commencé. Lorsque les voitures se mettaient à rouler, le sable séchait sous la chaleur de leurs pneus. Tout ce qui leur restait à faire, c'était d'aller de temps à autre gratter la couche supérieure, maintenant bien sèche. Vers 9 ou 10 heures, elles avaient accumulé une provision de sable sec, qu'elles rapportaient ensuite dans leur quartier pour le vendre dans de petits sachets de papier journal : les femmes des quartiers pauvres utilisaient ce sable sec pour nettoyer leur vaisselle. D'après son oncle, c'était là un exemple d'entreprenariat authentique : si tu n'as presque rien, utilise ton intelligence pour créer quelque chose à partir de ce rien.

Ces femmes des bidonvilles qui trouvent littéralement leur pain quotidien dans le sillage de l'activité économique de Bombay incarnent l'incroyable esprit d'innovation et d'entreprenariat dont font souvent preuve les pauvres. Nous n'aurions aucun mal à remplir les pages de ce livre de récits illustrant la créativité et la détermination de patrons de petites entreprises. De telles images ont été l'un des moteurs de la vague de la microfinance et de l'« entreprenariat social », fondés sur le présupposé que les pauvres sont des entrepreneurs nés et que, pour éradiquer la pauvreté, il suffit de leur donner l'environnement adéquat et un peu d'aide pour se lancer. Selon la formule de John Hatch, le P-DG de la FINCA, l'une des plus grandes IMF au monde : « Donnez aux communautés pauvres les occasions qui leur manquent, et écartez-vous de leur chemin ! »

Il arrive cependant – aussi surprenant que cela puisse paraître – qu'une fois la voie dégagée les pauvres ne paraissent pas aussi empressés que cela de s'élancer. Depuis 2007, nous travaillons avec Al-Amana, l'une des plus grandes IMF du Maroc, pour évaluer l'impact de l'accès au microcrédit dans des communautés rurales jusqu'alors exclues de tout accès aux sources financières traditionnelles. Au bout de deux ans, Al-Amana n'avait pas autant de clients dans les villages que prévu. Alors même qu'il n'existait pas d'alternative, moins d'une famille sur six était intéressée par un emprunt. Pour essayer de comprendre pourquoi, nous sommes allés avec quelques employés d'Al-Amana à la rencontre de familles d'un village appelé Hafret Ben Tayeb, où personne n'avait souscrit de crédit. Nous avons été reçus par Allal Ben Sedan, père de trois fils et de deux filles, tous adultes. Il possédait quatre vaches, un âne et quatre-vingts oliviers. L'un de ses fils travaillait dans l'armée ; un autre s'occupait des animaux ; le troisième était la plupart du temps oisif (sa principale activité consistait à ramasser des escargots pendant la saison). Nous avons demandé à Ben Sedan s'il ne souhaitait pas faire un emprunt pour acheter quelques vaches supplémentaires, dont son dernier fils pourrait s'occuper. Il nous a alors expliqué que son champ était trop petit et que, s'il achetait d'autres vaches, elles n'auraient nulle part où paître. Avant de partir, nous lui avons demandé s'il n'y avait rien d'autre qu'il aurait pu faire avec un prêt. Sa réponse a été : « Non, rien. Nous avons assez. Nous avons des vaches, nous les vendons, nous vendons les olives. Ça suffit pour notre famille. »

Quelques jours plus tard, nous avons rencontré Fouad Abdelmoumni, le fondateur (et alors P-DG) d'Al-Amana, un homme extraordinairement chaleureux et intelligent, qui, dans une vie antérieure, a passé des années en prison en tant qu'opposant politique, et est entièrement dévoué à la cause de l'amélioration de la vie des pauvres. Nous avons discuté de la faiblesse étonnante de la demande pour le microcrédit. Nous sommes notamment revenus sur l'histoire de Ben Sedan, si convaincu qu'il ne lui fallait pas plus d'argent. Fouad esquissa alors un business plan parfaitement réalisable dans sa situation : il pourrait prendre un crédit, construire une étable et acheter quatre jeunes génisses. Elles n'auraient pas besoin de paître en plein air ; il pourrait les nourrir à l'étable. Au bout de huit mois, il pourrait les revendre en faisant des bénéfices tout à fait honorables. Fouad était persuadé que, si quelqu'un le lui expliquait, Ben Sedan reconnaîtrait la sagesse de ce projet et souscrirait un emprunt.

Le contraste entre l'enthousiasme de Fouad et l'insistance de Ben Sedan à dire que sa famille ne manquait de rien était frappant. Pourtant, ce dernier n'était absolument pas résigné à rester pauvre : il était très fier de son fils qui avait suivi une formation d'infirmier et travaillait comme auxiliaire médical dans l'armée. À ses yeux, son fils avait une chance d'avoir une vie meilleure que la sienne. Fouad avait-il alors raison de penser que la seule chose qui manquait à Ben Sedan était que quelqu'un élabore pour lui un projet commercial ? Ou bien fallait-il mieux écouter ce qu'essayait de nous dire Ben Sedan qui, après tout, avait élevé des vaches pendant la majeure partie de sa vie ?

Muhammad Yunus, le fondateur de la mondialement célèbre Grameen Bank, décrit souvent les pauvres comme des entrepreneurs-nés. Combinée à l'appel lancé par l'ancien gourou des affaires Coimbatore Krishnarao Prahalad exhortant les puissants à s'intéresser davantage à ce qu'il appelle le « bas de la pyramide[1] », cette idée contribue à créer un espace dans le discours des politiques de lutte contre la pauvreté dans lequel les grandes entreprises et la haute finance se sentent en terrain familier. Il s'agit d'un espace où les stratégies traditionnelles relevant de l'action publique peuvent être complétées par des initiatives privées, souvent promues par des hommes d'affaires de premier plan (comme par exemple Pierre Omidyar, d'eBay), visant à aider les pauvres à réaliser leur véritable potentiel d'entrepreneurs.

---

1. Coimbatore Krishnarao PRAHALAD, *Quatre milliards de nouveaux consommateurs : vaincre la pauvreté grâce au profit*, trad. Emily Bourgeaud, Paris, Village mondial, 2004.

Le présupposé fondamental de la vision du monde de Yunus, présupposé largement partagé dans les cercles de la microfinance, est que tout le monde peut réussir. Plus encore, pour deux raisons distinctes, les pauvres sont particulièrement bien placés pour réussir brillamment. Tout d'abord, ils n'ont jamais eu la chance de s'y essayer, de sorte que leurs idées sont probablement plus novatrices. Deuxièmement, jusqu'à présent, le marché a négligé le bas de la pyramide. Par conséquent, on entend souvent dire que les innovations aptes à améliorer la vie des pauvres ont un potentiel gigantesque, et qui mieux qu'eux serait à même de savoir de quoi ils ont vraiment besoin ?

Capitalistes sans capital

Ainsi, toute IMF qui se respecte présente sur son site internet des histoires de clients qui ont réussi, en ayant su tirer profit d'une occasion originale (et d'un microcrédit) pour faire fortune. Ces récits sont véridiques. Nous avons nous-mêmes rencontré plusieurs d'entre eux : à Guntur, dans l'Andhra Pradesh, une cliente de Spandana avait monté une affaire florissante de ramassage et de triage des ordures. À l'origine, elle les ramassait elle-même, ce qui la plaçait tout en bas de la hiérarchie économique et sociale indienne. Avec le premier prêt que lui avait accordé Spandana, elle avait simplement remboursé le prêt qu'elle avait contracté auprès d'un prêteur à un taux d'intérêt écrasant. Elle savait que les gens qui lui achetaient ses ordures les triaient pour les vendre ensuite à des recycleurs : ils récupéraient ainsi des petits morceaux de métal et de tungstène sur les filaments des ampoules usagées, du plastique, ou encore des matières organiques pour faire du compost, etc., chacun des composants étant envoyé à un recycleur différent. Grâce au premier prêt, qui lui avait permis de reprendre son souffle, elle décida de trier elle-même les déchets afin de gagner plus d'argent. Grâce à son deuxième prêt et aux économies réalisées sur le premier, elle s'acheta un chariot, ce qui lui permit de ramasser plus d'ordures, et comme il y avait maintenant plus de triage à faire, elle parvint à convaincre son mari – qui passait l'essentiel de son temps à boire – de se mettre à travailler avec elle. À eux deux, ils gagnaient nettement plus d'argent et, après avoir obtenu un troisième crédit, ils se sont mis à acheter des ordures à d'autres gens. Au moment où nous l'avons rencontrée, elle était à la tête d'un vaste réseau de ramasseurs d'ordures ; elle avait cessé d'effectuer elle-même cette tâche pour se charger de l'organisation de la collecte. Son mari travaillait désormais lui aussi à plein temps : nous l'avons d'ailleurs vu occupé à marteler un morceau de fer, apparemment sobre, quoiqu'un peu sombre.

Les IMF publient les histoires de leurs clients qui ont le mieux réussi, mais, même sans avoir eu accès à la microfinance, certains entrepreneurs pauvres réussissent également. En 1982, Xu Aihua était l'une des meilleures collégiennes de son village, dans la région de Shaoxing de la province chinoise du Zhejiang. Ses parents étaient agriculteurs et, comme presque tout le monde autour d'eux, ils n'avaient que très peu d'argent. Mais Xu Aihua était si brillante que le village décida de l'envoyer passer un an dans l'école locale de stylisme (dont on se demande bien ce qu'on pouvait y faire, puisque tout le monde portait encore des costumes Mao). L'idée était qu'à son retour elle assumerait un rôle de direction dans l'entreprise publique à visée commerciale qui venait d'être montée dans le village (c'était au cours des premières années de la libéralisation de l'économie chinoise). Mais lorsqu'elle revint, au terme de sa formation, les anciens du village se ravisèrent – c'était une toute jeune fille, tout de même, elle n'avait pas vingt ans… –, et sans autre forme de procès, elle fut renvoyée chez elle, sans emploi.

Xu Aihua n'avait cependant aucune intention de rester oisive. Il fallait qu'elle fasse quelque chose, mais ses parents étaient trop pauvres pour l'aider. Alors elle emprunta un mégaphone et fit le tour du village en proposant aux jeunes filles de leur apprendre à faire des vêtements contre 15 yuans (13 USD PPA). Elle recruta cent élèves et, avec l'argent qu'elle venait de récolter, elle acheta une machine à coudre d'occasion et des coupons de tissu en surplus aux usines publiques locales. Elle se mit à enseigner. À la fin de la formation, elle garda ses huit meilleures élèves et lança une petite entreprise. Les femmes arrivaient chaque matin avec leur machine à coudre sur le dos (elles avaient toutes convaincu leurs parents de leur en acheter une) et se mettaient à tailler et à coudre. Elles faisaient des uniformes pour les ouvriers de l'usine locale. Au départ, elles travaillaient dans la maison de Xu Aihua mais, à mesure que l'entreprise grandissait et que Xu Aihua formait et embauchait davantage de gens, elles durent déménager dans un immeuble loué aux autorités locales.

En 1991, les économies qu'elle avait pu réaliser grâce à ses bénéfices étaient si importantes qu'elle parvint à acheter soixante machines à coudre automatiques pour la somme de 54 000 yuans (27 600 USD PPA). En huit ans, son capital fixe avait été multiplié par plus de cent, soit une augmentation de 80 % par an. Même avec un taux d'inflation annuel de 10 %, on ne peut qu'être impressionné par un taux de croissance réel de plus de 70 %. À ce moment-là, elle était devenue une femme d'affaires bien connue. Peu de temps après sont arrivés des contrats de vente à l'exportation, et elle travaille aujourd'hui pour Benetton, pour les chaînes de grands magasins Macy's et

JC Penney et pour d'autres détaillants de premier plan. En 2008, elle a fait son premier investissement immobilier pour un montant de 20 millions de yuans (4,4 millions de dollars) parce que, pour reprendre sa formule, elle avait de l'argent qui dormait, alors que la plupart des gens n'en avaient pas.

Bien sûr, le cas de Xu Aihua n'a rien de typique : elle est particulièrement intelligente et son village l'avait envoyée faire des études. Mais les histoires d'entreprises réussies ne manquent pas parmi les pauvres et le moins qu'on puisse dire, c'est que les entrepreneurs ne manquent pas non plus. Selon notre base de données portant sur dix-huit pays, en moyenne, 44 % des familles extrêmement pauvres des zones urbaines gèrent une entreprise non agricole. Même dans les campagnes, beaucoup d'entre elles gèrent une entreprise non agricole – la proportion va de 3 % au Brésil à 44 % en Équateur, et elle est en moyenne de 24 % –, sans compter le nombre important de gens gérant une exploitation agricole. Dans ces pays, le nombre d'entrepreneurs est *grosso modo* le même parmi les personnes qui sont un peu moins pauvres. En comparaison, dans les pays de l'OCDE, 12 % des actifs se définissent comme des travailleurs indépendants. Si l'on se fie à l'occupation déclarée, quel que soit leur niveau de revenu, les habitants des pays pauvres apparaissent davantage tournés vers l'entreprenariat que ceux des pays développés, et cela concerne les pauvres aussi bien que les autres. C'est cette observation qui est à l'origine du livre de Tarun Khanna, professeur à la Harvard Business School, *Billions of Entrepreneurs*[1].

---

1. Tarun KHANNA, *Billions of Entrepreneurs : How China and India Are Reshaping Their Futures – and Yours*, Boston, Harvard Business School Publishing, 2007.

Le nombre de propriétaires d'entreprises parmi les pauvres est impressionnant. Pourtant, tout semble s'opposer à ce que les pauvres fondent des entreprises. Ils ont moins de fonds propres (presque par définition) et, comme nous l'avons vu aux chapitres 6 et 7, leur accès à l'assurance, aux services bancaires ou à toute autre source de financement abordable est très limité. Les prêteurs informels, la principale source de financement libre accessible aux personnes qui ne peuvent pas emprunter à des amis ou à de la famille (par opposition au crédit interentreprises, qui est lié à un achat particulier, et ne peut donc être utilisé pour payer des salaires), exigent des taux d'intérêt mensuels d'au moins 4 %. En conséquence, il est plus difficile pour les pauvres de faire les investissements nécessaires à la gestion d'une véritable entreprise et leurs avoirs personnels sont davantage exposés aux risques liés à l'entreprise. Le simple fait qu'ils soient néanmoins presque autant à fonder une entreprise que leurs homologues plus riches est souvent interprété comme un signe de leur esprit entrepreneurial.

Les taux d'intérêt très élevés payés par les pauvres et le fait qu'ils parviennent le plus souvent à rembourser leurs emprunts signifient nécessairement que, pour chaque roupie investie, leur entreprise en gagne au moins autant. Sinon, ils n'emprunteraient pas. Cela implique que le taux de retour sur investissement de leurs entreprises est remarquablement élevé. 50 % par an – le taux payé par beaucoup d'entre eux –, c'est bien plus que ce qu'on peut espérer gagner en investissant dans le Dow Jones (particulièrement par les temps qui courent, mais même sur une plus longue période, les taux de rendement en bourse sont en moyenne d'environ 9 % par an).

Bien sûr, tous n'empruntent pas. On pourrait ainsi imaginer que seuls les rares entrepreneurs qui dégagent des bénéfices élevés empruntent, tandis que les autres gagnent très peu. Mais un projet mené au Sri Lanka montre qu'il n'en est rien. Un ensemble de propriétaires de minuscules entreprises – des détaillants, des ateliers de réparations, des dentellières, ou autres – ont été invités à participer à une loterie. Les gagnants (les deux tiers d'entre eux) obtenaient une subvention pour leur entreprise, d'une valeur de 10 000 (250 USD PPA) ou de 20 000 roupies (500 USD PPA)[1].

Ces subventions sont minuscules vues des pays riches, mais elles étaient néanmoins relativement conséquentes pour les entreprises concernées, étant donné leur taille : pour la plupart, 250 dollars leur permettaient de doubler leur capital de départ. Les gagnants de la loterie n'eurent aucun mal à faire bon usage de l'argent reçu. Les retours sur investissement des premiers 250 dollars furent de 60 % l'an en moyenne. Par la suite, la même expérience fut renouvelée avec des petites entreprises de Mexico[2]. Cette fois, les bénéfices furent encore plus élevés, de l'ordre de 10 à 15 % par mois.

Un autre programme, conçu par le BRAC, une grande IMF du Bangladesh, et aujourd'hui reproduit dans de nombreux pays en développement, montre que, pour peu qu'on leur apporte l'aide adéquate, même les plus pauvres d'entre les pauvres sont capables de gérer avec succès de petites entreprises et que celles-ci peuvent changer leur vie. Ce programme cible ceux que les villageois eux-mêmes identifient comme les plus pauvres d'entre eux : beaucoup vivent uniquement de la généro-

1. Suresh DE MEL, David MCKENZIE et Christopher WOODRUFF, « Returns to capital in microenterprises : evidence from a field experiment », *Quarterly Journal of Economics*, 123 (4), 2008, p. 1329-1372.

2. David MCKENZIE et Christopher WOODRUFF, « Experimental evidence on returns to capital and access to finance in Mexico », *World Bank Economic Review*, 22 (3), 2008, p. 457-482.

sité des autres. En règle générale, les IMF ne prêtent pas à ces personnes, qu'elles jugent incapables de gérer une entreprise et de rembourser régulièrement un emprunt. Pour leur mettre le pied à l'étrier, le BRAC a conçu un programme dans lequel ils reçoivent un actif (deux vaches, quelques chèvres, une machine à coudre, etc.), une petite allocation financière pendant quelques mois (pour servir de fonds de roulement et s'assurer qu'ils ne soient pas tentés de revendre l'actif) et beaucoup d'assistance : des réunions régulières, des cours d'alphabétisation, des encouragements à économiser un peu chaque semaine.

Des variantes de ce programme sont actuellement en cours d'étude dans six pays, par le biais d'évaluations randomisées. Nous avons nous-mêmes participé à l'une d'elles, en partenariat avec Bandhan, une IMF du Bengale occidental. Avant le début du programme, nous avons rendu visite aux foyers sélectionnés et entendu, dans chacune des familles, des récits de drames et de désespoir : tel mari était ivrogne et battait régulièrement sa femme ; tel autre était mort dans un accident, laissant derrière lui sa famille et ses enfants en bas âge ; telle veuve avait été abandonnée par ses enfants, et ainsi de suite. Mais, deux ans après, la différence est frappante : comparés aux autres foyers extrêmement pauvres qui n'avaient pas été sélectionnés, les bénéficiaires du programme possèdent davantage d'animaux ou d'autres biens ; cela leur permet de mieux gagner leur vie et ils travaillent également plus d'heures par jour. Leur consommation mensuelle totale a augmenté de 10 % ; le budget qu'ils ont pu consacrer à la nourriture a connu la hausse la plus forte et ils se plaignent moins souvent de ne pas avoir assez à manger. Plus impressionnant encore, ils semblent envisager la vie différemment : ils décrivent leur état de santé, leur bien-être et leur statut économique de manière bien plus positive. Ils économisent davantage et déclarent également plus souvent être désireux d'emprunter – ils peuvent en effet désormais avoir accès aux prêts des IMF – et ils ont confiance dans leur aptitude à gérer leurs avoirs.

Bien sûr, ils ne sont pas pour autant devenus riches : deux ans plus tard, ils sont seulement 10 % plus riches en termes de consommation, ce qui veut dire qu'ils sont toujours pauvres. Mais le don et le soutien initiaux semblent avoir enclenché un cercle vertueux : lorsqu'on leur donne une chance, il semble que même les personnes ayant subi les pires difficultés soient capables de prendre leur vie en main et de commencer à sortir de l'extrême pauvreté[1].

Les entreprises des pauvres

Devant des résultats comme ceux-ci, il est difficile de ne pas partager l'enthousiasme d'un Muhammad Yunus ou d'un Fouad Abdelmoumni à l'égard du potentiel d'investissement que représentent les pauvres : ils sont si nombreux à être parvenus à devenir entrepreneurs malgré tous les obstacles et ils réussissent à faire tant de choses avec si peu. Mais il y a tout de même deux ombres à ce tableau : tout d'abord, si beaucoup de pauvres ont des entreprises, il s'agit pour l'essentiel d'entreprises minuscules ; ensuite, ces entreprises minuscules ne rapportent pour la plupart que très peu d'argent.

---

1. Abhijit BANERJEE, Raghabendra CHATTOPADHYAY, Esther DUFLO et Jeremy SHAPIRO, « Targeting the hard-core poor : an impact assessment », MIT, 2010, polycopié.

Des entreprises très petites et très peu rentables

Selon notre base de données portant sur dix-huit pays, la majorité des entreprises gérées par les pauvres n'a pas de personnel salarié, le nombre moyen d'employés payés allant de quasiment zéro dans le Maroc rural à 0,57 dans les villes du Mexique. L'actif de ces entreprises est généralement très limité. À Hyderabad, seuls 20 % des entreprises disposent d'une pièce qui leur est exclusivement consacrée. Très peu ont une machine ou un véhicule. Les biens les plus courants sont une table, une balance ou un chariot.

Bien sûr, si ces gens avaient de grandes entreprises prospères, ils ne seraient plus pauvres. Le problème est qu'en dépit des histoires exceptionnelles comme celle de Xu Aihua ou de la ramasseuse d'ordures, dans leur très grande majorité, les entreprises gérées par des pauvres ne se développent jamais au point d'avoir des employés ou un actif un peu plus important. Au Mexique, par exemple, 15 % des personnes vivant avec moins de 99 cents par jour détenaient une entreprise en 2002. Trois ans plus tard, seuls 41 % de ces entreprises étaient toujours en activité. Parmi elles, une entreprise sur cinq qui n'avaient aucun employé en 2002 en avait un en 2005. Mais près de la moitié de celles qui en avaient un en 2002 n'en avait plus en 2005. De la même façon, en Indonésie, seuls les deux tiers avaient survécu au terme d'une période de cinq ans. Et parmi les rescapées, la part de celles qui comptaient un employé ou plus n'avait pas augmenté pendant cette période.

Une autre caractéristique des entreprises des personnes pauvres ou à la limite de la pauvreté est que, en moyenne, elles ne rapportent pas beaucoup d'argent. Nous avons ainsi calculé les profits et les ventes de petits commerces d'Hyderabad : le chiffre d'affaires moyen était de 11 751 roupies (730 USD PPA) par mois, et le chiffre médian de 3 600 roupies. Le bénéfice mensuel moyen, après déduction d'un éventuel loyer mais sans compter le temps de travail non payé des membres du foyer, était de 1 859 roupies (115 USD PPA), et le bénéfice médian de 1 035 roupies : il semble donc que les entreprises médianes génèrent juste assez d'argent pour payer un de leurs membres environ 34 roupies par jour, soit environ 2 USD PPA. Dans notre base de données sur Hyderabad, 15 % des entreprises sont déficitaires une fois le loyer payé. Lorsque nous prenons en compte le coût des heures qu'y consacrent les membres du foyer, même au taux limité de 8 roupies de l'heure (qui assurerait à une personne à peu près le salaire minimum pour huit heures quotidiennes), les résultats moyens s'avèrent légèrement négatifs. En Thaïlande, les gains *annuels* médians d'une entreprise de cette taille sont de 5 000 bahts (305 USD PPA) après déduction des coûts de fonctionnement, mais sans compter le temps de travail des membres de la famille. 7 % des entreprises familiales avaient ainsi perdu de l'argent au cours de l'année écoulée, une fois encore *avant déduction de la valeur du travail familial*[1].

La faible rentabilité des entreprises gérées par les pauvres explique également pourquoi, comme nous l'avons vu au chapitre 7 (dans notre évaluation randomisée du programme de Spandana, par exemple), le microcrédit ne semble pas être à l'origine d'une transformation radicale de la vie des clients. Si les entreprises gérées par

---

1. Pour des précisions sur les données de Townsend, voir Krislert SAMPHANTHARAK et Robert TOWNSEND, « Households as corporate firms : constructing financial statements from integrated household surveys », Université de Californie à San Diego et Université de Chicago, 2006, polycopié.

les pauvres ne sont généralement pas rentables, cela pourrait bien expliquer pourquoi leur accorder un prêt pour fonder une entreprise ne provoque pas une amélioration profonde de leur bien-être.

Rendement marginal contre rendement moyen

Mais, s'étonnera le lecteur sagace : n'avions-nous pas ouvert ce chapitre en expliquant que le rendement des investissements de ces petites entreprises était très élevé ?

La confusion vient ici des deux usages possibles du terme « rendement ». Les économistes distinguent (et pour une fois, cela n'est pas inutile) le rendement *marginal* de 1 dollar et le rendement *global* d'une entreprise. Le rendement marginal de 1 dollar est un indicateur qui vous permet de répondre à la question : « Qu'arriverait-il à vos revenus nets de tout frais de fonctionnement (sauf du coût des taux d'intérêt) si vous investissiez 1 dollar de plus ou 1 dollar de moins ? » Le rendement marginal est ce que vous devez considérer lorsque vous vous demandez si vous devriez limiter ou au contraire augmenter un peu vos investissements : si investir 1 dollar de moins vous permet d'emprunter 1 dollar de moins et par conséquent d'avoir à rembourser 4 cents de moins pour le capital et les intérêts, il est intéressant de faire cette économie si le rendement marginal est inférieur à 4 %, mais pas s'il est plus élevé. Par conséquent, lorsque les gens empruntent au taux de 4 %, cela doit vouloir dire que le rendement marginal est d'au moins 4 % par mois. La capacité des pauvres d'emprunter et de rembourser, et les importants profits supplémentaires faits grâce aux 250 dollars d'investissements supplémentaires dans l'expérimentation menée au Sri Lanka nous montrent que les entreprises des pauvres ont un rendement marginal élevé : leur permettre de se développer un peu en vaudrait la peine.

Le rendement global d'une entreprise représente, quant à lui, les revenus totaux une fois déduits les frais de *fonctionnement* (le coût des matériaux, les salaires payés, etc.). C'est ce que vous pouvez rapporter à la maison à la fin de la journée. C'est en examinant le rendement global que vous pourrez déterminer si vous devez continuer à faire tourner l'entreprise ou non. Si ce rendement n'est pas assez élevé pour couvrir la valeur du temps que vous y consacrez augmenté des coûts fixes de fonctionnement de l'entreprise, et s'il n'y a pas d'amélioration en perspective, alors il vaut mieux la fermer.

Le paradoxe s'explique par le fait que le rendement marginal peut être élevé alors même que le rendement global est faible. Dans la figure 1 ci-après, la courbe OP représente la relation entre le montant des investissements faits dans l'entreprise (mesurés selon l'axe horizontal, OI) et son rendement global (mesuré sur l'axe vertical, OR) – ce que les économistes appellent la *technologie de production*. Le rendement global, pour tout capital investi d'un montant K, est représenté par la hauteur de la courbe, tandis que le rendement marginal indique de combien le premier s'élève lorsqu'on passe de K à K+1. Autrement dit, le rendement marginal nous dit de combien augmente le rendement global lorsqu'on accroît juste un peu les investissements dans l'entreprise.

La courbe de la figure 1 ressemble au L inversé dont nous avons parlé au chapitre 1 : le rendement est d'abord élevé, puis il diminue. La courbe OP est plus raide lorsque l'investissement est limité (lorsqu'il est le plus près du point O), et elle s'aplatit progressivement (à mesure qu'elle s'approche de P), ce qui signifie qu'accroître le montant investi augmente le rendement le plus fortement lorsque l'investissement initial est limité et que cette hausse diminue progressivement. En d'autres termes, le rendement marginal est élevé lorsque l'investissement est limité.

Figure 1 : Rendement marginal et rendement moyen

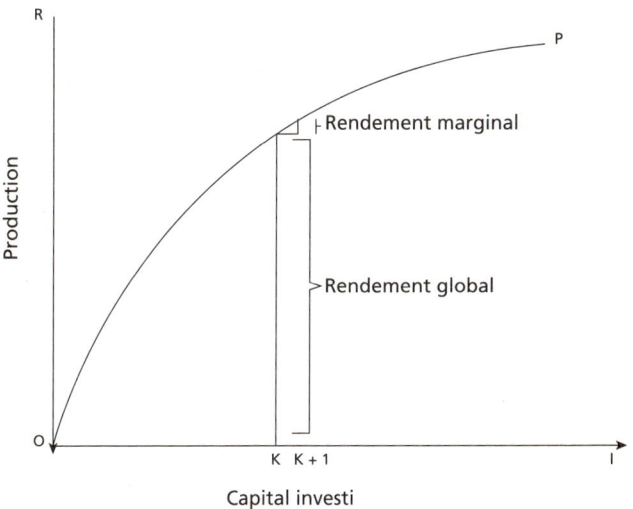

Capital investi

Pour comprendre comment ça marche, prenons l'exemple d'une personne qui vient d'ouvrir un magasin chez elle. Elle dépense de l'argent pour installer des étagères et un comptoir, mais ensuite elle n'a plus d'argent et n'a donc rien à vendre. Le rendement global de son entreprise est nul : il ne suffit pas à couvrir le coût des étagères. Sa mère lui prête alors 100 000 roupies (18 USD PPA) avec lesquelles elle achète quelques paquets de biscuits qu'elle installe sur les étagères vides. Les gamins du quartier remarquent qu'elle a une marque qu'ils aiment bien et ils viennent lui acheter toute sa marchandise. Elle gagne ainsi 150 000 roupies. Le rendement marginal est de 1,5 roupie pour chaque roupie du prêt fait par sa mère, soit 50 % nets, ce qui n'est pas mal du tout en une semaine. Mais le rendement global n'est cependant que de 50 000 roupies – ce qui ne couvre pas le coût de son temps ni celui de la construction des étagères et du comptoir.

Notre commerçante obtient ensuite un prêt de 3 millions de roupies et achète assez de bonbons et de biscuits pour remplir toutes ses étagères. Les enfants passent alors le mot à leurs copains et elle vend une bonne partie de son stock, mais avant que tous ces nouveaux clients ne soient arrivés, une partie des gâteaux a ranci et ne peut plus être vendue. Elle parvient tout de même à gagner 3,6 millions de roupies par semaine. Son rendement marginal est maintenant bien plus bas que 50 % – son investissement était trente fois plus élevé (3 millions au lieu de 100 000), mais ses revenus ne sont que douze fois plus importants. Son rendement global est par contre de 600 000 roupies (107 USD PPA), c'est-à-dire suffisamment pour pouvoir envisager de poursuivre son commerce.

C'est exactement de cette façon que les choses se passent pour beaucoup de pauvres. Les étagères vides, en particulier, ne sont pas le produit de notre imagination. Le stock total d'un magasin que nous avons visité dans la banlieue de Gulbarga, dans le nord du Karnataka, à cinq heures de voiture environ d'Hyderabad, tenait dans quelques bocaux en plastique à peu près vides installés dans une pièce à peine éclairée. Faire l'inventaire ne nous a pas pris longtemps.

Inventaire d'une épicerie de village
du Karnataka rural, en Inde

1 bocal de biscuits apéritifs
3 bocaux de bonbons mous
1 bocal et 1 petit sac de bonbons durs enveloppés
2 bocaux de pois chiches
1 bocal de bouillon Magimix
1 sachet de pains (contenant 5 petits pains)
1 paquet de *papadum* (un encas à base de lentilles)
1 sachet de pain croustillant (20 tranches)
2 paquets de biscuits
36 bâtons d'encens
20 savons Lux
180 portions individuelles de *pan parag* (un mélange de noix
de bétel et de tabac à chiquer)
20 sachets de thé
40 sachets individuels de curcuma
5 petits flacons de talc
3 paquets de cigarettes
55 petits paquets de *bidis* (des petites cigarettes parfumées)
35 plus grands paquets de *bidis*
3 paquets de lessive en poudre (de 500 grammes chacun)
15 petits paquets de biscuits Parle-G
6 doses de shampoing individuelles

Au cours des deux heures que nous avons passées avec cette famille, nous avons vu deux clients. L'un était venu acheter *une* cigarette, l'autre quelques bâtons d'encens. Il était clair que le rendement marginal possible d'un élargissement minime de la gamme des marchandises était potentiellement très élevé, surtout si la famille faisait l'effort de s'approvisionner en denrées que les autres magasins du village ne proposaient pas. Mais le rendement global de l'activité était très bas : avec un tel volume de ventes, le temps passé à attendre dans

le magasin toute la journée n'était absolument pas renta-
bilisé.

Dans les pays en développement, il y a d'innombrables
magasins de ce genre, plusieurs dans chaque village, et
des milliers dans les ruelles des grandes villes, qui tous
vendent le même stock limité. Et la même chose vaut
pour les vendeurs de fruits et légumes, les marchands de
noix de coco et les échoppes. Si vous marchiez le long de
la rue principale du plus grand bidonville de la ville de
Guntur à 9 heures du matin, vous remarqueriez immédiatement la longue file de femmes vendant des *dosas*, ces
crêpes de riz et de lentilles qui sont l'équivalent sur le
sous-continent indien du croissant du matin. Assaison-
nées d'un peu de sauce épicée et enveloppées dans un
morceau de papier journal ou dans une feuille de bananier,
elles sont vendues au prix de 1 roupie (environ 5 cents
PPA). Un matin, nous avons fait le calcul : il y avait une
vendeuse de *dosas* pour six maisons. Du fait de cette
surabondance, beaucoup passaient l'essentiel de leur
temps simplement à attendre les clients. Il paraissait
évident que, si trois d'entre elles avaient fusionné leurs
commerces, de façon à permettre aux autres de vaquer à
d'autres occupations, elles auraient gagné plus d'argent.

C'est là tout le paradoxe des pauvres et de leurs entreprises : ils sont pleins d'énergie et de ressources et parviennent à accomplir beaucoup avec très peu. Mais
l'essentiel de cette énergie est consacré à des entreprises
trop petites, identiques aux multiples autres qui les
entourent. Par conséquent, ceux qui les gèrent n'ont
aucune chance de gagner raisonnablement leur vie. Les
« sécheuses de sable » de Bombay ont su repérer une occasion de tirer avantageusement profit de ressources disponibles, à savoir leur temps libre et le sable de la plage.
Mais ce que l'oncle de notre homme d'affaires n'avait pas
pris en compte, c'est qu'en dépit de toute leur ingéniosité

les bénéfices d'une telle activité sont probablement à peu près négligeables.

La très petite échelle de beaucoup de ces entreprises explique pourquoi leurs rendements globaux sont souvent si faibles, en dépit d'un rendement marginal élevé. Cela fait cependant surgir une nouvelle énigme. Un rendement marginal élevé implique qu'il est facile d'accroître le rendement global : il suffit de mettre plus d'argent dans l'entreprise. Mais alors, pourquoi ces petites entreprises ne grandissent-elles pas très rapidement ?

Nous connaissons déjà une partie de la réponse : la plupart de ces entrepreneurs ne peuvent pas emprunter beaucoup et, le cas échéant, cela leur coûte très cher. Mais cela n'explique pas tout. Tout d'abord, comme nous l'avons vu, bien que des millions de gens aient contracté des microcrédits, il y en a encore énormément qui le pourraient, mais qui choisissent de ne pas le faire. En est témoin Ben Sedan, cet éleveur de vaches qui aurait pu agrandir son affaire grâce à un microcrédit, mais s'y était refusé. Même à Hyderabad, où plusieurs IMF se font concurrence, le taux de souscription d'un microcrédit parmi les familles qui pouvaient y prétendre n'était que de 27 %, et seuls 21 % de ceux qui avaient une petite entreprise en avaient pris un.

Qui plus est, même ceux qui n'ont pas les moyens d'emprunter peuvent économiser : prenez notre famille de commerçants de Gulbarga. Ils vivaient avec environ 2 dollars par jour et par personne. Dans la ville voisine d'Hyderabad, nos données montrent que les personnes qui ont ce niveau de consommation consacrent environ 10 % de leurs dépenses mensuelles totales en soins de santé, tandis que celles qui vivent avec moins de 99 cents par jour y consacrent environ 6,3 %. Si, au lieu de dépenser ces 3,7 % supplémentaires de son budget à la santé, nos commerçants les avaient utilisés pour étoffer leur stock, ils auraient pu le multiplier par deux en un an. Une alternative consisterait à supprimer toutes les dépenses consacrées aux cigarettes et à l'alcool, ce qui permettrait de réduire d'environ 3 % les dépenses quotidiennes par personne : grâce à cela, cette famille pourrait doubler son stock en à peu près quinze mois. Pourquoi ne le fait-elle pas ?

L'expérimentation menée au Sri Lanka fournit une autre illustration frappante du fait que le financement n'est pas le seul obstacle au développement. Les entrepreneurs ayant reçu 250 dollars avaient gagné beaucoup d'argent – bien plus, par dollar investi, que la plupart des entreprises qui réussissent aux États-Unis. Mais il y a une nuance importante : les profits des micro-entrepreneurs qui avaient reçu une subvention de 500 dollars *n'avaient pas plus augmenté, en termes absolus, que les profits de ceux qui avaient reçu une subvention de 250 dollars*. Cela est en partie dû au fait que ceux qui avaient reçu une subvention de 500 dollars n'avaient pas choisi de l'investir intégralement dans leur entreprise : ils avaient injecté environ la moitié de cette somme dans leur affaire et consacré le reste à acheter des choses pour leur foyer.

Que se passe-t-il donc ? Les propriétaires ont-ils réellement mieux à faire de cet argent reçu sans contrepartie, avec des rendements marginaux si élevés ?

Il est important de souligner que les micro-entrepreneurs du Sri Lanka ont effectivement investi la première partie de la subvention. S'ils ont choisi d'utiliser la seconde à autre chose, c'est peut-être parce qu'ils pensaient que leurs entreprises ne seraient pas capables de l'absorber : investir la totalité du montant aurait signifié tripler le capital de l'entreprise moyenne et un tel changement d'échelle aurait bien pu impliquer de recruter un nouvel employé ou de trouver un espace de stockage plus important, ce qui aurait entraîné des coûts supplémentaires.

Ainsi, le fait que les entreprises des pauvres ne se développent pas s'explique en partie, nous semble-t-il, par leur nature même. Souvenez-vous de la forme en L inversé de la figure 1, qui montrait que le rendement global pouvait être faible alors même que le rendement marginal était élevé. La figure 2 représente deux versions de la courbe de la figure 1 : l'une, notée OP, est très abrupte au départ, puis s'aplatit très rapidement. L'autre, OZ, monte moins vite au début, mais continue à monter pendant longtemps.

Figure 2 : Deux technologies de production

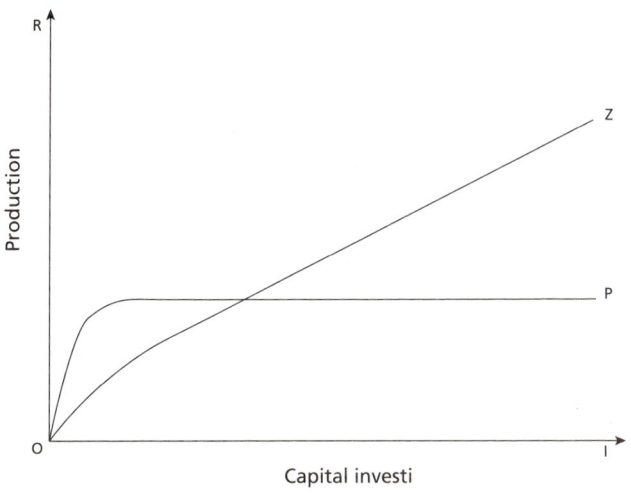

Si, dans la réalité, les profits des entreprises des pauvres ressemblent à la courbe OP, alors il est très facile à une très petite entreprise de se développer, mais son potentiel de croissance s'épuise rapidement. Cela décrit bien la situation de la famille de commerçants que nous avons évoquée : une fois que vous avez réservé de l'espace dans votre maison pour ouvrir un magasin et que vous vous êtes engagés à y travailler quelques heures par jour, vos profits seront beaucoup plus élevés si vous avez assez de produits pour remplir vos étagères et vous tenir occupé que si vous n'avez à peu près rien à vendre (comme cela semble être le cas de beaucoup de magasins). Mais une fois que vos étagères sont pleines, toute expansion supplémentaire ne garantira probablement pas assez de retour marginal pour compenser les très forts taux d'intérêt du prêt que vous pourriez utiliser pour la financer. Par conséquent, toutes les entreprises restent petites. En revanche, si la forme de la courbe ressemble plus à OZ, alors les possibilités de faire croître votre entreprise sont beaucoup plus importantes. D'après nous, pour la plupart des personnes pauvres, le monde ressemble plus à OP qu'à OZ.

Nous avons bien sûr conscience que le modèle OP ne vaut pas universellement – sans quoi il n'existerait aucune grande entreprise. Peut-être les boutiques des commerçants, des tailleurs et des vendeurs de saris ressemblent-elles à OP, mais il y a forcément d'autres types d'entreprises qui sont en mesure d'utiliser plus de capital productif. Il est certes possible de monter des chaînes de grands magasins ou des usines textiles si l'on peut acheter l'équipement nécessaire, mais le faire exige soit une compétence particulière, soit un investissement de départ bien plus important. Vous pouvez fonder Microsoft dans un garage et vous développer sans limite, mais pour ce faire vous devez être le tout premier à proposer un produit radicalement nouveau. Pour la plupart des gens, cette possibilité n'existe pas réellement. L'alternative est d'investir suffisamment pour avoir une technologie de production permettant à votre entreprise d'opérer à grande échelle. Souvenez-vous de Xu Aihua, cette femme chinoise qui a fondé son entreprise avec une unique machine à coudre et qui, à partir de là, a bâti un empire du vêtement. Sa chance a été de décrocher une commande à l'exportation. Sans cela, elle aurait rapidement buté sur les limites du marché local. Mais pour pouvoir prétendre à une commande à l'exportation, il a fallu qu'elle ait déjà une usine moderne avec des machines à coudre automatiques. Pour cela, elle a dû investir plus de cent fois le capital initial de son entreprise.

La figure 3 représente ces deux technologies de production. Sur la gauche, il y a OP, mais tout à droite il y a une nouvelle technologie de production, QR, qui n'engendre aucun rendement en dessous d'un investissement minimum, mais a un rendement élevé par la suite. Vous remarquerez que nous avons mis en gras certaines parties de OP et QR pour faire apparaître une ligne continue, OR : elle représente le rendement effectif que génère le fait d'investir un montant donné. Lorsqu'on investit juste un peu, on investit dans OP ; il n'y a pas de raison de le faire dans QR, parce que QR ne produit d'abord aucun rendement. Lorsqu'on investit davantage, OP devient une mauvaise affaire, de sorte que, pendant un temps, le rendement marginal est faible. Cependant, une fois qu'on a suffisamment d'argent, on peut passer à QR. C'est l'histoire de Xu Aihua : elle a commencé avec OP avec ses machines à coudre d'occasion et, à un certain moment, elle est parvenue à basculer vers QR, avec ses machines automatiques.

À quoi ressemble OR ? Elle évoque un peu la forme en S, non ? Il y a une grande bosse au milieu, qui représente le point qu'il faut atteindre pour commencer à vraiment gagner de l'argent. OR nous ramène au dilemme habituel de la forme en S : si vous investissez peu, vous gagnerez peu et vous resterez trop pauvre pour investir davantage ; mais si vous investissez suffisamment pour passer par-dessus cette bosse, vous deviendrez riche, vous pourrez alors investir encore plus et devenir de plus en plus riche. Le problème est que la plupart des gens ne peuvent

**Figure 3 : Combiner des technologies de production
et la forme en S de l'entreprenariat**

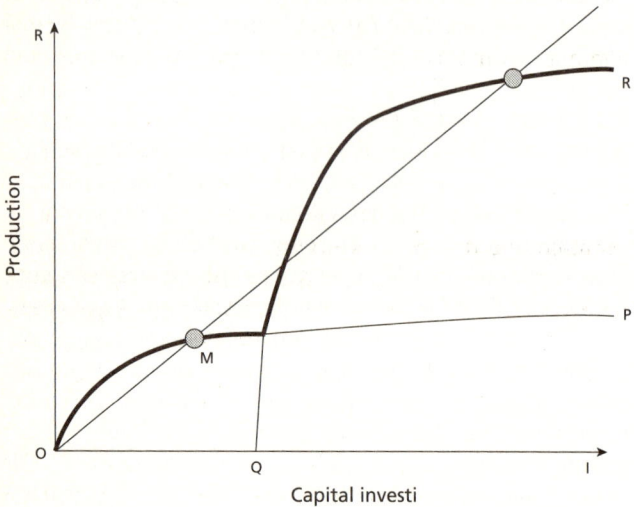

Capital investi

simplement pas la franchir. Certes, ils peuvent avoir accès à de petits emprunts, mais personne (pas même les IMF qui, comme nous l'avons vu, n'aiment pas prendre de risques) ne souhaite prêter le montant nécessaire à ces petits entrepreneurs pour un investissement de taille. De plus, y parvenir nécessite également certaines compétences, notamment de gestion, qu'ils ne possèdent pas et n'ont pas les moyens financiers d'acquérir. Par conséquent, ils sont condamnés à rester petits. Parfois, les rendements diminuent si rapidement qu'une même personne se retrouve à gérer trois entreprises différentes plutôt que de tenter d'en développer une : le matin, vendre des *dosas* ; la journée, avoir un commerce de saris ; et le soir, enfiler des perles pour faire des bijoux.

Mais alors, comment Xu Aihua a-t-elle fait ? Comme vous vous en souvenez peut-être, elle a augmenté son stock de machines de 70 % par an sur huit ans en réinvestissant ses bénéfices. Par conséquent, son profit devait atteindre au moins 70 % de la valeur de ses machines, et ce *après avoir payé ses employés*, et son rendement global devait être encore plus élevé. Son entreprise était donc particulièrement rentable : dans l'enquête menée à Hyderabad, nous avons vu que la petite entreprise moyenne perdrait de l'argent si elle avait à payer ne serait-ce que des salaires minimum. Nous soupçonnons que cela s'explique à la fois par les talents exceptionnels de Xu Aihua, et parce que, au tout début de l'ouverture de la Chine au marché, il y avait très peu de concurrence et une demande considérable, de sorte qu'elle s'est trouvée au bon endroit au bon moment.

L'entreprenariat, c'est trop dur

Si notre diagnostic est juste, la raison pour laquelle les pauvres ne développent pas leurs entreprises est que, pour la plupart d'entre eux, c'est trop difficile : ils ne peuvent pas emprunter pour franchir la bosse et économiser pour y parvenir leur prendrait trop longtemps, sauf si leurs entreprises avaient des rendements globaux extrêmement élevés. Imaginons par exemple que vous montiez une entreprise avec 100 dollars et que, comme Xu Aihua, vous ayez besoin d'investir cent fois cette somme (10 000 dollars) pour acheter une nouvelle machine. Supposons que vous fassiez 25 % de profits par dollar investi – un taux tout à fait respectable – et que vous réinvestissiez l'ensemble. Au bout d'un an, vous auriez 125 dollars à investir. Au bout de deux ans, 156 dollars ; au bout de trois, 195 dollars. Cela vous prendrait donc vingt et un ans pour franchir la bosse et acheter une nouvelle machine. Et si vous avez besoin d'un peu d'argent pour vivre entre-temps et que vous n'économisez que la moitié de vos profits, quarante ans vous suffiront à peine. Et cela sans parler de l'angoisse qu'implique le fait de gérer une entreprise, ni des longues heures de travail, ni de l'énergie et des efforts que vous devrez y consacrer.

Qui plus est, lorsqu'un micro-entrepreneur prend conscience qu'il est probablement coincé dans la partie basse de la courbe en S et qu'il n'arrivera jamais à vraiment gagner de l'argent, il lui sera sans doute difficile de s'investir totalement dans son entreprise. Imaginons un entrepreneur qui se trouve en dessous du point M dans la figure 3. Cela pourrait être la famille de commerçants que nous avons rencontrée à Gulbarga. Elle pourrait augmenter ses bénéfices en économisant un peu et en se procurant un stock un tout petit peu plus diversifié. Mais, même si elle le faisait, elle ne pourrait pas aller tellement plus loin que le point M. Cela en vaut-il la peine ? Selon toute probabilité, même si elle parvenait à optimiser son commerce, sa vie n'en serait pas pour autant changée de façon significative. Étant donné que son entreprise est condamnée à rester petite et qu'elle ne rapportera jamais beaucoup d'argent, il ne serait pas surprenant qu'elle décide de consacrer son attention et ses ressources à d'autres choses.

De la même façon que les pauvres épargnent sans doute moins que la classe moyenne parce qu'ils savent que leurs économies ne suffiront pas à leur permettre de se procurer les biens de consommation qu'ils désireraient vraiment, ils n'investissent peut-être pas autant (non seulement en termes financiers, mais également affectifs et intellectuels) dans leurs entreprises parce qu'ils savent d'avance que cela ne changera pas fondamentalement les choses. Ainsi pourrait s'expliquer le fossé séparant la perspective de Ben Sedan, l'agriculteur marocain, et celle de Fouad Abdelmoumni : peut-être Fouad avait-il raison, Ben Sedan n'avait pas envisagé la possibilité d'élever des vaches dans une étable. Mais il se pourrait aussi qu'il y ait pensé, mais qu'il ait conclu que cela ne valait pas la peine de passer par tout ce processus (obtenir un emprunt, construire une nouvelle étable, se procurer le bétail et, finalement, le revendre) pour quatre vaches. Après tous ces efforts, sa famille resterait toujours aussi pauvre. En un sens, ils avaient donc tous deux raison : Fouad parce que son business plan était viable et Ben Sedan parce que cela ne valait pas le coup pour lui de le mettre en œuvre.

Le fait que la plupart des micro-entrepreneurs ne soient pas entièrement résolus à faire fructifier leur maigre capital jusqu'au dernier sou pourrait également expliquer les résultats décevants des programmes de formation à la gestion de base que beaucoup d'IMF proposent désormais à leurs clients. Lors de rendez-vous hebdomadaires, les clients apprennent comment mieux tenir leurs comptes, comment gérer leur stock, ce qu'est un taux d'intérêt, etc. Des programmes de ce type ont fait l'objet d'évaluations au Pérou et en Inde[1]. Selon les résultats de ces études, ces formations conduisent effectivement à une amélioration des connaissances, mais n'ont d'incidence ni sur les profits, ni sur les ventes, ni sur les avoirs. Ces programmes paraissent être une bonne idée aux IMF parce que ces petites entreprises ne sont pas

1. L'étude menée au Pérou est celle de Dean KARLAN et Martin VALDIVIA, « Teaching entrepreneurship : impact of business training on microfinance clients and institutions », *Review of Economics and Statistics*, 93 (2), mai 2011, p. 510-527. L'étude menée en Inde est celle d'Erica FIELD, Seema JAYACHANDRAN et Rohini PANDE, « Do traditional institutions constrain female entrepreneurship ? A field experiment on business training in India », *American Economic Review Papers and Proceedings*, 100 (2), mai 2010, p. 125-129.

particulièrement bien gérées ; mais si cette situation découle d'un manque de motivation plutôt que d'un défaut de connaissances, il n'est pas particulièrement surprenant qu'ils n'aient pas eu d'effets significatifs. En République dominicaine, un autre programme de formation a été testé, en marge du module de base : il s'agissait d'un programme simplifié, suggérant aux entrepreneurs de se baser sur des règles simples (séparer les dépenses de l'entreprise de celles du foyer, se payer un salaire fixe)[1]. Là encore, la formation normale n'a eu aucun résultat notable, mais les conseils simplifiés ont en revanche conduit à une augmentation des profits. Sans doute les gens étaient-ils prêts à adopter ces règles qui leur facilitaient la vie au lieu d'exiger d'eux un surcroît d'efforts intellectuels.

Ces résultats pris dans leur ensemble nous amènent à douter profondément de l'idée que le propriétaire moyen d'une petite entreprise soit vraiment un « entrepreneur »-né, au sens où on l'entend généralement, c'est-à-dire quelqu'un dont l'entreprise a un potentiel de croissance et qui est capable de prendre des risques, de travailler dur et de persévérer en dépit de toutes les difficultés. Qu'on ne s'y trompe pas : nous ne voulons pas dire par là qu'il n'y a pas de véritables entrepreneurs parmi les pauvres ; nous en avons nous-mêmes rencontré plusieurs. Mais il y en a également beaucoup qui gèrent des entreprises condamnées à rester petites et peu rentables.

---

1. Alejandro DREXLER, Greg FISCHER et Antoinette SCHOAR, « Keeping it simple : financial literacy and rules of thumb », London School of Economics, polycopié.

S'acheter un emploi

La question qui se pose alors évidemment est de savoir pourquoi tant de pauvres se retrouvent à gérer des entreprises. Pak Awan et sa femme, un jeune couple de Cica Das, le grand bidonville de Bandung, en Indonésie, nous ont donné une réponse. Ils possédaient un petit magasin qu'ils tenaient dans une des pièces de la maison des parents de Pak Awan. Celui-ci travaillait comme journalier sur les chantiers de construction, mais il arrivait souvent qu'il ne trouve pas de travail. Lorsque nous avons rencontré le couple, pendant l'été 2008, il n'avait pas trouvé de travail depuis deux mois. Avec deux enfants en bas âge à charge, la famille avait besoin de revenus supplémentaires et sa femme avait donc dû trouver un emploi. Elle aurait aimé travailler à l'usine, mais elle n'avait pas les qualifications requises : dans l'industrie, on cherchait des gens jeunes ou célibataires, ou alors avec de l'expérience. Elle n'en avait pas, parce qu'après le lycée elle avait suivi une formation de secrétaire mais n'avait pas réussi les examens et avait finalement renoncé à cette voie. Ouvrir un petit commerce était la seule option qu'il lui restait. Sa première tentative avait consisté à préparer des plats à emporter pour aller les vendre à la ville, mais elle voulait un travail qu'elle puisse faire de chez elle, afin de pouvoir s'occuper des enfants. C'est ainsi qu'ils avaient fini par ouvrir un magasin grâce à un prêt que Pak Awan avait obtenu d'une coopérative à laquelle il appartenait, alors même qu'il y avait déjà deux autres magasins semblables à moins de 50 mètres.

Pak Awan et sa femme n'avaient aucun plaisir à gérer leur commerce. Ils auraient pu prétendre à un deuxième prêt de la coopérative, ce qui leur aurait permis d'agrandir leur magasin, mais ils ne le souhaitaient pas. Malheureusement pour eux, un quatrième magasin finit par ouvrir dans le quartier, menaçant leur survie en offrant une plus grande diversité de produits. Lorsque nous les avons rencontrés, ils s'apprêtaient à souscrire un nouvel emprunt pour acheter un stock plus important. Ils espéraient que, plus tard, leurs enfants trouveraient un travail salarié, de préférence dans l'administration publique.

Les entreprises des pauvres apparaissent souvent davantage comme une façon d'acheter un emploi lorsque des choix professionnels plus classiques font défaut que comme l'expression d'une authentique pulsion entrepreneuriale. Beaucoup de ces entreprises doivent leur existence au fait que quelqu'un dans la famille a (ou est censé avoir) du temps disponible et que toute contribution à l'économie familiale est bienvenue. Cette personne est souvent une femme et elle cumule habituellement ses nouvelles fonctions avec les travaux domestiques qu'elle continue d'assumer : il n'est pas sûr qu'elle ait vraiment le choix lorsque la possibilité se présente d'ouvrir un commerce. Au Nord, cela ne fait pas longtemps que les hommes ont appris à reconnaître, au moins dans les mots, tout ce que fait pour eux leur femme « qui ne travaille pas ». Il ne serait pas surprenant que leurs homologues des pays en développement aient tendance à supposer que leurs épouses jouissent de plus de temps libre qu'elles n'en ont effectivement. Il est donc très possible que de nombreux propriétaires de commerce, surtout lorsqu'il s'agit de femmes, ne prennent pas spécialement plaisir à gérer une entreprise, voire même qu'ils redoutent de la voir se développer. Cela pourrait expliquer pourquoi, lorsque les mêmes chercheurs ont offert 250 dollars à des patronnes sri-lankaises pour investir dans leur entreprise, beaucoup s'en sont servies pour autre chose, contrairement aux hommes que nous avons croisés plus haut, qui eux, les ont investis et en ont tiré des bénéfices élevés[1]. Le grand nombre d'entreprises gérées par les pauvres est peut-être moins un témoignage de leur esprit entrepreneurial qu'un symptôme du terrible échec des économies dans lesquelles ils vivent à leur offrir une alternative.

De bons emplois

Dans les enquêtes que nous menons auprès des pauvres du monde entier, nous avons ajouté la question suivante : « Quelles sont vos ambitions pour vos enfants ? » Les résultats sont frappants. Partout où nous l'avons posée, le rêve le plus courant des pauvres est que leurs enfants deviennent fonctionnaires. Dans les foyers très pauvres de la région d'Udaipur, par exemple, 34 % des parents aimeraient que leur fils devienne enseignant dans le public et 41 % qu'il ait un emploi public dans un autre secteur que l'enseignement, tandis que 18 % voudraient qu'il soit salarié dans une entreprise privée. En ce qui concerne leurs filles, 31 % aimeraient qu'elles deviennent enseignantes, 31 % souhaiteraient qu'elles aient un autre type d'emploi public et 19 % qu'elles soient infirmières. Les pauvres ne voient donc pas dans l'entreprenariat une situation enviable.

L'accent mis sur les emplois publics suggère en particulier un désir de stabilité, ces postes étant en général sûrs, même s'ils ne sont pas très excitants. Et, en effet, la stabilité de l'emploi apparaît comme le critère qui différencie les classes moyennes des pauvres. Selon notre base

1. Suresh DE MEL, David MCKENZIE et Christopher WOODRUFF, « Are women more credit constrained ? Experimental evidence on gender and microenterprise returns », *American Economic Journal : Applied Economics*, 1 (3), juillet 2009, p. 1-32.

de données portant sur dix-huit pays, les personnes de la classe moyenne sont beaucoup plus susceptibles d'avoir des emplois payés à la semaine ou au mois, plutôt qu'à la journée, ce qui est une façon simple de distinguer les emplois temporaires de ceux qui sont plus permanents. Au Pakistan, par exemple, dans les zones urbaines, 76 % des employés qui vivent avec au plus 99 cents par jour reçoivent un salaire hebdomadaire ou mensuel, alors que c'est le cas de 92 % de ceux qui gagnent de 2 à 4 dollars par jour. Dans les zones rurales, seuls 46 % des employés très pauvres travaillent pour un salaire régulier, tandis que c'est le cas de 61 % de ceux de la classe moyenne.

Accéder à un emploi sûr peut être la source d'une profonde transformation. Dans la majeure partie des campagnes de la région d'Udaipur, la plupart des familles vivent avec moins de 2 dollars par jour. Nous y avons un jour visité un village qui paraissait à première vue similaire à la multitude d'autres que nous avions vus dans la région, mais qui était en réalité tout à fait différent. On y voyait ici et là des signes de prospérité relative : un toit de tôle, deux motos dans une cour, un adolescent bien peigné vêtu d'un uniforme scolaire fraîchement amidonné… Il s'avéra qu'une usine de zinc s'était ouverte à proximité et qu'au moins un membre de chacune des familles que nous avions rencontrées dans le village y avait travaillé à un moment ou à un autre. Chez l'une d'elles, le père de l'actuel chef de famille (un homme de bientôt soixante ans) avait réussi à se faire embaucher dans les cuisines de l'usine pour ensuite négocier son transfert aux ateliers. Son fils faisait partie du premier groupe de (huit) garçons du village à avoir terminé leurs études secondaires. Il était allé à son tour à l'usine, où il était finalement passé contremaître. Deux de ses propres fils avaient achevé le lycée. L'un d'entre eux travaillait dans la même usine, tandis que l'autre avait un emploi à

Ahmedabad, la capitale de l'État voisin du Gujarat. Il avait également deux filles, qui avaient été jusqu'au bout de leurs études secondaires avant de se marier. Pour cette famille, l'ouverture de l'usine de zinc à cet endroit avait été le coup de chance initial, qui avait enclenché un cercle vertueux d'investissement dans le capital humain, et permis leur ascension sur l'échelle de l'emploi.

Une étude d'Andrew Foster et Mark Rosenzweig menée dans les villages indiens montre que le rôle de l'emploi ouvrier dans l'accroissement des revenus va bien au-delà de cette anecdote[1]. Au cours de la période allant de 1960 à 1999, l'Inde a connu une croissance soutenue de la productivité agricole, mais aussi une augmentation très rapide du nombre d'individus employés dans les usines situées dans les villages ou à proximité, en partie du fait de politiques qui favorisaient l'investissement en zones rurales. L'emploi ouvrier dans les campagnes a ainsi été multiplié par dix du début des années 1980 à 1999. En 1999, environ la moitié des villages étudiés par Andrew Foster et Mark Rosenzweig, tous ruraux à l'origine, étaient situés à proximité d'une usine et 10 % de leur main-d'œuvre masculine y travaillaient. Le plus souvent, les usines étaient implantées sur des sites où les salaires étaient au départ bas et, dans ces villages, l'augmentation de l'emploi ouvrier avait contribué bien plus largement à la hausse des salaires que la croissance de la productivité agricole induite par la fameuse Révolution verte. De plus, ce sont les pauvres qui ont été les principaux bénéficiaires de la croissance industrielle parce que des emplois mieux payés sont devenus accessibles à des gens même peu qualifiés.

1. Andrew FOSTER et Mark ROSENZWEIG, « Economic development and the decline of agricultural employment », *Handbook of Development Economics*, 4, 2007, p. 3051-3083.

Lorsque quelqu'un obtient un tel emploi, cela peut faire une différence énorme dans sa vie. La classe moyenne dépense beaucoup plus pour l'éducation et la santé que les pauvres. Bien sûr, en théorie, on pourrait penser que les personnes industrieuses et patientes, portées à investir dans l'avenir de leurs enfants, se montrent également plus aptes à conserver un bon emploi. Mais notre impression est que là n'est pas toute l'explication et que ces choix sont liés au fait que les parents des foyers plus aisés ont des emplois stables : à lui seul, un emploi stable peut changer de façon décisive la conception que les gens ont de la vie. Une étude portant sur la taille des enfants mexicains dont les mères travaillaient dans des *maquiladoras* (des usines d'exportation) au Mexique illustre ainsi le pouvoir de transformation d'un bon emploi[1]. Les *maquiladoras* ont généralement la réputation d'être des lieux d'exploitation où les salariés sont mal payés. Mais pour beaucoup de femmes qui n'ont pas suivi de cursus secondaire, elles offrent la perspective d'un meilleur emploi que celui qu'elles pourraient trouver dans le commerce de détail, la restauration ou les transports : le salaire horaire n'est pas tellement plus élevé, mais elles travaillent plus d'heures et plus régulièrement. David Atkin, de l'Université de Yale, a comparé la taille des enfants nés de mères vivant dans une ville où une *maquiladora* avait ouvert lorsqu'elles avaient seize ans à la taille des enfants nés de mères n'ayant pas eu cette opportunité. Les enfants des premières étaient bien plus grands que ceux des secondes. Cet effet est si important qu'il peut aller jusqu'à annuler complètement l'écart entre la taille d'un enfant mexicain pauvre et la « norme » pour un enfant américain bien nourri.

---

1. David ATKIN, « Working for the future : female factory work and child height in Mexico », document de travail, 2009.

De plus, David Atkin montre que l'augmentation de la taille des enfants ne peut pas s'expliquer entièrement par l'effet (modeste) de cet emploi sur le niveau des revenus de la famille. Peut-être est-ce le sentiment d'avoir une certaine maîtrise de l'avenir que donne un revenu mensuel régulier – et pas simplement ce revenu lui-même – qui permet à ces femmes de se concentrer sur la construction de leur propre carrière et de celle de leurs enfants. C'est peut-être cette idée que l'on a un avenir qui distingue les pauvres de la classe moyenne. Le titre de l'étude de David Atkins, « Travailler pour l'avenir », illustre parfaitement ce point de vue.

Au chapitre 6, nous avons donné plusieurs exemples des effets du risque sur le comportement des ménages : les familles pauvres prennent des mesures préventives pour limiter le danger même si cela réduit leurs revenus. Nous voyons ici une autre conséquence, peut-être plus profonde encore, de ces écarts : un certain sentiment de stabilité est sans doute nécessaire pour pouvoir prendre du recul. Il est possible que les personnes qui n'imaginent pas que leur qualité de vie puisse s'améliorer sensiblement dans l'avenir préfèrent baisser les bras et se retrouvent en conséquence prises au piège. On se souvient que beaucoup de parents pensent (peut-être à tort) que les bénéfices de l'éducation ont une forme en S. En conséquence, il leur paraît absurde de commencer à investir dans l'éducation de leurs enfants s'ils pensent ne pas pouvoir aller jusqu'au bout. S'ils ne sont pas sûrs d'être capables de payer leur scolarité dans l'avenir – par exemple parce qu'ils craignent que leur entreprise ne périclite –, ils peuvent décider qu'il est inutile d'essayer.

Des revenus réguliers et prévisibles permettent de s'engager à des dépenses futures, en même temps qu'ils rendent beaucoup plus aisé et moins coûteux d'emprunter sur le moment. Ainsi, lorsqu'un membre de la famille a un emploi stable, les écoles acceptent ses enfants plus facilement, les hôpitaux dispensent à la famille des soins plus coûteux sachant qu'ils seront payés, et les autres membres de la famille seront peut-être à même de faire les investissements nécessaires pour que leur entreprise se développe.

C'est pour cela qu'un « bon emploi » est important. Un bon emploi est un travail stable, bien payé, qui permet d'avoir l'espace mental nécessaire pour faire tout ce que la classe moyenne fait si bien. Les économistes sont souvent réticents à accepter cette idée, au motif – raisonnable – que les bons emplois sont des emplois coûteux, et que des emplois coûteux peuvent impliquer un moins grand nombre d'emplois disponibles. Mais si de bons emplois signifient que les enfants grandissent dans un environnement où ils ont la possibilité de tirer le maximum de leurs talents, cela peut valoir la peine d'accepter de créer un peu moins d'emplois.

Comme la plupart des bons emplois sont en ville, déménager peut être la première étape d'un changement de trajectoire pour la famille. Pendant l'été 2009, nous étions dans un bidonville de la ville indienne d'Hyderabad, où nous parlions avec une femme d'une cinquantaine d'années. Elle nous a raconté qu'elle-même n'était jamais allée à l'école et que sa fille, qu'elle avait eue à seize ans, avait commencé le primaire mais avait décroché au bout de trois ans, pour être mariée peu après. Mais son deuxième fils, avait-elle ajouté en passant, était étudiant et espérait décrocher son « MCA ». Comme le sigle ne nous évoquait rien, nous lui avons demandé de quoi il s'agissait (avec l'idée qu'il devait s'agir d'une formation professionnelle quelconque). Elle n'a pas su nous répondre, mais son fils est alors apparu et nous a expliqué que c'était un « Master in Computer

Applications », un diplôme en programmation informatique. Il avait déjà obtenu sa licence. Son frère aîné avait lui aussi fait des études supérieures et occupait un emploi de bureau dans une entreprise privée, tandis que le plus jeune, qui était encore au lycée, avait postulé pour entrer à l'université. Ils espéraient pouvoir l'envoyer étudier en Australie, grâce à l'un des prêts réservés en priorité aux musulmans.

Que s'était-il donc passé dans cette famille, entre le moment où la première fille avait cessé d'aller à l'école et celui où le premier fils avait décroché son diplôme de fin d'études secondaires, pour que les perspectives des enfants les plus jeunes aient été ainsi transformées ? Le père avait pris sa retraite de l'armée et, grâce aux relations qu'il s'y était faites, il avait trouvé un poste de gardien dans une entreprise du secteur public à Hyderabad. Grâce à ce travail qui n'impliquait plus de fréquents déplacements, il avait fait venir toute sa famille en ville (sauf sa fille, qui était déjà mariée). Il y a à Hyderabad de nombreuses écoles réservées aux enfants musulmans dont les prix sont abordables et le niveau relativement bon, un héritage de l'époque (révolue en 1948) où c'était un royaume musulman semi-indépendant. Les fils de la famille y avaient été envoyés et avaient réussi.

Pourquoi beaucoup plus de gens n'adoptent-ils pas cette stratégie ? Après tout, les écoles sont meilleures dans la plupart des villes, même celles qui n'ont pas, comme Hyderabad, une histoire particulière. De plus, les pauvres (et particulièrement les jeunes gens) ne cessent de se déplacer à la recherche d'un travail. Dans la région d'Udaipur, par exemple, 60 % des familles que nous avons interviewées comptaient au moins un membre qui avait travaillé en ville au cours de l'année écoulée. Mais très peu d'entre eux émigrent pour de longues périodes : la durée médiane de leurs déplacements est d'un mois, et seulement 10 % des voyages excèdent trois mois. Par ailleurs, la plupart du temps, lorsqu'ils partent, ils laissent leur famille derrière eux. Dans le schéma courant, quelques semaines de travail alternent avec d'autres passées à la maison. L'émigration permanente, même à l'intérieur du pays, est relativement rare : dans notre base de données portant sur dix-huit pays, la part de foyers extrêmement pauvres comptant un membre né ailleurs et ayant émigré pour le travail n'était que de 3 % au Pakistan, 6 % au Nicaragua, 8 % en Côte d'Ivoire et de près de 25 % au Mexique. L'une des conséquences du caractère temporaire des déplacements est que ces travailleurs ne deviennent jamais suffisamment indispensables à leur employeur pour qu'il décide d'en faire des travailleurs permanents, ni de leur dispenser une formation quelconque : ils restent donc toute leur vie journaliers. Par conséquent, leurs familles ne s'installent jamais en ville et ne bénéficient pas de meilleures écoles, ni de la sérénité qu'apporte un travail stable.

En Orissa, nous avons demandé à un ouvrier du bâtiment, lors de l'un de ses retours chez lui, pourquoi il ne restait pas plus longtemps en ville. Il nous a expliqué qu'il ne pouvait pas emmener sa famille là-bas, car les logements y étaient trop insalubres. Mais il ne voulait pas non plus rester trop longtemps loin d'eux. La plupart des villes des pays en développement ont très peu de logements destinés aux très pauvres. De ce fait, ils sont obligés de s'entasser sur la moindre parcelle qu'ils parviennent à arracher à la ville, souvent des terrains marécageux ou des décharges. Par comparaison, les endroits où vivent même les plus pauvres dans les villages sont plus verts, plus aérés, plus calmes ; les maisons sont plus vastes ; il y a de l'espace pour que les enfants puissent jouer. La vie n'y est peut-être pas trépidante, mais pour ceux qui y ont grandi, c'est là que vivent leurs amis. De plus, un homme seul, qui va à la ville pour quelques semaines, voire quelques mois, n'a pas besoin de trouver un vrai logement : il peut dormir sous un pont ou un auvent, ou encore dans l'atelier ou sur le chantier où il travaille. Il peut ainsi économiser l'argent qu'il aurait dû payer pour un loyer et revenir plus souvent chez lui. Mais il ne veut pas de cette vie pour sa famille.

Faire venir les siens comporterait également des risques : imaginez que vous ayez payé les coûts d'une installation en ville et du déménagement de votre famille, et qu'à ce moment-là vous perdiez votre travail. Le problème se pose aussi en amont : comment assumer les frais d'un déménagement si vous n'avez pas encore de travail ? Et que se passe-t-il si quelqu'un tombe malade ? Il est vrai que les soins médicaux sont de meilleure qualité en ville, mais qui viendra avec vous à l'hôpital et pourra vous avancer de l'argent si vous en avez besoin ? Tant que votre famille est encore au village, même si vous tombez malade en ville et que vous vous retrouvez à l'hôpital, vous pouvez vous appuyer sur vos relations. Mais que se passerait-il si vous arrachiez ces racines en déménageant ?

C'est pour cela qu'il est beaucoup plus facile de déménager si l'on connaît déjà des gens en ville. Ils peuvent vous loger avec votre famille dans les premiers temps, vous venir en aide si quelqu'un tombe soudain malade et vous aider à trouver du travail, par exemple en vous recommandant auprès d'un employeur ou en vous embauchant eux-mêmes. Kaivan Munshi a ainsi montré que les villageois mexicains émigrent vers des villes où des gens de leur village ont déjà émigré, même si au départ cette destination était purement fortuite[1]. Il est évidemment

---

1. Kaivan MUNSHI, « Networks in the modern economy : Mexican migrants in the US labor market », *Quarterly Journal of Economics*, 118 (2), 2003, p. 549-599.

plus facile de déménager si vous avez déjà un travail stable ou une autre source de revenus réguliers. La famille musulmane d'Hyderabad que nous avons évoquée plus haut avait les deux – une pension de l'armée et un emploi trouvé grâce à des relations. En Afrique du Sud, lorsque des parents âgés commencent à toucher leur retraite, les plus productifs de leurs enfants quittent la maison pour s'installer en ville[1]. Ce revenu semble engendrer un sentiment de sécurité, et leur permet également d'assumer les coûts d'un déménagement.

Mais comment créer davantage de « bons emplois » ? Il serait clairement utile de faciliter l'émigration vers la ville. Dans cette optique, la planification urbaine et les politiques de logement destinées aux personnes à bas revenus sont évidemment primordiales. Moins évident, mais tout aussi important : une protection sociale efficace, que ce soit des aides publiques ou des assurances privées, peuvent favoriser les migrations internes en réduisant la dépendance envers les réseaux sociaux.

Mais étant donné que tout le monde ne pourra pas déménager en ville, il est également important que davantage de bons emplois soient créés non seulement dans les grandes agglomérations, mais également dans les plus petites villes de tout le pays. Pour que cela soit possible, des améliorations importantes des infrastructures tant urbaines qu'industrielles doivent être entreprises dans ces villes. Le cadre réglementaire est également important pour la création d'emplois : les lois sur le travail contribuent à assurer la sécurité de l'emploi, mais si elles sont tellement strictes que plus personne ne veut embaucher,

1. Cally ARDINGTON, Anne CASE et Victoria HOSEGOOD, « Labor supply responses to large social transfers : longitudinal evidence from South Africa », *American Economic Journal*, 1 (1), janvier 2009, p. 22-48.

alors elles deviennent contre-productives. Le crédit constitue un problème peut-être plus grand encore, étant donné la forme en S des technologies de production : monter des entreprises qui créent beaucoup d'emplois (plutôt qu'un emploi pour le seul entrepreneur) exige plus d'argent que ce à quoi le propriétaire d'entreprise moyen a accès et, comme nous l'avons noté au chapitre 7 à propos du crédit, il n'est pas évident de trouver des moyens d'inciter le secteur financier à leur prêter davantage.

Nous sommes donc peut-être là face à un cas où l'intervention de l'État pourrait être utile (bien que cette idée ne soit pas particulièrement à la mode chez les économistes), pour favoriser le développement d'entreprises suffisamment importantes en garantissant les prêts de celles de taille moyenne, par exemple. C'est quelque chose comme cela qui s'est passé en Chine, lorsque des entreprises d'État, ou du moins une partie de leurs équipements, de leurs terrains ou de leurs bâtiments ont été discrètement cédés à leurs employés. C'était également là – cette fois plus explicitement – l'un des aspects de la politique industrielle coréenne. Ainsi pourrait s'enclencher un cercle vertueux : des revenus stables et plus élevés assureraient aux travailleurs les ressources financières, l'espace mental et l'optimisme nécessaire à la fois pour investir dans leurs enfants et économiser davantage. Grâce à ces économies et grâce à l'accès plus facile au crédit que permet un travail stable, les plus doués d'entre eux seraient finalement en mesure de fonder des entreprises suffisamment grandes pour embaucher à leur tour d'autres personnes.

Mais alors, y a-t-il vraiment des milliards d'entrepreneurs aux pieds nus, comme les dirigeants des IMF et les gourous des affaires soucieux d'utilité sociale semblent le croire ? Ou n'est-ce là qu'une illusion, née d'une confusion sur le terme d'« entrepreneur » ? Il y a certes plus d'un milliard de personnes qui gèrent leur exploitation agricole ou leur entreprise, mais la plupart le font parce qu'ils n'ont pas le choix. La majorité parvient à le faire suffisamment bien pour survivre, mais sans le talent, les aptitudes ou le goût du risque qu'il faudrait pour que ces entreprises se développent et réussissent réellement. Pour chaque Xu Aihua, qui est parvenue à bâtir un empire du vêtement à partir d'une formation courte et d'une dose fantastique de talent, il y a des millions de Ben Sedan qui savent que ce n'est pas une étable et quelques vaches de plus qui vous sortiront de la pauvreté, mais plutôt un fils ayant un emploi stable dans l'armée. Le microcrédit et les autres moyens d'aider les toutes petites entreprises ont un rôle important à jouer dans la vie des pauvres, parce que ces minuscules entreprises continueront à être à l'avenir, pour autant qu'on puisse en juger, la seule façon dont beaucoup de pauvres pourront assurer leur survie. Mais nous nous raconterions des histoires si nous prétendions qu'ils peuvent ouvrir la voie vers une sortie massive de la pauvreté.

10

Économie politique
et politiques économiques

Les politiques les mieux intentionnées et les mieux conçues peuvent n'avoir aucun effet si elles ne sont pas mises en œuvre correctement. Or, malheureusement, l'écart entre intentions et réalisations est parfois conséquent. Les nombreuses défaillances des gouvernements sont souvent invoquées pour justifier l'impossibilité d'engager de bonnes politiques. Les insuffisances de l'État figurent également parmi les plus anciens arguments avancés par certains sceptiques pour expliquer que l'aide internationale et les autres tentatives d'influencer depuis l'extérieur les politiques sociales soient souvent plus néfastes qu'autre chose dans les pays pauvres [1].

En Ouganda, l'État délivre des subventions aux écoles en fonction de leurs effectifs afin de leur permettre d'entretenir les bâtiments, d'acheter des manuels et de financer tout autre programme qui pourrait être utile aux élèves (les salaires des enseignants sont payés directement sur le budget public). En 1996, Ritva Reinikka et Jakob Svensson ont entrepris de répondre à une question simple : quelle part des financements alloués aux écoles par le gouvernement central leur parvenait

---

1. Cette argumentation a été développée dans les années 1970 par Peter Bauer. Voir, par exemple, son livre *Dissent on Development*, Cambridge, Harvard University Press, 1972.

effectivement[1] ? L'exercice n'avait rien de particulière-ment complexe. Ils ont simplement envoyé des équipes auprès des établissements pour demander à leurs respon-sables combien ils avaient reçu et ont ensuite comparé ces chiffres aux registres informatiques mentionnant les sommes envoyées. Les résultats auxquels ils ont abouti étaient proprement stupéfiants : 13 % seulement des fonds parvenaient aux écoles. Plus de la moitié d'entre elles n'avaient rien reçu. Ces investigations suggèrent qu'une bonne partie de l'argent a sans doute fini dans les poches de fonctionnaires locaux.

Devant de telles révélations (qui ont été corroborées par des études similaires dans plusieurs autres pays), il est facile de se décourager. On nous pose souvent la question sur ce que nous faisons, si le jeu en vaut vrai-ment la chandelle. Les questions auxquelles nous pou-vons répondre ne sont que les « petites » questions. Sur son blog, William Easterly a ainsi critiqué les évalua-tions aléatoires en ces termes : « Ces évaluations sont impraticables pour beaucoup des grandes questions de développement, comme les effets sur l'économie globale de bonnes institutions ou de bonnes politiques macro-économiques. » Il conclut qu'« en adoptant les évalua-tions aléatoires, les chercheurs en développement ont ravalé leurs ambitions[2] ».

Ces déclarations reflètent bien la vision institutionna-liste très répandue actuellement en économie du dévelop-pement : le vrai problème du développement, dans cette

1. Ritva REINIKKA et Jakob SVENSSON, « The power of informa-tion : evidence from a newspaper campaign to reduce capture », document de travail, IIES, Université de Stockholm, 2004.
2. Voir, par exemple, les remarques d'Easterly sur les évaluations randomisées, disponibles à l'adresse : <http://aidwatchers.com/2009/07/development-experiments-ethical-feasible-useful/>.

optique, ne serait pas de concevoir de bonnes politiques publiques, mais d'améliorer le processus politique. Si la politique se passe bien, de bonnes politiques finiront par émerger. Et, inversement, en l'absence d'un bon système politique, il est impossible de concevoir ou de mettre en œuvre de bonnes politiques sociales, du moins pas à grande échelle. Il n'y a aucun intérêt à déterminer la meilleure façon d'utiliser 1 dollar pour les écoles, si 87 % de ce dollar ne leur parviendront de toute façon jamais. Il s'ensuivrait donc que les « grandes questions » exigent de « grandes réponses » : des révolutions sociales ou des transitions démocratiques.

À l'autre extrême, et comme il fallait peut-être s'y attendre, Jeffrey Sachs voit dans la corruption un piège de pauvreté : la pauvreté engendre la corruption et cette dernière nourrit elle-même la pauvreté. Pour briser ce piège, il suggère de se concentrer sur la réduction de la pauvreté des pays en développement : l'aide doit être allouée pour des objectifs précis (comme la maîtrise du paludisme, la production alimentaire, l'eau potable ou le développement d'installations sanitaires) qui peuvent être facilement contrôlés. Selon Sachs, l'élévation du niveau de vie donnera progressivement à la société civile et aux États la force de faire respecter la loi [1].

C'est supposer qu'il est possible de mettre en œuvre avec succès de tels programmes à grande échelle dans des pays pauvres et corrompus. Selon le rapport de 2010 de Transparency International, l'Ouganda se classait 127e sur 178 pays en termes de corruption (un rang qui le situait au-dessus du Nigeria, au même niveau que le Nicaragua et la Syrie, et après l'Érythrée). Peut-on

1. Voir, par exemple, Jeffrey SACHS, « Pour venir à bout de la corruption », disponible en ligne sur <www.project-syndicate.org/commentary/sachs106/ French>.

espérer le moindre progrès en matière d'éducation tant que l'Ouganda n'aura pas réglé le problème plus général de la corruption ?

Quoi qu'il en soit, l'histoire de Ritva Reinikka et Jakob Svensson a un épilogue intéressant. Lorsque leurs résultats furent rendus publics en Ouganda, ils provoquèrent un certain scandale, à la suite duquel le ministère des Finances se mit à communiquer tous les mois aux principaux journaux nationaux (et à leurs éditions en langue locale) les montants attribués aux régions à destination des écoles. Et lorsqu'en 2011 les deux économistes de la Banque mondiale ont conduit la même enquête pour la deuxième fois, ils ont découvert que les établissements recevaient désormais, en moyenne, 80 % des subventions auxquelles ils avaient droit. La moitié environ des directeurs d'école qui avaient reçu moins que ce qu'ils auraient dû avaient déposé plainte et, finalement, la plupart d'entre eux avaient recouvré les fonds. Aucune action de représailles contre eux ou contre les journaux qui avaient relayé les faits n'a été signalée. Selon toute vraisemblance, les autorités locales n'avaient eu aucun scrupule à détourner l'argent lorsque personne ne faisait attention, mais elles avaient cessé de le faire lorsque c'était devenu plus difficile. Si ce vol généralisé des deniers publics avait été possible, c'était, semble-t-il, essentiellement parce que personne n'avait pris la peine de s'en préoccuper.

Cette histoire nous laisse entrevoir une possibilité enthousiasmante : si des directeurs d'écoles rurales ont prouvé qu'ils étaient capables de lutter efficacement contre la corruption, peut-être n'est-il pas nécessaire d'attendre la chute du gouvernement ou une profonde transformation de la société pour mettre en œuvre de meilleures politiques ? Une réflexion attentive et des évaluations rigoureuses peuvent nous aider à concevoir des systèmes permettant de juguler aussi bien la corruption que l'inefficacité. Ce n'est pas là « ravaler nos ambitions » : nous croyons que des progrès graduels et l'accumulation de petits changements peuvent parfois aboutir à une révolution douce.

L'économie politique

La corruption ou la simple négligence professionnelle sont sources de déperditions massives. Si les enseignants ou les infirmières ne viennent pas travailler, il est impossible de mettre en œuvre une quelconque politique d'éducation ou de santé. Si les chauffeurs routiers n'ont qu'à payer un pot-de-vin minime pour être autorisés à conduire des camions bien trop lourds, alors les milliards de dollars investis dans la construction de routes seront gaspillés quand celles-ci seront défoncées sous leurs roues.

Parmi les tenants de l'opinion désabusée – mais actuellement très influente en économie – qui veut qu'un pays ne puisse pas réellement se développer tant que ses institutions politiques ne sont pas réformées, ce qui est une tâche bien difficile, notre collègue Daron Acemoglu et son co-auteur de longue date, James Robinson, de l'Université de Harvard, sont deux des plus sérieux. Selon leur définition, « les institutions économiques déterminent les incitations économiques, c'est-à-dire les incitations à s'instruire, à économiser et à investir, à innover et à adopter de nouvelles technologies, et ainsi de suite. Les institutions politiques déterminent la capacité des citoyens de contrôler les hommes politiques [1] ».

1. Daron ACEMOGLU et James ROBINSON, *Economic Origins of Dictatorship and Democracy*, New York, Cambridge University Press, 2005.

Les spécialistes en sciences politiques comme les économistes pensent généralement aux institutions à un niveau très général. Ce sont, pourrait-on dire, les Institutions avec majuscule : les Institutions économiques comme le droit de propriété ou le système fiscal ; les Institutions politiques comme la démocratie ou la dictature, la centralisation ou la décentralisation du pouvoir, le suffrage universel ou restreint. Selon l'argumentation de *Why Nations Fail*[1], le livre de Daron Acemoglu et James Robinson, qui reflète une opinion largement partagée par les chercheurs en économie politique[2], les institutions qui découlent de ces (grandes) Institutions sont les clés du succès ou de l'échec d'une société. De bonnes institutions économiques encouragent les citoyens à investir, à accumuler et à développer de nouvelles technologies, ce qui assure la prospérité de la société. De mauvaises institutions ont l'effet inverse. Malheureusement, il n'est pas toujours dans l'intérêt des dirigeants, qui ont le pouvoir de modeler ces institutions, de permettre aux citoyens de s'épanouir et de prospérer. Ils peuvent retirer personnellement des profits d'une économie qui limite les possibilités de chacun (pour ensuite lever ces restrictions de façon discrétionnaire, en fonction de leur propre intérêt), et entraver la concurrence peut même les aider à se maintenir au pouvoir. C'est pour cette raison que les institutions politiques sont importantes : elles sont là pour empêcher les dirigeants d'assujettir l'économie au service de leurs intérêts personnels. Lorsqu'elles fonctionnent

1. Daron ACEMOGLU et James ROBINSON, *Why Nations Fail*, Crown, 2012, à paraître.
2. Voir, par exemple, Tim BESLEY et Torsten PERSSON, « Fragile States and development policy », manuscrit, novembre 2010, dans lequel est défendue l'idée selon laquelle la fragilité de l'État est un symptôme clé du sous-développement dans le monde et qu'un État faible est incapable d'assurer à ses citoyens les services fondamentaux.

bien, les institutions politiques imposent suffisamment de contraintes aux dirigeants pour qu'il leur soit impossible de s'éloigner trop de l'intérêt commun.

Malheureusement, les mauvaises institutions ont tendance à se reproduire, créant un cercle vicieux qu'on qualifie parfois de « loi d'airain de l'oligarchie ». Ceux qui détiennent le pouvoir politique s'assurent que les institutions économiques travaillent à leur enrichissement et, une fois qu'ils sont suffisamment riches, ils se servent de leur fortune pour prévenir toute tentative de les destituer.

La persistance d'institutions politiques néfastes est, selon Daron Acemoglu et James Robinson, la principale raison pour laquelle beaucoup de pays du Tiers-Monde ne se développent pas. Ils ont hérité d'un ensemble d'institutions coloniales, mises en place par les autorités de l'époque, non pour assurer le développement du pays, mais pour maximiser l'extraction des ressources pour leur propre bénéfice. Après la décolonisation, les nouveaux dirigeants ont trouvé commode de conserver ces institutions pour les réutiliser à leur profit, enclenchant ainsi un cercle vicieux. Dans un article devenu classique, Daron Acemoglu, James Robinson et Simon Johnson ont montré que les anciennes colonies où la présence de maladies endémiques a rendu impossible l'établissement à grande échelle de colons européens avaient en moyenne de moins bonnes institutions pendant la période coloniale (parce qu'elles avaient été choisies pour pouvoir être exploitées à distance), et que celles-ci ont perduré après la décolonisation [1].

Abhijit et Lakshmi Iyer ont également pu observer un exemple saisissant des conséquences à long terme des

---

1. Daron ACEMOGLU, Simon JOHNSON et James ROBINSON, « The colonial origins of comparative development : an empirical investigation », *American Economic Review*, 91 (5), 2001, p. 1369-1401.

institutions politiques en Inde[1]. Sous l'Empire britannique, différents districts administratifs avaient des systèmes de perception de l'impôt foncier distincts, le plus souvent pour des raisons accidentelles (le fonctionnement choisi dépendait, pour l'essentiel, des conceptions idéologiques de l'administrateur britannique en charge du district et de l'opinion dominante en Grande-Bretagne au moment de sa conquête). Dans le système *zamindari*, les grands propriétaires terriens, à qui les paysans versaient une rente, étaient de surcroît chargés de collecter leurs impôts, ce qui contribuait à affirmer le pouvoir des premiers et à renforcer le caractère féodal des rapports sociaux. Dans le système *rayatwari*, les fermiers versaient au contraire leurs contributions individuellement et directement à l'État. Dans ces régions, les relations sociales ont évolué vers des formes plus égalitaires et davantage fondées sur la coopération. Il est frappant de voir que les zones anciennement placées sous la domination d'une élite ont, aujourd'hui encore, cent cinquante ans plus tard et bien après la réforme du système foncier, des rapports sociaux plus tendus, un rendement agricole plus faible et moins d'écoles et d'hôpitaux que celles qui avaient un système *rayatwari*.

Daron Acemoglu et James Robinson ne considèrent pas qu'il est nécessairement impossible aux anciennes colonies d'échapper au cercle vicieux créé par de mauvaises institutions politiques et économiques. Mais ils pensent que cela nécessite une conjonction de facteurs favorables, et beaucoup de chance. Ils évoquent ainsi les exemples de la Glorieuse Révolution (en Angleterre, en 1688) et de la Révolution française. Le fait qu'il s'agisse

---

1. Abhijit BANERJEE et Lakshmi IYER, « History, institutions, and economic performance : the legacy of colonial land tenure systems in India », *American Economic Review*, 95 (4), 2005, p. 1190-1213.

de deux bouleversements majeurs intervenus il y a plus de deux cents ans n'est cependant pas très encourageant. Certes, les auteurs concluent leur livre par quelques propositions qui *pourraient* contribuer à provoquer ce changement, mais ils restent très prudents.

Deux autres points de vue rejoignent la thèse fondamentale d'Acemoglu et Robinson sur la primauté des institutions, mais non leur pessimisme. Ces deux perspectives nous suggèrent des voies radicalement opposées : selon la première, lorsque des pays pâtissent de leurs mauvaises institutions, il revient aux pays riches de les aider à en adopter de meilleures, par la force si nécessaire ; pour la seconde, toute tentative de manipuler les institutions *ou les politiques* par en haut est vouée à l'échec, tout changement ne pouvant que venir de l'intérieur.

Paul Romer, qui s'est illustré il y a une vingtaine d'années par ses travaux pionniers sur la croissance économique, a proposé une solution apparemment brillante consistant à importer le changement de l'extérieur d'une manière originale : si vous n'êtes pas capable de gérer votre pays, sous-traitez sa gestion à quelqu'un qui l'est[1]. Certes, gérer un pays entier peut s'avérer difficile. Il propose donc de commencer par des villes, assez petites pour être prises en charge sans trop de difficulté, mais assez grandes pour avoir un impact. Inspiré par l'exemple de Hong Kong, remarquablement bien développée par les Britanniques pour être ensuite rendue à la Chine, il a imaginé le concept de *charter cities* (« villes sous contrat »). Un pays pourrait ainsi confier une portion de territoire

---

1. Dwyer GUNN, « Can "charter cities" change the World ? A Q&A with Paul Romer », *The New York Times*, 29 septembre 2009 ; voir aussi « Charter cities », disponible à l'adresse <www.chartercities.org>.

vierge à une puissance étrangère, qui assumerait la responsabilité de développer une ville nouvelle, dotée de
bonnes institutions. En partant de zéro, il est possible de
mettre en place un ensemble de bonnes règles de départ
(ses exemples vont de la régulation de la circulation
automobile au coût de l'électricité, et incluent bien sûr la
protection légale du droit de propriété). Personne n'étant
contraint d'emménager dans cette zone et toutes les
arrivées étant volontaires – la région étant à l'origine
déserte –, les gens n'auraient aucun motif de se plaindre
de ces nouvelles règles.

Ce plan a néanmoins un inconvénient mineur : peut-on
vraiment attendre des dirigeants de pays mal gérés qu'ils
signent délibérément un accord de cette nature ? De plus,
même s'ils le souhaitent, il n'est pas évident non plus de
trouver preneur parmi les pays riches : il semble difficile
pour celui qui cède le terrain de s'engager à ne pas tenter
d'en reprendre le contrôle une fois la prospérité de la
région assurée. Certains experts en développement vont
donc encore plus loin. Dans ses ouvrages, *The Bottom
Billion* et *Wars, Guns, and Votes*, Paul Collier, professeur à l'Université d'Oxford et ancien économiste de la
Banque mondiale, estime qu'il y a soixante « cas désespérés » (comme le Tchad, le Congo, etc.), dans lesquels
vivent environ un milliard de personnes [1]. Selon lui, ces
pays sont enfermés dans un cercle vicieux, leur économie
déplorable contribuant à perpétuer de mauvaises institutions politiques et réciproquement, et il appartient à
l'Occident de les en faire sortir, par des interventions
militaires s'il le faut. Le soutien apporté par la Grande-

---

1. Paul COLLIER, *The Bottom Billion : Why the Poorest Countries
Are Failing and What Can Be Done About It*, New York, Oxford
University Press, 2007 ; et *Wars, Guns, and Votes : Democracy in
Dangerous Places*, New York, HarperCollins, 2009.

Bretagne aux fragiles efforts de démocratisation en Sierra Leone est pour Collier un exemple réussi de ce type d'intervention.

L'un des plus vigoureux critiques de la proposition de Collier est – comme on pouvait s'y attendre – William Easterly[1]. Le problème central, souligne-t-il avec justesse, est qu'il est plus facile de prendre le contrôle d'un pays que de bien le gérer. Les efforts catastrophiques des États-Unis pour instituer une démocratie libérale en Irak en sont un exemple récent[2]. Mais, de façon plus générale, on ne peut pas appliquer partout les mêmes recettes. Les institutions doivent être adaptées à l'environnement local, de sorte que tenter de les modifier par en haut a toutes les chances de s'avérer contre-productif. Les réformes, si elles sont possibles, doivent être graduelles et tenir compte des institutions existantes qui ont sûrement une raison d'être[3].

Cette méfiance à l'égard des experts extérieurs conduit Easterly au plus grand scepticisme non seulement envers la prise de contrôle par des étrangers, mais également envers l'aide internationale de façon générale. En effet, celle-ci se double classiquement d'une tentative d'influer sur les politiques publiques, souvent au risque de contribuer à la dégradation du climat politique, en continuant à

---

1. William EASTERLY, « The burden of proof should be on interventionists – Doubt is a superb reason for inaction », *The Boston Review*, juillet-août 2009.

2. Voir Rajiv CHANDRASEKARAM, *Imperial Life in the Emerald City : Inside Iraq's Green Zone*, New York, Knopf, 2006, ainsi que la lecture pénétrante que fait Easterly du manuel de l'armée américaine, disponible en ligne sur <www.huffingtonpost.com/william-easterly/will-us-armys-development_b_217488.html>.

3. William EASTERLY, « Institutions : top down or bottom up », *American Economic Review : Papers and Proceedings*, 98 (2), 2008, p. 95-99.

accorder des aides même lorsque les dirigeants sont corrompus[1].

Mais Easterly n'est pas pour autant un pessimiste. Il
estime que les pays sont capables de trouver eux-mêmes
la voie de la réussite, mais que, pour cela, ils ont besoin
qu'on les laisse tranquilles. Malgré son aversion pour les
experts et son slogan selon lequel il n'existe pas de
« modèle universel » en matière de développement, Easterly a tout de même un conseil d'expert à donner : la
liberté. Une liberté qui signifie autant de liberté politique
que possible, mais aussi la liberté économique, « l'une
des inventions les plus sous-estimées de l'humanité »,
autrement dit l'économie de marché[2]. Cela fait partie de
sa conception selon laquelle il faut laisser les « sept milliards d'experts » que compte la planète prendre leur destin en main[3]. L'économie de marché donnera aux futurs
entrepreneurs l'occasion de monter leur propre affaire et,
s'ils réussissent, de créer des richesses. En authentique
wallah de la demande, Easterly voudrait également que
les pouvoirs publics cessent d'imposer aux gens des
écoles et des services de santé qui les indiffèrent et leur
donnent plutôt la liberté de trouver leurs propres façons
de s'instruire et de se soigner, par leur propre action
collective.

Bien sûr, il y a de nombreuses circonstances où la
société peut considérer que la situation découlant d'un
marché entièrement libre est loin d'être idéale. Tout
d'abord, comme le souligne Easterly, les pauvres peuvent
ne pas avoir accès au marché et avoir besoin d'être aidés

---

1. Voir W. EASTERLY, *Le Fardeau de l'homme blanc*, *op. cit.*,
p. 196.

2. *Ibid.*, p. 95.

3. William EASTERLY, « Trust the development experts – all 7 billion », *The Financial Times*, 28 mai 2008.

jusqu'à ce que le marché trouve le moyen de les intégrer [1]. Par ailleurs, pour que marché et société fonctionnent, certaines règles sont nécessaires. Par exemple, les personnes qui ne savent pas conduire peuvent néanmoins désirer utiliser leur voiture. Mais la société considère qu'il est préférable qu'ils ne le fassent pas, au vu des conséquences que cela aurait pour le reste d'entre nous. Il est bien évident que la création d'un marché libre des permis de conduire ne peut résoudre ce problème. Mais si l'État est faible ou corrompu, un marché libre a naturellement tendance à se reconstituer, *via* les pots-de-vin et la corruption. Une étude portant sur la délivrance des permis de conduire à New Delhi a montré que savoir conduire n'était pas un facteur déterminant pour en obtenir un, contrairement au fait d'être prêt à payer plus pour le recevoir plus vite [2]. Dans les faits, il existe donc bien un marché libre des permis de conduire à New Delhi et c'est exactement ce que nous voudrions éviter. La gageure est de s'assurer que l'État joue son rôle lorsque le but est justement d'éviter que s'instaure un marché libre.

Les pouvoirs publics jouent donc un rôle nécessaire : ils doivent administrer les biens publics essentiels et imposer les règles et les normes dont le marché a besoin pour fonctionner. Selon Easterly, c'est la démocratie qui peut forcer les dirigeants à rendre des comptes à ceux qu'ils gouvernent. La question qui se pose par conséquent est de savoir comment naissent les institutions assurant le marché libre et la démocratie. Sur ce point, Easterly est cohérent : il insiste sur le fait que la liberté ne peut être

1. W. EASTERLY, *Le Fardeau de l'homme blanc, op. cit.*, p. 96.
2. Marianne BERTRAND, Simeon DJANKOV, Rema HANNA et Sendhil MULLAINATHAN, « Obtaining a driving license in India : an experimental approach to studying corruption », *Quarterly Journal of Economics*, novembre 2007, p. 1639-1676.

imposée de l'extérieur, sans quoi il ne s'agirait plus de liberté. Ces institutions doivent donc être des productions locales et émerger par le bas. La seule chose qu'on puisse faire est de promouvoir l'égalité et les droits individuels[1].

Malheureusement, le principal enseignement de l'analyse historique de Daron Acemoglu et James Robinson est que les mauvaises institutions sont extraordinairement persistantes et qu'il n'y a peut-être aucun processus naturel pour les éliminer. Nous partageons leur scepticisme, tant à l'égard des stratégies visant à imposer un bouleversement institutionnel depuis l'extérieur que concernant l'espoir que les choses puissent s'arranger d'elles-mêmes si on laisse les gens tranquilles. Là où nous ne sommes pas entièrement d'accord avec eux, c'est que nous restons optimistes. Dans la réalité, nous observons que se produisent, à la marge, une quantité de changements institutionnels non négligeables, même en l'absence d'invasion étrangère ou de révolution sociale.

Plus encore, nous avons le sentiment qu'un élément essentiel de la définition des institutions échappe à ce débat. Celles-ci fixent les règles de la participation ; cela vaut certainement pour les Institutions qui sont au centre des réflexions des économistes et des politologues, et qui dominent le débat encore aujourd'hui – la démocratie, la décentralisation, le droit de propriété, le système des castes, etc. Mais chaque Institution de ce type est incarnée, sur le terrain, par une multitude d'*institutions* locales particulières. Le droit de propriété est ainsi constitué de la combinaison de tout un éventail de lois – définissant qui est en droit de posséder quoi (la Suisse par exemple interdit l'acquisition de chalets par des étrangers), ce que signifie la propriété (en Suède, les gens ont le droit de

---

1. Voir sa présentation sur le sujet, disponible en ligne sur <http://dri.fas.nyu.edu/object/withoutknowinghow.html>.

marcher partout, y compris sur des propriétés privées), de quelle façon la coordination du système judiciaire et de la police impose le respect de ces lois (les jurys populaires sont courants aux États-Unis, mais pas en France ni en Espagne), et ainsi de suite. Les démocraties disposent de règles définissant qui peut se présenter à telle ou telle élection, qui peut voter, comment les campagnes doivent être organisées, et les lois électorales rendent l'achat des votes ou l'intimidation des citoyens plus ou moins faciles. D'ailleurs, même les dictatures accordent parfois une place à la participation des citoyens, même si elle reste limitée. Nous n'avons pas cessé de le voir tout au long de ce livre : les détails sont essentiels. Les institutions ne font pas exception à ce principe. Pour vraiment comprendre l'effet des institutions sur la vie des pauvres, il faut passer de l'examen des Institutions avec majuscule à celui des institutions avec minuscule : il faut adopter la « perspective d'en bas [1] ».

Des changements à la marge

Le pessimisme de Daron Acemoglu et James Robinson vient notamment du fait que les changements de régime radicaux sont rares, que l'on passe rarement d'un régime autoritaire et corrompu à une démocratie au fonctionnement satisfaisant. En adoptant la perspective d'en bas, la première chose dont on s'aperçoit est qu'il n'est pas toujours nécessaire de changer radicalement les institutions pour que les dirigeants soient davantage tenus de rendre des comptes à la population, et pour limiter la corruption.

---

1. Rohini PANDE et Christopher UDRY, « Institutions and development : a view from below », *Yale Economic Growth Center*, document de travail n° 928, 2005.

Si les réformes démocratiques complètes sont rares (bien que le Printemps arabe démontre qu'elles se produisent parfois), il y a en revanche beaucoup de cas où la démocratie a été introduite – de façon limitée et au niveau local – au sein d'un régime autoritaire. Des réformes électorales ont même eu lieu dans des États autoritaires comme l'Indonésie de Suharto, le Brésil sous la dictature militaire et le Mexique pendant le règne du Parti révolutionnaire institutionnel (PRI). Plus récemment, des élections locales ont été organisées au Vietnam en 1998, en Arabie saoudite en 2005 et au Yémen en 2001. Ces réformes ont généralement été accueillies avec scepticisme dans les pays occidentaux : les élections sont souvent truquées et les élus ont des pouvoirs très limités. Pourtant, les fais semblent prouver que même des élections locales très imparfaites peuvent modifier de façon non négligeable la manière dont sont gérées les instances locales. Au début des années 1980, en Chine, des élections au niveau des villages ont progressivement été organisées dans les zones rurales. Au départ, le Parti communiste décidait qui pouvait s'y présenter. La section locale continuait à participer à la gestion du village, avec son secrétaire nommé par le pouvoir. Les scrutins n'étaient pas toujours anonymes et les urnes étaient apparemment souvent bourrées. En dépit de toutes ces imperfections, une étude a montré que cette réforme avait tout de même eu un impact important[1]. Les vainqueurs du suffrage sont davantage contraints de gérer le village dans l'intérêt de ses habitants. En conséquence, ils deviennent plus souples sur les politiques centrales

1. Monica MARTINEZ-BRAVO, Gerard PADRO-I-MIQUEL, Nancy QIAN et Yang YAO, « Accountability in an authoritarian regime : the impact of local electoral reforms in rural China », Université de Yale, 2010, manuscrit.

impopulaires, comme celle de l'enfant unique. La réattribution de terres agricoles, organisée de temps en temps dans les villages chinois, a plus de chance de bénéficier aux agriculteurs de la « classe moyenne ». Les dépenses publiques tendent à mieux répondre aux besoins des villageois.

De même, il semble possible de lutter, jusqu'à un certain point, contre la corruption sans modifier l'ensemble des institutions. Des interventions relativement simples, comme la campagne de presse mise en œuvre avec succès par le gouvernement ougandais, ont donné des résultats impressionnants. Un autre exemple intéressant nous vient d'Indonésie, pays toujours très corrompu en dépit de la chute de Suharto : en 2010, l'indice de perception de la corruption (IPC) de Transparency International la classait au 110e rang sur 178. La corruption était notamment manifeste dans la mise en œuvre d'un programme financé par la Banque mondiale qui allouait de l'argent aux villages pour construire des infrastructures locales, notamment des routes. Le moyen le plus simple pour les dirigeants locaux de détourner une partie de ces fonds à leur profit était de surfacturer les matériaux et de déclarer des salaires qui n'avaient jamais été versés. Notre collègue Benjamin Olken engagea des équipes d'ingénieurs qu'il chargea de faire des carottages sur les routes récentes d'environ six cents villages afin de déterminer quelle quantité de matériaux avait effectivement été employée pour les construire. Le coût estimé était ensuite comparé au coût déclaré. Une autre équipe interrogea quelques personnes ayant travaillé sur le chantier sur le montant des salaires qu'elles avaient effectivement reçus. Le détournement s'avéra massif : 27 % des salaires soi-disant payés avaient disparu, de même que 20 % des matériaux. Qui plus est, le gâchis n'était pas simplement financier. Les routes construites étaient de la même longueur que prévu (sans quoi le vol aurait été trop flagrant), mais étant donné qu'une partie des matériaux avait été subtilisée, elles étaient moins bien réalisées et risquaient ainsi davantage d'être endommagées par les prochaines pluies[1].

Afin de lutter contre la corruption, les fonctionnaires responsables de ce programme informèrent les dirigeants locaux que les travaux de construction feraient désormais l'objet d'audits dont les résultats seraient rendus publics. L'État ne recruta pas des contrôleurs d'une honnêteté extraordinaire : il s'agissait de gens travaillant dans le système existant. Benjamin Olken put néanmoins montrer que la menace d'un audit avait réduit d'un tiers le vol de salaires et de matériaux par rapport aux villages où aucun audit n'avait été réalisé (les villages où des audits avaient été organisés ayant été choisis de façon aléatoire).

Dans l'État indien du Rajasthan, en collaboration avec la Direction de la police, nous avons envoyé dans les commissariats des « clients-mystères » qui avaient pour instruction de faire enregistrer à la police des infractions mineures imaginaires – comme le vol d'un téléphone portable ou une histoire de femme importunée dans la rue[2]. En Inde, les commissariats sont évalués sur la base du nombre d'affaires non résolues : plus ce chiffre est élevé, plus leur note est basse. Par conséquent, le moyen le plus simple d'être mieux noté est d'enregistrer le moins de plaintes possible. Dans notre première série de visites-pièges, seuls 40 % des plaintes en arrivèrent au point où la police était prête à les enregistrer (à ce moment-là, nos

1. Benjamin OLKEN, « Monitoring corruption : evidence from a field experiment in Indonesia », *Journal of Political Economy*, 115 (2), avril 2007, p. 200-249.
2. Abhijit BANERJEE, Esther DUFLO, Daniel KENISTON et Nina SINGH, « Making police reform real : the Rajasthan experiment », document de travail, MIT, 2010.

faux plaignants avaient pour consigne de révéler que ce n'était qu'un test). On comprend dès lors pourquoi les pauvres renoncent souvent à déclarer des infractions mineures à la police.

La police indienne est un exemple quasiment parfait d'institution coloniale qui s'est maintenue jusqu'à aujourd'hui. Alors même qu'elle avait été organisée à l'origine pour protéger les intérêts des colons, aucune tentative de réforme n'a été mise en œuvre après la décolonisation. La loi sur la police de 1861 est toujours en vigueur aujourd'hui ! Depuis 1977, une succession de commissions pour la réforme de la police ont recommandé des changements de grande ampleur, mais leur mise en œuvre a jusqu'à présent été très limitée. Pourtant, le système n'est pas aussi sclérosé que son histoire peut le faire penser.

À l'issue de chaque visite-piège, au moment où la plainte allait être enregistrée, les simulateurs révélaient leur stratagème : la police prit donc conscience qu'il y avait ici et là des observateurs cherchant à faire enregistrer de petites infractions pour les mettre à l'épreuve. Bien que les données concernant les visites n'aient en aucun cas été transmises aux supérieurs et n'aient donné lieu à aucune sanction, le taux d'enregistrement des plaintes passa de 40 % lors de la première visite à 70 % lors de la quatrième. Il n'y avait aucun moyen d'identifier les clients-mystères (c'étaient simplement des habitants de la région à qui l'on avait soufflé des histoires à raconter aux policiers), par conséquent le taux d'enregistrement avait dû augmenter pour toutes les plaintes de ce type : la peur d'avoir affaire à des simulateurs avait suffi à conduire la police à mieux faire son travail.

L'idée d'un contrôle imposé d'en haut n'a rien de particulièrement nouveau. Mais les audits et les visites-pièges sont efficaces, sans doute parce qu'une fois que l'information se diffuse, il est toujours possible qu'elle conduise à des sanctions. Quelques personnes déterminées à lutter, au sein du système, contre la corruption pourraient suffire à faire une différence.

Les technologies de l'information peuvent aussi jouer un rôle. Sous l'impulsion de Nandan Nilekani, ancien directeur d'Infosys, l'une des plus grandes entreprises informatiques du pays, l'Inde est en passe de se doter d'un système permettant de donner à chaque habitant un identifiant unique, lié à ses empreintes digitales et à une photographie de son iris. Ainsi, chaque personne enregistrée dans le système pourra s'identifier où qu'elle soit grâce à un équipement adéquat. Ensuite, il sera par exemple possible pour les magasins d'État de demander aux personnes de scanner leurs empreintes avant de recevoir des céréales subventionnées. Il sera ainsi bien plus difficile aux propriétaires de ces magasins de revendre ces céréales au prix du marché tout en prétendant les avoir vendues aux pauvres. Les défauts fondamentaux du cadre institutionnel indien ne disparaîtront pas pour autant. Mais il y a une chance que cette innovation « technique » contribue à améliorer la vie des pauvres (bien que nous n'en ayons pas encore la preuve, le système étant en cours de développement).

Décentralisation et la démocratie en pratique

S'il est possible de faire progresser la transparence et de lutter contre la corruption, même dans le cadre d'Institutions globalement « mauvaises », il n'y a, à l'inverse, aucune garantie que de « bonnes » Institutions fonctionnent nécessairement bien en pratique. Encore une fois, tout dépend de la façon dont elles sont mises en place sur le terrain. En un certain sens, cela paraît évident, et les pessimistes institutionnels en conviennent. Ce qui est moins souvent reconnu, cependant, c'est l'importance que peuvent avoir des modifications apparemment minimes des règles.

Le Brésil en fournit un exemple frappant. Voter au Brésil n'était pas chose évidente. Les électeurs devaient choisir un candidat dans une longue liste, puis inscrire son nom (ou son numéro) sur leur bulletin de vote. Dans un pays où environ un quart des adultes sont illettrés, cela conduisait de fait à exclure un grand nombre de voix. En moyenne, à chaque scrutin, près de 25 % des votes étaient considérés comme nuls et non pris en compte. À la fin des années 1990, le vote électronique a été introduit, d'abord dans les plus grandes municipalités, puis partout. Une interface simple permettait aux électeurs de sélectionner le numéro de leur candidat. Une photo de celui-ci apparaissait à l'écran avant qu'ils ne valident leur vote. Cette réforme, qui avait à l'origine été introduite pour simplifier le décompte des résultats, a eu une conséquence inattendue : dans les municipalités disposant du nouveau système, le nombre de votes nuls a baissé de 11 % par rapport à celui des communes comparables ne l'ayant pas encore adopté. Les nouveaux électeurs étaient plus pauvres et moins éduqués, tout comme les hommes politiques qu'ils ont élus, et les mesures que ces derniers ont adoptées étaient plus favorables aux pauvres : en particulier, les dépenses liées à la santé publique ont augmenté et, en conséquence, le nombre de bébés en sous-poids à la naissance chez les mères sans instruction a diminué. Une modification technique apparemment mineure, qui n'avait occasionné aucune bataille politique majeure, avait ainsi changé la façon dont la voix des pauvres était prise en compte dans le processus politique au Brésil[1].

Le pouvoir au peuple

Un autre exemple du pouvoir surprenant de petits changements nous est donné par les procédures qui régissent la politique locale.

La nouvelle *doxa* dans les institutions internationales est qu'il faut confier aux bénéficiaires eux-mêmes la responsabilité de s'assurer que les écoles, les hôpitaux et les réseaux routiers locaux fonctionnent correctement, en général sans demander aux pauvres s'ils souhaitent réellement assumer cette responsabilité. Au vu de l'échec manifeste de l'État à fournir des services publics aux pauvres – échec dont nous avons étudié les différents aspects dans les chapitres précédents –, la logique de l'argument selon lequel il faut rendre aux pauvres les politiques de lutte contre la pauvreté paraît convaincante. Les bénéficiaires des services sont directement touchés par leurs dysfonctionnements et sont donc les plus concernés ; de plus, ils sont mieux placés que quiconque pour savoir ce qu'ils veulent et ce qui se passe sur le terrain. En leur donnant un pouvoir de contrôle sur les prestataires de ces services (les enseignants, les médecins, les ingénieurs, etc.) – que ce soit pour les embaucher ou les licencier, ou simplement par la possibilité de déposer plainte contre eux –, on s'assure que ceux qui ont les motivations adéquates et détiennent les informations nécessaires sont également ceux qui prennent les décisions. Dans son rapport de 2004

1. Thomas FUJIWARA, « Voting technology, political responsiveness, and infant health : evidence from Brazil », University of British Columbia, polycopié, 2010.

sur le développement dans le monde, consacré à la question de la mise à disposition des pauvres des services de base, la Banque mondiale déclare : « Lorsque les enjeux sont suffisamment importants, les communautés sont capables d'affronter le problème[1]. » De plus, le fait même de travailler ensemble à un projet collectif peut aider les communautés à retisser des liens sociaux endommagés par un grave conflit interne. Les programmes de développement dans lesquels la communauté décide collectivement de projets et en assume ensuite la gestion – les *Community Driven Development projects* – sont très à la mode dans les pays ayant traversé un conflit, comme la Sierra Leone, le Rwanda, le Libéria ou encore l'Indonésie.

Toutefois, en pratique, la manière dont sont mises en œuvre la participation de la communauté et la décentralisation est d'une importance capitale. De quelle façon exactement la communauté exprime-t-elle ses préférences, étant donné que, la plupart du temps, les différentes membres d'une collectivité n'ont pas le même avis ? Comment s'assurer que les intérêts des groupes défavorisés (les femmes, les minorités ethniques, les basses castes, les sans-terre) soient représentés ?

Dans de tels environnements, l'équité du processus de décision et son issue dépendent de détails décisifs : comment sélectionne-t-on le projet (réunion ? vote ?) ? qui est invité aux réunions ? qui parle ? qui est chargé de mettre en œuvre le projet au quotidien ? comment sont choisis les dirigeants ?, et bien d'autres encore. Si ces règles ont pour effet d'exclure les minorités ou les pauvres, on peut douter que ce type de décentralisation leur soit bénéfique ou que ce transfert de pouvoir au niveau local contribue à favoriser la cohésion sociale. Au

1. Banque mondiale, *Rapport sur le développement dans le monde 2004 : mettre les services de base à la portée des pauvres*, 2003.

contraire, des groupes qui se sentent marginalisés par leurs propres voisins peuvent en concevoir une plus grande amertume.

Prenons l'exemple de l'assemblée du village – une institution essentielle à la gouvernance locale. C'est là que les doléances des uns et des autres sont examinées, que les budgets sont votés et que les projets sont proposés et approuvés. Au lecteur, cette idée d'assemblée villageoise évoque peut-être des images pittoresques de réunions bon enfant et hautes en couleur. Mais la réalité du fonctionnement des instances locales des pays en développement est un peu moins réjouissante. En Indonésie, seules une cinquantaine de personnes, sur les centaines d'adultes du village, étaient présentes aux réunions du Kecamatan Development Project (KDP), projet financé par la Banque mondiale dans lequel les communautés recevaient de l'argent pour construire ou réparer des infrastructures comme le réseau routier ou les canaux d'irrigation du village. La moitié des participants faisaient partie de l'élite locale. La plupart d'entre eux ne prononçaient pas un mot : seules huit personnes en moyenne prenaient la parole lors d'une réunion, dont sept étaient issues de l'élite.

Il serait tentant de voir là une confirmation, au niveau local, de la loi d'airain de l'oligarchie. Mais une modification minime des règles a pourtant suffi à tout changer. Dans certains villages choisis aléatoirement, les gens ont reçu un courrier officiel les *invitant* aux réunions. Cela a profondément modifié la participation : de cinquante, les participants sont passés à soixante-cinq en moyenne, dont trente-huit n'étaient pas issus de l'élite. Un plus grand nombre de villageois ont pris la parole et les réunions ont été plus animées. Par ailleurs, certaines des lettres d'invitation contenaient des formulaires de réclamation sur la gestion du programme. Dans certains villages, choisis au hasard, ces formulaires avaient été distribués à tous les enfants des écoles pour qu'ils les apportent chez eux. Dans les autres, les lettres étaient confiées au chef et c'est lui qui était chargé de les distribuer. Les commentaires recueillis étaient en moyenne significativement plus critiques lorsque les formulaires avaient été transmis par le biais des écoles plutôt que par le chef du village.

Si les règles de fonctionnement ont une telle importance, la question de savoir qui les élabore devient déterminante. En l'absence de supervision, il est vraisemblable que leur définition sera accaparée par l'élite. Il pourrait par conséquent être préférable que la décentralisation soit conçue et encadrée par une autorité centrale, qui aurait à cœur de garantir les intérêts des personnes les plus défavorisées ou les moins puissantes. Le pouvoir au peuple, oui, mais pas *tout* le pouvoir.

Les conditions d'éligibilité constituent un exemple de ce type d'intervention. Il peut être nécessaire d'imposer des quotas afin de garantir une représentation adéquate des minorités – et cela change vraiment les choses.

Le système indien de gouvernance des villages – ou *gram panchayat* (conseil du village, ou GP) – comporte de telles dispositions. Élus tous les cinq ans au niveau local, les membres du GP gèrent les infrastructures collectives locales comme les puits, les bâtiments scolaires, le réseau routier local, etc. Afin de protéger les groupes minoritaires, la réglementation réserve dans certains GP des postes de direction aux femmes et aux membres de diverses minorités (notamment des basses castes). Si les élites traditionnelles contrôlaient entièrement les *panchayat*, le fait qu'il y ait, parmi les représentants élus, des femmes ou des personnes issues de minorités n'aurait aucune incidence. Les vrais patrons du village continueraient à gouverner, probablement par l'intermédiaire de leurs femmes ou de leurs domestiques de basse caste, chaque fois qu'ils ne pourraient pas se présenter eux-mêmes aux élections. Lorsqu'en 2000 Esther et Ragha-bendra Chattopadhyay, de l'Indian Institute of Manage-ment de Calcutta, se sont lancés dans une enquête sur les *panchayat* afin de déterminer si les femmes élues investis-saient dans des types d'infrastructures locales différents que les hommes, tout le monde les a prévenus – depuis les fonctionnaires du ministère du Développement rural jus-qu'à leurs propres enquêteurs, en passant par plusieurs chercheurs locaux – que leur quête serait vaine. C'étaient les *pradhanpati* (les maris des *pradhan*, ou dirigeants du GP) qui tiraient les ficelles, et leurs femmes effacées, bien souvent illettrées, dont beaucoup étaient voilées, ne pre-naient certainement pas de décisions par elles-mêmes.

L'enquête, toutefois, a révélé le contraire. Dans l'État du Bengale occidental, le système des quotas prévoit que, tous les cinq ans, un tiers des GP, désignés de façon quasi aléatoire, soient contraints d'élire une femme à la tête du village : seules des femmes peuvent se présenter aux élections. Raghabendra et Esther ont comparé les infrastructures locales disponibles dans les villages sou-mis aux quotas et dans les autres deux ans seulement après la mise en place de ce système[1]. Ils ont découvert que les dirigeantes investissaient une bien plus grande partie de leur budget (qui est le même dans tous les GP) dans les infrastructures locales que les femmes désiraient – au Bengale occidental, il s'agissait des routes locales et de l'eau potable – et moins dans les écoles. Ils ont observé le même phénomène au Rajasthan, réputé être l'un des États indiens les plus machistes. Là, ils ont constaté que les femmes souhaitaient avant tout pouvoir

1. Raghabendra CHATTOPADHYAY et Esther DUFLO, « Women as policy makers : evidence from a randomized policy experiment in India », *Econometrica*, 72 (5), 2004, p. 1409-1443.

accéder à des sources d'eau potable plus proches, tandis que les hommes voulaient des routes. Et, de fait, les femmes nommées à la tête du village ont davantage investi pour l'accès à l'eau potable et moins en réparations ou construction de routes.

D'autres études menées ailleurs en Inde ont établi clairement que l'accession des femmes à des positions de pouvoir change presque toujours les choses. À cela s'ajoute le fait que, sur le long terme, les femmes semblent accomplir plus de choses que les hommes avec un même budget et qu'elles seraient moins enclines à accepter des pots-de-vin. Pourtant, chaque fois que nous présentons ces résultats en Inde, il y a toujours quelqu'un pour nous dire que ça n'est pas possible : ils ont eux-mêmes visité tel ou tel village où ils ont discuté avec une femme *pradhan*, qui parlait sous le contrôle de son mari ; ils ont vu des affiches électorales où la photo du mari de la candidate était plus visible que celle de la candidate elle-même. Et ils ont parfaitement raison : nous avons, nous aussi, eu des conversations semblables et vu ces affiches. Contraindre les femmes à se présenter à des postes de responsabilité ne revient pas à produire instantanément une révolution, comme on le prétend parfois, avec des élues prenant agressivement en charge le pouvoir et réformant leurs villages. Elles sont fréquemment parentes avec quelqu'un qui était déjà dans la politique. Elles président moins souvent les assemblées du village et y parlent moins que les hommes. Elles sont allées moins longtemps à l'école et ont moins d'expérience politique. Mais malgré tout cela, et en dépit des préjugés évidents qu'elles ont à affronter, beaucoup prennent discrètement les choses en main.

Combler le fossé entre les groupes ethniques

Notre dernier exemple concerne le rôle des groupes ethniques dans les comportements électoraux. Un vote motivé essentiellement par les fidélités ethniques est problématique, car il signifie que le candidat du groupe majoritaire remporte le plus souvent les élections, quel que soit son mérite intrinsèque.

Afin de mesurer le rôle des préjugés ethniques dans les comportements électoraux, Leonard Wantchekon, politologue à l'Université de New York et ancien leader étudiant du Bénin, est parvenu à convaincre des candidats à l'élection présidentielle au Bénin (que, membre à leurs côtés du mouvement démocrate alors qu'il était étudiant, il connaissait bien) de faire campagne de manière différente selon les villages où ils organisaient des meetings politiques[1]. Dans les villages « clientélistes », le discours mettait en avant l'origine ethnique du candidat et promettait d'apporter des écoles et des hôpitaux à la région et des emplois publics aux gens de son ethnie. Dans les villages d'« unité nationale », le même candidat promettait de lancer une réforme de la santé et de l'éducation à l'échelle du pays et d'œuvrer pour la paix interethnique. Le partage entre les villages avait été fait aléatoirement, mais tous faisaient partie des bastions du candidat. Le discours clientéliste l'a clairement emporté avec 80 % des votes en moyenne, tandis que le discours d'unité nationale ne s'est attiré que 70 % des suffrages.

La politique ethnique est préjudiciable pour de multiples raisons. L'une d'entre elles est que, si les électeurs

1. Leonard Wantchekon, « Clientelism and voting behavior : evidence from a field experiment in Benin », *World Politics*, 55 (3), 2003, p. 399-422.

se fondent sur l'ethnie plutôt que sur la valeur du candidat pour faire leur choix, la qualité des candidats représentant le groupe majoritaire en souffre : ceux-ci n'ont besoin de faire aucun effort puisque le seul fait qu'ils soient issus de la « bonne » caste ou du « bon » groupe ethnique suffit à leur garantir le succès aux élections. L'État indien de l'Uttar Pradesh, où le jeu politique est de plus en plus régi par l'appartenance de caste depuis les années 1980 et 1990, en fournit une illustration claire. Au fil du temps, le niveau de corruption des hommes politiques de la caste numériquement prépondérante s'est fortement accru dans toutes les régions[1]. Qu'elle soit dominée par la caste inférieure ou par la caste supérieure ne faisait aucune différence : partout, les vainqueurs issus du groupe majoritaire localement étaient plus susceptibles d'être corrompus. Les choses en étaient venues à un point tel que, dans les années 1990, un quart des membres de l'assemblée législative avaient un casier judiciaire.

Est-il inévitable que, dans les pays en développement, les élections finissent toujours par être dominées par l'appartenance ethnique ? De nombreux spécialistes le pensent. Selon eux, les fidélités ethniques sont le fondement des sociétés traditionnelles et elles sont vouées à dominer les conduites politiques tant que la société ne s'est pas modernisée[2]. Pourtant, les faits suggèrent que le vote ethnique n'est pas aussi inéluctable qu'on le croit souvent. Dans le cadre d'une expérimentation menée en

1. Abhijit BANERJEE et Rohini PANDE, « Ethnic preferences and politician corruption », KSG, document de travail n° RWP07-031, 2007.
2. Nicolas VAN DE WALLE, « Presidentialism and clientelism in Africa's emerging party systems », *Journal of Modern African Studies*, 41 (2), juin 2003, p. 297-321.

Uttar Pradesh pendant les élections nationales, en 2007, Abhijit, Donald Green, Jennifer Green et Rohini Pande ont travaillé avec une ONG qui a organisé dans un ensemble de villages choisis aléatoirement une campagne non partisane (utilisant du théâtre de rue et des spectacles de marionnettes) autour du slogan : « Ne votez pas selon la caste, votez sur les questions de développement ! » Ce message tout simple a eu pour conséquence de faire passer la probabilité pour les électeurs de choisir un candidat de leur propre caste de 25 % à 18 %[1].

Pourquoi certaines personnes votent-elles selon la caste, mais sont prêtes à changer d'avis pour peu qu'une ONG les incite à y réfléchir à deux fois ? L'une des réponses est que, la plupart du temps, les électeurs en savent en fait très peu sur les candidats entre lesquels ils doivent choisir : généralement, ils ne les découvrent qu'à l'occasion de la campagne électorale, quand ils font leur promotion et s'engagent à tenir plus ou moins les mêmes promesses. Il n'y a par exemple pas de signe évident permettant de déterminer qui est corrompu et qui ne l'est pas, et les gens ont souvent tendance à supposer qu'ils le sont tous autant les uns que les autres. Les électeurs ne savent par ailleurs à peu près rien des pouvoirs réels de leurs représentants : en Inde, il nous est souvent arrivé d'entendre des habitants d'une agglomération reprocher à leur député le mauvais entretien des égouts de leur bidonville, alors qu'en réalité ce sont les élus municipaux qui sont supposés s'occuper de ces questions. D'où le sentiment des élus que, de toute façon, dès que quelque chose ne va pas, c'est à eux qu'on va s'en prendre, ce qui n'est pas très motivant.

1. Abhijit BANERJEE, Donald GREEN, Jennifer GREEN et Rohini PANDE, « Can voters be primed to choose better legislators ? Experimental evidence from rural India », document de travail, 2009.

Étant donné que les électeurs ont tendance à penser que tous les candidats se valent plus ou moins (et sans doute qu'ils sont tous aussi mauvais), ils peuvent en arriver à penser qu'il vaut mieux se décider en fonction de la caste : il y a toujours une petite chance que la fidélité de caste paye, et qu'une fois élu l'homme politique leur vienne en aide – de toute façon, qu'ont-ils à perdre ? Mais la plupart d'entre eux n'ont sans doute pas d'idées particulièrement arrêtées sur la question, et c'est pourquoi il est facile de les faire changer d'avis.

Le Brésil est un des pays qui ont tenté de fournir aux électeurs des informations utiles sur les candidats. Depuis 2003, chaque mois, soixante municipalités, sélectionnées lors d'un tirage au sort retransmis à la télévision, font l'objet d'un audit de leurs comptes. Les résultats en sont rendus publics sur Internet et dans les médias locaux. Subir un audit cause du tort aux élus corrompus. Lors de l'élection de 2004, ils avaient 12 % moins de chances d'être réélus si les résultats de l'audit étaient rendus publics juste avant le scrutin. À l'inverse, les dirigeants honnêtes avaient 13 % plus de chances de remporter les suffrages. Des résultats similaires ont été constatés dans les bidonvilles de New Delhi : les électeurs qui avaient été informés par une campagne de presse de ce que leurs représentants avaient fait pendant leur mandat votaient contre ceux qui s'étaient avérés incompétents, paresseux ou corrompus [1].

Ce qui vaut pour telle ou telle politique particulière, pour tel ou tel programme, vaut donc aussi bien pour la politique en général : elle peut (et doit) être améliorée à la marge, et des interventions apparemment mineures sont

1. Abhijit BANERJEE, Selvan KUMAR, Rohini PANDE et Felix SU, « Do informed voters make better choices ? Experimental evidence from urban India », document de travail, 2010.

susceptibles d'entraîner des changements importants. Le même type de philosophie que celui que nous avons défendu tout au long de ce livre – être attentif aux détails, s'efforcer de comprendre comment les gens prennent leurs décisions et être prêt à expérimenter – s'applique aussi bien à la politique qu'à tout le reste.

Contre l'économie politique

L'« économie politique » est la vision (partagée, comme nous l'avons vu, par de nombreux spécialistes du développement) selon laquelle la politique prime sur l'économie : les institutions définissent et limitent la portée des politiques économiques.

Pourtant, comme nous venons de le voir, il existe une grande marge d'amélioration du fonctionnement des institutions, même dans des environnements relativement hostiles. Évidemment, tous les problèmes ne peuvent être résolus de cette façon. Le fait que des gens puissants aient beaucoup à perdre des réformes implique bien sûr qu'il y a des limites à ce que l'on peut faire, mais beaucoup de choses restent néanmoins possibles : au Brésil, les hommes politiques dont les agissements allaient être révélés par les audits n'ont pas réussi à s'opposer à cette législation ; de même, les journaux de New Delhi n'ont pas hésité à rendre public le bilan des candidats aux élections. Les dictatures d'Indonésie et de Chine ont elles-mêmes décidé d'introduire un certain degré de démocratie. La leçon à retenir ici est qu'il convient de tirer parti de toutes les marges de jeu possibles. La même chose vaut pour les politiques publiques : elles ne sont pas entièrement déterminées par la politique générale. De bonnes politiques publiques existent (parfois) dans de mauvais contextes. Et à l'inverse – et c'est peut-être le plus important – des politiques déplorables peuvent (souvent) exister dans des environnements tout à fait acceptables.

L'Indonésie de Suharto est une illustration du premier cas de figure. Suharto était un dictateur connu pour être extrêmement corrompu. Chaque fois qu'il tombait gravement malade, les actions des entreprises détenues par des membres de sa famille chutaient, ce qui révèle la valeur marchande que représentait le fait d'être lié à lui [1]. Malgré cela, c'est dans l'Indonésie de Suharto que, comme nous l'avons évoqué au chapitre 4, l'argent du pétrole a été utilisé pour construire des écoles. Suharto considérait l'éducation comme un moyen puissant de diffuser une idéologie, d'imposer une langue unique et de créer un sentiment d'unité nationale. Cette politique a conduit, comme nous l'avons vu, à un accroissement de la scolarisation et, pour les générations qui en ont bénéficié, à une augmentation des salaires. Elle s'est accompagnée d'un programme massif de promotion de meilleures pratiques nutritionnelles pour les enfants, avec notamment la formation d'un million de volontaires, chargés de transmettre le message au sein de leur village. Ces mesures ont pu contribuer à réduire la malnutrition infantile de moitié en Indonésie de 1973 à 1993. Il ne s'agit évidemment pas de prétendre que le régime de Suharto a profité aux pauvres indonésiens, mais simplement de souligner que les motivations des élites politiques sont suffisamment complexes pour qu'il puisse être dans leur intérêt, à certain moment et en certains lieux, de mettre en œuvre des politiques qui se trouvent être favorables aux pauvres.

---

1. Raymond FISMAN, « Estimating the Value of Political Connections », *American Economic Review*, 91 (4), septembre 2001, p. 1095-1102.

Et, là encore, l'inverse est également vrai. Les bonnes intentions sont certainement un ingrédient nécessaire des bonnes politiques, mais elles ne suffisent pas. Des politiques désastreuses naissent parfois des meilleures intentions du monde, parce qu'elles sont fondées sur une mauvaise analyse du problème qu'elles essaient de résoudre : les systèmes scolaires publics délaissent la majorité des élèves parce que tout le monde est convaincu que seule l'élite est capable d'apprendre ; les infirmières ne viennent pas travailler parce que personne ne se préoccupe de s'assurer qu'il y a une demande pour leurs services et en raison des espoirs irréalistes qu'on place en elles ; les pauvres n'ont nulle part où mettre leur argent à l'abri parce que les réglementations imposées aux institutions autorisées à recevoir leurs économies sont d'une rigueur absurde.

L'un des aspects du problème est que, même lorsque les pouvoirs publics sont animés des meilleures intentions du monde, ce qu'ils s'efforcent de faire est fondamentalement difficile. Les gouvernements existent, dans une large mesure, pour affronter des contradictions que les marchés sont incapables de résoudre par eux-mêmes – nous avons vu de nombreux cas où l'intervention de l'État est nécessaire précisément parce que, pour une raison ou une autre, la loi du marché ne suffit pas. Ainsi, de nombreux parents ne vaccinent pas leurs enfants ou ne leur donnent pas de vermifuges, d'une part parce qu'ils ne prennent pas en compte les bénéfices que cela aurait pour les autres enfants, et d'autre part du fait de l'incohérence temporelle dont nous avons parlé au chapitre 3. Il arrive aussi qu'ils ne choisissent pas le niveau d'éducation qui conviendrait à leurs enfants, notamment parce qu'ils ne sont pas certains que ceux-ci soient capables, une fois adultes, de les dédommager des frais engagés. Les entreprises préféreraient sûrement ne pas mettre en place un système de retraitement des eaux sales qu'elles rejettent, parce que cela coûte cher et parce qu'elles ne se soucient pas réellement de l'environnement. Au carrefour, nous préférerions passer plutôt que de nous arrêter au feu-rouge, et ainsi de suite. C'est pourquoi les agents de l'État (les fonctionnaires, les agents de contrôle de la pollution, les policiers, les médecins) ne peuvent être payés directement pour les services qu'ils nous rendent : lorsqu'un agent de police nous inflige une amende, nous protestons, nous ne le récompensons pas d'avoir bien fait son travail et de garantir la sécurité des routes pour tous. Sa situation est donc bien différente de celle d'un épicier, par exemple : les œufs que celui-ci nous vend ont une certaine valeur, et lorsque nous les lui payons, nous prenons conscience de la valeur sociale qu'il génère.

Cette observation simple a deux conséquences très importantes. Tout d'abord, il n'est pas facile d'évaluer la valeur du travail de la plupart des gens qui sont employés par l'État. C'est ce qui explique qu'il y ait tant de règles concernant ce que les fonctionnaires (ou les policiers, ou encore les juges) doivent ou ne doivent pas faire. Ensuite, la tentation d'enfreindre ces règles est constamment présente, aussi bien pour le fonctionnaire que pour nous, ce qui conduit à la corruption et à la déresponsabilisation.

Le risque de corruption et de négligence est par conséquent inhérent à toute organisation publique, mais il est aggravé dans trois situations. Premièrement, lorsque l'État tente de contraindre les gens à faire des choses dont ils ne mesurent pas la valeur, comme porter un casque à moto ou faire vacciner leurs enfants. Deuxièmement, lorsque ce que les gens reçoivent vaut beaucoup plus que ce qu'ils paient pour l'obtenir : par exemple, le fait que l'on assure gratuitement un lit d'hôpital à tous ceux qui en ont besoin, quels que soient leurs revenus, conduit les gens plus fortunés à verser des pots-de-vin pour éviter d'avoir à attendre. Troisièmement, lorsque les fonctionnaires sont sous-payés, surchargés de travail, qu'ils sont mal encadrés et n'ont de toute façon pas grand-chose à perdre en étant licenciés.

Tout ce dont nous avons parlé dans les chapitres précédents ne peut que nous donner à penser que ces problèmes sont en général plus sérieux dans les pays pauvres que dans les pays riches. Le manque d'information et les défaillances chroniques de l'État font que les gens ont moins confiance dans les directives des pouvoirs publics. L'extrême pauvreté implique qu'il est nécessaire d'assurer une multitude de services bien en dessous des prix du marché. Et comme les gens ne connaissent pas bien leurs droits, ils ne peuvent pas réellement exiger des résultats ou les contrôler, tandis que, de leur côté, les États disposent de ressources limitées pour payer les fonctionnaires, etc.

C'est là l'une des raisons principales pour lesquelles, souvent, les politiques publiques (ou les programmes similaires développés par les ONG ou les organisations internationales) ne fonctionnent pas. Le problème est par essence difficile et les détails doivent faire l'objet d'une grande attention. La plupart du temps, les échecs ne sont pas la conséquence d'un sabotage organisé par un groupe précis, comme veulent le croire certains économistes, mais parce que l'ensemble du système a été mal conçu au départ et que personne n'a pris la peine d'y remédier par la suite. Dans ce cas, imaginer des solutions susceptibles de fonctionner et les promouvoir peut suffire à susciter le changement.

L'absentéisme des personnels de santé en est une illustration parfaite, bien que tragique. Vous vous souvenez peut-être de ces infirmières de la région d'Udaipur dont nous avons parlé au chapitre 3, qui nous en voulaient parce que nous participions à un projet qui visait à les faire venir travailler plus régulièrement. En définitive, ce sont elles qui eurent le dernier mot : le programme auquel nous collaborions avec le gouvernement local et l'ONG Seva Mandir fut une catastrophe intégrale.

Le programme avait été mis en place parce que les données que nous avions recueillies avec Seva Mandir montraient que les infirmières étaient absentes au moins la moitié du temps. Le directeur administratif du district (l'équivalent du préfet) décida de leur imposer des règles de présence plus strictes. Sous le nouveau régime, l'infirmière en chef était supposée travailler toute la journée du lundi au centre médical, soit juste une fois par semaine. Ce jour-là, elle n'était pas autorisée à effectuer des visites à domicile (ce qui était souvent une excuse commode pour ne pas venir travailler). Seva Mandir était chargée de contrôler la présence des infirmières : à chacune, on avait donné un tampon avec la date et l'heure, avec pour consigne de signer un registre apposé sur le mur du centre plusieurs fois pas jour le lundi, afin de prouver qu'elles étaient bien présentes. Celles qui étaient absentes plus de 50 % du temps, seraient sanctionnées par des retenues sur salaire.

Afin de tester l'efficacité de cette nouvelle politique, nous avons envoyé des enquêteurs indépendants relever les absences à la fois dans les centres contrôlés par Seva Mandir et dans les autres (où les mêmes règles s'appliquaient en principe, mais où aucun dispositif de contrôle n'était mis en place)[1]. Au départ, tout s'est passé comme prévu. Le taux de présence des infirmières le lundi, qui avoisinait les 30 % avant le lancement du programme, est

1. A. BANERJEE, E. DUFLO et R. GLENNERSTER, « Putting a band-aid on a corpse : incentives for nurses in the Indian public health care system », art. cité.

passé d'un coup, en août 2006, à 60 % dans les centres supervisés par Seva Mandir, tandis qu'il restait le même ailleurs. Tout le monde était ravi (à l'exception des infirmières elles-mêmes, comme elles nous l'ont clairement fait savoir le jour où nous les avons rencontrées). Puis, à un certain moment, au cours du mois de novembre, le vent a tourné. Le taux de présence des infirmières des centres supervisés s'est mis à baisser et n'a plus cessé de diminuer ensuite. En avril 2007, tous les centres – qu'ils soient contrôlés ou non – avaient les mêmes résultats, aussi mauvais les uns que les autres.

Lorsque nous avons cherché à comprendre ce qui s'était passé, quelque chose nous a frappés : le taux d'absence *enregistré* était resté faible, même après l'échec du programme. Ce qui en revanche avait beaucoup augmenté, c'était le nombre d'« exemptions » – c'est-à-dire de jours où, pour une raison ou une autre, les infirmières déclaraient n'avoir pas pu se rendre au centre (le plus souvent, le motif invoqué était une journée de formation ou une réunion). Nous avons cherché à comprendre pourquoi le nombre des dispenses avait tout à coup explosé. Nous n'avons pas trouvé trace de réunions ou de formations qui se seraient tenues aux dates indiquées. La seule explication possible était que toutes les personnes chargées de contrôler les infirmières avaient décidé de ne pas réagir quand celles-ci s'étaient tout à coup mises à déclarer 30 % d'exemptions supplémentaires. Au final, les infirmières des centres supervisés y ont même gagné : elles ont pu mesurer à quel point leurs patrons se souciaient peu qu'elles viennent ou non travailler et, à partir de là, elles ont pris conscience qu'elles venaient en réalité *trop souvent*. Le taux de présence dans les centres contrôlés a fini par tomber encore plus bas que celui des centres qui ne l'étaient pas et il l'est resté jusqu'au bout. À la fin de l'étude, les infirmières des centres supervisés ne venaient plus travailler que 25 % du temps. Personne ne s'en plaignait. Les patients étaient tellement habitués à ce que les centres ne fonctionnent pas qu'ils avaient fini par s'en désintéresser totalement. Lors de nos visites dans les villages, nous avions même du mal à trouver des gens pour témoigner de l'absence des infirmières. Plus personne n'attendait quoi que ce soit du système, et personne ne voyait l'intérêt de chercher à savoir ce que pouvait bien faire l'infirmière, et encore moins de se plaindre de la situation.

Neelima Khetan a une interprétation intéressante de ce qui s'est passé. La responsable de Seva Mandir est quelqu'un qui dirige par l'exemple : elle s'astreint à une conduite professionnelle exemplaire et attend des autres qu'ils fassent de même. L'attitude des infirmières la troublait profondément parce que leur propre négligence ne paraissait pas leur poser de cas de conscience. Mais, en y regardant de plus près, elle a compris que ce qu'elles étaient censées faire était en réalité complètement fou : six jours par semaine, se rendre au travail, s'enregistrer au centre, prendre leur sacoche de médicaments et partir faire leur tournée dans l'un des hameaux des environs. Pour l'atteindre, marcher jusqu'à cinq kilomètres, même s'il fait 40 degrés à l'ombre. Une fois arrivées, aller de maison en maison vérifier l'état de santé des femmes en âge de procréer et de leurs enfants, puis tenter d'en persuader quelques-unes, peu enthousiastes, de se faire stériliser. Après cinq ou six heures passées à cela, retourner au centre, pointer. Prendre un bus pour rentrer à la maison, à deux heures de route.

Évidemment, personne ne pourrait tenir comme ça tout au long de l'année. Implicitement, il est donc admis que les infirmières ne fassent pas réellement leur travail conformément à sa description officielle. Mais, dans ce cas, que sont-elles effectivement censées faire ? Cette ambiguïté donne l'opportunité aux infirmières de se fixer leurs propres règles. Au cours de notre rencontre, elles nous ont très clairement dit qu'on ne pouvait pas attendre d'elles qu'elles viennent travailler avant 10 heures du matin – or les horaires du centre, bien visibles à côté de la porte d'entrée, indiquaient que le centre ouvrait à 8 heures.

Ces règles n'avaient évidemment pas été conçues en vue de saper l'efficacité de tout le système de santé indien. Bien au contraire, elles avaient probablement été élaborées par un fonctionnaire bien intentionné, qui avait son idée sur la façon dont les choses devaient marcher et ne s'était pas inquiété outre mesure de ce que cela exigeait sur le terrain. Nous avons ici affaire à ce que nous appelons, pour résumer, le problème des « trois I » : idéologie, ignorance et inertie. Les trois I expliquent l'échec de nombreux efforts visant à aider les pauvres.

La charge de travail des infirmières avait été déterminée en fonction de l'*idéologie* selon laquelle les infirmières sont nécessairement des travailleurs sociaux dévoués, dans une complète *ignorance* des conditions sur le terrain, et perdurait – sur le papier – du fait d'une *inertie* généralisée. Modifier les règles pour qu'il soit possible de s'y conformer ne suffira peut-être pas à faire travailler les infirmières plus régulièrement, mais c'est un premier pas nécessaire.

C'est ce même problème des trois I qui a rendu infructueuses les tentatives faites en Inde pour que les écoles soient plus responsables vis-à-vis des élèves et des parents. La dernière grande réforme de l'éducation mise en œuvre par le gouvernement indien a introduit l'idée d'une participation des parents dans la gestion des écoles primaires. Dans le cadre du Sarva Siksha Aviyan (SSA), un ambitieux programme de financements fédéraux visant à améliorer la qualité de l'éducation, chaque village était censé mettre en place un « comité d'éducation du village » (ou CEV) pour contribuer à la gestion de l'établissement, trouver des façons d'améliorer la qualité de l'enseignement et rendre compte des problèmes éventuellement rencontrés. Le CEV a notamment la possibilité de solliciter des fonds pour recruter un enseignant supplémentaire pour l'école et, s'il les obtient, il a autorité pour l'embaucher et, ensuite, si nécessaire, le licencier. C'est là un pouvoir significatif, les enseignants coûtant cher. Mais lors d'une enquête que nous avons menée dans le district de Jaunpur, dans l'Uttar Pradesh (l'État le plus peuplé d'Inde), près de cinq ans après le lancement du programme, nous avons découvert que 92 % des parents n'avaient jamais entendu parler du CEV. Pire, lorsque nous avons interrogé certains de ceux qui figuraient sur la liste des membres du CEV, un sur quatre ignorait qu'il appartenait à ce comité et, parmi ceux qui le savaient, environ les deux tiers n'avaient jamais entendu parler ni du programme Sarva Siksha Aviyan ni de leur droit d'embaucher des enseignants.

Cette politique était-elle aussi affectée par le mal classique des trois I ? Inspirée par une idéologie – il est bon de donner le pouvoir au peuple – et conçue dans l'ignorance des souhaits des gens comme du fonctionnement du village, elle perdurait, au moment où nous l'avons étudiée, uniquement par la force de l'inertie. Personne n'y prêtait plus attention depuis de nombreuses années, à l'exception du fonctionnaire chargé de s'assurer que toutes les cases avaient bien été cochées comme il fallait.

En réfléchissant avec Pratham (l'ONG indienne responsable du Rapport annuel sur l'état de l'éducation [ASER] dont nous avons parlé au chapitre 4 et du programme Read India), nous nous sommes dit qu'il serait sans doute utile, pour ranimer les CEV, de faire connaître leurs droits aux parents. Des équipes de terrain de Praham furent envoyées dans soixante-cinq villages choisis au hasard, avec pour mission d'informer et de mobiliser les parents autour des droits qu'ils détenaient[1]. L'équipe de Pratham pensait que se contenter de dire aux gens ce qu'ils pouvaient faire risquait de ne pas avoir d'effet, si on ne leur expliquait pas également *pourquoi* c'était important. Dans soixante-cinq autres villages, il fut donc décidé de montrer aux parents intéressés comment réaliser les tests rapides de lecture et de mathématiques qui sont au cœur de l'ASER et comment préparer la fiche synthétisant les résultats. Les débats autour de ces derniers (qui avaient révélé que le nombre d'enfants sachant lire et écrire était très faible dans la plupart des villages) servaient de point de départ à la discussion sur le rôle potentiel des parents et du CEV.

Mais, au bout d'un an, ni l'une ni l'autre de ces interventions n'avaient eu d'effet sur l'implication des parents au CEV, sur l'activité de ce comité ou sur l'apprentissage des enfants (ce qui était l'objectif final). Le problème n'était pas que la communauté n'était pas prête à se mobiliser. L'équipe de Pratham avait également lancé un appel pour recruter des volontaires qui seraient formés pour apprendre à lire aux enfants et organiser des cours après la classe ; or plusieurs s'étaient effectivement présentés et avaient chacun pris en charge plusieurs classes. Comme nous l'avons vu au chapitre 4, le niveau en lecture s'améliora de façon remarquable.

La différence s'expliquait par le fait que, dans ce cas, on leur avait confié une tâche claire et concrète : identifier des volontaires et envoyer les enfants qui avaient besoin d'aide aux cours de soutien scolaire. Cette mission était

---

1. A. BANERJEE, R. BANERJI, E. DUFLO, R. GLENNERSTER et S. KHEMANI, « Pitfalls of participatory programs : evidence from a randomized evaluation in education in India », art. cité.

bien mieux définie que la visée sans doute excessivement ambitieuse consistant à convaincre les gens d'aller faire pression sur l'administration pour obtenir plus d'enseignants, ou de forcer les enseignants à venir à l'école, comme le voulait le SSA. Au Kenya, une étude a montré qu'en donnant une mission restreinte aux comités de parents d'élèves, ceux-ci étaient parvenus à se mobiliser. Une somme d'argent leur avait été confiée pour embaucher des professeurs supplémentaires et, dans certaines écoles, de contrôler leur travail afin de s'assurer que l'établissement en tirait le meilleur parti pour le bien des enfants. Le programme avait été correctement mis en œuvre dans toutes les écoles, et son impact avait été encore plus important dans celles où le comité avait reçu pour consigne d'examiner attentivement le fonctionnement du dispositif[1]. Il est donc possible de faire participer les parents à l'école, mais cela demande une certaine réflexion sur ce qu'on leur demande de faire.

Ces deux exemples (tant celui des infirmières que celui des comités de parents d'élèves) montrent bien que la source de ce gâchis et de l'échec de tant de politiques est souvent moins un ensemble de problèmes structuraux qu'une insuffisance de réflexion lors de la conception des politiques. Il se peut qu'un bon système politique soit nécessaire pour que les politiques publiques puissent être efficaces, mais il est clair que ce n'est pas suffisant.

Il n'y a donc aucune raison de croire que – comme le présuppose la perspective de l'économie politique – *la* politique prévale toujours sur *les* politiques. Allons plus loin : ne faudrait-il pas au contraire inverser la hiérarchie

---

1. Esther Duflo, Pascaline Dupas et Michael Kremer, « Pupil-teacher ratio, teacher management and education quality », juin 2010, polycopié.

entre la politique et les politiques, pour se demander si de bonnes politiques ne peuvent pas être un premier pas vers de la bonne politique ?

Les électeurs modifient leurs opinions en fonction de ce qu'ils voient sur le terrain, même quand ils entretiennent au départ des préjugés. En témoigne l'expérience des femmes politiques en Inde. Alors que l'élite de New Delhi restait convaincue qu'il était impossible d'assurer leur accession à des positions de pouvoir par un coup de baguette juridique, sur le terrain les citoyens se sont révélés bien plus ouverts à la position opposée. Avant qu'un tiers des sièges de chefs de *panchayat* ne soient officiellement réservés aux femmes, très peu d'entre elles étaient élues à des positions de pouvoir. Au Bengale occidental, en 2008, dans les GP dont le leadership ne leur avait jamais été réservé, seuls 10 % des *pradhan* étaient des femmes. Cette proportion est naturellement passée à 100 % des postes réservés. Mais ce qui est plus surprenant, c'est qu'une fois que le siège a de nouveau été ouvert à toutes les candidatures, les femmes sont restées plus susceptibles d'être de nouveau élues : leur part passa à 13 % pour les sièges actuellement non réservés mais qui l'avaient été une fois dans le passé, et à 17 % pour les sièges actuellement non réservés qui l'avaient été deux fois dans le passé. La même chose a été observée à propos des élus de la municipalité de Bombay[1]. L'une des raisons qui expliquent ce phénomène est qu'il s'est produit un changement des attitudes des électeurs vis-à-vis des femmes. Dans le Bengale occidental, afin de mesurer les préjugés concernant le lien entre genre et compétence, nous avons demandé à des citoyens d'écouter un enregis-

1. Rikhil BHAVANI, « Do electoral quotas work after they are withdrawn ? Evidence from a natural experiment in India », *American Political Science Review*, 103 (1), 2009, p. 23-35.

trement d'un discours d'un dirigeant[1]. Tous écoutaient le même discours, mais, pour certains, il était prononcé par une voix masculine tandis que, pour les autres, il l'était par une voix féminine. Il leur était ensuite demandé d'émettre un jugement sur sa qualité. Dans les villages dans lesquels il n'y avait jamais eu de sièges réservés aux femmes, et dont les habitants n'avaient donc jamais eu l'expérience d'en voir une dans une position de pouvoir, les hommes qui avaient écouté le discours « masculin » exprimaient des taux d'approbation supérieurs à ceux qui avaient écouté le discours « féminin ». À l'inverse, dans les villages qui avaient été réservés aux femmes par le passé, les hommes avaient tendance à apprécier davantage le discours « féminin ». Ils avaient apparemment été amenés à reconnaître qu'elles étaient capables de mettre en œuvre de bonnes politiques et avaient changé d'opinion concernant les femmes leaders. Le fait de leur réserver temporairement un tiers des sièges pourrait ainsi avoir pour conséquence non seulement l'accroissement du nombre de sources d'eau potable, mais également une transformation durable du rôle des femmes en politique.

De bonnes politiques peuvent également contribuer à briser le cercle vicieux créé par la faiblesse des attentes des citoyens : si les gouvernements se mettent à tenir leurs promesses, les électeurs prendront la politique plus au sérieux et exigeront des pouvoirs publics encore plus de résultats, plutôt que de s'en détourner, ou de voter sans réfléchir pour les candidats appartenant à la même ethnie qu'eux, ou encore de prendre les armes contre le gouvernement.

1. Lori BEAMAN, Raghabendra CHATTOPADHYAY, Esther DUFLO, Rohini PANDE et Petia TOPALOVA, « Powerful women : does exposure reduce bias ? », *Quarterly Journal of Economics*, 124 (4), 2009, p. 1497-1540.

Au Mexique, une étude a comparé le comportement des électeurs lors des élections présidentielles de 2000 dans des villages qui avaient bénéficié, les uns pendant six mois et les autres pendant vingt et un mois, du programme de protection sociale Progresa, consistant à donner une allocation à des foyers pauvres à la condition que les enfants fréquentent régulièrement l'école et les centres médicaux [1]. La participation électorale et le vote en faveur du PRI (le parti qui avait lancé Progresa) furent plus élevés dans les villages qui avaient bénéficié plus longtemps du programme. Cela ne pouvait pas s'expliquer par le fait que les foyers auraient été « achetés » par le programme : à ce moment-là, il avait été étendu et tous en connaissaient les règles. Mais parce que le programme était parvenu à améliorer la santé et l'éducation, et parce que les foyers qui en avaient bénéficié pendant plus longtemps avaient commencé à en constater certains des bénéfices dans leurs vies, ils réagirent en étant plus engagés (comme en témoigne la plus grande participation) et en récompensant le parti qui avait créé le programme (comme le montre le plus fort taux de vote pour le PRI). Dans un contexte où beaucoup de promesses électorales sont oubliées aussitôt le scrutin passé, des réalisations concrètes fournissent aux électeurs des informations utiles concernant ce que les candidats peuvent faire à l'avenir.

C'est peut-être ce manque de confiance qui explique que, dans l'expérience menée en 2001 au Bénin par Leonard Wantchekon, le message clientéliste se soit avéré plus efficace que l'appel à l'intérêt général. Lorsque les hommes politiques parlaient en termes généraux de

---

1. Ana Lorena DE LA O, « Do poverty relief funds affect electoral behavior ? Evidence from a randomized experiment in Mexico », Université de Yale, 2006, manuscrit.

l'«intérêt commun», personne ne les prenait au sérieux. En revanche, les électeurs avaient le sentiment de pouvoir faire davantage confiance à un message clientéliste. Si le message d'«intérêt général» avait été plus clair, plus centré sur des propositions précises, et s'il avait développé un programme sur lequel les candidats s'étaient engagés envers leurs électeurs, ceux-ci auraient peut-être été plus convaincus.

Une deuxième expérimentation menée par Leonard Wantchekon avant les élections de 2006 semble montrer que les électeurs sont en effet prêts à soutenir les hommes politiques qui s'attachent à concevoir et à expliquer les politiques sociales[1]. Avec d'autres figures de premier plan de la société civile au Bénin, Wantchekon a commencé par organiser une consultation très large, intitulée : «Élections de 2006 : Quelles politiques alternatives ?» Quatre groupes de travail avaient été constitués : sur l'éducation, la santé, la gouvernance et la planification urbaine, et quatre experts (deux du Bénin et deux qui venaient de pays voisins, le Niger et le Nigéria) formulèrent des recommandations générales sur les politiques à adopter. Ces propositions étaient très ouvertes, ne laissant aucune place au clientélisme. Tous les partis représentés à l'Assemblée nationale ainsi que les représentants de diverses ONG assistèrent à la présentation du rapport et plusieurs partis se portèrent volontaires pour utiliser les propositions formulées comme plateformes électorales, à titre d'essai. C'est ce qu'ils firent dans un ensemble de villages choisis aléatoirement, lors de réunions locales où les propositions furent présentées en détail et où les participants avaient l'occasion de

1. Leonard WANTCHEKON, «Can informed public deliberation overcome clientelism ? Experimental evidence from Benin», Université de New York, 2009, manuscrit.

réagir. Dans les villages témoins, le traditionnel rassemblement politique festif eut lieu, avec son cocktail habituel de messages clientélistes et de vagues idées de politique générale. Cette fois, les résultats s'inversèrent : ce n'est pas le message clientéliste qui suscita l'approbation ; au contraire, la participation et le soutien pour le parti qui organisait la campagne furent plus importants dans les villages où des réunions locales avaient été organisées et où des mesures concrètes avaient été proposées.

Ces résultats donnent à penser qu'un message crédible peut convaincre les électeurs de voter pour des politiques ayant le souci de l'intérêt général. Une fois que la confiance est là, les motivations des hommes politiques eux-mêmes changent aussi. Les élus se mettent à se dire que s'ils font quelque chose de bien ils seront appréciés et réélus. Parmi les gens en position de pouvoir, beaucoup ont des motivations complexes : ils veulent être aimés ou ils veulent faire le bien, soit parce que cela leur importe, soit parce que cela conforte leur position, même lorsqu'ils sont corrompus. Ces individus sont donc prêts à faire des choses qui favorisent le changement, tant qu'elles ne contredisent pas entièrement leurs objectifs propres. Une fois que le gouvernement a démontré qu'il faisait de son mieux pour obtenir des résultats et tenir ses promesses, et qu'il a ainsi gagné la confiance des gens, de nouvelles possibilités émergent. Les dirigeants peuvent alors se permettre d'être moins préoccupés par le court terme, moins anxieux de gagner l'approbation des électeurs à tout prix et moins enclins à des mesures purement populistes. Ainsi s'ouvre la possibilité de concevoir de meilleures politiques, à plus long terme. Comme nous l'avons vu au chapitre 4, la réussite avérée de Progresa a encouragé Vicente Fox, qui succéda au PRI à la présidence du Mexique, à étendre le programme plutôt qu'à le supprimer. Qui plus est, des programmes de ce type se sont répandus dans toute l'Amérique latine et, à partir de là, dans le reste du monde. De tels dispositifs sont peut-être moins populaires au départ que de simples transferts, parce que, pour bénéficier de la subvention, la famille doit faire quelque chose qu'elle ne souhaite pas forcément faire, mais la conditionnalité est considérée (bien que peut-être à tort, comme nous l'avons vu) comme une partie intégrante du processus de « rupture du cycle de la pauvreté ». Il est encourageant que les partis – qu'ils soient de gauche ou de droite – estiment désormais possible de faire élire leurs candidats sur des objectifs à long terme.

En Occident, les chercheurs comme les hommes politiques sont souvent extrêmement pessimistes au sujet des institutions des pays en développement. Selon leurs orientations, ils accusent tantôt les anciennes institutions agraires ou le péché originel de l'Occident – la colonisation et ses institutions politiques visant l'exploitation –, ou simplement la culture dans laquelle ces infortunés pays sont englués. Quelle que soit la raison invoquée, c'est toujours l'existence de mauvaises institutions politiques qui est tenue pour responsable du fait que les pays pauvres restent pauvres, celles-ci étant en outre difficiles à réformer. Pour certains, la lourdeur de la tâche justifie d'y renoncer ; pour d'autres, il faut au contraire se charger d'imposer de l'extérieur un changement institutionnel qui ne peut être spontané.

William Easterly et Jeffrey Sachs sont tous les deux agacés par ces arguments, bien que pour des raisons différentes. Easterly ne voit pas comment des « experts » occidentaux pourraient juger que tel ensemble d'institutions politiques est nécessairement bon ou mauvais dans tel contexte particulier. Quant à Sachs, il estime que les mauvaises institutions sont la maladie des pays pauvres, mais qu'on peut lutter efficacement – jusqu'à un certain point – contre la pauvreté même dans des environnements institutionnels défaillants, en s'attachant à mettre en œuvre des programmes concrets et mesurables. Selon lui, les progrès ainsi réalisés en matière de santé et d'éducation sont de nature à enclencher un cercle vertueux d'où pourront émerger de bonnes institutions.

Nous sommes d'accord avec l'un et l'autre : on a tort de se focaliser à ce point sur les grandes Institutions, présentées comme la condition nécessaire et suffisante du changement. Incontestablement, il existe des contraintes politiques, et c'est pourquoi il est difficile de trouver de « grandes solutions » à de « grands problèmes ». Mais il existe néanmoins une marge de manœuvre considérable pour améliorer les institutions et les politiques. Une compréhension précise des motivations et des contraintes de chacun (pauvres, fonctionnaires, contribuables, élus, etc.) peut conduire à mieux concevoir tant les politiques que les institutions, pour qu'elles soient moins susceptibles d'être perverties par la corruption ou la déresponsabilisation. De tels changements ne peuvent être que progressifs, mais ils perdurent et s'additionnent les uns aux autres, et pourraient bien être à l'origine d'une révolution tranquille.

En guise de conclusion

Pas plus que les autres experts les économistes n'ont grand-chose d'utile à dire sur les raisons pour lesquelles certains pays se développent et d'autres pas. Les lanternes rouges – comme le Bangladesh ou le Cambodge – se transforment en petits miracles. Les premiers de la classe – comme la Côte d'Ivoire – se retrouvent du jour au lendemain parmi les plus pauvres. Rétrospectivement, il est toujours possible de rationaliser le passé. Mais il serait plus honnête de reconnaître que nous sommes, dans l'ensemble, incapables de prédire le développement et que nous peinons à comprendre pourquoi un processus s'enclenche tout à coup ici et pas là.

La croissance économique demandant à la fois des réserves de main-d'œuvre et d'intelligence, il paraît cependant vraisemblable que, quand l'étincelle se produira quelque part, elle sera plus susceptible d'allumer un feu si les hommes et les femmes sont correctement éduqués, bien nourris et en bonne santé, si les citoyens se sentent suffisamment en sécurité et confiants dans l'avenir pour investir dans leurs enfants et les laisser quitter le foyer pour aller saisir des opportunités en ville.

Par ailleurs, il est indispensable de rendre l'attente supportable jusqu'à ce que cette étincelle se produise. Celle-ci risque de ne jamais advenir si la souffrance et la frustration s'aggravent, si la colère et la violence ont le dessus. Des politiques sociales efficaces, qui empêche-ront les gens de sortir du système parce qu'ils ont le sentiment de n'avoir rien à perdre, pourraient constituer un premier pas décisif pour donner à un pays une chance d'être au rendez-vous de ce décollage toujours incertain.

Et même si tel n'était pas le cas, même si les politiques sociales n'avaient rien à voir avec la croissance, il y a de toute façon des raisons majeures de faire tout notre pos-sible pour améliorer, ici et maintenant, la vie des pauvres, sans attendre l'étincelle qui fera tout basculer. Dans le premier chapitre, nous avons évoqué les raisons morales de le faire et, dans la mesure où nous avons des pistes pour remédier à certains aspects de la pauvreté, il est injustifiable de tolérer le gâchis de vies et de talents qu'elle provoque. Comme ce livre l'a montré, bien qu'il n'existe pas de formule magique pour éradiquer la pau-vreté, pas de remède miracle qui résoudrait tous les pro-blèmes, nous savons néanmoins un certain nombre de choses sur la façon d'améliorer la vie des pauvres. Cinq leçons clés ressortent plus particulièrement.

Tout d'abord, des informations essentielles manquent souvent aux pauvres et certaines de leurs croyances sont fausses. Ils ne sont pas convaincus des bénéfices de la vaccination ; ils pensent que ce qu'on apprend pendant les premières années d'école n'a pas grande valeur ; ils ne savent pas combien d'engrais il faut utiliser ; ils ne connaissent pas le mode de transmission du VIH ; ils ignorent ce que font les représentants qu'ils ont élus. Lorsque leurs convictions les plus ancrées se révèlent inexactes, ils prennent des décisions inadéquates, qui peuvent parfois avoir des conséquences tragiques – qu'on pense simplement aux jeunes filles qui ont des relations sexuelles non protégées avec des hommes plus âgés ou aux fermiers qui utilisent deux fois plus d'engrais que nécessaire. Et même quand ils savent qu'ils ne savent pas, cette incertitude elle-même peut être néfaste. Ainsi, le doute sur les bénéfices de la vaccination se combine à la tendance universelle à la procrastination pour conduire à des taux de vaccination très faibles. Les électeurs qui votent à l'aveuglette sont plus susceptibles de voter pour quelqu'un appartenant à leur propre groupe ethnique, favorisant ainsi le sectarisme et la corruption.

À plusieurs reprises, nous avons vu qu'un simple travail d'information peut suffire à améliorer les choses. Pourtant, toutes les campagnes d'information ne sont pas efficaces. Il semble que, pour avoir un impact, une campagne d'information doive avoir plusieurs caractéristiques : elle doit révéler quelque chose que les gens ne savent pas déjà (des exhortations générales comme « Pas de sexe avant le mariage » paraissent moins efficaces) ; elle doit le faire de façon attrayante et simple (par un film, un spectacle, une émission de télé, une fiche bien conçue) ; et elle doit provenir d'une source crédible (il est intéressant de remarquer que la presse bénéficie apparemment d'une telle crédibilité). L'un des corollaires de cette analyse est que les gouvernements perdent toute crédibilité dès lors qu'ils propagent des informations trompeuses, confuses ou fausses.

Deuxième leçon : les pauvres assument la responsabilité de trop nombreux aspects de leur vie. Plus vous êtes riche, plus on prend les « bonnes » décisions à votre place. Les pauvres n'ont pas l'eau courante et ne bénéficient donc pas du chlore que la municipalité ajoute à l'eau. S'ils veulent boire de l'eau potable, ils doivent la purifier eux-mêmes. Ils n'ont pas assez d'argent pour s'acheter des céréales enrichies et doivent donc se débrouiller autrement pour absorber (et faire absorber à leurs enfants) suffisamment de nutriments. Ils n'ont pas de système d'épargne automatique, comme la retraite par répartition ou les plans d'épargne-retraite et doivent trouver tout seuls le moyen de faire des économies. Ces décisions sont difficiles à prendre pour tout le monde, parce qu'elles exigent sur le moment une certaine réflexion et d'autres coûts immédiats, tandis que les bénéfices n'interviennent généralement que dans un avenir éloigné. Par conséquent, la procrastination fait facilement obstacle. À cela s'ajoute que la vie des pauvres est beaucoup plus exigeante que la nôtre : ils sont nombreux à gérer des petites entreprises dans des domaines extrêmement concurrentiels, ou à travailler à la journée, perpétuellement anxieux de savoir s'ils seront à nouveau embauchés le lendemain. Leurs existences pourraient être nettement améliorées si on leur facilitait la tâche de faire les bons choix, en leur donnant les coups de pouce nécessaires, ou en s'assurant que l'option la plus évidente soit aussi la meilleure : le sel enrichi en fer et en iode devrait être suffisamment bon marché pour que tout le monde choisisse d'en acheter. Les comptes d'épargne, où il est facile de déposer de l'argent, mais plus coûteux d'en retirer, pourraient être plus largement accessibles, au besoin en subventionnant le coût de leur gestion pour les banques qui les proposent. Là où il serait trop coûteux de mettre en place l'eau courante, des distributeurs de chlore pourraient être installés à côté de chaque source. Les exemples abondent.

Troisièmement, il y a de bonnes raisons pour lesquelles les pauvres n'ont pas accès à certains marchés, ou ne peuvent y accéder qu'à des prix défavorables. Ils se voient appliquer des taux d'intérêt négatifs sur leurs comptes d'épargne (s'ils ont la chance d'en avoir un) et empruntent à des taux exorbitants (quand ils parviennent à obtenir un prêt) parce que cela coûte presque aussi cher de gérer très peu que beaucoup d'argent. Le marché de l'assurance santé pour les pauvres ne s'est pas développé, en dépit des effets catastrophiques que les accidents et les maladies ont sur leurs vies, parce que les options limitées que le marché de l'assurance peut leur offrir (que ce soit la couverture anti-accident ou les assurances anti-sécheresse fondées sur des règles automatiques) ne correspondent pas à ce qu'ils veulent.

Parfois, une innovation technologique ou institutionnelle peut permettre à un marché auparavant inexistant de se développer. C'est ce qui s'est passé avec le microcrédit, qui a permis à des millions de pauvres d'accéder à des emprunts de faible montant à des taux raisonnables, même si les plus pauvres sont peut-être restés à l'écart de ce changement. Dans les années à venir, les systèmes électroniques de transfert d'argent (par téléphone portable, notamment) et l'identification unique des individus pourraient faire radicalement baisser le coût des services de paiement et d'épargne. Mais il faut aussi admettre que, dans certains cas, les conditions de l'apparition d'un marché autonome n'existent tout simplement pas. Les pouvoirs publics doivent alors intervenir pour soutenir le marché et assurer les conditions nécessaires à son émergence ou, à défaut, envisager d'assurer eux-mêmes ce service.

Nous devons accepter que cela puisse impliquer de distribuer gratuitement des biens ou des services (comme les moustiquaires ou d'autres soins préventifs), voire – aussi étrange que cela puisse paraître – de récompenser les gens pour les pousser à agir pour leur propre bien. La méfiance à l'égard de la gratuité qui règne chez de nombreux experts est sans doute excessive, même du strict point de vue de la rentabilité. En fin de compte, il revient souvent moins cher, par personne servie, d'assurer gratuitement un service plutôt que de tenter d'imposer un paiement essentiellement symbolique. Dans certains cas, l'intervention de l'État pourrait consister à s'assurer que le prix d'un produit soit assez attractif pour permettre au marché de se développer. Les pouvoirs publics pourraient par exemple subventionner les cotisations d'assurances, ou distribuer aux parents d'élèves des bons qui leur permettraient de payer les frais de scolarité de n'importe quelle école, privée ou publique, ou encore contraindre les banques à offrir des comptes d'épargne basiques à tout le monde pour un coût minimal. Bien sûr, ces marchés subventionnés ne pourront pas fonctionner sans être soigneusement réglementés. Payer les frais de scolarité, par exemple, n'a de sens que si tous les parents sont en mesure de choisir l'école qui convient le mieux à leur enfant ; à défaut, ils risquent de contribuer à renforcer l'avantage des parents les mieux informés.

Quatrième leçon : les pays pauvres ne sont pas condamnés à l'échec parce qu'ils sont pauvres ou parce qu'ils ont connu une histoire mouvementée. Il est incontestable que, souvent, les choses ne fonctionnent pas dans ces pays : l'argent des programmes censés aider les pauvres est détourné ; les enseignants sont désinvoltes ou absents ; les routes fragilisées par le vol de matériaux s'effondrent sous le poids de camions surchargés, etc. Mais ces défaillances ne sont généralement pas dues à une conspiration des élites pour maintenir leur contrôle sur l'économie ; elles découlent plutôt de défauts de conception des politiques qu'on pourrait éviter, ainsi que des omniprésents trois I : ignorance, idéologie et inertie. On attend des infirmières qu'elles réalisent un travail qu'aucun être humain ordinaire ne pourrait accomplir, et pourtant personne n'éprouve le besoin de modifier leur ordre de mission. La dernière idée à la mode (qu'il s'agisse des barrages, des « médecins aux pieds nus », du microcrédit, ou d'autres choses encore) est convertie en politique sans que l'on se préoccupe du contexte où elle sera appliquée. Un jour, un haut fonctionnaire indien nous a dit que les comités de parents dans les villages comptaient toujours l'un des parents du meilleur élève de l'école et l'un du plus mauvais. Lorsque nous lui avons demandé comment on déterminait qui était le meilleur et le moins bon élève de l'école, étant donné qu'il n'y a pas d'évaluations avant la quatrième année (l'équivalent du CM1), il s'est empressé de changer de sujet. Pourtant, aussi absurdes que soient ces règles, elles se perpétuent, une fois mises en place, par la simple force de l'inertie.

La bonne nouvelle – si l'on peut dire – est qu'il est possible de modifier la gouvernance ainsi que les politiques sociales et économiques sans changer les structures existantes. Il y a une marge de manœuvre importante pour les améliorer dans les « bons » environnements institutionnels et une petite même dans les plus mauvais. On peut enclencher une petite révolution en faisant en sorte que tout le monde soit invité aux réunions du village, en supervisant les fonctionnaires et en les obligeant à rendre des comptes quand ils manquent à leurs devoirs, en soumettant les hommes politiques à des audits et en diffusant les résultats auprès des électeurs, ou encore en informant clairement les usagers des services publics de ce qu'ils sont en droit d'attendre – quels sont les horaires exacts du centre de santé, à quelle prestation (ou à combien de sacs de riz) ils ont droit, et ainsi de suite.

Enfin, nos croyances sur ce que les gens sont ou non capables de faire se transforment trop souvent en prophéties auto-réalisatrices. Les enfants renoncent à s'investir à l'école parce que leurs enseignants (et parfois leurs parents) leur font comprendre qu'ils ne sont pas assez intelligents pour maîtriser le programme ; les vendeuses des rues ne font pas d'efforts pour rembourser leur dette parce qu'elles sont persuadées qu'elles vont très vite en contracter de nouvelles ; les infirmières cessent de venir travailler parce que personne ne s'attend à leur présence ; les hommes politiques dont personne ne s'imagine qu'ils vont tenir leurs promesses n'ont plus aucune motivation pour tenter d'améliorer la vie des gens. Modifier les certitudes n'est pas chose facile, mais ce n'est pas non plus impossible : après avoir vu à l'œuvre une femme *pradhan*, les villageois ont non seulement perdu leurs préjugés à l'encontre des femmes politiques, mais se sont même mis à penser que leur propre fille pourrait peut-être un jour se présenter ; des enseignants à qui l'on annonce que leur tâche consiste à s'assurer que tous les enfants sachent lire parviennent à atteindre cet objectif l'espace d'un camp d'été. Mais, surtout, les convictions font que la réussite engendre souvent la réussite. Lorsqu'une situation commence à s'améliorer, les croyances et les comportements se modifient. C'est une raison de plus de ne pas avoir peur de donner des choses (y compris de l'argent) quand c'est nécessaire, afin d'enclencher un cercle vertueux.

Malgré ces cinq leçons, il nous reste énormément à apprendre. En un sens, ce livre est une invitation à aller y regarder de plus près. Si nous refusons de céder à la pensée paresseuse et stéréotypée qui consiste à réduire tous les problèmes à un ensemble de principes généraux, si nous prêtons l'oreille à ce que les pauvres ont à nous dire et si nous nous efforçons de comprendre la logique de leurs choix, si nous acceptons l'éventualité de l'erreur et si nous soumettons toutes les idées, y compris celles qui semblent de bon sens, à une évaluation empirique rigoureuse, alors nous pourrons non seulement constituer une boîte à outils de politiques efficaces mais également mieux comprendre les façons de vivre des pauvres. Ainsi armés, nous serons à même d'identifier les pièges de pauvreté là où ils se trouvent vraiment et les outils dont les pauvres ont besoin pour en sortir.

Peut-être n'avons-nous pas grand-chose à vous dire en matière de politiques macro-économiques ou de réformes institutionnelles, mais que cette apparente modestie ne vous trompe pas : les petits changements ont de grands effets. Les vers intestinaux ne sont sans doute pas le premier sujet que vous avez envie d'évoquer lors d'un rendez-vous galant, mais les enfants kényans qui ont été vermifugés à l'école pendant deux ans (pour un coût de 1,36 USD PPA par enfant et par an, tout compris) auront des revenus 20 % supérieurs tout au long de leur vie adulte, soit un gain total de 3 269 USD PPA. Les effets d'un tel programme seraient sans doute moindres si les vermifuges étaient distribués à tous les enfants, car ceux qui ont eu la chance d'être traités ont peut-être pris une partie des emplois des autres. Mais, pour avoir un point de comparaison, rappelons qu'au Kenya le taux de croissance par habitant le plus élevé de l'histoire moderne a été d'environ 4,5 %, en 2006-2008. Si nous connaissions un levier de politique macro-économique qui permette d'atteindre à nouveau cette hausse sans précédent, il faudrait quand même quatre ans pour augmenter le salaire moyen de ces mêmes 20 %. Or personne n'a un tel instrument sous la main.

Nous n'avons pas non plus de recette pour éradiquer la pauvreté mais, si nous acceptons ce fait, le temps joue pour nous. La pauvreté existe depuis des milliers d'années. Si nous devons encore attendre cinquante ou cent ans pour qu'elle disparaisse, nous saurons patienter. Au minimum, nous pouvons cesser de faire miroiter la possibilité d'une solution unique et, à la place, unir nos forces à celles des millions de personnes pleines de bonne volonté dans le monde – qu'ils soient élus ou fonctionnaires, enseignants ou membres d'ONG, chercheurs ou entrepreneurs – pour partir en quête de toutes les idées, petites ou grandes, qui permettront un jour de construire un monde où personne n'aura à vivre avec 99 cents par jour.

Remerciements

C'est à nos mères, Nirmala Banerjee et Violaine Duflo, que nous devons d'être devenus économistes du développement. Dans leur vie et dans leur travail, l'une et l'autre n'ont cessé d'exprimer leur refus de l'injustice qu'elles voient dans le monde. Il aurait fallu être aveugles et sourds pour échapper à leur influence. Nos pères, Dipak Banerjee et Michel Duflo, nous ont enseigné combien il importait de parvenir à une argumentation juste. Sans doute ne sommes-nous pas toujours à la hauteur des normes rigoureuses qu'ils s'imposent à eux-mêmes, mais nous avons néanmoins hérité d'eux la conscience de leur importance.

Ce livre est né d'une conversation que nous avons eue en 2005 avec Andrei Shleifer, à l'époque rédacteur en chef du *Journal of Economic Perspectives*, qui nous a demandé d'écrire un article sur les pauvres. En travaillant à cet article, qui a finalement paru sous le titre « The economic lives of the poor », nous avons pris conscience que cet angle d'attaque pourrait nous permettre de rassembler les nombreux faits et idées disparates que nous avons passé notre vie à tenter de sonder. Notre agent, Max Brockman, nous a ensuite persuadés qu'il pourrait être intéressant d'en faire un livre.

Beaucoup des idées que nous présentons ici nous sont venues d'autres personnes : de nos professeurs, d'interlocuteurs qui nous ont guidés ou mis au défi, de co-auteurs, de co-directeurs d'ouvrages, d'étudiants et d'amis, de nos collègues du J-PAL, laboratoire d'action contre la pauvreté Abdul Latif Jameel, et des nombreux individus, partout dans le monde, avec qui nous avons travaillé, qu'ils fassent partie d'administrations publiques ou d'organisations pour le développement. À tenter d'énumérer toutes les personnes qui nous ont influencés, nous nous exposerions au risque d'être incomplets, voire injustes, mais nous voudrions néanmoins remercier ici Josh Angrist, Rukmini Banerji, Annie Duflo, Neelima Khetan, Michael Kremer, Andreu Mas Colell, Eric Maskin, Sendhil Mullainathan, Andy Newman, Rohini Pande, Thomas Piketty et Emmanuel Saez, qui, chacun à leur manière, ont davantage contribué à façonner les idées qui constituent ce livre qu'ils n'en ont sans doute conscience. Nous espérons qu'ils se reconnaîtront un peu dans le résultat. Nous avons tiré un profit immense des commentaires de nombre de gens concernant les premières versions de ce livre, et notamment de Daniel Cohen, Angus Deaton, Pascaline Dupas, Nicholas Kristof, Greg Lewis, Patrick McNeal, Rohini Pande, Ian Parker, Somini Sengupta, Andrei Shleifer et Kudzai Takavarasha. Emily Breza et Dominic Leggett ont relu chaque chapitre plusieurs fois et nous ont indiqué des façons d'améliorer considérablement le livre. Leurs interventions lui ont été extrêmement profitables, même si elles auraient pu l'être encore plus si nous n'avions pas été aussi impatients de l'achever. Notre éditeur au sein de Public Affairs, Clive Priddle, a été un collaborateur merveilleux : lorsqu'il a pris les choses en main, il a pour ainsi dire insufflé la vie à ce livre. Finalement, Hélène Giacobino a retravaillé entièrement la traduction, contribuant à en faire un texte qui, nous l'espérons, a sa propre vie.

Index des noms

Index thématique

Table

RÉALISATION : IGS-CP À L'ISLE-D'ESPAGNAC
IMPRESSION : NORMANDIE ROTO IMPRESSION S.A.S. À LONRAI
DÉPÔT LÉGAL : JUIN 2014. N° 116745 (1401979)
– *Imprimé en France* –